NOBLE TÄUSCHUNG

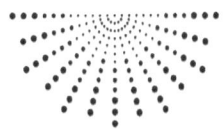

BRENDA HIATT

Übersetzt von

BETTINA HENGESBACH

dolphin star
PRESS

Noble Täuschung
Der Heilige von Seven Dials
Buch 2

Copyright 2002 by Brenda Hiatt
Titeldesign von Dar Albert
Im Original erschienen unter dem Titel A REBELLIOUS BRIDE bei Avon Books, ein
Verlagszeichen von HarperCollins Publishers, Inc.

Dolphin Star Press

ISBN: 978-1-940618-55-5

EBENFALLS VON BRENDA HIATT

PROLOG

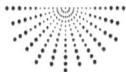

Oakshire, England – Juni 1816

„Wann sehen wir dich denn wieder in London?", fragte Lord Marcus Northrup, fünfter Sohn des Herzogs von Marland, seinen guten Freund Lord Hardwyck. „Ich nehme an, du hast jetzt einen noch stärkeren Drang, der Gesellschaft zu entfliehen." Er deutete mit dem Kopf zu Lukes neuvermählten Braut, Lady Pearl Moreston – jetzt Lady Hardwyck – die mit ihrem Vater, dem Herzog von Oakshire, in der Nähe der Türen der großen Halle im imposanten herzoglichen Landanwesen stand.

„In der Tat", erwiderte Luke und lächelte so verliebt in Pearls Richtung, dass Marcus ihn bemitleidete.

Er wollte die Stimmung seines Freundes an dessen Hochzeit aber nicht trüben und lächelte daher nun noch breiter. „Dann freue ich mich schon jetzt auf ein Wiedersehen, wann immer das auch sein mag. Die Reise zu deinen nördlichen Anwesen dauert sicherlich Monate. Aber ich muss zugeben, dass die Stadt ohne dich furchtbar langweilig sein wird."

Während Lukes vergangenen Wochen in London hatte Marcus seinem Freund aus Schulzeiten nähergestanden als je zuvor. Er hatte bemerkenswerte Dinge über Luke erfahren, unter anderem auch, dass er ein Doppelleben geführt hatte.

Die Gesellschaft kannte Luke als modischen Herrn, der vor Kurzem den Titel Lord Hardwyck erhalten hatte, aber er war auch heimlich der

Heilige von Seven Dials gewesen, der legendäre Dieb, der von den Reichen stahl und den Armen gab. Dieses Geheimnis zu erfahren, hatte Marcus' sonst recht triste Existenz um eine willkommene Abwechslung bereichert. Aber nun erstreckten sich die kommenden Monate vor ihm, ohne Aussicht auf Ablenkung, abgesehen von den gleichen langweiligen Vergnügungen der Stadt, denen er bereits seit seiner Zeit an der Universität nachging.

Luke klopfte Marcus auf die Schulter. „Ich komme wieder, keine Sorge. Und währenddessen findest du bestimmt etliche Möglichkeiten, dir die Zeit zu vertreiben." Er untermauerte seine Worte mit einem Zwinkern.

Marcus wollte ihn gerade fragen, was er meinte, als ein lautes Stimmengewirr ertönte und Luke zu seiner Braut hinüber eilte, die bei den riesigen Eingangstüren stand. Lächelnd und winkend trat das Paar hinaus in die breite Einfahrt zur bereitstehenden Kutsche, die sie zum ersten, nördlichen Ziel ihrer Hochzeitsreise bringen sollte, zu Lady Hardwycks eigenem Anwesen Fairbourne.

So merkwürdig es Marcus auch erschien, die Kontrolle über Vermögen und Ländereien einer Frau zu übertragen – selbst einer so ehrfurchtgebietenden wie Lady Pearl – wusste er, dass Luke es als wichtig empfunden hatte. Er schüttelte den Kopf über die Torheiten der Liebe und drehte sich wieder zum Haus um, als die Kutsche davonfuhr.

Da es heute immer wärmer wurde, holte er ein Taschentuch hervor, um sich die Stirn abzutupfen und sah aus dem Augenwinkel etwas aus seiner Tasche zu Boden flattern. Neugierig bückte er sich, um es aufzuheben.

Marcus achtete nicht auf die Gäste, die nun wieder in die große Halle strömten, und blickte stirnrunzelnd auf das, was aussah wie eine Visitenkarte, wenn auch eine verdammt merkwürdige. Es stand kein Name darauf. Stattdessen sah er darauf eine schwarze Sieben und darüber eine Ellipse—einen Heiligenschein—in goldener Tinte. Sofort erkannte er das Zeichen als Symbol des Heiligen von Seven Dials, das oft in den Zeitungen beschrieben worden war.

Mit plötzlicher Erkenntnis grinste er. Das hatte Luke also gemeint! Er musste sein legendäres Talent dazu genutzt haben, die Karte in Marcus' Tasche zu schieben, als sie sich vorhin unterhalten hatten. Obwohl er vorgehabt hatte, über Nacht zu bleiben, beschloss Marcus spontan, sofort zurück nach London zu fahren. Wenn er in Lukes Fußstapfen treten wollte und der nächste Heilige von Seven Dials werden wollte, hatte er einiges zu tun.

NOBLE TÄUSCHUNG

KAPITEL EINS

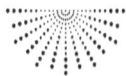

LONDON – JULI 1816

DAMENHAFTE BESCHÄFTIGUNGEN WURDEN FURCHTBAR ÜBERBEWERTET, beschloss Quinn Peverill und warf ihren hoffnungslosen Versuch der Stickarbeit voller Abscheu beiseite. Wie konnte etwas gleichzeitig so langweilig und frustrierend sein? Ihr Vater hatte gesagt, dass alle Damen der Gesellschaft stickten, aber nachdem sie sich mehrere Stunden lang damit abgemüht hatte, bezweifelte Quinn dies.

Sie erhob sich, ging unruhig zum Fenster des luxuriösen Hotelzimmers und trat beim Gehen gegen ihre roséfarbenen Röcke. Was interessierte es sie schon, ob sie die Verwandten ihrer Mutter oder die spießigen jungen Männer beeindruckte, die ihr Vater ihr vorstellen wollte? Die englische Gesellschaft würde sie nie als eine von ihnen akzeptieren. Und das wollte sie auch gar nicht.

Es war nicht ihre Idee gewesen, hierherzukommen. Ihr Vater hatte ihre Proteste jedoch ignoriert und darauf bestanden, dass sie ihn um der Geschäfte willen nach England begleitete – wo sie auch die Verwandtschaft ihrer verstorbenen Mutter kennenlernen sollte; die gleichen Menschen, die ihre Mutter vor fünfundzwanzig Jahren verstoßen hatten. Es kam Quinn fast wie Verrat an deren Andenken vor, sich darum zu scheren, was gerade *diese Menschen* von ihr hielten.

Quinn dachte sehnsüchtig an Baltimore, von dem sie ein ganzer Ozean trennte. Ob ihr Bruder in der Lage wäre, ihre Rolle im Schifffahrtsunternehmen der Familie angemessen zu übernehmen? Er wusste viel weniger über die besten Routen zwischen China und Europa und über die besten Lieferanten, da er die letzten Jahre an der Universität studiert hatte. Was, wenn er alles vermasselte? Und wer würde die unvermeidbaren Fehler der Angestellten bemerken, wenn Quinn nicht da wäre, um sie zu beaufsichtigen?

Mit einem ungeduldigen Seufzen wandte sie sich vom Fenster ab, gerade als ihr Vater den Salon betrat. Auf seinem gut aussehenden, wettergegerbten Gesicht lag ein breites Lächeln.

„Quinn!", rief er offensichtlich erfreut. „Ich habe wunderbare Neuigkeiten!"

Seine Überschwänglichkeit war so ansteckend, dass sie sein Lächeln einfach erwidern musste und ihre Sorgen über die Geschäfte kurz vergaß. „Welche Neuigkeiten denn, Papa?"

„Schau!" Er wedelte ihr einen Brief entgegen. „Wir wurden eingeladen, im Stadthaus deines Onkels und deiner Tante zu wohnen. Ich hatte befürchtet, sie seien schon aufs Land oder ans Meer gereist. Deine Mutter hat mir immer erzählt, dass London von Juli bis Oktober förmlich wie ausgestorben ist."

Quinn blickte über ihre Schulter hinaus auf das rege Treiben draußen an der beliebten Kreuzung von Albemarle Street und Piccadilly. „Offenbar nicht, auch wenn ich zugeben muss, dass es im Vergleich zu dem Aufruhr an den Docks zu Hause recht ruhig wirkt."

„Ach, an den Docks hier in London geht es ebenso geschäftig zu – sogar noch mehr. Erinnerst du dich nicht an den Trubel, als wir angekommen sind?"

Das tat sie. Das Londoner Schiffsviertel stellte die amerikanischen Häfen in den Schatten – in Bezug auf die Größe, wenn auch nicht ganz in Bezug auf die Leistungsfähigkeit. In *dieser* Hinsicht könnten sie von dem amerikanischen, nüchternen Geschäftssinn einiges lernen, fand sie. „Dann ziehen wir also in ihr Haus?", fragte sie ohne Begeisterung. „Wann denn?"

„Morgen. Lord Claridge selbst hat den Brief geschrieben und angeboten, eine Kutsche zu schicken, um uns und unsere Sachen in die Mount Street zu befördern. Ist das nicht nett von ihm?"

„In der Tat." Manchmal verstand Quinn ihren Vater nicht. Er kannte sich mit Geschäften und allem, was mit Nautik zu tun hatte, bestens aus und ließ sich von niemandem etwas vorschreiben – aber gegenüber dem britischen Adel schien er einen so großen Respekt zu empfinden, dass es fast an Ehrfurcht grenzte. Diese Ehrfurcht teilte Quinn aber keinesfalls. „Ich nehme an, es wird zumindest interessanter sein, als hierzubleiben."

Die Augenbrauen ihres Vaters zogen sich entschuldigend zusammen. „Dir wird London bestimmt gefallen, wenn ich erst einmal die Gelegenheit hatte, dir alles zu zeigen, Liebes. Ich weiß, dass du unser Zuhause vermisst, aber ..."

„...aber dies ist eine einzigartige Gelegenheit, meinen Horizont zu erweitern", beendete sie den Satz und wiederholte damit das, was er ihr schon unzählige Male gesagt hatte. „Natürlich hast du recht, Papa. Ich werde dem neuen Zimmermädchen sagen, dass es meine Sachen packen soll."

Die Sorge verschwand aus dem Gesicht des Vaters. „So kenne ich mein Mädchen. Wenn ich von meiner Besprechung zurückkomme, packe ich auch."

„Noch eine Besprechung? Kann ich diesmal nicht mitkommen? Ich habe einen Vorschlag zum Tabakhandel und ein paar Anregungen zu den Baumwolllagerhäusern, die ..."

Er unterbrach sie, wie so oft in letzter Zeit, wenn sie derartige Themen anschnitt. „Heute nicht. Ich werde deine Ideen weiterleiten, und ich informiere dich, falls es irgendwelche Entwicklungen gibt, wenn ich zurückkomme."

Obwohl Quinn schmollte, protestierte sie nicht, da sie wusste, dass es ohnehin nichts bringen würde. Nachdem ihr Vater gegangen war, ging sie zurück in ihr Schlafzimmer, wo sie statt ihrer eigenen Dienerin nur ein Zimmermädchen aus dem Hotel vorfand – ein rothaariges Kind von etwa zwölf Jahren. Als Quinn eintrat, nahm die Kleine schnell ihren Staublappen, zog den Kopf ein und eilte zur Tür.

„Einen Moment, bitte", sagte Quinn, um sie aufzuhalten. Sie wollte ihr auftragen, ihre Dienerin zu holen, aber als sie das verängstigte Gesicht sah, hielt sie inne. Ihre Augen waren rot und verweint, und auf ihrer Wange war ein violetter Bluterguss zu sehen.

„Was um alles in der Welt ...? Wer hat dir das angetan?", fragte Quinn aufgebracht.

Sie schüttelte panisch den Kopf. „Niemand, Ma'am. Ich ... ich bin nur hingefallen, weiter nichts." Sie ging wieder auf die Tür zu, aber Quinn legte ihr eine Hand auf die Schulter und hielt sie auf.

„Bitte hab keine Angst. Hat dich jemand hier im Hotel geschlagen?" Ein weiteres schnelles Kopfschütteln. „Nein, Ma'am. Mir ... mir geht es gut."

„Wie heißt du?" Wenn sie das Mädchen nur dazu brachte, zu reden, könnte sie vielleicht die Wahrheit herausfinden.

„Polly."

„Und arbeitest du schon lange hier im Grillon's?"

Diese Frage schien unerklärlicherweise wieder Panik in ihr hervorzurufen. Sie löste sich von Quinn, deren Hand immer noch auf ihrer Schulter lag und ging auf die Tür zu, aber bevor sie diese erreichen konnte, rutschte eine schwer emaillierte Schatulle unter ihrer Schürze hervor und fiel auf den dicken Teppich. Sie erstarrte und blickte mit Entsetzen zu Quinn auf.

„Meine Schmuckschatulle! Du wolltest ... sie stehlen?" Quinn konnte es kaum glauben. Das Mädchen war doch nur ein Kind!

Pollys Zurückhaltung wurde nun von Angst zunichte gemacht. „Ach, bitte, Ma'am, bitte sagt's niemandem. Ich hab' noch niemals nichts gestohle', ich schwör's. Ich hab's nur für mein' klein' Bruder getan. Sein Meister schlägt ihn, wenn er nichts mit zurückbringt, aber wenn er noch mal erwischt wird, dann wird er bestimmt gehängt."

Nun war Quinn verwirrt. „Der Meister deines Bruders will, dass er für ihn stiehlt? War er es, der dich geschlagen hat?"

Sie nickte. „Ich hab' gestern versucht, ihn davon abzuhalte', Gobby zu schlagen. Dann hat er mich geschlage' und gesagt, dass ich dann eben Gobbys Beuteanteil besorge' soll. Aber Gobby ist so dickköpfig, dass er seine Arbeit selbst erledige' will; und er ist doch erst neun." Sie begann zu weinen.

„Schhh, Polly, schon gut. Ich verrate dich nicht. Im Gegenteil, ich möchte dir helfen. Bringst du mich zum Meister deines Bruders? Ich würde mich gern mit dem Mann unterhalten." Welches Monster zwang Kinder dazu, für ihn zu stehlen?

„Oh nein, Ma'am! Er könnte Euch weh tun – und mir auch."

„Dann zu deinem Bruder? Vielleicht können wir ihn gemeinsam davon überzeugen, sein Geld auf ehrlichere Weise zu verdienen." Ein neunjähriger Junge konnte wohl kaum ein eingefleischter Verbrecher sein.

Nun erhellte sich Pollys mageres Gesicht. „Würdet Ihr das tun, Ma'am?

Das könnte klappen. Wahrscheinlich hört er auf eine richtige Lady wie Euch. Aber ... es ist für eine Dame vielleicht nicht sicher dort. Es ist eine schlimme Gegend."

„Dann gehe ich eben nicht als Dame", sagte Quinn, nachdem sie einen kurzen Moment nachgedacht hatte.

Sie öffnete ihren Koffer und wühlte ganz tief unten darin herum, um alte Kleidung ihres Bruders zutage zu fördern, die sie manchmal getragen hatte, wenn sie zu Hause auf Bäume geklettert oder rittlings auf einem Pferd gesessen hatte. Sie hatte sie aus rein sentimentalen Gründen im letzten Moment noch eingepackt und eigentlich nie damit gerechnet, dass sich eine Gelegenheit bieten würde, sie in England zu tragen; doch nun war sie dankbar für diese kurzentschlossene Handlung.

Morgen um diese Zeit wäre sie ans Haus ihrer spießigen Verwandten gefesselt und könnte nichts tun, außer die anständige Dame zu spielen. Warum sollte sie diese unerwartete Chance also nicht ergreifen und zuerst etwas Sinnvolles – und Spannendes – tun? Wahrscheinlich wäre es für eine sehr lange Zeit ihre letzte Gelegenheit.

Polly half ihr dabei, ihr Kleid zu öffnen und schaute dann mit großen Augen zu, wie Quinn Charles' Hemd und Kniebundhosen anzog. Als sie in den Spiegel sah, steckte sie eine letzte Strähne ihres lockigen dunklen Haars unter Charles' Kappe und fand, dass sie einen ziemlich plausiblen Jungen abgab.

„Sehr gut. So sollte ich sicher genug sein. Lass uns gehen."

LORD MARCUS STARRTE ABWESEND durch das berühmte Erkerfenster im White's Club und ließ sich von Lord Fernworths nutzlosem Geschwätz berieseln. Peter hatte recht. Der Kerl war ein richtiger Einfaltspinsel.

Im Grunde waren die meisten seiner Freunde Einfaltspinsel, abgesehen von Luke, der mittlerweile mehrere Grafschaften entfernt sein musste, da er seine Hochzeitsreise schon vor über einer Woche angetreten hatte. Warum war ihm das eigentlich noch nie zuvor aufgefallen?

Peter warnte ihn oft davor, dass er sein Leben mit Wein, Frauen und Kartenspielen verschwendete. Er hatte dies immer darauf zurückgeführt, dass sein älterer Bruder einen Hang dazu hatte, ihn zu verhätscheln, da er der Jüngste ihrer großen Familie war. Aber jetzt ... vielleicht könnte er *doch* etwas Lohnenswerteres mit seinem Leben anfangen. Gedankenverloren spielte er mit der mittlerweile abgenutzten Karte in seiner Tasche herum.

„Und dann hat Scottsdale ihre Strumpfbänder an das Eingangstor von Beck House gebunden, nur um ihr zu zeigen, dass er wusste, was sie getan hatte – und mit wem!" Fernworth beendete seine Geschichte mit einem Lachen. „Die Skandalblätter finden ungeheuren Gefallen daran, wie du dir vorstellen kannst."

Marcus rang sich ein Lächeln ab, aber es kam nicht von Herzen. Warum war er überhaupt hierher gekommen? Er erhob sich. „Tut mir leid, Ferny, aber mir ist gerade eingefallen, dass ich noch einen Termin bei meinem Schneider habe. Meinst du, du kannst die Flasche ohne mich austrinken?"

Fernworth schnaubte über diese törichte Frage. „Du bist in letzter Zeit wirklich ein verdammter Langweiler, Marcus. Was hältst du davon, wenn wir heute Abend zu Madame Sophys Feier gehen? Mit Sicherheit sind all ihre besten Mädchen in Höchstform."

Noch vor einem Monat wäre Marcus begeistert gewesen, einer Feier im schicksten Bordell von London beizuwohnen. Er sollte sich vielleicht Sorgen machen, dass ihm der Gedanke daran nun eher ermüdend als reizvoll erschien. Was stimmte nur nicht mit ihm?

„Vielleicht treffe ich dich später dort", erwiderte er ausweichend, als er ging.

Draußen blickte er über die St. James's Street zum Guards' Club hinüber, wo sich Peter und seine Freunde normalerweise trafen. Einst hatte er geglaubt, er würde sich beim Militär beweisen, genauso wie Peter. Er hatte sogar versucht, davonzulaufen und sich freiwillig zu melden, als sein Vater sich geweigert hatte, ihm die Offizierslaufbahn zu finanzieren. Aber Robert, sein ältester Bruder, hatte ihn verraten, sein Vater hatte ihn mit Schimpf und Schande zurück nach Hause geholt, und er hatte damit seine Chance auf dieses ehrenhafte und spannende Leben verpasst.

Er verdrängte die alte Bitterkeit, die ihn zu seiner derzeitigen zügellosen Existenz verleitet hatte. Reue war sinnlos, und der Krieg war mittlerweile vorbei. Es gab auch andere Wege, die zu Heldentum und Abenteuern führen konnten. Luke hatte ihm einen davon aufgezeigt. Warum hatte er eine ganze Woche gewartet, um etwas damit anzufangen?

Mit einem Mal legte er all seine Zweifel, die er an seiner ursprünglichen Entscheidung hegte, ab und ging Richtung Osten, wo es nach Covent Garden und Seven Dials ging. Diebstahl mochte zu hoch für ihn sein, aber zumindest könnte er dort den Menschen helfen, so wie es Luke getan hatte. Er ging erst die Piccadilly, dann die Coventry Street Richtung Cranbourn Street entlang und bog schließlich Richtung Norden auf die St. Martin's Lane ab.

Von breiten, anmutigen Alleen gelangte er auf die schmalen, aber noch immer respektablen Straßen der Arbeiterklasse und schließlich auf die schmutzigen, engen Gassen der Armenviertel. Er war schon zuvor hier gewesen, gemeinsam mit anderen jungen Burschen, die auf der Suche nach Unterhaltung um die Häuser zogen. Nun, so ganz allein, war er allerdings froh, dass die Julitage lang waren und es noch früh am Nachmittag war.

Er sah sich interessiert um und empfand nun wieder die alte Begeisterung für sein Vorhaben. Es musste Dutzende, nein, Hunderte von Menschen geben, die seine Hilfe benötigten. Er sah einen einbeinigen Bettler in einer schmutzigen Infanterieuniform und ging zu ihm hinüber.

„Ahoi, guter Mann", sagte er jovial und warf ein paar Münzen in den Becher, den er ihm entgegenhielt. „Wie heißt Ihr?"

Misstrauen flammte in den feuchten Augen des Bettlers auf. „Warum fragt Ihr, Chef? Na, ich hab' doch 'n Recht drauf, hier zu sitze', wenn's mir beliebt."

„Aber natürlich habt Ihr das", stimmte ihm Marcus zu und trat einen Schritt zurück, sowohl um den Mann zu beruhigen als auch um sich ein Stück weit von dessen Gestank zu entfernen. „Ich will Euch helfen, nicht schaden. Wenn Ihr mir sagt, was Ihr braucht, um Euch eine Existenz in dieser Welt aufzubauen, dann versuche ich gern, es Euch zu beschaffen."

Nun erschien ein gerissenes Funkeln in seinen Augen, das mit Misstrauen kämpfte. „Ach, wirklich? Ein oder zwei Kiste' Gin würde' meine Welt glaub' ich besser mache'."

Marcus lächelte weiter. „Aber es gibt doch sicherlich noch etwas, das Ihr Euch mehr wünscht als Gin? Ein paar neue Kleider? Eine Arbeitsstelle?"

Das Misstrauen in den Augen des Bettlers kehrte zurück. „Bist wohl einer von diesen Weltverbesserern, gell? Erspar mir dein Geschwafel über Mäßigung", zischte der Mann angewidert. „Und ich dacht', du wollt'st mir helfe'."

Wider besseren Wissens warf Marcus eine weitere Münze in den Becher des Bettlers; er wusste, dass er das Geld für Alkohol ausgeben würde. Vielleicht waren diese Menschen an einem Punkt angelangt, an dem man ihnen einfach nicht mehr helfen konnte.

Als er sich umdrehte, stieß er beinahe mit einem Jungen von ungefähr neun oder zehn Jahren zusammen, der sich hinter ihm angeschlichen hatte, während er mit dem alten Soldaten gesprochen hatte.

„Hallo, mein Bursche, was hast *du* denn vor?", fragte er und vergewisserte sich eilig, ob die Geldbörse noch in seiner Tasche war. Sein Taschentuch jedoch hielt der Junge in der dreckigen Hand. Mit einem kurzen Aufschrei, drehte sich der Bursche um und rannte davon.

„Warte! Ich will dir nichts tun", rief Marcus. „Behalte mein ... Ach, verdammt." In der Hoffnung, dass dieser mehr von seiner Hilfe profitieren könnte, lief er dem Jungen hinterher.

Auch wenn er eindeutig unterernährt war, war der Junge schnell und kannte die Gegend weitaus besser als Marcus. Er behielt den Jungen zwei oder drei Ecken und Abbiegungen im Auge, verlor ihn aber, als er zurück in Richtung Westen auf die überfüllte Monmouth Street rannte.

Er ging weiter die Straße entlang und hielt erfolglos Ausschau nach einem dürren Jungen mit einer abgenutzten blauen Kappe. Dafür sah er aber viele andere arme Menschen. Die Kleine dort drüben an der Ecke zur Church Street – nicht älter als dreizehn oder vierzehn und offenbar zur Prostitution gezwungen.

Da er plötzliches Mitleid empfand, trat er ein paar Schritte in ihre Richtung, hielt dann aber inne, als ihm bewusst wurde, wie sein Angebot, ihr zu helfen aufgefasst werden könnte. Nein, er würde besser daran tun, vorerst nur den Jungen auf der Straße seine Hilfe anzubieten – zumindest bis er diese Welt besser kannte.

Er erreichte nun den Gordon Square und sah eine kleine Gruppe Straßenjungen, die sich in der Nähe eines Hauses aufhielten, das eindeutig einem reichen Händler gehören musste, denn er befand sich noch immer östlich des sehr schicken Stadtteils Mayfair. Als er die Gruppe näher betrachtete, erkannte er eine blaue Kappe und eine gewisse Geheimniskrämerei unter den Jungen. Vorsichtig näherte er sich ihnen.

„Garn, Stilt, er is' bestimmt noch im Laden, und die Leut', die angestellt sind, ruhe' sich wahrscheinlich grad aus. Jetz' is' es sicherer als nachts, wenn du mich frage' tust", sagte ein rothaariger dürrer Junge zu dem größten Jungen der Gruppe.

„Gobby hat recht", stimmte der Junge mit der blauen Kappe zu, der sich mit Marcus' Taschentuch aus dem Staub gemacht hatte. „Wir könne' unbemerkt rein und raus husche' und genug erbeute' für ein großes Abendessen und noch genug übrig habe', um den alten Twitchell zufriedenzustelle'. Schaut nur, all die offene' Fenster!" Das zustimmende Gemurmel der anderen entlockte dem großen Jungen namens Stilt ein zögerliches Nicken. „Wenn wir es wirklich tun wolle', dann sollte' wir sofort loslege'", sagte er. „Gobby, du bist der Kleinste."

„Ja", stimmte Gobby zu. „Ich pass' leicht durchs Fenster. Und wenn man mich entdeckt, sag' ich einfach, dass ich mich verlaufe' hab'."

Die Gruppe näherte sich dem Haus, und Marcus wurde mit einem Mal klar, dass er eingreifen musste. Dies war eindeutig genau die Chance, auf die er gewartet hatte. Im Schutz der Hecke schlich er sich näher heran, während sich die Jungen auf das Haus konzentrierten. Dann, gerade als Stilt seinen Verbündeten flüsternd die letzten Anweisungen erteilte, sprang Marcus auf sie zu und packte Gobby sowie den Jungen mit der blauen Kappe am Arm.

Einen kurzen Augenblick lang erstarrten alle Jungen, dann stieben sie auseinander. Marcus festigte den Griff um die Arme der beiden, die er ergriffen hatte, und rief: „Wartet! Wenn euch eure Kameraden wichtig sind, dann hört Ihr mir jetzt besser zu."

Stilt hielt inne; Sorge und Trotz zeichneten sich auf seinem mageren, schmutzigen Gesicht ab, und ein weiterer Junge kam ebenfalls zurück. Die anderen rannten aber weiter. „Lasst sie los, Chef", forderte Stilt. „Wir wollte' nichts Böses tun, keiner von uns."

„Das wage ich zu bezweifeln", erwiderte Marcus und achtete nicht darauf, dass die anderen beiden Jungen sich in seinem Griff wanden. „Aber ich bin nicht hier, um euch bei der Polizei anzuschwärzen. Ich will euch helfen. Doch dies hier scheint mir kein geeigneter Ort für eine Unterhaltung zu sein. Folgt mir." Er führte seine beiden Gefangenen zurück auf die Straße.

„Gobby! Nein!", ertönte schreiend eine weibliche Stimme. Als Marcus sich umdrehte, sah er, dass sich ein rothaariges Mädchen und ein Junge mit einer braunen Kappe näherten. Die Augen des Mädchens waren schreckgeweitet.

„Ihr beide kommt auch mit, wenn euch etwas an den Burschen hier liegt", rief Marcus ihnen zu. Die beiden zögerten, aber dann flüsterte der Junge dem Mädchen etwas zu, das sich daraufhin umdrehte und davonrannte. Der Junge jedoch kam mit neugierig verengten Augen langsam näher.

Da es nicht möglich gewesen wäre, das Mädchen zu verfolgen, konzentrierte sich Marcus auf den Jungen. „Ich tue dir nichts und verrate dich auch nicht, das verspreche ich dir. Also komm." Zu Marcus' Überraschung zuckte der Junge die Schultern und folgte ihm zusammen mit den anderen.

Sie mussten eine merkwürdige Gruppe abgeben, dachte Marcus leicht belustigt, als sie ein paar Minuten später auf die Grosvenor Street gingen. Als sie das Haus erreichten, das er sich mit zwei seiner älteren Brüder teilte, war er froh, dass keiner von ihnen derzeit zu Hause war. Marcus führte die bunte Gruppe Jungen hinter das Haus in den kleinen Gemüsegarten, wo er die beiden losließ, die er bis jetzt festgehalten hatte, das Tor sicher verriegelte und sich dann zu den fünf Burschen umdrehte.

„Auch wenn es euch vielleicht jetzt noch nicht klar ist", setzte er an, „habt ihr alle großes Glück, dass euch niemand anders entdeckt hat – dass ich euch entdeckt habe, bevor ihr das beabsichtigte Verbrechen begehen konntet."

Die Jungen sahen skeptisch und verdrießlich drein, und das konnte er ihnen nicht verdenken. Sogar er selbst fand, dass er aufgeblasen klang. Er setzte erneut an.

„Ich nehme an, ihr alle seid in arger finanzieller Not. Habt ihr überhaupt Eltern?"

Die meisten der Jungen schüttelten die Köpfe.

„Auch wenn es scheint, als sei es der schnellste Weg aus der Misere, ist Diebstahl keine Lösung. Es ist viel zu riskant. Ihr versteht offenbar nicht, welche Konsequenzen es hätte, wenn man euch verhaften würde."

Der Junge mit der blauen Kappe schnaubte. „Wir würde' entweder abgeschobe' oder gehängt werde'", sagte er unbekümmert. „Das wisse' wir, Chef. Aber Ihr habt keine Beweise."

„Nein?" Bevor der Junge merkte, was er vorhatte, griff Marcus in dessen Tasche und zog sein eigenes Taschentuch hervor. „Vielleicht hast du das hier schon wieder vergessen?"

Der Junge erbleichte, und bevor Marcus ihm versichern konnte, dass er die Polizei nicht verständigen würde, sah er, wie der Bursche mit der braunen Kappe, der letzte, den er aufgegriffen hatte, sich langsam auf das Tor zubewegte.

„Ins Haus mit euch – alle", befahl er und trieb sie wie eine Herde nervöser Lämmer durch die Hintertür und hinunter in die Küche. Ohne auf die starrenden Bediensteten zu achten, wandte er sich zuerst an den Jungen mit der braunen Kappe.

„Du, Bursche, wie heißt du?" Er musste ein gewisses Vertrauen aufbauen, wenn er den Jungen helfen wollte.

„Das würde ich lieber nicht sagen, wenn es Euch nichts ausmacht", erwiderte der Junge.

Marcus starrte ihn an, denn die Stimme war eindeutig weiblich – sogar kultiviert, und hatte einen Akzent, den er nicht einordnen konnte.

Die anderen Jungen blickten ihn genauso überrascht an wie Marcus. Einem Impuls folgend nahm er ihm die braune Kappe ab. Und wie er schon befürchtet hatte, fiel eine Pracht dunkler Locken hinab, die nun um die Schultern "des Jungen" herumtanzten.

„Du ... du gehörst nicht zu dieser Gruppe, oder?"

Alle Fünf schüttelten die Köpfe.

„Darf ich gehen?", fragte die Kleine. In ihren gold-gesprenkelten grünen Augen zeichnete sich ein gewisses Maß an Belustigung ab.

„Noch nicht", erwiderte Marcus, der sich nun lächerlich vorkam, aber auch verärgert war. Die Blicke der neugierigen Bediensteten wurden ihm nun wieder allzu bewusst. „Ihr Vier bleibt hier. Du – kommst mit mir", sagte er zu ihr.

Er flüsterte der erschrockenen Köchin zu, dass sie den Jungen so viel Essen geben sollte, wie sie vertragen konnten und führte das Mädchen aus der Küche und die Treppe zur Eingangshalle hinauf. „Könntest du mir gefälligst jetzt verraten, wer du bist und warum du in Hosen durch London streifst?"

„Eher nicht", erwiderte sie. „Eure Einschüchterungstaktiken mögen vielleicht bei armen Straßenjungen wirken, aber nicht bei mir."

Er blinzelte. So klein und leicht wie sie war, hatte er sie auf ungefähr vierzehn geschätzt. Aber bei genauerem Hinsehen glaubte er nun, dass sie älter sein musste.

„Ich wollte Euch nicht einschüchtern", sagte er aufgebracht. „Wissen Eure Eltern, dass Ihr Euch in diesem Aufzug auf der Straße herumtreibt?" Ihre Kleidung hatte sie sich wahrscheinlich von ihrem Bruder geliehen, denn sie war ihr eindeutig zu groß. „Das habe ich mir schon gedacht", fuhr er fort, als sie errötete statt zu antworten. „Ich begleite Euch zu ihnen nach Hause."

„Begleiten ...? Na, das würde ein wirklich schönes Bild abgeben, oder?

Ich in einer Kniebundhose?" Noch immer schien sie eher belustigt als besorgt zu sein, was Marcus noch mehr verärgerte.

„Eine der Mägde kann Euch einen Rock leihen." Er blickte Richtung Küche. Er wollte die junge Diebesbande nicht zu lange mit der Köchin allein lassen.

Sie verstand seine Sorge offenbar. „Ihr könnt sie ja wohl schlecht hier lassen, während Ihr mich nach Hause bringt", stellte sie fest.

Er ignorierte ihren Einwand und winkte stattdessen eine vorbeigehende Hausmagd heran. „Millie, hast du oder eine der anderen Mägde einen Rock, den die Dame sich ausleihen könnte? Schnell, bitte."

Die Magd nickte und huschte die Treppe hinauf, während er sich wieder an das Mädchen wandte. „Ich kann Euch von einem Diener nach Hause bringen lassen – oder eine Kutsche kommen lassen, wenn Ihr das bevorzugt."

„Ich gehe zu Fuß – allein, vielen Dank. Es ist nicht weit."

Das bedeutete, dass sie in der Nähe des West End-Teils von London wohnen musste. Vielleicht fürchtete sie sich davor, dass man sie ausschimpfen würde oder Schlimmeres, wenn man herausfand, dass sie sich herumgetrieben hatte. Und das verdiente sie auch eindeutig. Er hielt nicht viel von Eltern, die ein so ungezogenes Gör unbeaufsichtigt ließen.

„Nun gut", sagte er schließlich, „aber Ihr müsst mir versprechen, vorsichtig zu sein – und nicht noch einmal allein das Haus zu verlassen. Ihr wohnt noch nicht lange in London, oder?"

Nach einem kurzen Zögern schüttelte sie den Kopf. „Ich bin erst seit zwei Tagen in England."

Endlich konnte er ihren Akzent einordnen. „Ihr seid Amerikanerin?"

Sie nickte.

„Ich gebe Euch einen gut gemeinten Ratschlag: London ist größer und weitaus gefährlicher als die Städte bei Euch zu Hause. Ihr habt Glück, dass Ihr nicht im Bordell gelandet seid."

Ihre Augen weiteten sich, was in ihm einen merkwürdigen Beschützerinstinkt weckte. Unter all der Männerkleidung war sie ein hübsches kleines Ding. Er wollte es ihr gerade genauer erklären, aber in dem Moment kam Millie mit dem geforderten Rock zurück.

„Hier, zieht den über Eure Kniebundhose. Sonst müsst Ihr sie tragen, was merkwürdig aussehen würde." Außerdem würde sie die Hose so nicht ausziehen müssen, denn es war schon merkwürdig genug für ihn, offenbar ein Mädchen gehobener Abstammung in seinem Haus zu haben.

Sie zog den Rock über und steckte ihn in den Bund der Hose, da er zu lang und zu weit in der Taille war. „Ob das wohl angemessen ist?" Sie machte sich immer noch über ihn lustig.

„Es muss wohl genügen." Er versuchte, sich nicht vorzustellen, wie sie wohl in gut geschneiderter Kleidung aussehen würde. Sie war mit Sicherheit zu jung, als dass er sie auf diese Weise betrachten durfte. „Seid Ihr Euch sicher, dass Ihr keinen Diener wollt, der Euch …?"

„Ja! Ich komme schon zurecht."

Da er nun wieder an die Jungen dachte, die in der Küche auf ihn warteten, beschloss Marcus, sie beim Wort zu nehmen. Es war noch immer hell draußen, und mitten in Mayfair würde sie wahrscheinlich niemand belästigen. Er führte sie zum Haupteingang, denn das erschien ihm angemessener als die Hintertür.

Er öffnete die Tür, und sie ging aus dem Haus, hielt dann aber auf der obersten Stufe inne, um einen übertrieben förmlichen Knicks zu vollführen. „Ich danke Euch für die Hilfe, mein lieber Sir."

Marcus wollte ihr gerade ebenso übertrieben förmlich antworten, als er einen Blick über ihren Kopf hinweg warf. Drei angesehene Matronen spazierten gerade vorbei, die das schöne Wetter ausnutzten und waren stehengeblieben, um das ungewöhnliche Schauspiel vor seiner Tür zu beobachten. Und ausgerechnet war eine von ihnen Lady Mountheath, die wahrscheinlich größte Klatschbase der Stadt.

Marcus war sich bewusst darüber, dass sie ihn anstarrten, deshalb half er ihr aus ihrem Knicks auf und küsste leicht ihren Handrücken. „Seid vorsichtig", wiederholte er und untermauerte seine Warnung mit einem ernsten Blick, von dem er hoffte, dass er Wirkung zeigen würde.

Sie schenkte ihm ein Grinsen, das ihr ganzes Gesicht bemerkenswert aufhellte, ebenso wie ihre ungewöhnlichen Augen. Dann eilte sie die Stufen hinunter und davon. Einen Moment lang blickte er ihr hinterher, wandte sich dann aber an die Damen, die ihn noch immer mit unterschiedlichen Graden an Missbilligung ansahen. Ohne Zweifel mussten sie glauben, dass er sich soeben von einer Prosituierten verabschiedet hatte, deren Dienste er in Anspruch genommen hatte. Die Vorstellung amüsierte und ärgerte ihn zugleich.

Er verbeugte sich vor den Matronen, woraufhin ihnen aufzufallen schien, wie unangebracht es war, ihn derart anzustarren, und sie gingen weiter. Er sah, dass Lady Mountheath einer der anderen bereits etwas zuflüsterte. Aber was machte das schon aus? Wenn die kleine Amerikanerin nur zu Besuch in England war, konnten sie ihrem Ruf langfristig nichts anhaben.

Mit diesem beruhigenden Gedanken ging er zurück in die Küche, um sich der Aufgabe zu widmen, das Vertrauen der Straßenjungen zu gewinnen – etwas, das ihm bei dem Mädchen wohl nicht gelungen war. Aber es war sowieso unwahrscheinlich, dass er sie jemals wiedersehen würde.

KAPITEL ZWEI

QUINN EILTE DIE GROSVENOR STREET ENTLANG, WÄHREND IHR HERZ BEI dem Gedanken an ihre knappe Flucht noch immer hämmerte – und an ihre Reaktion auf den Blick aus diesen unglaublich blauen Augen. Kein Mann hatte das Recht, so gut auszusehen! Sie ging schnell und schüttelte den Kopf über die Begegnung. Sie hatte Polly nicht, wie versprochen, geholfen – und keine Chance gehabt, mit Gobby zu sprechen. Sie wusste nicht, was dieser selbstgerechte englische … Mann mit diesen armen Jungen vorhatte. Wahrscheinlich wollte er sie in irgendein schreckliches Arbeitshaus schicken, nur um sie von der Straße zu holen. Zumindest hatte er sich aber nicht als ihr grausamer "Meister" entpuppt, so wie sie zunächst vermutet hatte, als sie ihm nach Hause gefolgt war.

Dann lachte sie. So gut er auch aussehen mochte, er war unerträglich großspurig, und sein Gesichtsausdruck, als er erkannt hatte, dass sie eine Frau war, war einfach unbezahlbar gewesen.

Dennoch hatte der Vorfall dazu geführt, dass sie nun zu spät nach Hause kam, und wenn ihr Vater herausfinden würde, was sie getan hatte, wäre sie ihm einige Erklärungen schuldig. Auch wenn er mit allen Familienmitgliedern im Allgemeinen freundlich umging, war er zu strengen Strafen fähig, wie er oft in den Docks von Baltimore bewiesen hatte. Sie wollte lieber nicht dafür sorgen, dass sich diese Seite an ihm gegen sie richtete.

Sie warf einen kurzen Blick hinauf zur im Westen stehenden Sonne, um sich zu orientieren, und ging dann Richtung Süden. Leider war ihre Route alles andere als direkt, was an der Anordnung der Straßen lag. Am Ende brauchte sie beinahe eine Dreiviertelstunde, um das Hotel zu erreichen. Und was noch bedauernswerter war, war die Tatsache, dass ihr Vater sie dort bereits erwartete.

„Wo um alles in der Welt bist du gewesen – und *was* hast du an?", fragte er in einem Tonfall, den sie nur allzu gut aus seinen Kapitänszeiten kannte.

„Ich habe mich nur ... umgeschaut." Wenn sie Polly erwähnte, würde sie nur riskieren, dass sich die Wut ihres Vaters auch gegen das arme Mädchen richtete.

„Hinein mit dir." Er wartete, bis sie vor ihm durch die Eingangstür und die breite Treppe hinauf zu ihrer Suite auf der zweiten Etage gegangen war, bevor er fortfuhr. „Weißt du eigentlich, wie gefährlich es war, allein durch die Straßen von London zu ziehen?"

Er hörte sich fast so an wie der unausstehliche englische Herr. Die Ähnlichkeit ärgerte sie so sehr, dass sie ihre Stimme und ihren Mut wiederfand. „Mir ist aber nichts passiert. Ich war vorsichtig."

„Vorsichtig?" Ihr Vater schnaubte. „Wir sind hier nicht in Baltimore, wo dich jeder kennt – und weiß, dass du meine Tochter bist. Vielleicht ist dir gar nicht bewusst, welche Art von Schutz dir das verleiht."

Quinn schluckte. So hatte sie die ganze Sache noch gar nicht betrachtet, aber natürlich hatte er recht. Captain Peverill hatte einen hervorragenden Ruf in ganz Baltimore und entlang der gesamten Küste Amerikas.

„London ist eine viel größere – und ältere – Stadt mit entsprechenden Gefahren", fuhr er fort. „Ich habe sogar gelesen, dass junge Frauen auf offener Straße entführt und zur Prostitution verkauft wurden."

Sie erschrak, denn schon wieder hörte er sich an wie der Herr, der sie nach Hause geschickt hatte. Kam etwas Derartiges wirklich so häufig vor? Sie wusste es nicht. „Aber hier im West End ist es doch sicherlich ..."

„Weniger wahrscheinlich, das gebe ich zu, aber nicht unmöglich. Und was ist mit deinem Ruf? Ich habe dir doch erklärt, dass die englische Gesellschaft bei jungen Damen einen viel strengeren Maßstab in Bezug auf Anstandsregeln setzt, als du es von zu Hause gewohnt bist. Hast du mir denn überhaupt nicht zugehört?"

„Aber gewiss, Papa. Ich habe nur gedacht ..."

„Nein, ich glaube gedacht hast du eben nicht." Aber nun wurde seine Stimme ein wenig sanfter. „Quinn, du hast mich halb zu Tode erschreckt, indem du einfach so verschwunden bist. Versprich mir, dass du so etwas nie wieder tust. Wenn du hinausgehen möchtest, nimm deine Dienerin mit – und sorge dafür, dass sie dich anständig ankleidet. Woher hast du diese Kleidung überhaupt?"

Nun entspannte sie sich allmählich und traute sich, seinem Blick zu begegnen. „Sie gehörten einst Charles – na ja, außer dem Rock." Sie trat den Stoff hoch und brachte so die Hose darunter kurz zum Vorschein. „Der gehört einer Magd." Sie sah keinen Sinn darin, zu erwähnen, wo die Magd angestellt war.

„Ich bin froh, dass du geistesgegenwärtig genug warst, um wenigstens den Rock dazu zu tragen. Zu Hause in einer Kniebundhose herumzulaufen, ist eine Sache, aber wenn man dich allein in so etwas hier sehen würde, wärst du – wären wir – als Gäste unempfänglich. Du musst an die Konsequenzen denken, bevor du handelst, Quinn."

„Ich weiß. Und es tut mir leid. Es kommt nicht wieder vor. Ich weiß, wie wichtig es ist, dass uns die englische Gesellschaft akzeptiert – um der Geschäfte willen." Das war ihr wirklich wichtig, auch wenn sie die anderen sozialen Bestrebungen ihres Vaters nicht teilte. „Ich … äh, gehe mich jetzt umziehen."

„Eine ausgezeichnete Idee", pflichtete er ihr bei. „Und vergiss nicht, ein schönes Kleid für morgen auszusuchen, wenn wir dich bei Lord und Lady Claridge vorstellen. Ich möchte, dass du zu diesem Anlass so gut wie möglich aussiehst."

Quinn eilte in ihre eigene Kammer und war dankbar, dass sie so glimpflich davongekommen war. Papa – und dieser aufgeblasene junge Herr, so ungern sie es auch zugab – hatten recht. Sie war so froh über die Gelegenheit gewesen, zu entfliehen, wenn auch nur kurz, dass sie die Konsequenzen nicht durchdacht hatte, bevor sie sich dazu bereit erklärt hatte, der armen Polly zu helfen.

Dennoch wünschte sie sich, sie hätte etwas für sie und ihren kleinen Bruder tun können. Quinn seufzte, als ihr klar wurde, dass es in einer Stadt dieser Größe wahrscheinlich Hunderte von Kindern in Not geben musste – und dass sie deren Leben nicht verändern könnte. Je länger sie in England blieb, desto mehr würde dieses Wissen an ihr nagen.

Es wäre also am besten, wenn sie so schnell wie möglich nach Baltimore und zu den Geschäften zurückkehren würde, wo sie *tatsächlich* etwas ausrichten konnte.

ALS MARCUS wieder in die Küche hinunterging, stellte er fest, dass Mrs. MacKays großzügige Portionen von Yorkshire Pudding und Hammelklöpsen bereits dafür gesorgt hatten, dass die vier Straßenjungen ihm etwas wohlgesonnener waren. Die Jungen hatten sich bereits gehörig über zwei große Mince Pies – einem traditionellen Mürbteignachtisch, gefüllt mit Rinderfett und verschiedenerlei Trockenobst – hergemacht, als er sich zu ihnen gesellte.

„Ihr seid in Ordnung, Chef, keine Frage", erklärte Stilt. Nicken und zustimmendes Murmeln verrieten, dass er für die ganze Gruppe sprach. „Ich frag' mich aber, was Ihr dafür habe' wollt."

Marcus schickte die Bediensteten aus dem Raum und setzte sich gegenüber von Stilt an den Küchentisch, ohne die Blicke der anderen Jungen zu beachten. „Ich kann es dir nicht verdenken, dass du so vorsichtig bist", sagte er. „Und in Wahrheit will ich tatsächlich etwas, aber ich hoffe, dass es etwas ist, das ihr gern mit mir teilt."

Der große Junge legte seine Gabel ab und sah Marcus misstrauisch an. „Hä? Und was wär' das?"

„Informationen."

Stilt schüttelte den Kopf und erhob sich. „Tut mir leid, Chef. Kommt, Jungs!"

„Wartet!" Marcus wollte den schlaksigen Jungen am Ärmel packen, aber hielt sich dann zurück. Er würde ihr Vertrauen niemals gewaltsam gewinnen. „Ich meine die Art von Informationen, die es dem Heiligen von Seven Dials ermöglicht haben, euch und anderen in der gleichen Situation zu helfen."

Nun hatte er die ungeteilte Aufmerksamkeit der Jungen. „Na sowas! Was wisst Ihr denn schon über den Heiligen?", wollte Gobby, der winzige rothaarige Junge, wissen.

„Wahrscheinlich mehr als ihr", erwiderte Marcus mit einem Grinsen. „Er ist einer meiner besten Freunde."

Es entstand ein erschrockenes Schweigen, dem umgehend ein Ansturm von Geflüster folgte, während die Jungen den Wahrheitsgehalt seiner Behauptung diskutierten. Marcus wartete, bis er wieder ihre Aufmerksamkeit hatte, bevor er fortfuhr.

„Der Heilige musste seine Art, Dinge zu regeln aufgrund veränderter Lebensumstände ein wenig umgestalten", sagte er vorsichtig, da er Lukes

Identität nicht direkt preisgeben wollte, falls man den Jungen nicht trauen konnte. „Er ist zurzeit überhaupt nicht in London."

Der Junge mit der blauen Kappe lachte. „Kein Wunder, dass die Polizei so viel' Frage' hatte. Ich hab' mir schon gedacht, dass er irgendwo untergetaucht is'. Das hat die Bullen in den Wahnsinn getriebe'. Ich wette, dass sie ihn jetzt nie finde' tun." Dann sah er Marcus wieder ernst an. „Aber was heißt das für uns, Chef? Und wo kommt Ihr dabei ins Spiel?"

Marcus hatte nicht gewusst, dass die Polizei noch immer hinter Luke her war, aber jetzt war nicht der richtige Zeitpunkt, um darüber nachzudenken. „Der Heilige hat euch nicht vergessen", sagte er zu ihnen. „Er, äh, hat mich gebeten, vorübergehend als sein Vermittler zu agieren, da sein wichtigster Informant mit ihm fortgegangen ist. Außerdem will ich dafür sorgen, dass die Polizei ihm niemals etwas anhaben kann, was auch immer er in Zukunft tun wird. Aber dazu brauche ich eure Hilfe."

Die Jungen wechselten Blicke, dann sprach Stilt. „Wir habe' ein paar Freunde, die dem Heiligen ihr Leben zu verdanke' habe'. Wir helfe' ihm – und Euch, Sir – wo wir nur könne'."

DAS CLARIDGE HOUSE auf der Mount Street war genauso imposant wie Quinn es sich vorgestellt hatte. Als sie die breiten Stufen zur Eingangstür hinaufgingen, wirkte ihr Vater beinahe nervös – etwas, das sie noch nie zuvor an ihm bemerkt hatte. Sie glättete ihre Röcke, während er den prunkvoll verzierten Türklopfer aus Messing betätigte und redete sich erneut ein, dass sie sich kein Stück darum scherte, was diese Leute von ihr dachten.

Der Captain nannte dem hochnäsigen Diener ihre Namen, woraufhin er sie einen Treppenabsatz hinauf und in einen exquisit möblierten Salon führte. „Captain und Miss Peverill", verkündete er tonlos, bevor er wieder im Flur verschwand.

Ein dünner Herr von ungefähr vierzig Jahren, den Quinn als den Marquis identifizierte, erhob sich, um sie zu begrüßen. „Captain Peverill. Es ist sehr... sehr lange her, nicht wahr?", sagte er mit einem vagen Lächeln und schaute kurz zu zwei opulent gekleideten Damen, deren ähnlich schönen und edlen Gesichtszüge sie als Mutter und Tochter auswiesen.

„Meine Gemahlin Lady Claridge und unsere Tochter Lady Constance

Throckwaite", sagte der Marquis und deutete nacheinander auf die beiden. Die Damen erwiderten die tiefe Verbeugung, die der Captain vor beiden vollführte, mit einem unterkühlten Nicken. „Wir sind überaus erfreut, Euch hier begrüßen zu dürfen, nicht wahr, meine Damen?"

„Gewiss." Lady Claridges steife Formalität stand im Widerspruch zu ihrer Antwort, während Lady Constance sich überhaupt nicht dazu äußerte. Lord Claridge hatte sich aber schon wieder den Gästen zugewandt.

„Und Miss Peverill. Quinn – der Familienname meiner lieben Mutter. Ich muss sagen, dass ich höchst erfreut bin, Eure Bekanntschaft zu machen. Ihr seht ... Eurer Mutter sehr ähnlich." Kummer trübte kurz seinen Blick, aber dann lächelte er wieder.

Gegen ihren Willen erwärmte sich Quinn für diesen zaghaften Mann, der die Augen ihrer Mutter hatte und es offenbar allen recht machen wollte – auch wenn ihm das wahrscheinlich nie gelingen würde.

„Auch Ihr habt Ähnlichkeit mit ihr, Mylord", erwiderte sie mit einem Knicks. „Meine Mutter hat stets liebevoll von Euch gesprochen." Dies war eine Übertreibung, denn Glynna Peverill hatte nur selten über ihre englische Verwandtschaft gesprochen, auch wenn sich Quinn erinnerte, dass sie ihren jüngeren Bruder einmal erwähnt hatte. Dennoch schien der Marquis erfreut zu sein.

„Hat sie das?", rief er. „Wir standen uns sehr nahe. Die arme, liebe Glynna."

Der Captain trat mit einer weiteren Verbeugung vor. „Das ist wahr, Mylord. Sie hat sogar unseren Erstgeborenen nach Euch benannt – Charles. Es war ihr sehnlichster, beinahe letzter Wunsch gewesen, dass Quinn zu Euch kommt, denn sie hat den Streit zwischen unseren Familien zutiefst bedauert."

Quinn starrte ihren Vater an, angewidert darüber, dass er eine solche Lüge erzählte. Ihre Mutter hatte in *ihrer* Gegenwart niemals einen solchen Wunsch oder irgendeine Art von Bedauern geäußert.

Lord Claridge aber war tief berührt, und Tränen traten in seine grünbraunen Augen. „Dann steht es in meiner Macht, Glynnas Gedenken zu würdigen, indem ich Euch beide wieder in den Schoß der Familie aufnehme. Wir wohnen heute Abend einer Feierlichkeit bei Lord und Lady Trumball bei – eine ausgezeichnete Gelegenheit, Quinn in die Gesellschaft einzuführen. Ist es nicht so, meine Liebe?" Er sah nun wieder seine Frau an.

„Ganz gewiss", sagte sie unterkühlt. „Ich befürchte jedoch, dass Ihr den Skandal vergessen habt, den Eure Schwester einst über Eure Familie gebracht hat; die anderen werden sich jedoch sehr wohl noch daran erinnern."

„Aber ... aber das ist doch beinahe fünfundzwanzig Jahre her", sagte der Marquis unsicher. „Mittlerweile ist es doch bestimmt ..."

Lady Claridge schnaubte. „Dann müssen wir wohl hoffen, dass Ihr recht behaltet." Mit diesen Worten wandte sie sich, begleitet von einem gezwungenen und unfreundlichen Lächeln an Quinn und den Captain. „Es würde ohnehin merkwürdig aussehen, wenn Ihr uns nicht begleitet, da schließlich alle wissen, dass Ihr hier bei uns wohnt."

Zu Quinns Verärgerung verbeugte sich ihr Vater erneut statt die unhöfliche Einladung abzulehnen. „Ihr seid überaus gütig, Mylady, das seid Ihr in der Tat. Natürlich fühlen wir uns sehr geehrt. Es wird gut für Quinn sein. Vielleicht kann Eure Tochter sie anderen jungen Leuten vorstellen, da die beiden im gleichen Alter zu sein scheinen."

Mit einem kurzen Blick zu Lady Constance erkannte Quinn, dass ihre hübsche Cousine kaum mehr darauf erpicht war als ihre Mutter, ihre amerikanischen Verwandten willkommen zu heißen. Stattdessen betrachtete sie Quinn, als sei sie eine zoologische Kuriosität.

„Selbstredend", sagte Lady Claridge mild. „Und Ihr könnt Euch darauf verlassen, dass ich nicht die gleichen Maßstäbe für Miss Peverills Benehmen setze wie für meine eigene Tochter. Ich werde natürlich ihre Erziehung berücksichtigen."

„Sehr freundlich", murmelte der Captain vage, aber Quinn schäumte vor Wut über diese Beleidigung, die sich ebenso gegen ihre Eltern wie auch gegen sie selbst richtete – besonders gegen ihre Mutter.

Der Marquis versuchte, den peinlichen Moment zu überspielen. „Aber, aber, meine Liebe. Ich bin mir sicher, dass Quinn in Bezug auf die Etikette äußerst versiert ist und sich hervorragend anpassen kann."

Quinn wagte dies stark zu bezweifeln. Dem verkniffenen Gesichtsausdruck von Lady Claridge nach zu urteilen, waren sie sich zumindest in diesem Punkt einig. Da sie nicht wusste, ob sie zivilisiert sprechen konnte, schwieg Quinn und hörte resigniert zu, als der Marquis das Personal anwies, ihr Gepäck in die Kammern bringen zu lassen.

„Sicherlich wollt Ihr Euch erst einmal ein wenig eingewöhnen", vermutete Lord Claridge, als alle ihre Habseligkeiten hineingebracht worden waren. „William zeigt Euch Eure Kammern. Es wird famos sein, Euch hierzuhaben. Einfach famos!"

Als sie die Treppe hinaufgingen, wünschte sich Quinn, sie hätte auch nur ein Fünkchen von der Begeisterung ihres Onkels. „Vater, *muss* das wirklich sein?", fragte sie, als der Diener sie im oberen Flur allein ließ.

„Papperlapapp, Quinnling, es wird alles gut. Lady Claridge ist ein wenig abweisend, aber sie wird dich bald ins Herz schließen, genauso wie es alle tun. Hab nur keine Angst."

Dass er ihren alten Spitznamen gebrauchte, besänftigte sie nur geringfügig. „Ich habe keine Angst, sondern ich glaube langsam einfach, dass ich genug von England gesehen habe."

„Aber, aber." Er tätschelte ihr unbeholfen die Schulter. „Du hast bisher aber doch kaum etwas von London gesehen, ganz zu schweigen von England. Es ist anders als daheim, das gebe ich zu, aber von nun an wird es leichter."

Quinn öffnete die Tür zu ihrer Schlafkammer – die eleganter war, als alle Räumlichkeiten, die sie bisher bewohnt hatte – und seufzte. Sie hoffte inständig, dass ihr Vater recht behalten würde, hatte jedoch eine leise Vorahnung, dass die Chancen dafür nicht gut standen.

Das Haus der Trumballs war eines der grandiosesten, die Quinn bisher in London gesehen hatte – selbst imposanter als das der Claridges, und auf jeden Fall eleganter als das Haus des Herrn vom Vortag. Als sie sich die Dekoration aus Blumen und Grünzeug in der Eingangshalle ansah, dachte sie unwillkürlich darüber nach, ob der Herr wohl verheiratet war.

Nicht, dass es in irgendeiner Form eine Rolle spielte. Sie hatte beschlossen, dass, wenn sie ihn je wiedersehen sollte, sie so tun würde, als würde sie ihn nicht erkennen. Dies würde sie beide vor einer peinlichen Situation bewahren – und das würde er sicherlich zu schätzen wissen, wenn man bedachte, welch großen Wert er auf Anstand legte.

Dennoch wäre es amüsant, sein Gesicht zu sehen, wenn er sie in dieser Aufmachung sehen würde. Sie blickte auf ihre neue Robe aus narzissengelbem Satin herab, die mit winzigen grünen Blättern bestickt war. Sie war recht schmeichelhaft – und unterschied sich stark von der Kniebundhose und dem Hemd, das sie gestern getragen hatte. Sie wurde aus ihren Gedanken gerissen, als Lord Claridge sie den Gastgebern vorstellte.

„… und das ist meine Nichte Miss Quinn Peverill."

Ihre Mutter hatte ihr von klein auf die Manieren der Gesellschaft beigebracht, daher konnte sie angemessen tief vor Viscount und Lady Trumball knicksen und war sich durchaus bewusst, dass Lady Claridge sie kritisch beäugte. „Es ist mir eine Ehre, Mylord, Mylady. Es ist überaus gütig von Euch, uns als Neuankömmlinge hier in der Stadt willkommen zu heißen."

„Ich bin erfreut, dass Ihr kommen konntet, meine Liebe", erwiderte Lady Trumball. „Die Stadt ist zu dieser Jahreszeit so überaus leer. Ich bin fast an der Aufgabe verzweifelt, genügend Gäste für mein kleines Fest ausfindig zu machen."

Quinn murmelte etwas über die Gastfreundschaft der Dame und folgte den Claridges in die Halle. „Das ist also ein 'kleines Fest'?", flüsterte sie ihrem Vater zu. „Es sind doch sicherlich fast hundert Leute hier!"

„Ich habe dir doch gesagt, dass sich die Londoner Gesellschaft in einem größeren Rahmen als in Baltimore bewegt, oder?", erwiderte er.

Da Quinn in dieser Bemerkung eine weitere Anspielung auf ihr gestriges Verhalten erahnte, ließ sie von dem Thema ab. Sie wollte gerade eine Anmerkung zu der Musik machen, die von einem kleinen Orchester in einer Ecke gespielt wurde, als eine Matrone mit grünem Turban, die ihr irgendwie bekannt vorkam, sie begrüßte.

„Captain Peverill, wie er leibt und lebt!", rief sie. „Ich war überaus erfreut, als ich erfahren habe, dass Ihr nach London kommen würdet. Ich schwöre, es ist eine Ewigkeit her, nicht wahr? Bitte sagt mir nicht, dass das die kleine Quinn ist."

Der Captain verbeugte sich. „Ich bin ebenso erfreut, Euch zu sehen, Mrs. Kennard. Ist Captain Kennard heute Abend auch hier?"

„Das ist er. Und er will sicherlich über langweilige nautische Themen mit Euch reden, da habe ich keinen Zweifel. Kommt, er macht Euch auch mit ein paar anderen Marinekapitänen bekannt." Sie hielt inne, um Quinn in die Wange zu kneifen, was sie stoisch über sich ergehen ließ. Nun fiel ihr wieder ein, dass die Frau sie vor sechs oder sieben Jahren in Baltimore besucht hatte.

„Ich schwöre, als ich dich das letzte Mal gesehen habe, warst du noch ein Kind. Du bist eine richtige Dame geworden."

„Ja, Ma'am. Danke", erwiderte Quinn und lächelte mechanisch. Erst als die Frau sich abgewandt hatte, rieb sie sich verstohlen die schmerzende Wange.

Ihr Vater hatte ihr nicht bedeutet, ihm zu folgen, daher blieb sie, wo sie war. Auf zusätzliche Erinnerungen an die Vergangenheit von Mrs. Kennards konnte sie ohnehin verzichten. Die Claridges waren bereits weitergegangen, daher stand sie kurzzeitig allein im Saal.

Obwohl es mit Sicherheit nicht sittsam war, ohne Begleitung dazustehen, war es Quinn nur recht, dass sie einen Moment Zeit hatte, sich ihre Umgebung genauer anzusehen. Interessiert beobachtete sie eine vorbeigehende Gruppe – die Damen wirkten in ihren Sommerkleidern wie Schmetterlinge, zu denen die Herren einen nüchternen Kontrast aus Schwarz, Braun und Dunkelblau bildeten.

Ein heller gekleideter Herr fiel ihr ins Auge – nicht nur aufgrund seiner fliederfarbenen Weste, sondern weil er sie an den Mann erinnerte, der sie gestern von der Straße aufgelesen hatte, auch wenn er nicht ganz so gut aussehend war. Vielleicht ein Verwandter?

Er sah sich gerade um, bemerkte, dass sie ihn beobachtete und kam lächelnd auf sie zu. „Ich weiß, dass es sich gar nicht schickt, mit Euch zu reden, ohne Euch offiziell vorgestellt worden zu sein, aber Ihr wirkt recht verloren, Miss …?"

„Peverill", erwiderte sie und war gerührt von seiner Freundlichkeit. „Quinn Peverill."

Er verbeugte sich vor ihr. „Lord Peter Northrup, zu Euren Diensten. Quinn Peverill, ja? Ein ungewöhnlicher Name, aber irgendwie kommt er mir bekannt vor. Ihr seid wohl neu in der Stadt?"

„Ja, wir sind erst vor ein paar Tagen eingetroffen. Mein Vater ist Captain Palmer Peverill aus Baltimore", half sie ihm auf die Sprünge. „Er ist dort drüben." Sie deutete auf eine Gruppe aus einem halben Dutzend Herren, die in eine lebehafte Unterhaltung vertieft waren.

Lord Peter zog einen Augenblick die Augenbrauen zusammen, bevor ihm die Erkenntnis zu kommen schien. „Ah! Jetzt habe ich es. Eure Mutter ist dann wohl Lady Glynna Throckwaite, die Tochter von Lady Adela Quinn und dem verstorbenen Lord Claridge. Dann seid Ihr die Nichte des aktuellen Marquis', nicht wahr? Ich sehe die Claridges dort drüben. Soll ich Euch zu Ihnen zurückbringen?"

„Nein, danke", sagte Quinn beeindruckt über seine Kenntnisse bezüglich ihrer Familiengeschichte. „Das heißt, ich … ich werde mich bald wieder zu ihnen gesellen." Ihre Tante würde mit Sicherheit eine erneute boshafte Bemerkung über ihre Erziehung machen, wenn ein Herr, dem sie nicht ordentlich vorgestellt worden war, sie durch den Saal begleiten würde.

„Gewiss, gewiss", sagte er. Ihr Zögern war ihm sicherlich nicht entgangen. „In der Zwischenzeit gibt es sicherlich auch noch andere Personen, die sich darüber freuen würden, Eure Bekanntschaft zu machen. Mein Bruder Marcus zum Beispiel, ebenso wie ein paar der jüngeren Damen, die heute hier sind. London ist ein trister Ort, wenn man keine Freunde hat."

Er hielt ihr seinen Arm hin, und sie hakte sich vorsichtig bei ihm ein, zerrissen zwischen Dankbarkeit und Scham. Erschien sie etwa so bedürftig, oder hatte Lord Peter einfach eine Schwäche dafür, jungen Damen zu helfen, die er in Not glaubte?

„Marcus, meine Damen, ich möchte Euch Miss Quinn Peverill vorstellen, die erst vor Kurzem in England eingetroffen ist. Miss Peverill, mein Bruder Lord Marcus Northrup." Er nannte auch die Namen der anderen drei Damen, die in der Runde standen, aber Quinn nahm sie kaum wahr. Stattdessen starrte sie sprachlos ihren scheinheiligen "Retter" vom Vortag an.

MARCUS WANDTE sich mit einem Lächeln um, als er die Worte seines Bruders vernahm, nur um erstaunt innezuhalten, als er den jungen Wildfang sah, den er gestern von der Straße aufgelesen hatte. Er fing sich schnell, verbeugte sich und hoffte, dass niemand sein Zögern bemerkt hatte.

„Ich bin erfreut, Eure Bekanntschaft zu machen, Miss Peverill." Er bemühte sich, jeglichen Anflug von Spott aus seiner Stimme zu vertreiben, aber die Belustigung in ihren Augen verriet ihm, dass es ihm nicht gelungen war. Er hoffte, dass das junge Ding ihre unorthodoxe Begegnung nicht erwähnen würde.

Und das tat sie auch nicht. „Lord Marcus", sagte sie kühl und neigte den Kopf anständig zum Gruß, auch wenn ihre Augen nun neckisch funkelten. Dann wandte sie sich an die anderen Personen, um sie zu begrüßen. Miss Chalmers befragte sie zu ihrem Leben in Amerika, wodurch er die Gelegenheit hatte, seine widersprüchlichen Emotionen zu zügeln, die ihn bei ihrem Anblick überkommen hatten.

Nachdem er sich gestern Abend noch lange Gedanken über sie gemacht hatte, war er zu dem Schluss gekommen, dass sie die Tochter eines amerikanischen Händlers sein musste – vielleicht recht wohlhabend, aber sicherlich kein Mitglied der feinen Gesellschaft. Offenbar hatte er falsch gelegen, wenn sie zu einer Veranstaltung wie dieser kam.

Was ihn noch mehr erschrak, war der Anflug von Freude, den er darüber empfunden hatte, sie wiederzusehen. Sie war recht hübsch anzusehen, besonders jetzt, da sie angemessen gekleidet war, aber viel zu jung für seinen Geschmack und eindeutig nicht ganz mit den üblichen Umgangsformen vertraut, wenn man den Vorfall von gestern und ihr offensichtlich fehlendes Bedauern darüber bedachte.

„Und es leben keine wilden Indianer in Eurer Nähe?", fragte Miss Chalmers sie mit offensichtlicher Enttäuschung.

„Nein, Baltimore ist wohl kaum Wildnis, sondern eine der größten Hafenstädte Amerikas", erklärte Miss Peverill. „Weitaus kleiner als London natürlich, aber es leben alles in allem etwa zwanzigtausend Menschen dort."

„Du liebe Güte! Das wusste ich ja gar nicht", rief Miss Chalmers. Die anderen jungen Damen pflichteten ihr bei und bombardierten sie weiter mit Fragen.

„Du scheinst recht beeindruckt von Miss Peverill zu sein", flüsterte Peter Marcus zu, während die Damen in ihre Unterhaltung vertieft waren. „Ein einnehmendes kleines Ding, das gebe ich zu, und mit makellosen Verbindungen mütterlicherseits."

Marcus runzelte die Stirn und versuchte dann eilig, gelangweilt dreinzublicken. „Ach ja?"

Peter nickte. „Enkelin des vierten Lord Claridge und Cousine der wunderschönen Lady Constance."

Trotz seiner Überraschung sagte Marcus nur: „Ein neues Gesicht ist natürlich immer eine Attraktion, besonders so spät in der Saison. Aber das gleicht wohl kaum einen Mangel an Vernunft aus."

Peter blinzelte ihn an. „Du findest, dass es Miss Peverill an Vernunft mangelt? Inwiefern?"

Aber Marcus hatte nicht vor, seinem Bruder von den Geschehnissen des vergangenen Tages zu berichten. Miss Peverills Ruf interessierte ihn nicht übermäßig, da sie sich so willentlich ungebührlich verhalten hatte. Dennoch zog er es vor, seine Begegnung mit den Straßenjungen nicht zu erläutern – ebenso wenig wie seine Pläne, ihnen zu helfen. Er wusste schon jetzt, dass Peter dagegen sein würde.

„Amerikanische Mädchen kamen mir schon immer recht burschikos vor", sagte er schließlich. „Ich bezweifele, dass Miss Peverill in dieser

Hinsicht anders ist. Das kommt davon, wenn man ohne die Etikette aufwächst, die bei unseren englischen Damen ganz selbstverständlich sind."

Zu spät wurde ihm bewusst, dass er ein wenig zu laut gesprochen hatte und die Unterhaltung der Damen beendet war. Ein kurzer Blick in ihre Richtung verriet ihm, dass zumindest Miss Peverill ihn gehört hatte. Ihre ungewöhnlichen gold-grünen Augen funkelten ihn erbost an, auch wenn sie nichts sagte. Eilig drehte er sich wieder zu Peter um, der nun die Stirn runzelte.

„Zumindest ist *eine* Person hier anwesend, die kein umfassendes Verständnis von den Umgangsformen zu haben scheint", sagte Peter scharf und in gleicher Lautstärke, so dass Miss Peverill seine Zurechtweisung hören könnte.

Dann sprach er leiser weiter. „Es erstaunt mich, dass ausgerechnet du Predigten über Anstand hältst, Marcus. Ich hoffe, das bedeutet, dass du dich bessern willst, aber ich vermute eher, dass lediglich die Heuchelei aus dir spricht, die vielen Lebemännern und Nichtsnutzen zu eigen ist."

Peter entfernte sich nun, um ein paar andere Bekannte zu begrüßen, und Marcus war froh, dass er ging. Er war schließlich kein Schuljunge, der sich von seinen älteren Brüdern für seine Unzulänglichkeiten ausschelten lassen musste.

Seine Erleichterung war jedoch kurzweilig, denn am anderen Ende des Saals entdeckte er nun Lady Mountheath und eine der anderen Matronen, die gestern Miss Peverill dabei gesehen hatten, wie sie sein Haus verlassen hatte. Ob sie sie in ihrer derzeitigen Aufmachung wiedererkennen würden? Ganz gewiss nicht.

Dennoch zerbrach er sich den Kopf über eine plausible Erklärung für ihre Anwesenheit, nur für den Fall. Aber ihm wollte einfach nichts in den Sinn kommen.

„Lord Marcus, habt Ihr nicht gesagt, dass Ihr eines Tages die amerikanischen Kontinente bereisen wollt?", fragte Miss Augusta Melks nun und bezog ihn so in die Unterhaltung der Damen ein, die sie mittlerweile wieder aufgenommen hatten. Offensichtlich hatte sie ihn vorhin nicht gehört. „Ihr müsst unbedingt hören, was Miss Peverill darüber zu erzählen hat!"

„Ja, das sollte ich wohl", erwiderte er und bemühte sich, gleichzeitig höflich und desinteressiert zu klingen. „Baltimore, sagtet Ihr, Miss Peverill? Das ist in Maryland, nicht wahr?"

Sie nickte und betrachtete ihn misstrauisch. Nach seiner Anmerkung vorhin fürchtete sie sicherlich, dass er vorhatte, ihre törichte Eskapade aufzudecken. „Ja, nördlich von Washington – wisst Ihr, die Stadt, die die Engländer vor einigen Jahren niederbrennen wollten", fügte sie mit einer hochgezogenen Augenbraue hinzu. „Es gibt in diesem Teil der Welt eine Menge zu sehen, wie ich den anderen bereits erzählt habe."

„Das habe ich schon gehört", erwiderte er und versuchte, sie mit einem Lächeln zu beruhigen. Er fand, dass sie sich geringfügig entspannte, auch wenn ihre Augen noch immer nachtragend funkelten. Dann schaute sie an ihm vorbei und wirkte mit einem Mal wieder angespannt.

„Wie ich sehe, hast du bereits Freunde gefunden, Quinn", erklang eine Stimme hinter Marcus. „Ausgezeichnet! Ausgezeichnet!"

Als er sich umdrehte, stellte er fest, dass die Stimme einem großen, breitschultrigen älteren Mann gehörte, dessen wettergegerbtes Gesicht von seinen Jahren auf See erzählte. Obwohl er tadellos gekleidet war, wirkte er auf einer so zahmen Veranstaltung eher fehl am Platz – wie ein Adler in einem Käfig voller Kanarienvögel.

„Papa, ich möchte Euch meine neuen Bekannten vorstellen." Marcus fand, dass Miss Peverill eilig sprach, als würde sie abwenden wollen, dass ihr Vater noch mehr sagte. „Miss Chalmers, Miss Melks und Miss Augusta Melks. Und Lord Marcus Northrup", fügte sie hinzu, fast so, als wäre es ihr erst nachträglich eingefallen. „Mein Vater, Captain Peverill."

Marcus sah sie scharf an und fragte sich, ob sie ihn mit Absicht beinahe beleidigt hatte, aber sie hielt seinem Blick freundlich stand.

„Ich bin höchst erfreut, meine Damen", grüßte der Captain mit einer schwungvollen Verbeugung, woraufhin alle affektiert lächelten. Dann wandte er sich an Marcus. „Northrup. Dann seid Ihr also mit dem Herzog von Marland verwandt, oder nicht, Mylord?"

„Ja, Sir. Der Herzog ist mein Vater."

Captain Peverills Augenbrauen hoben sich, und er grinste seine Tochter kurz an. „Dann bin ich ganz besonders erfreut, Eure Bekanntschaft zu machen, Mylord. Ich hoffe, meine Tochter hat sich gut benommen?"

Marcus blinzelte. Hatte sie ihm etwa erzählt …?

Aber Miss Peverills gequält gezischtes „Papa!" zeigte ihm, dass das nicht der Fall war. Dennoch schien die Eskapade von gestern typisch für sie gewesen zu sein, wenn ihr Vater eine solche Frage stellte.

„Tadellos, Sir", fühlte er sich verpflichtet zu sagen. Der dankbare Blick, den sie ihm schenkte, war ein weiterer Beweis dafür, dass ihr Vater nichts wusste.

Marcus stellte allerdings die elterlichen Fähigkeiten von Captain Peverill in Frage. Mit Sicherheit hatte er seiner Tochter viel zu früh gestattet, die Schule zu verlassen. Sie konnte nicht älter als sechzehn oder siebzehn sein, was auch ihre Impulsivität und ihren Mangel an Urteilsvermögen erklärte. Welche Entschuldigung der Captain wohl für seine elterlichen Unzulänglichkeiten hatte?

Bevor er sich selbst fragen konnte, warum ihn all das so brennend interessierte, unterbrach die Stimme, die er besonders gefürchtet hatte, die Unterhaltung.

„Mein lieber Lord Marcus", rief Lady Mountheath mit überzogener, von Falschheit triefender Freundlichkeit. Ihre füllige Figur war in Amethystseide gehüllt. Als wäre es ihr gutes Recht, schob sie sich in den immer größer werdenden Kreis. „Welch eine Freude, euch so bald schon wiederzusehen."

Sein Herz sank ob dieser indirekten Anmerkung zum Vortag, aber er lächelte nur und verbeugte sich. „Die Freude ist ganz meinerseits, Mylady." Da er keinen höflichen Ausweg sah, drehte er sich widerwillig um und stellte sie vor. „Lady Mountheath, darf ich Euch den beiden Neuankömmlingen in London vorstellen? Captain und Miss Peverill."

Sie erwiderte die Verbeugung des Captains mit einer majestätischen Neigung ihres Kopfes und wandte sich dann seiner Tochter zu, um übertrieben erschrocken zusammenzuzucken; ihre Überraschung war ganz offensichtlich nicht echt. Wie Marcus befürchtet hatte, musste dies der wahre Grund dafür gewesen sein, weswegen sie zu ihnen gekommen war.

„Aber, Miss Peverill!", rief sie. „Ich hatte eigentlich gehofft, dass ich mich geirrt hatte, aber nun erkenne ich, dass das nicht der Fall ist. Ich muss gestehen, dass ich überrascht bin, dass Ihr den Mut habt, Euch auf einer so ehrbaren Veranstaltung blicken zu lassen."

Murmelnde Proteste waren aus der Gruppe der Damen zu vernehmen, als sie diese Beleidigung hörten. Captain Peverills dichte Augenbrauen senkten sich misstrauisch. „Wie bitte, Mylady? Was hat meine Tochter denn getan, dass Ihr so zu Ihr sprecht?"

Lady Mountheath sah ihn mitleidig an, auch wenn ihre Lippen triumphierend zuckten. Marcus stand wie angewurzelt da und wünschte sich, dass sich der Erdboden unter ihm auftun würde.

„Mein lieber Sir, ich muss Euch leider mitteilen, dass Eure Tochter die Regeln der Etikette missachtet hat, indem sie ..."

Sie hielt kurz inne, als zögere sie, weiterzureden, aber Marcus wusste, dass dies nur dazu diente, den dramatischen Effekt zu verstärken.

„... einen Herrn *allein* in seinem Haus besucht hat. Nicht einmal eine Magd hat sie begleitet. Ich habe selbst gesehen, wie sie sein Haus verlassen hat."

Die umstehenden Gäste schnappten nach Luft, und das Stirnrunzeln des Captains richtete sich nun gegen seine Tochter.

Da er sich verpflichtet fühlte, einzuschreiten, sprach Marcus nun, auch wenn er nicht genau wusste, was er sagen sollte. „Dafür gibt es eine ganz einfache Erklärung, Mylady", setzte er an. „Die Wahrheit ist, dass Miss Peverill – dass sie und ich ..."

„Verlobt sind", beendete Captain Peverill den Satz geschickt.

Marcus starrte ihn mit offenem Mund an, ebenso wie Miss Peverill.

„Verlobt?" Lady Mountheath sah äußerst skeptisch aus.

Der Captain nickte energisch. „Wir hatten vor, es erst dann bekanntzugeben, nachdem ihr Bruder in Baltimore darüber in Kenntnis gesetzt werden konnte, aber in Anbetracht des Ungestüms der Jugend war dieser Aufschub vielleicht unklug."

Lady Mountheath fuhr Marcus an: „Mylord, ist das wahr?"

Aus dem Augenwinkel sah er, dass Miss Peverill den Kopf schüttelte und mit den Lippen Worte formte. Und auch wenn er ebenso erschrocken über die Wendung war, die die Dinge genommen hatten, tat dies rein gar nichts zur Sache. Marcus blickte Lady Mountheath direkt in die Augen und sagte das einzig Ehrenhafte, das er sagen konnte.

„Selbstredend ist es wahr, Mylady. Warum sonst hätte sie mich gestern besuchen sollen?"

KAPITEL DREI

AUCH WENN SIE KURZ SPRACHLOS WAR, FAND QUINN SCHLIEßLICH IHRE Stimme wieder. „Verlobt!" Das Wort klang wie ein ersticktes Flüstern. Bevor sie etwas anderes – oder Lauteres – sagen konnte, umfasste ihr Vater ihren Arm mit einem eisernen Griff, der so unerwartet und erschreckend war, dass sie wieder schwieg.

„Ja, wir sind alle überaus erfreut", sagte er etwas zu laut. „Es kam natürlich recht plötzlich, aber Ihr wisst ja, wie es mit den jungen Leuten ist. Liebe auf den ersten Blick und so weiter."

„Aber ..." Der Griff ihres Vaters wurde noch fester, sodass es schmerzte, und wieder schwieg sie und starrte ihn nur an. Ihre Augen füllten sich mit Tränen. Noch nie zuvor in ihrem Leben hatte er ihr wehgetan. Was ...?

Er sah sie mit einem Blick an, der sowohl warnend als auch flehend wirkte – es war das Flehen, das sie schließlich überzeugte. Sie schluckte und drehte sich wieder zu Lord Marcus um. Sein Gesicht aber wirkte wie in Stein gemeißelt, vollkommen ausdruckslos. Schließlich wandte sie sich mit dem strahlendsten Lächeln, das sie aufbringen konnte, an Lady Mountheath.

„Es war wirklich töricht", sagte sie und ärgerte sich über ihren gekünstelten Tonfall. „Lord Marcus hatte mich zu einem Spaziergang durch Mayfair eingeladen, aber bevor ich nach Hause zurückgekehrt bin, habe ich darauf bestanden, kurz in sein Haus zu gehen, um einen Schluck zu trinken, da es so warm war. Er hat mich gewarnt, dass es eigentlich nicht ganz schicklich wäre, sein Haus zu betreten, aber da es ohnehin nur kurz war, habe ich seinen Worten leider keinerlei Beachtung geschenkt."

Ihr Vater lachte nachsichtig. „Quinn kann zuweilen sehr dickköpfig sein, und das wird ihr oft zum Verhängnis. Ist dem nicht so, Lord Marcus?"

Da er nun direkt angesprochen wurde, nickte der Herr, auch wenn sein Gesicht weiterhin ausdruckslos blieb, wie Quinn bemerkte. „In der Tat. Die liebe, impulsive Quinn." Auch wenn seine Worte fast mechanisch klangen, schienen sie den gewünschten Effekt zu haben.

Lady Mountheaths übereifriges Lächeln verschwand und wurde von einem Gesichtsausdruck ersetzt, der Quinn an einen Hund erinnerte, der seines geliebten Knochens beraubt worden war.

„Dann würden die beiden Herren vielleicht gut daran tun, der jungen Dame die Regeln der *englischen* Etikette beizubringen", sagte sie scharf, wobei sie jeden einzelnen nacheinander misstrauisch ansah. „Was in der Wildnis Amerikas erlaubt ist, kann den Ruf einer jungen Dame hierzulande ruinieren, das kann ich Euch versichern."

„Ja, Mylady, das wird mir nun auch bewusst", sagte Quinn zustimmend, auch wenn sie innerlich vor Wut über die Beleidigung an ihrem Heimatland schäumte. „Ich werde in Zukunft selbstverständlich umsichtiger sein."

Lady Mountheath schnaubte, und obwohl sie ganz offensichtlich noch immer an der Erklärung zweifelte, konnte sie der einheitlichen Fassade der drei nichts entgegensetzen. „Das hoffe ich, zu Eurem eigenen Wohl, meine Liebe. Schließlich ist ein guter Ruf sehr schnell ruiniert."

Mit dieser eindeutigen Warnung stolzierte sie zu Quinns großer Erleichterung davon. Sie hatte allerdings keine Zeit zum Nachdenken, denn nun drängten sich Miss Chalmers und die beiden Misses Melks näher heran, um alle Einzelheiten ihrer erfundenen Verlobung zu erfahren.

„Liebe auf den ersten Blick", seufzte Miss Augusta. „Wie überaus romantisch! Und Ihr gerissenen Füchse habt so getan, als wärt Ihr einander soeben erst vorgestellt worden. War das nicht gerissen, Lucinda?"

Ihre Schwester pflichtete ihr mit einem Blick bei, der Quinn verriet, dass sie die schlauere von den beiden war. „In der Tat. Hattet Ihr wirklich geglaubt, dass Ihr dieses Geheimnis lange wahren könntet? Wie lange dauert es denn, bis Eurem Bruder in Amerika die Nachricht übermittelt wird?"

Quinn warf ihrem Vater einen Blick zu und erkannte, dass er nicht in der Lage war, die Geschichte, die er selbst erfunden hatte, näher auszuführen. „Erst in einem Monat oder noch später, wie ich befürchte", sagte sie eilig, bevor jegliches Zögern auffallen würde. „Man muss die Reisepläne der Schiffe ebenso wie das Wetter berücksichtigen."

Captain Peverill pflichtete dieser Einschätzung nun bei und warf Quinn einen dankbaren Blick zu. Mit minimaler Hilfe von Lord Marcus, der noch immer von der Wendung der Ereignisse schockiert zu sein schien, gelang es ihr und ihrem Vater, die vielen Fragen, die nun über sie hereinströmten, zu beantworten oder ihnen auszuweichen.

Endlich entschuldigten sich die drei Damen, zweifellos, um die Neuigkeit ihren Bekannten zu erzählen. Captain Peverill nutzte die Gelegenheit, um kurz mit Lord Marcus zu sprechen.

„Danke, Mylord, dass Ihr Euch für diese ehrenhafte Lösung entschieden habt. Mir ist bewusst, dass Ihr eigentlich keine Verlobung geplant hattet."

Der Herr betrachtete ihn misstrauisch. „Äh, gewiss nicht", gab er zu. „Das heißt ..."

„Aber natürlich nicht", rief Quinn. „Ich kann nicht glauben, dass du allen etwas Derartiges erzählt hast, Papa! Nun wird es noch törichter aussehen, wenn herauskommt, dass es niemals eine Verlobung gab." Dennoch bewirkte der Gedanke daran, mit dem gut aussehenden Lord Marcus verlobt zu sein, dass sie Schmetterlinge im Bauch hatte. Mit Sicherheit waren dies nur die Nachwirkungen des Schocks.

„Sprich leiser", sagte ihr Vater streng. „Vielleicht wäre mir eine andere Lösung eingefallen, wenn du mir die *ganze* Geschichte zu deinem gestrigen Abenteuer erzählt hättest. Aber nun müssen wir mit dieser leben."

„Leben?" Lord Marcus wiederholte das Wort zur gleichen Zeit wie Quinn und klang dabei genauso erschrocken wie sie.

Captain Peverill nickte. „Jetzt können wir es nicht mehr zurücknehmen, ohne Quinns Ruf unvermeidbar zu ruinieren – und vielleicht auch den Euren, Mylord. Ihr habt ja gehört, was Lady Mountheath gesagt hat."

„Diese widerwärtige Frau!" Aber Quinns Wut richtete sich nicht ausschließlich gegen Lady Mountheath. „Ich weigere mich, mir von ihr – oder irgendjemand anderem – vorschreiben zu lassen, was ich tue, nur weil die Leute reden könnten. Was kann sie schon ausrichten?"

Es war Lord Marcus, der antwortete. „Eine ganze Menge, befürchte ich", sagte er bestimmt. „Ihr hören alle zu, die in der Gesellschaft Rang und Namen haben. Und ihr gefällt es, ihren Einfluss zu nutzen, um den Ruf anderer zu ruinieren. Das habe ich selbst mehr als einmal beobachtet ..."

Er wurde durch die Ankunft von Lady Claridge unterbrochen, die ihren Mann und ihre Tochter im Schlepptau hatte. „Wie ich höre, sind Glückwünsche angebracht?" Sie blickte zwischen Quinn und Lord Marcus hin und her. Hinter ihr beobachtete sie Lady Constance mit vor Neugier geweiteten Augen, und Lord Claridge lächelte, auch wenn er etwas unsicher wirkte.

Quinn begegnete dem Blick ihrer Tante so gefestigt wie dies bei ihrem inneren Durcheinander möglich war, aber bevor sie die Neuigkeiten abstreiten oder ihr Vater sie bestätigen konnte, sprach Lord Marcus.

„Ja, Lady Claridge, Miss Peverill hat mir die überaus große Ehre erwiesen, sich bereit zu erklären, meine Gemahlin zu werden."

Quinn starrte ihn ungläubig an, und er reagierte mit einem kaum wahrnehmbaren Achselzucken, bei dem ihr auf einmal auffiel, wie breit die Schultern unter seinem perfekt sitzenden Mantel waren.

„Es ist unglaublich, wie schnell sich die Nachricht verbreitet hat", fuhr er fort und hielt ihrem Blick einen Moment stand, bevor er sich wieder Lady Claridge zuwandte. „Besonders, wenn man bedenkt, dass es noch keine offizielle Bekanntgabe gab."

Diese Worte gaben Captain Peverill die Gelegenheit, nun erneut zu erklären, dass die Bekanntgabe der Verlobung verzögert werden sollte, bis Charles informiert werden konnte. Sofern das überhaupt möglich war, wurde Lady Claridges Gesichtsausdruck nun noch verkniffener, wie Quinn fand.

„Man könnte annehmen, dass zumindest ihr Onkel informiert worden wäre, wenn man bedenkt, dass er ihr die Türen zu seinem Haus geöffnet hat", sagte sie unterkühlt. „Dann hätten wir die Neuigkeiten nicht über Dritte erfahren müssen." Sie runzelte die Stirn und sah dabei zu Lady Mountheath hinüber, die sich gerade lebhaft mit einer wiederum neuen Gruppe von Gästen unterhielt.

„Es tut mir aufrichtig leid, Mylady", erwiderte der Captain, während Lord Claridge besänftigendes Gemurmel von sich gab. „Ihr habt natürlich vollkommen recht, besonders, da wir gehofft hatten, dass Quinn bei Euch wohnen kann, bis sie in ein paar Monaten heiratet. Auch wenn ich nicht so lange in England verweilen kann, hoffe ich doch, dass ich zur Hochzeit zurückkehren kann."

Monate? Quinn hatte nicht die Absicht, monatelang in England zu bleiben! Genau genommen war es noch dringender erforderlich als jemals zuvor, ohne Verzögerung nach Hause zurückzukehren, bevor diese absurde, erfundene Verlobung noch zu einer echten würde.

„Papa, wir dürfen uns doch nicht derartig aufdrängen ...", setzte Quinn hastig an, aber Lord Claridge unterbrach sie.

„Unsinn, Liebes, Unsinn. Du gehörst doch schließlich zur Familie. Es ist nur recht und billig, dass du bis zu diesem erfreulichen Anlass bei uns bleibst." Er schien aufrichtig glücklich darüber zu sein.

Ihr Vater stimmte ihm eifrig zu, und Quinn gab nach und beschränkte sich auf einen entschuldigenden Blick zu ihrer Tante und Cousine, den beide mit Kälte erwiderten. Wenn sie erst allein waren, würde sie ihren Vater schon davon überzeugen, dass es töricht war, diese Lüge weiterhin aufrecht zu erhalten – und dass es unerlässlich war, ihr zu gestatten, mit dem nächstmöglichen Schiff mit ihm nach Baltimore zurückzukehren.

Aber in den nächsten paar Stunden hatte Quinn keine Gelegenheit, mit ihrem Vater oder Lord Marcus unter vier Augen zu sprechen. Immer wieder wurden sie von Leuten unterbrochen, die ihnen gratulieren wollten. Quinn warf ihrem Vater immer wieder vielsagende Blicke zu, die er allesamt unbekümmert ignorierte. Es war eine Erleichterung für sie, als sie endlich die Gesellschaft verließen.

Lord Marcus verbeugte sich über ihrer Hand; seine Miene war noch immer steif, aber in seinen blauen Augen blitzte etwas auf, das man als Belustigung hätte deuten können. Doch wenn überhaupt, ärgerte sie dies nur noch mehr. Sie verabschiedete sich kühl von ihm und widerstand dem Drang, sich nach seinen wahren Gefühlen zu erkundigen. Er musste doch sicherlich erkennen, dass sie auf ein potenzielles Desaster zusteuerten.

Captain Peverill dagegen schien die ganze Sache als vollen Erfolg zu betrachten. „Ich hätte es selbst nicht besser planen können", flüsterte er ihr zu, als sie kurze Zeit später mit den Claridges auf die Kutsche warteten. „Verlobt mit dem Sohn eines Herzogs! Nicht schlecht für unseren ersten Abend in der Gesellschaft, was?"

Quinn starrte ihn an. „Nicht schlecht?", flüsterte sie wütend zurück. „Wie kannst du nur so etwas sagen? Alle Welt glaubt, dass ich verlobt bin, obwohl das nicht der Fall ist. Wenn du *das* geplant hättest, würde ich dich für wahnsinnig halten."

Nun sah er leicht unangenehm berührt aus. „Nun ja. Lord Marcus hat sich bereit erklärt, mir morgen aufzuwarten. Ich bin mir sicher, dass wir zu einer Übereinkunft kommen, die alle zufriedenstellt."

Quinn stieß einen erleichterten Seufzer aus. „Dem Himmel sei Dank. Es ist eindeutig, dass er ebenso wenig daran interessiert ist, in einer solchen Verbindung gefangen zu sein wie ich."

Sie versuchte, den kleinen Stich, den sie bei dieser Äußerung empfand, zu ignorieren. Schließlich wusste er nicht mehr über sie als sie über ihn, und sie wollte sich ganz sicher nicht an diesen Mann binden. Warum erwartete sie also, dass er anders empfand? Wenn das der Fall wäre, würde dies nur von einem Mangel an Vernunft zeugen – und Verstand.

In diesem Moment fuhr die Kutsche vor, und die Unterhaltung endete – jedoch nicht Quinns Gedankengänge. Obwohl sie beruhigt darüber war, dass ihr Vater morgen alles aufklären wollte, durchlebte sie auf der kurzen Fahrt und als sie sich zum Zubettgehen fertig machte, wieder die Blamage des heutigen Abends.

Als sie sanft in den Schlaf glitt, waren es allerdings Lord Marcus' blaue Augen und seine tiefe Stimme, die ihr in ihre Träume folgten.

„ICH HABE DIR DOCH GESAGT, dass das Ganze ein Missverständnis ist!" Marcus ärgerte sich mittlerweile darüber, dass sein Bruder das Thema einfach nicht ruhen lassen wollte. „Morgen soll ich den Peverills aufwarten, und dann finden wir ganz sicher einen Weg, uns ohne viel Aufsehen aus diesem Chaos herauszuziehen."

Peter betrachtete ihn mit seinem typischen, unerträglich wissenden Blick. „Ein Missverständnis ist es zweifelsohne – aber wer hat die Schuld an diesem Missverständnis? Ich kann einfach nicht glauben, dass du gezwungen warst, eine Verlobung vorzutäuschen, nur weil diese Wichtigtuerin Lady Mountheath damit gedroht hat, einen Skandal zu entfachen. Das tut sie doch beinahe jede Woche. Und wann hast du dich jemals um das Gerede der Anderen geschert?"

Marcus legte seinen Mantel und seine Handschuhe ab, reichte sie Clarence und wartete, bis sein Kammerdiener die Bibliothek verlassen hatte, bevor er antwortete. „Ich habe nichts dergleichen vorgetäuscht, sondern Captain Peverill. Wenn der Skandal nur mich betroffen hätte, hätte ich sofort alles abgestritten. Aber diese Schreckschraube hat damit gedroht, auch Miss Peverill zu ruinieren, was du ebenso wenig zugelassen hättest wie ich."

„Ich? Natürlich nicht. Was du getan hast, sieht *mir* durchaus ähnlich, was die ganze Sache ja so überaus amüsant macht." Peter ging zur Anrichte und schenkte sich eine großzügige Menge Brandy ein. „Im Grunde habe ich sogar Lust, diesen Vorfall zu feiern."

Marcus blickte ihn finster an. „Mir ist überhaupt nicht nach Feiern zumute; ein Schluck von dem Brandy wäre jetzt jedoch nicht verkehrt. Schenkst du mir bitte einen ein?"

Peter kam seiner Bitte nach und beobachtete Marcus schweigend, während er erst einen und dann einen weiteren Schluck zu sich nahm. Bei seinem dritten Schluck, als er sich schon etwas mehr zu entspannen schien, sprach Peter weiter. „Vielleicht ist es Schicksal."

Marcus verschluckte sich am Brandy und hustete und spuckte. „Schicksal?", keuchte er nach einem Moment. Er räusperte sich und fuhr dann lauter fort: „Du schreibst die unüberlegte Tollerei eines jungen Mädchens und die scharfe Zunge von Lady Mountheath dem Schicksal zu? Welchem Schicksal?"

„Deinem natürlich. Das Schicksal benutzt oft die ungewöhnlichsten Mittel, die ihm gerade zur Verfügung stehen. Das habe ich schon oft beobachtet."

„Nachträglich lässt sich das leicht daher sagen", merkte Marcus an. „Ich dagegen ziehe es vor, zu glauben, dass ich meines eigenen Glückes Schmied bin – und darin hat eine Ehefrau keinen Platz. Besonders keine, die eigentlich noch zur Schule gehen sollte und die ebenso wenig daran interessiert ist zu heiraten wie ich."

„Ist Miss Peverill denn wirklich noch so jung? Nachdem ich mich mit ihr unterhalten hatte, hatte ich eher den Eindruck …"

„Ich weiß nicht, wie alt sie genau ist", gab Marcus zu. „Aber du hast sie ja gestern auch nicht in der Kleidung ihres Bruders gesehen. Sie mag intelligente Dinge von sich geben, aber ihr Urteilsvermögen entspricht eindeutig nicht dem einer Erwachsenen – deswegen befinden wir uns ja in diesem Dilemma."

Und dennoch erinnerte er sich nun wieder an den aufwallenden Beschützerinstinkt, den er gestern empfunden hatte – und an die verführerische Unschuld von Miss Peverills grün-goldenen Augen. Was wäre, wenn …?

Aber Peter beobachtete ihn nun wieder mit diesem irritierenden Scharfsinn. „Dilemma? Das wird die Zukunft zeigen."

„Die Zukunft spielt keine Rolle", erklärte Marcus ihm und verdrängte damit die unangemessenen Erinnerungen. „Morgen Nachmittag liegt die ganze Sache mit Sicherheit hinter mir. Captain Peverill scheint mir nicht die Art von Mann zu sein, der seine Tochter in eine Verbindung drängt, die ihr zuwider ist."

Er bemühte sich, seine Verärgerung darüber zu verbergen, dass er Miss Peverill womöglich zuwider war. Das Letzte, was Peter gebrauchen konnte, war noch mehr Schießpulver, um sich einmischen zu können.

LEICHT BEKLOMMEN BESUCHTE Marcus am nächsten Morgen das Haus der Claridges. Gestern Abend hatte es keine Gelegenheit gegeben, mit Miss Peverill unter vier Augen zu sprechen, daher wusste er immer noch nicht, was sie ihrem Vater über ihre Begegnung vor zwei Tagen erzählt hatte. Was sollte er selbst verraten, oder sollte er lieber gänzlich darüber schweigen? Er beschloss, dass er sich ganz nach ihr richten würde.

Aber als der Butler ihn ein paar Minuten später in den eleganten Salon geleitete, wartete Captain Peverill allein auf ihn. „Guten Morgen, Lord Marcus, guten Morgen", donnerte er fröhlich. „Ich bin erfreut, dass Ihr kommen konntet."

Anstatt dass ihn die Fröhlichkeit des Mannes beruhigte, fand er sie eher bedrückend. „Guten Morgen, Captain Peverill. Wir haben wohl etwas, äh, Geschäftliches zu besprechen."

„Geschäftliches. Ja, hm, Geschäftliches." Dieses Wort schien den Captain zu Marcus' Erleichterung zu ernüchtern. „Dann sollten wir wohl gleich beginnen. Es scheint, als hättet Ihr beide, Ihr und meine Tochter, einen ganz schönen Skandal ins Rollen gebracht, Mylord."

Marcus schluckte, als ihm bewusst wurde, dass er wohl kaum die Wahrheit sagen konnte – dass jeglicher Skandal einzig und allein Miss Peverills Schuld war. „So groß ist der Skandal ja wohl nicht, Sir. Lady Mountheath ist bekannt dafür, dass sie aus minimalen sozialen Regelverstößen eine riesige Sache macht."

„Das ist mir bereits zu Ohren gekommen. Dennoch ist der potenzielle Schaden, den der Ruf meiner Tochter davontragen könnte, nicht unerheblich, wenn man bedenkt, welchen Ort sich Lady Mountheath gestern

Abend für ihre, äh, Enthüllung ausgesucht hat." Sein Blick wirkte nun fragend.

Innerlich zuckte Marcus die Schultern und beantwortete die unterschwellige Frage. „Es ist wahr, dass Miss Peverill in meinem Haus war, aber lediglich ein paar Minuten. Es war aber nur ein Versehen – das Resultat eines unglücklichen Missverständnisses."

Captain Peverill sagte nichts, daher sprach Marcus eilig weiter und bemühte sich, nicht ins Schwanken zu geraten. „Sie war gekleidet wie ein Junge – in den Sachen ihres Bruders, wie sie mir erzählte. Und für einen Jungen habe ich sie zu Anfang auch gehalten. Aber ich habe sie sogleich fortgeschickt, als ich meinen Fehler bemerkt hatte."

Nun runzelte der Captain die Stirn. „Sie hat einen Rock getragen, als sie zurückgekehrt ist."

„Ach! Ja, ich, äh, habe darauf bestanden, dass sie sich einen von einer meiner Hausmägde ausleiht, denn es wäre ganz sicher nicht angemessen gewesen, in einer Kniebundhose herumzulaufen." Im Zimmer wurde es langsam unangenehm warm.

„Es war ebenso unangemessen, dass sie überhaupt ohne Begleitung in London herumgelaufen ist", merkte Captain Peverill an. „Ich hätte es niemals erlaubt, wenn ich mir über ihre Absichten im Klaren gewesen wäre. Ich muss gestehen, dass ich etwas enttäuscht darüber bin, dass Ihr es ihr dagegen sehr wohl erlaubt habt, Mylord."

Marcus zerrte an seiner Schalkrawatte und fragte sich, warum Clarence sie heute so viel enger gebunden hatte als gewöhnlich. „ich habe versucht, sie davon zu überzeugen, sich von einem meiner Diener nach Hause begleiten zu lassen, aber sie hat abgelehnt. Eure Tochter scheint einen recht starken Willen zu haben, Sir, wenn Ihr mir diese Bemerkung verzeiht."

Zu seiner Erleichterung nickte der Captain. „Den hat sie in der Tat. Ich habe sie bereits mehrmals gewarnt, dass ihre Impulsivität ihr eines Tages noch Ärger einbringen wird, auch wenn ich gestehen muss, dass ich mir etwas Derartiges nie ausgemalt habe. Doch nun ist der Schaden angerichtet, ganz gleich, wie unschuldig die tatsächlichen Umstände auch gewesen sein mögen. Ich muss Euch fragen, Mylord, ob Ihr bei Eurem gegebenen Versprechen bleibt, meine Tochter zu heiraten."

Da die Frage völlig unerwartet für ihn kam, antwortete Marcus automatisch: „Selbstredend, Sir, ich habe keinerlei Absicht, mein Ehrenwort zu brechen. Ich hatte gestern Abend jedoch den Eindruck, dass Miss Peverill dieser Idee ganz und gar nicht aufgeschlossen gegenüberstand."

„Papperlapapp." Der Captain vollführte eine abwehrende Bewegung mit seiner riesigen Hand. „Sie hat sich lediglich erschrocken. Als sie erst einmal Zeit hatte, über die Vorteile einer solchen Verbindung nachzudenken, war sie überaus begeistert, das versichere ich Euch. Ihre größte Sorge schien zu sein, dass Ihr das Versprechen, das Ihr gestern Abend gemacht habt, zurückziehen würdet."

Oh, dieser intrigante kleine Wildfang ...! Da Marcus nun in der Falle saß, sagte er steif: „Das zu tun, wäre in höchstem Maße unehrenhaft, Captain Peverill. Bitte richtet Eurer Tochter aus, dass ich ihr gegenüber meine Pflicht erfüllen werde, wenn das ihr Wunsch ist."

Mit einem Mal lächelte der Captain wieder über das ganze Gesicht. „Ausgezeichnet! Ausgezeichnet! Ich weiß, dass sie über die Maße erleichtert sein wird. Und ich muss sagen, dass es äußerst gütig von Euch ist, denn schließlich war es Quinns Torheit, die diesen Skandal überhaupt erst heraufbeschworen hat. Ich hege keinerlei Zweifel daran, dass es Euch mit der Zeit gelingen wird, ihr derartige Tendenzen auszutreiben."

Marcus spürte, wie sich eine schwere Kälte in seinem Magen ausbreitete, als ihm die Endgültigkeit dieser letzten Aussage bewusst wurde. „Na... natürlich."

„Ich nehme an, Ihr wollt ein baldiges Treffen ansetzen, um die finanzielle Abwicklung zu besprechen?", fuhr der Captain fort. „Bisher hattet Ihr ebenso wenig Zeit, Euch darüber Gedanken zu machen wie ich."

Er erhob sich und hielt ihm die Hand hin. Marcus tat automatisch das Gleiche; seine Gedanken waren jedoch immer noch wie betäubt. „Ein weiteres Treffen. Ja."

Captain Peverill schüttelte ihm strahlend die Hand und sagte: „Ich bin mir sicher, dass Ihr und Quinn hervorragend miteinander auskommen werdet. Sie ist ein schlaues kleines Ding und fast so hübsch wie es ihre Mutter war. Lasst mir einfach eine Nachricht zukommen, wenn Ihr bereit seid, die Einzelheiten zu besprechen."

Ohne zu wissen, was er tat, ging Marcus allein zur Mount Street hinunter. Er war überaus froh, dass er nicht mit der Kutsche gekommen war, denn er wollte zu Fuß gehen, um in Gedanken das zu ordnen, was gerade geschehen war.

Er war nun tatsächlich verlobt, und es schien keinen ehrbaren Weg zu geben, aus dieser Sache herauszukommen. Miss Peverill hatte diese Gelegenheit beim Schopf gepackt, daran hatte er keinen Zweifel. Aber es würde ihr nicht so einfach gelingen, ihn zu manipulieren wie ihren Vater, das nahm er sich fest vor.

Erst als er die Grosvenor Street erreicht hatte, fiel ihm auf, dass es ein wenig merkwürdig war, dass Captain Peverill ihn aus dem Haus geführt hatte, ohne ihm auch nur eine kurze Begegnung mit seiner zukünftigen Braut zu gewähren.

∾

QUINN BEOBACHTETE LORD MARCUS, als dieser das Haus verließ, vom Fenster ihrer Schlafkammer, wo ihr Vater ihr befohlen hatte zu warten, während die beiden Herren das Problem lösten. Nun, da er fort war, eilte sie jedoch geradewegs in den Salon hinunter.

„Und?", fragte sie, als ihr Vater bei ihrem plötzlichen Eintreten zufrieden aufblickte. „Habt ihr beide es geschafft, einen Ausweg aus dem Dilemma zu finden? Ist alles geklärt?"

Der Captain erhob sich lächelnd und nahm ihre beiden Hände in seine. „Das ist es in der Tat. Ich freue mich, der Erste zu sein, der dir gratulieren darf." Er drückte ihr einen schnellen Kuss auf die Wange.

Quinn löste sich von ihm und betrachtete ihn misstrauisch. „Du gratulierst mir dazu, dass ich der Verlobung *entkommen* bin, nicht wahr, Papa?"

„Dass du dem Skandal entkommen bist, natürlich", sagte er, auch wenn sein Lächeln nun etwas vorsichtiger wirkte. „Lord Marcus war eifrig darauf bedacht, sicherzustellen, dass du unter deinem beklagenswert schlechten Urteilsvermögen nicht leiden musst."

„War er das?" Sie verengte die Augen, denn sie hatte eine böse Vorahnung. „Und wie will er das sicherstellen?"

Die Überraschung ihres Vaters war viel zu offensichtlich gespielt. „Na, indem er dich heiratet natürlich; genau wie er gestern Abend versprochen hat."

„Heiraten …! Papa, du hast mir versichert, dass du einen anderen Ausweg finden würdest", erinnerte sie ihn streng.

Der Captain sah nun aus, als sei ihm ein wenig unbehaglich zumute, denn er schaute ihr nicht in die Augen. „So habe ich es nicht direkt ausgedrückt, Liebes. Wenn du dich genau erinnerst, dann …"

Aber Quinn wollte nichts davon hören. „Du weißt ganz genau, dass ich nicht die Absicht habe, Lord Marcus zu heiraten. Ich reise lieber sofort nach Baltimore zurück, als dass ich das tue. Und ich kann auch nicht glauben, dass er große Lust darauf hat, mich zu heiraten."

„Ganz im Gegenteil, er wirkte so, als sei er mehr als bereit, das Richtige zu tun. Ich nehme an, dass ihm dabei sein eigener Ruf bei den oberen Zehntausend ebenso wichtig ist wie deiner. Und das können wir ihm wohl kaum verdenken."

Quinn konnte sich gut vorstellen, dass Lord Marcus sie eher heiraten würde, um seinen eigenen Ruf zu retten als den ihren, aber sie weigerte sich zu glauben, dass ihr kleiner Streifzug einer solch extremen Gegenmaßnahme bedurfte.

„Wenn erst einmal bekannt ist, dass er mir dieses Angebot gemacht hat, wird seine Ehre sicherlich nicht mehr hinterfragt. Dann kann ich ihm eine Absage erteilen, England verlassen, und ihm kann kein Skandal nachgesagt werden." Sie setzte sich in den prall gepolsterten Sessel in der Nähe des Fensters und lächelte, zufrieden über ihre eigene Lösung des Problems, zu ihrem Vater hinauf.

„Aber dann würde *dir* ein Skandal anhaften, Quinn, oder besser gesagt uns, und das können wir nicht riskieren", sagte er offensichtlich beunruhigt. „Denk doch an die Geschäfte! Und an Lord und Lady Claridge. Wenn wir in einem schlechten Licht dastehen, stehen auch sie in einem schlechten Licht da. Du willst ihnen doch nicht auf solch schäbige Art und Weise ihre Gastfreundschaft vergelten?"

Sie konnte gerade noch ein Schnauben zurückhalten. „Gastfreundschaft! Eine unabwendbare Pflicht wohl eher. Lady Claridge zumindest wird überaus erfreut sein, wenn ich England verlasse."

„Vergiss nicht den Marquis", merkte ihr Vater an. „Er scheint sich sehr darüber zu freuen, dich hier zu haben. Das hat er erst gestern Abend erneut betont."

Da Quinn dies nicht bestreiten konnte, sagte sie: „Du schenkst dem, was die Gesellschaft denken oder nicht denken mag, einfach zu viel Beachtung, Papa. Wer bin ich denn schon, dass sie meinen Handlungen überhaupt Bedeutung beimessen sollten, außer vielleicht kurzfristig?"

„Aber du bist doch schließlich die Tochter von Lady Glynna und die Enkelin des Marquis von Claridge. Du hast Verbindungen zu den Höchsten des Landes." Er ging beim Sprechen auf und ab und gestikulierte animiert dabei, doch schließlich hielt er inne. „Willst du etwa den letzten Wunsch deiner Mutter missachten? Würdest du ihre Erinnerung beschmutzen und beweisen, dass Lady Claridges Vorhersagen wahr waren?"

Quinn spürte, dass sie in der Zwickmühle saß; wieder fühlte sie sich zerrissen von Schuldgefühlen, weil sie in den Lagerhäusern gearbeitet hatte statt in den letzten Stunden am Sterbebett ihrer Mutter zu sitzen, so wie ihr Vater es getan hatte. Und so untypisch dieser letzte Wunsch auch erscheinen mochte, wie könnte sie ihn im Nachhinein in Frage stellen?

„Ich werde versuchen, nichts zu tun, was dem Namen unserer Familie schadet", sagte sie schließlich. „Ich werde mich sogar um eine richtige Versöhnung mit den Claridges bemühen."

Nun begann ihr Vater wieder zu lächeln, daher hob sie eine Hand.

„Aber", fuhr sie fort, „ich mache keinerlei Versprechen darüber, um des äußeren Scheins oder sogar der Geschäfte willen mein zukünftiges Glück aufs Spiel zu setzen. Und ich kann mir auch nicht vorstellen, dass Mutter das gewollt hätte. Ich werde weiterhin nach einem ehrbaren Weg suchen, diese Verlobung zu lösen."

Und wenn sie keinen finden würde, war Quinn fest entschlossen, ein Schiff zurück nach Baltimore zu nehmen – wenn nötig, auch allein.

KAPITEL VIER

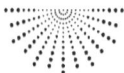

ALS MARCUS NACH HAUSE ZURÜCKKEHRTE, FAND ER PETER MIT SEINEM Freund Harry Thatcher in der Bibliothek vor. Mr. Thatcher hatte immer Geschichten über den Krieg und über seine anderen bunten Ausschweifungen zu erzählen, und normalerweise freute sich Marcus darauf, sie zu hören, aber in diesem Moment zog er es vor, allein zu sein. Doch dies war ihm anscheinend nicht vergönnt.

„Da ist er ja", rief Peter, noch bevor Marcus sich wieder aus der Bibliothek zurückziehen konnte. „Komm, berichte uns, wie die Dinge stehen. Ich habe Harry gerade auf den aktuellen Stand deiner neuesten Eskapade gebracht."

Widerwillig trat Marcus nun vollends in den Raum und ließ sich in einen der tiefen Ledersessel fallen. „Wenn man dich so hört, könnte man meinen, ich sei im Obstgarten eines Nachbarn beim Apfelklauen erwischt worden", sagte er verärgert. „Dies ist wohl etwas schwerwiegender."

Harry Thatcher lachte. „Hört sich an, als seien die Konsequenzen wirklich entsetzlich. Du hättest vorsichtiger sein sollen, Junge." Er nickte schulmeisterhaft, bevor er sein Weinglas austrank.

„Das sagt der Richtige", rief Peter lachend und goss Harrys leeres Glas mit Bordeaux nach. „Vergiss nicht, dass Marcus die Geschichte darüber, wie du deinen Arm wirklich verloren hast, kennt." Er machte eine Kopfbewegung in Richtung des leeren Ärmels seines Freundes.

Harry zuckte mit den Schultern und nahm einen weiteren großzügigen Schluck von seinem Wein. „Besser einen Arm als meine Freiheit", sagte er.

„In Bezug auf Frauen – angesehene Frauen zumindest – bin ich extrem vorsichtig."

„Ich habe mir keinerlei Fehler vorzuwerfen", erklärte Marcus den beiden. „Miss Peverill trägt die Schuld dafür, da sie sich ohne Begleitung in der Stadt herumgetrieben hat." Sie hatten viel zu viel Schadenfreude an seinem Dilemma, und dabei hatten sie noch nicht einmal das Schlimmste gehört.

„Dann hat sie ihre Schuld also eingestanden, und ihr Vater hat dich aus deiner Verpflichtung befreit?" Peter seufzte. „Schade. Eine Ehe hätte vielleicht eine charakterstärkende Wirkung auf dich haben können."

Harrys Schnauben spiegelte Marcus' Meinung wider. „Das Gleiche hast du auch über Jack gesagt, falls du dich erinnerst", sagte Harry zu Peter.

„Und dennoch hat er mit seiner Frau für einen Skandal gesorgt, laut dem, was man sich erzählt hat, als wir aus Wien zurückgekehrt sind. Erst die Vaterschaft hat ihn zu einem richtigen Spießer werden lassen."

„Wie wahr, aber du kannst nicht abstreiten, dass er in der Tat vollkommen glücklich ist", entgegnete Peter. Sie redeten, wie Marcus wusste, über ihren gemeinsamen Freund Lord Foxhaven, der vor beinahe zwei Jahren geheiratet hatte.

„Aber Foxhaven hat seine Wahl willentlich getroffen", merkte Marcus an. „Eine Frau, die genau den gegenteiligen Ruf von dem seinen hatte. Miss Peverill wird wohl kaum den gleichen Effekt auf mich haben, nach dem zu urteilen, was ich bisher von ihr gesehen habe."

Peter setzte sich aufrechter hin. „Dann willst du sie also doch heiraten? Warum hast du das denn nicht gleich gesagt?"

Marcus rutschte unbehaglich in seinem Sessel umher. „Ich wollte dir nicht die Genugtuung geben. Aber sie und ihr Vater haben mich wirklich in die Falle gelockt. Offenbar ist es mir nicht gestattet, einen Rückzieher zu machen."

„Captain Peverill hat gestern Abend einen ehrfurchtgebietenden Eindruck auf mich gemacht", sagte Peter und zeigte damit das erste Anzeichen von Mitgefühl. „Dann wollte er also den Fehler seiner Tochter nicht zugeben, was?"

„Aber nein, er hat ihn bereitwillig genug zugegeben. Genau genommen erwartet er von mir, dass ich ihr jugendliches Ungestüm austreibe." Trotz seiner Verärgerung über die ganze Situation konnte Marcus nicht verhindern, dass seine Mundwinkel über die Absurdität dieses Gedankens zuckten.

Peter und Harry brachen in lautes Gelächter aus, wodurch Marcus' schlechte Laune wiederbelebt wurde. „Du!..." Peter schnappte lauthals lachend nach Luft. „...Sollst ihr Ungestüm ... ach, das ist wirklich zu köstlich!"

Plötzlich erhob sich Marcus. „Da Eure Glückwünsche so überaus herzlich sind, werdet ihr mich bitte entschuldigen. Ich muss mich um Geschäfte kümmern." Steif und bemüht, trotz der Belustigung der anderen zumindest noch ein Fünkchen Würde zu wahren, verließ er die Bibliothek.

„Du da, James", sagte er zum erstbesten Diener, den er in der Eingangshalle sah. „Lauf schnell um die Ecke zum Marland House und richte Mr. Fairley aus, dass er mich innerhalb der nächsten Stunde erwarten darf."

Der Diener verbeugte sich und eilte davon.

Der Bevollmächtigte des Herzogs könnte ihn vielleicht bezüglich der finanziellen Eheverträge und dergleichen beraten. Er könnte dies genauso gut schnellstens hinter sich bringen – ebenso wie seinen Vater über die Neuigkeit zu unterrichten. Ganz gleich, ob der Herzog von Marland verärgert oder so zufrieden wie Peter sein würde, er wusste, dass er selbst wenig Freude an dem bevorstehenden Gespräch haben würde.

Eine Stunde später wurde Marcus in das Arbeitszimmer seines Vaters geführt, einen Raum, den er noch nie gemocht hatte. Nun betrachtete er die dunklen schweren Möbel und braunen Samtvorhänge und erinnerte sich an die zahllosen Male, die er in seiner Jugend in dieser düsteren Umgebung für irgendwelche Missetaten zur Rechenschaft gezogen worden war.

Wie immer erwartete ihn der Herzog am hinteren Ende des Raumes, wo er auf seinem riesigen Mahagonistuhl thronte und ihn die polierte Fläche seines löwenfüßigen Mahagonischreibtisches von den niederen Sterblichen trennte. Marcus rief sich in Erinnerung, dass er nun erwachsen war und nicht hierher zitiert worden war. Es gab nichts, wofür er sich entschuldigen musste.

„Ich nehme an, du bist gekommen, um mich über deine unüberlegte Verlobung zu unterrichten?", fragte der Herzog trocken, noch bevor Marcus den Schreibtisch erreicht hatte. „Ich bin erfreut darüber, dass ich nicht der Letzte bin, der davon erfährt."

Marcus spürte, dass die alten feindseligen Gefühle wieder in ihm aufwallten – erwachsen sein hin oder her. „Wann wart Ihr denn jemals der Letzte, der etwas erfährt, Herzog? Da meine Verlobung vor nicht einmal zwei Stunden offiziell beschlossen wurde, scheint es, als hättet Ihr sogar noch vor mir davon erfahren." Das dünne adlerartige Gesicht des Herzogs von Marland zeigte einen kleinen Anflug von Neugier. „Und dennoch wurde es denjenigen, die gestern Abend bei Lord und Lady Trumball zugegen waren, als vollendete Tatsache präsentiert. Willst du mich vielleicht über die Details aufklären?"

Nicht wirklich, dachte Marcus, sagte aber nur: „Aufkeimender Klatsch drohte, das in einen Riesenskandal zu verwandeln, was als kleines Missverständnis begonnen hatte. Daher habe ich Miss Peverill den Schutz meines Namens angeboten."

„Wie überaus nobel." Der Herzog untermalte diese drei Wörter mit einem bissigen Unterton, der an Marcus' Vergangenheit ebenso wie an sein aktuelles Urteilsvermögen erinnern sollte – oder eher gesagt an einen Mangel des Letzteren.

„Miss Peverill ist tatsächlich recht angenehm", log Marcus gereizt. „Ich hege keinen Zweifel daran, dass wir problemlos miteinander auskommen werden." Quinn Peverill mochte man viele Eigenschaften nachsagen, aber angenehm und problemlos zählten wohl nicht dazu.

Obwohl er auf die Siebzig zuging, hatten die blassgrauen Augen des Herzogs nichts von ihrer Schärfe verloren. „Peverill. Dann ist sie also die Enkelin des dritten Marquis von Claridge?"

Marcus nickte, ungewollt beeindruckt über die logisch schlussfolgernden Fähigkeiten seines Vaters. Von ihm musste auch Peter diese Gabe geerbt haben.

„Ein habgieriger Mann, dessen Stolz seine Weisheit des Öfteren überschattete. Und der aktuelle Marquis ist ein rückgratloser Weichling. Dennoch ist die Familie der Mutter alteingesessen und ehrwürdig. Was ist mit dem Vater? Ein Amerikaner? Ein Kapitän oder etwas dergleichen?" Er presste seine dünnen Lippen missbilligend zusammen.

„Er führt einen großen Schiffskonzern in Baltimore." Es fühlte sich merkwürdig an, die Peverills, die er selbst als schamlose Opportunisten betrachtete, zu verteidigen. „Er ist in England, um den Konzern zu expandieren. Ein begüterter Mann, wie ich annehme."

„Hm. Darauf müssen wir hoffen, denn dein Vermögen ist sehr begrenzt."

Marcus durfte nie vergessen, wer seine Finanzen überwachte, und diese Erinnerung schmerzte ihn mehr als gewöhnlich. „Dann werde ich mich um eine großzügige Aussteuer bemühen." Er versuchte, dem trockenen Tonfall seines Vaters gleichzukommen.

Der Herzog schien es nicht zu bemerken. „Aber du musst ihr auch etwas anbieten. Einhundert Pfund pro Jahr sollten genügen."

„Einhundert ...!" Marcus starrte seinen Vater an. Das war eine lächerlich niedrige Geldsumme. Seine Schwägerin Lady Bagstead erhielt das Fünffache, ganz zu schweigen von den Haushaltsgeldern, auf die sie Zugriff hatte, wenn sie eine Feierlichkeit plante. Natürlich wäre sie eines Tages die Herzogin, wenn Robert sein Erbe antrat, aber ...

„Ich könnte mir vorstellen, dass Miss Peverill als Siedlerin an einfache Lebensverhältnisse gewöhnt ist. Wenn ihr Vater sich sträuben sollte, sei es dir gestattet, hundertfünfzig anzubieten. Besprich die Einzelheiten mit Mr. Fairley."

Damit war er offenbar entlassen, so verbeugte sich Marcus und ging; trotz seiner Verärgerung war er erleichtert darüber, dass das Verhör vorbei war.

Die nächsten zwei Stunden waren extrem langwierig, aber er verließ Marland House mit einem besseren Überblick über seine Finanzen, als er jemals zuvor gehabt hatte. Es war kein ermutigendes Bild. Trotz der zahlreichen Grundbesitze der Marlands war der Anteil, der bei fünf Söhnen für den jüngsten beiseite geschafft wurde, äußerst bescheiden. Kein Wunder, dass seine Mutter ihn einst gedrängt hatte, über einen geistlichen Beruf nachzudenken.

Als er wieder zu Hause ankam, reichte er einem Diener seinen Hut. Während er sich noch umdrehte, um hinaufzugehen, erblickte er ein Stück grob gefaltetes Papier unter den heißgepressten Visitenkarten in der Schale auf dem Tisch der Eingangshalle. Er griff danach und las darauf nur ein paar dahingekritzelte Wörter: *Gobby. Garten. Sonnenuntergang.*

Dann mussten die Jungen offenbar Informationen für ihn haben – was zu einem weiteren Problem führte. Wie sollte er den Heiligen spielen, wenn er erst einmal verheiratet war? Aber ein wenig Zeit blieb ihm noch, dieses Problem zu lösen.

Er blickte auf seine Uhr. Die Julitage waren lang – die Sonne würde erst in mehreren Stunden untergehen. Genauso gut konnte er seine zukünftige Braut jetzt besser kennenlernen. Eher resigniert als begeistert bestellte er seinen Phaeton und begab sich auf den Weg zur Mount Street, um Miss Peverill auf eine Fahrt einzuladen.

Ein Heiliger zu werden, war mit mehr Ärger verbunden, als er erwartet hatte, in jeglicher Hinsicht.

~

QUINNS MAGEN KNURRTE SCHON, als sie hinuntergerufen wurde, nur um festzustellen, dass es lediglich eine enttäuschend leichte Zwischenmahlzeit zum Nachmittagstee mit Kuchen und winzigen belegten Broten gab statt ein anständiges Abendessen. Sie würde sich niemals an den Rhythmus Londons gewöhnen. Die Unterhaltung verdarb ihr den Appetit allerdings fast völlig.

„… und natürlich musst du Miss Peverill morgen mit zum Modisten nehmen", sagte Lady Claridge gerade zu ihrer Tochter. „Ich habe ihre Garderobe von Hortense begutachten lassen, und sie hat mir berichtet, dass es recht hoffnungslos sei."

„Natürlich, Mutter", pflichtete ihr Lady Constance bei, die in ihrem unschuldigen weißen Musselinkleid zwar farblos doch schön aussah. „Madame Fanchot kann das Problem sicherlich beheben, denn ihr Geschmack ist tadellos."

„Dann bleibe ich wohl am besten in meiner Kammer, bis Ihr mich anständig einkleiden könnt." Quinn versuchte, leichtherzig zu sprechen, denn sie wollte ihnen nicht die Genugtuung geben, sie wissen zu lassen, dass sie sie verletzt hatten. „Schließlich möchte ich Euch keine Schande bereiten."

Lady Claridge schnaubte. „Kleidung allein kann das leider nicht verhindern, doch es ist zumindest ein Anfang. Es würde aber merkwürdig aussehen, wenn Ihr uns nicht zu unseren abendlichen Veranstaltungen begleiten würdet. Vielleicht hat Madame Fanchot etwas auf Lager, das sie unverzüglich für Euch abstecken kann, oder Hortense kann eins Eurer existierenden Kleider abändern, um es präsentabel zu machen."

Quinn dachte an die Mühe, die sie sich in Baltimore gemacht hatte, um diverse Kleider nach der neuesten Mode anfertigen zu lassen. Ihr neues Dienstmädchen, Monette, hatte nichts davon erwähnt, dass sie unzulänglich wären, was sie zweifellos getan hätte, wenn das der Fall gewesen wäre. Sie öffnete den Mund, um genau das zu sagen, sah dann aber den bedrohlichen Blick ihres Vaters, der ihr an dem kleinen emaillierten Tisch gegenüber saß und schloss ihn dann wieder.

„Was immer Ihr für richtig haltet, Mylady", sagte sie stattdessen, auch wenn sie innerlich vor Wut schäumte.

Lady Claridge betrachtete sie misstrauisch, aber bevor sie etwas sagen konnte, trat der Diener ein, um Lord Marcus Northrup anzukündigen. Jede Ablenkung war in diesem Augenblick willkommen, aber als Quinn den hölzernen Ausdruck auf Lord Marcus' anmutigem Gesicht sah, verflüchtigte sich ihre gute Laune ebenso schnell wie sie gekommen war.

„Guten Tag, Mylord", murmelte sie kühl, als er sich zu ihr umwandte, nachdem er seine Gastgeberinnen begrüßt hatte.

„Ich hatte gehofft, Euch zu einer Kutschfahrt mit mir überreden zu können, Miss Peverill", sagte er steif, als die Formalitäten vorüber waren. Seine Haltung schien seine Worte jedoch Lügen zu strafen.

So sehr sie auch der bedrückenden Gegenwart ihrer Verwandten entkommen wollte, Quinn hatte keine Lust, für diese Flucht auf seine eindeutig unfreiwilligen Galanterien angewiesen zu sein. „Es tut mir leid, Mylord, aber ich fürchte, das wäre nicht angebracht."

„Unsinn!", rief ihr Vater. „Du bist schließlich mit dem Burschen verlobt. Und außerdem fahren junge Damen andauernd mit ihren Verehrern aus, nicht wahr, Lady Claridge?"

Quinn sah zu ihrer Tante hinüber, aber selbst diese schien keinerlei Einwände zu haben – oder vielleicht wollte sie sie einfach nur für eine Weile loswerden. „Ihr könnt bedenkenlos mitfahren, Miss Peverill, aber Ihr dürft natürlich euer Dienstmädchen mitnehmen, wenn ihr ein wenig nervös seid."

Da sie nicht wollte, dass man sie auch nur annähernd für nervös halten könnte, sagte Quinn: „Nein, nein, ich wollte nur sichergehen, dass wir die Etikette wahren – um Euret willen, Mylady. Ich hole nur schnell meinen Sonnenschirm."

Oben ließ sie sich viel Zeit, indem sie zunächst einen blassgelben Sonnenschirm auswählte, der zur Zierleiste ihres frühlingsgrünen Kleides passte und sich dann von Monette die Haare erneut legen ließ. Sie betrachtete sich kritisch im Spiegel und beschloss, dass ihr zumindest die Farbe des Kleides schmeichelte und das Grün ihrer Augen hervorhob. War sie wirklich so unmodisch?

Nein. Darum würde sie sich nicht scheren. Erhobenen Hauptes ging sie wieder hinunter, wo Lord Marcus sie erwartete und noch immer so aussah, als wäre er lieber ganz woanders.

„Sollen wir uns auf den Weg machen, Mylord?" Sie bemühte sich nicht sonderlich darum, fröhlich zu wirken, da auch er alles andere als fröhlich erschien.

Schweigend hielt er ihr seinen Arm hin und begleitete sie hinaus zum wartenden Phaeton. Sie platzierte ihre behandschuhten Fingerspitzen auf seinem Ärmel und ignorierte vehement den erregenden Schauder, der sie bei der Berührung durchströmte.

„Ich hatte an eine Runde im Hyde Park gedacht", sagte er, als sie seinen Phaeton erreicht hatten und er ihr in das hohe Gefährt hinauf half.

Bei der Aussicht darauf, in einer solch modernen Kutsche zu fahren, versuchte Quinn, einen weiteren instinktiven Anflug von guter Laune zu unterdrücken. Sie hatte bereits Phaetons und offene Zweispänner durch London fahren sehen und gedacht, wie wunderbar es doch sein müsste, in einem solchen zu sitzen. Wenn ihr Begleiter doch nur ebenso angenehm wie gut aussehend wäre!

„Hyde Park ist mir recht, Mylord. Ich möchte Euch jedoch nicht zur Last fallen."

Lord Marcus' Mund zuckte vor zynischem Spott. „Dafür ist es wohl ein wenig zu spät, oder nicht, Miss Peverill? Eine Fahrt im Park fällt mir überhaupt nicht zur Last, verglichen mit... das versichere ich Euch."

„Wie beruhigend", sagte sie kalt. Ganz gleich, wo sie war, es schien, als seien alle Leute gegen sie. Nun, sie mochten denken, was sie wollten. Sie wäre ohnehin aus London verschwunden und fort von ihnen, sobald ihr dies gelingen würde.

Er setzte die beiden Grauen in einen Trab, und Quinn konnte nicht umhin, als ihn für sein Geschick zu bewundern, als er um die Ecke der Mount Street auf die Park Lane bog und gekonnt einem schweren Lieferwagen, der von einem riesigen Zugpferd gezogen wurde, auswich.

Während sie schweigend weiterfuhren, hatte sie Zeit, darüber nachzudenken, warum er ihr überhaupt aufgewartet hatte, wo er doch offensichtlich ebenso wenig Lust dazu hatte, Zeit mit ihr zu verbringen wie sie mit ihm. Ihr Vater hatte damit, dass Lord Marcus "mehr als bereit" zu dieser Verlobung sei, eindeutig übertrieben – oder vielleicht war er einfach nur auf ihr Erbe aus?

Dieser unangenehme Gedanke bewegte sie schließlich dazu, zu sprechen. „Ich muss gestehen, dass ich überrascht darüber bin, dass Ihr Euch verpflichtet gefühlt habt, bei der unbedachten Behauptung zu bleiben, die Ihr gestern Abend gemacht habt", sagte sie, als sie durch die Parktore fuhren. „Ich kann mir nicht vorstellen, dass dies nötig war."

Er warf ihr einen Seitenblick zu, und ohne es zu beabsichtigen – und obwohl er die Stirn runzelte – fiel ihr erneut auf, wie klassisch anmutig sein Profil war. Was für eine Schande, dass es an so einen Spießer verschwendet war.

„Vielleicht ist das Konzept von Pflicht und Ehre den Amerikanern fremd, aber ich versichere Euch, dass wir Engländer beide sehr ernst nehmen." Seine Worte verärgerten sie nur noch mehr.

„Mir ist aufgefallen, dass Engländer so viel Wert auf Anstand und den äußeren Schein legen, als wäre es ein Heiligenschrein, Mylord." Sie hob das Kinn und sah ihn trotzig an. „Dort wo ich herkomme, sind Pflicht und Ehre wichtigeren Dingen vorbehalten."

Er blinzelte, und sie empfand ein wenig Genugtuung darüber, dass sie ihn aus der Fassung gebracht hatte. „Da Ihr diejenige seid, dem dieses in Euren Augen unangebrachte Pflichtbewusstsein zugute kommt, ziemt es sich kaum, meine Motive zu kritisieren, Miss Peverill", sagte er abwertend.

„Ach, ich hege keinerlei Zweifel daran, dass Eure Motive so rein wie *Gold* sind, Mylord", konterte sie mit einem wissenden Lächeln.

Seine strahlend blauen Augen verengten sich, und er schien gerade einen erneuten Versuch unternehmen zu wollen, ein schlagkräftiges Argument anzubringen – eines, das Quinn mindestens genauso schlagkräftig kontern wollte – als eine weibliche Stimme sie begrüßte.

„Lord Marcus! Es kursieren ja einige wilde Gerüchte in der Stadt. Sind sie etwa wahr?" Als Quinn sich umdrehte, sah sie eine rundliche, hübsche blonde Frau, die einen schicken blauen Phaeton fuhr und die Zügel selbst in der Hand hielt.

„Guten Tag, Lady Regina", erwiderte Lord Marcus. „Ihr seht heute besonders hübsch aus."

Enttäuscht wurde Quinn mit einem Mal klar, dass er keine derartige Bemerkung zu ihrem Aussehen gemacht hatte. Aber sie konnte schließlich auch wohl kaum mit dieser in lavendelfarbene Rüschen gekleideten Vision der Weiblichkeit mithalten.

Die Dame stieß ein kokettes Lachen über das Kompliment aus, aber ihr Blick, der nun auf Quinn ruhte, war berechnend. „Ihr seid zu gütig, Mylord. Aber was ist denn nun mit den Gerüchten? Habt Ihr wirklich vor, Euch dauerhaft zu binden und die halbe Damenwelt Londons zu enttäuschen?"

„Ich bin mir sicher, dass sie darüber hinwegkommt", antwortete er leichtherzig, auch wenn Quinn eine leichte Schärfe in seiner Stimme vernahm. „Aber ja, es ist wahr. Darf ich Euch Miss Peverill, meine zukünftige Braut, vorstellen?"

Das Lächeln der Blonden war ebenso falsch wie das von Lady Claridge. „Wie reizend!", rief sie. „Wie ich höre, seid Ihr Amerikanerin, Miss Peverill?"

Quinn bestätigte dies. „Aus Baltimore. Ich bin erfreut, Eure Bekanntschaft zu machen, Lady ..."

Aber die Frau unterbrach sie. „Wie drollig! Nun, ich habe meiner Schwester versprochen, ihr Bericht zu erstatten, sobald ich die Wahrheit herausgefunden habe, daher mache ich mich nun wieder auf den Weg. Ich hoffe sehr, dass Euch die Ehe nicht *allzu* sehr verändern wird, Mylord."

Mit einem frechen Zwinkern, das Quinn mehr ärgerte, als sie zugeben wollte, trieb die Frau ihre Pferde an und fuhr davon.

„Bitte macht Euch nichts aus Regina", sagte Lord Marcus, sobald sie verschwunden war. „Sie ist übermütig, aber sie meint es nicht böse."

Quinn schaute ihm nicht in die Augen. „Mir etwas aus ihr machen? Warum sollte ich mir aus dem, was sie – oder irgendjemand anders sagt – etwas machen, Mylord? Es ist schließlich nicht so, als würde dies eine Liebesheirat werden."

Zum ersten Mal gestattete sie sich vorzustellen, wie es sein würde, tatsächlich mit Lord Marcus verheiratet zu sein, täglich mit ihm zusammenzusein, sich ein Haus mit ihm zu teilen, vielleicht sogar ein Bett – der Gedanke daran war überaus beunruhigend.

„Mir ist die Lust auf eine Fahrt vergangen, Mylord", sagte sie abrupt. „Vielleicht wärt Ihr so gütig, mich zurück zu bringen."

„Wir müssen diese Runde beenden, da ich hier nicht sicher wenden kann, aber dann bringe ich Euch nach Hause, wenn Ihr es wünscht", erwiderte er und unterdrückte ein Seufzen. Ungeschickter hätte er die Dinge nicht handhaben können, selbst wenn er gewollt hätte.

Er hatte schlechte Laune gehabt, als er nach den Unterredungen mit dem Herzog und seinem Buchhalter in der Mount Street eingetroffen war. Aber es gab keinen Grund, all seinen Ärger an Quinn auszulassen, selbst wenn sie der Grund seiner derzeitigen Misere war. Sie hatte es schließlich nicht mit Absicht getan, und es war klar, dass sie nicht einmal annähernd so begeistert von der Verbindung war wie ihr Vater behauptet hatte, was wiederum für sie sprach.

Warum verdarb ihm dieses Wissen also nur noch mehr die Laune?

„Ich weiß, dass ich heute nicht besonders angenehm war, und dafür möchte ich mich entschuldigen", sagte er, als sich ihre Rundfahrt dem Ende näherte. „Meine schlechte Laune hat nichts mit Euch zu tun – oder zumindest nur sehr wenig", zwang ihn die Ehrlichkeit hinzuzufügen.

„Wie beruhigend zu wissen, dass Ihr generell griesgrämig seid und dass ich es nicht persönlich nehmen muss."

Welch eine gespitzte Zunge sie doch an sich hatte! Aber dennoch nahm Marcus ein Zittern in ihrer Stimme wahr. Dies musste mindestens genauso schlimm für sie sein wie für ihn, wie ihm nun auffiel. Warum hatte er das nicht schon vorher in Erwägung gezogen?

„Ich bin sonst eigentlich gar nicht griesgrämig", erwiderte er mit einer Zärtlichkeit, die ihm überraschend leicht über die Lippen kam. „Aber heute war ein ziemlich schwieriger Tag für mich."

Endlich blickte sie ihn an, nur um sich dann wieder abzuwenden – doch nicht bevor er sah, dass Tränen in ihren großen grünen Augen standen. Plötzlich und unerwartet wurde in ihm ein Beschützerinstinkt geweckt – und auch noch etwas anderes, das er lieber nicht benennen wollte. Er nahm die Zügel in eine Hand und griff mit der freien Hand nach ihrem abgewandten Gesicht.

„Dann tut es mir leid, dass ich zu Euren vorhandenen Schwierigkeiten noch eine weitere hinzugefügt habe, Mylord. Wenn Ihr wünscht, dass ich Euch eine Absage erteile, tue ich das nur allzu gern."

„Nein, natürlich nicht", sagte er automatisch und hielt dann erschrocken inne. „Das heißt ..." Mit einem behandschuhten Finger streichelte er ihre Wange und versuchte, sie zu trösten. Zumindest dachte er, dass es das war, was er vorhatte.

Sie sah ihn mit gerunzelter Stirn an, sichtlich erschrocken, und die drohenden Tränen waren aus ihren Augen verschwunden. „Meint Ihr, dass Ihr mich *tatsächlich* heiraten wollt? Warum?"

Zum ersten Mal sah er sie wirklich – nicht als lästiges Kind, nicht als intriganter Emporkömmling, sondern als junge Frau, die ihren Platz in einer ihr völlig fremden Welt nicht kannte. Eine junge Frau, deren Kombination aus Geist und Verletzlichkeit er sogar äußerst attraktiv fand.

„Warum nicht?" Er zog die Rundung ihres Kiefers mit seinem Finger nach, und sie schreckte nicht zurück. „Es kann doch sein, dass wir recht gut miteinander auskommen werden." Dieser Gedanke kam ihm nun nicht mehr so absurd vor, wie zu dem Zeitpunkt, als er ihn seinem Vater gegenüber erwähnt hatte. „Es gibt schlimmere Dinge, die ich mit meinem

Leben anstellen könnte, und außerdem heirate ich wahrscheinlich eines Tages sowieso."

Sobald er die Worte ausgesprochen hatte, erkannte er, dass es die falschen gewesen waren – sogar noch bevor sie sich ihm wieder entzog.

„Dann tätet Ihr besser daran, zu warten, bis Ihr in dieser Angelegenheit Eure eigene Wahl treffen könnt, statt Euch eine auferlegen zu lassen", sagte sie steif. Und das konnte er ihr nicht einmal verdenken. Was für ein Dummkopf er doch war!

Sie hatten nun die Parktore erreicht, und einen Moment lang fragte er sich, ob er noch eine Runde drehen sollte. Nein, wenn er mehr Zeit mit ihr verbrachte, würde er die Dinge zweifellos nur noch schlimmer machen.

„Aber es kann sein, dass ich niemals eine Wahl treffe", merkte er an, als sie aus dem Park fuhren. „Wohin würde mich das am Ende führen?"

Sie sah misstrauisch zu ihm auf. „Zu einem sorglosen Junggesellenleben?", schlug sie vor.

„Oder gelangweilt und einsam." Ihm kam nun in den Sinn, dass es unwahrscheinlich war, dass Quinn Peverill ihn jemals langweilen würde. Definitiv ein weiterer Pluspunkt. Ebenso wie ihre bemerkenswert funkelnden Augen.

„Ich bin mir sicher, dass dies auch innerhalb einer Ehe möglich ist", sagte sie, „auch wenn dieses Risiko eher Frauen betrifft als Männer, denen es oft gelingt, diesen Missstand anderweitig auszugleichen."

Marcus unterdrückte ein Lächeln. „Ich bin schockiert, Miss Peverill, dass eine anständige junge Dame wie Ihr über derartige Themen Bescheid weiß." Nein, langweilig war sie wahrhaftig nicht.

„Ich merke, Ihr seid leicht zu schockieren. Und das ist ein weiterer Grund, weswegen wir nicht zueinander passen."

Wie um alles in der Welt kam sie nur darauf? Leicht schockiert? Er? Peter hätte über *diese* Anmerkung laut gelacht. Vielleicht war es an der Zeit, ihr das Gegenteil zu beweisen. „Ich habe nur gescherzt, Miss Peverill", setzte er an und streckte die Hand wieder zu ihr aus, aber sie unterbrach ihn.

„Nein, bitte fühlt Euch nicht dazu verpflichtet, Eure Sensibilität an meine unorthodoxe Art anzupassen. Es ist eindeutig, dass ich niemals richtig in die englische Gesellschaft passen werde. Ich habe vor, mit dem Schiff zurück nach Amerika zu reisen, sobald sich die Möglichkeit ergibt und Euch von Eurer schweren Verantwortung zu befreien – ebenso wie

Lord und Lady Claridge. Es wird immer deutlicher, dass dies das Beste für alle Beteiligten ist."

In dem Moment erreichten sie Claridge House auf der Mount Street, so dass Marcus ihr beim Aussteigen half und dabei unwillentlich das Gefühl von ihrer Hand auf seiner genoss. „Ihr müsst natürlich das tun, was Ihr für richtig haltet, Miss Peverill", sagte er und fragte sich, ob er sich das kurze enttäuschte Aufblitzen in ihren Augen nur eingebildet hatte. Wahrscheinlich.

Aber als er davonfuhr, nachdem er sie zur Tür gebracht hatte, wurde ihm bewusst, dass er keineswegs von dieser besonders schweren Verantwortung befreit werden wollte. Wie überaus seltsam.

So SEHR SIE es auch versuchte, konnte Quinn das nervöse Flattern in der Magengegend nicht ignorieren, das begonnen hatte, als Lord Marcus ihr Gesicht berührt hatte – so zärtlich – und das sich noch verstärkt hatte, als er ihr aus dem Phaeton geholfen hatte. Ihre Gefühle ihm gegenüber schwankten von einem Extrem zum anderen. Und das war nur noch mehr Grund dafür, sich ohne Verzögerung aus dieser Verlobung zu befreien, bevor sie sich selbst und alle Beteiligten blamieren könnte.

Sie brauchte Zeit, um nachzudenken, sich zu konzentrieren, aber als sie auf dem Weg in ihre Schlafkammer am Salon vorbeikam, bat sie ihr Vater, sich zu ihm zu setzen. Wenigstens war er allein.

„Ich gehe nur schnell hinauf, um meine Haube abzulegen und komme dann wieder", sagte sie, um zumindest einen kleinen Aufschub zu erzielen. Sie wollte auf keinen Fall, dass ihr Vater auch nur irgendein Anzeichen ihres inneren Aufruhrs bemerkte.

„Ach, was", erwiderte der Captain. „Wozu gibt es denn Bedienstete. Du da!", rief er einer Hausmagd zu, die gerade ein paar Messingkerzenständer auf dem Treppenabsatz polierte. „Sei so gut, und bring die Haube meiner Tochter hinauf in ihre Kammer."

Seufzend gab sie der Magd ihre Haube und ihren Sonnenschirm und nahm im Salon Platz, wobei sie sich selbst zur Raison rief. Sie konnte ihren Vater ebenso gut sofort wissen lassen, dass sie mit ihm nach Baltimore zurückreisen wollte, und zwar unverheiratet. Das würde ihm natürlich nicht gefallen, aber …

„Wie war deine Fahrt?", fragte er, als sie sich setzte. „War Lord Marcus

... angenehm?" Er sah vorsichtig aus, fand Quinn, und das war auch kein Wunder. Wenn er Lord Marcus' Begeisterung ihr gegenüber übertrieben dargestellt hatte, hatte er sicherlich das gleiche Täuschungsmanöver auch bei ihm angewandt.

„Ich bin mir nicht sicher, ob 'angenehm' der Ausdruck ist, den ich verwenden würde. Sagen wir mal, die Fahrt war sehr aufschlussreich." Sie genoss es, ihren Vater zu beobachten, während sich sein Gesichtsausdruck von vorsichtig zu alarmiert veränderte.

„Aufschlussreich? Was ... ich meine, ich nehme an, das bedeutet, du und Lord Marcus habt euch etwas besser kennengelernt? Darauf hatte ich natürlich gehofft."

Sie lächelte, aber ihr Vater kannte sie zu gut, als dass ihn das beruhigte. „Zumindest sind wir vertrauter mit den Gefühlen des anderen bezüglich dieser Verbindung. Wir sind zu dem Schluss gekommen, dass wir nicht zueinander passen."

Der Captain stand auf. „Nicht zueinander passen! Heißt das, er weigert sich nun, dir gegenüber seine Pflicht zu erfüllen? Das lasse ich nicht zu! Ich werde diesen Schurken zum Duell fordern! Willst du sein Blut – oder meines – an deinen Händen?"

Obwohl sich Quinn ziemlich sicher war, dass ihr Vater übertrieb, konnte Quinn bei dem Gedanken daran, dass er sich mit Lord Marcus duellieren würde, ihre plötzliche Panik nicht abschütteln. „Nein, er weigert sich nicht", sagte sie schnell. „Ich habe angeboten, ihm eine Absage zu erteilen, und er hat mir nicht direkt widersprochen."

Das stimmte zwar nicht ganz, wie ihr nun klar wurde, als sie in Gedanken noch einmal ihre Unterhaltung durchging, aber sein Widerspruch war vage gewesen. Er würde mit Sicherheit zugeben, dass sie recht hatte, wenn er in Ruhe darüber nachgedacht hatte.

Ihr Vater griff ihre ersten Worte auf. „Er hat sich nicht geweigert? Dann will er dich also *immer* noch heiraten, wenn du ihm keine Absage erteilst?"

Auch wenn Quinn vorgezogen hätte, nicht zu antworten, fühlte sie sich gezwungen, es zuzugeben. „Das nehme ich an. Aber dennoch ist es offensichtlich, dass ..."

„Na, dann ist ja noch nicht alles verloren – noch gar nichts ist verloren, auch wenn du mich wirklich erschrocken hast. Ich möchte jetzt kein Weibergeschwätz mehr zu dem Thema hören."

„Weibergeschwätz! Papa, du *zwingst* mich, gegen meinen Willen zu heiraten, als seist du irgendein feudaler Herrscher, der seinen Landbesitz vergrößern will. Ich dachte, wir würden mittlerweile in aufgeklärteren Zeiten leben."

Einen Moment lang glaubte sie, dass ihre Worte die gewünschte Wirkung gezeigt hatten, da er sie mit besorgt gerunzelter Stirn betrachtete. Aber dann sagte er: „Quinn, Liebes, du musst mir vertrauen, dass ich weiß, was das Beste ist. Ich habe Erkundigungen angestellt, und Lord Marcus ist ein anständiger junger Mann mit keinen bekannten Lastern und einem beachtlichen Stammbaum. Du könntest keinen besseren Ehemann finden, selbst wenn du dich von Dutzenden jungen Männern umwerben lassen würdest."

„Was nun wohl nicht mehr möglich ist", sagte sie trocken. „Zumindest nicht hier in England. Daher würde ich es vorziehen, mit dir gemeinsam nach Hause zurückzukehren. Du siehst doch sicherlich ein, dass dies das Beste ist."

Er schob sein Kinn starrköpfig vor. „Das sehe ich überhaupt nicht ein. Es gibt in Baltimore doch niemanden, den du heiraten willst, oder?"

Quinn musste den Kopf schütteln, so gern sie auch eine vorherige Verbindung zu einem Mann erfunden hätte. Aber in Wahrheit, war ein Grund dafür, dass sie nach England hatte kommen wollen, dass sie den immer beharrlicher werdenden Aufmerksamkeiten eines jungen Angestellten im Familienbetrieb entkommen wollte.

„Da hast du es also. Du musst eines Tages ohnehin heiraten, also kann es genauso gut Lord Marcus sein. Sicherlich hätte es dir schlechter ergehen können. Wir bekommen ihn schon für dich, meine Liebe."

„Wir kaufen ihn für mich, meinst du wohl." Quinn fühlte sich bei seinen Worten, als hätte sie einen Stein im Magen, denn sie waren den beleidigenden, die Lord Marcus gesprochen hatte, nur allzu ähnlich. Auch wenn sie Lord Marcus auf der Fahrt fast vorgeworfen hätte, dass er sie nur um des Geldes willen heiraten wollte, hatte sie es nicht wirklich geglaubt – bis jetzt zumindest.

Der Captain winkte mit einer Hand ab, als wollte er ihre Sorgen verdrängen. „Papperlapapp. Jeder Mann sollte sehen, dass du ein Gewinn bist, Geld hin oder her."

Sie bemerkte aber, dass er ihren Vorwurf nicht bestritt. Bevor das Prickeln in ihren Augen zu Tränen werden konnte, verließ sie den Salon.

Als sie die Treppe zu ihrer Kammer hinaufging, brannte sie innerlich vor Scham und Wut. Sie würde *nicht* zulassen, dass mit ihrer Zukunft gehandelt wurde wie mit Baumwolle oder Tabak – ihr Vermögen für Lord

Marcus Name. Nein, es war dringend erforderlich, dass sie sich selbst –
und Lord Marcus – ohne Verzögerung befreite, bevor diese groteske Verlobung zu einer kalten, gewinnsüchtigen Ehe würde.

Sie wischte sich einen salzigen Tropfen von der Wange und eilte hinauf, um Pläne zu schmieden.

KAPITEL FÜNF

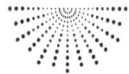

DIE LETZTEN Sᴏɴɴᴇɴsᴛʀᴀʜʟᴇɴ ᴡᴀʀᴇɴ ʙᴇʀᴇɪᴛs ʟᴀɴɢᴇ ᴠᴇʀsᴄʜᴡᴜɴᴅᴇɴ. Marcus zog seine Uhr hervor, um im Licht, das durch die Speisesaalfenster fiel, die Zeit abzulesen. Fast zehn Uhr. Der Junge kam offenbar nicht mehr. Mit einem Schulterzucken drehte er sich um, um den Garten zu verlassen, als er ein Rascheln zwischen den Bohnenstangen hörte.

„Pssst! Chef, seid Ihr da?"

Er wandte sich um und sah das blasse ovale Gesicht mit dem roten Schopf darüber, der durch die breiten Blätter der Bohnenpflanzen hervorlugte. „Ja, ich bin hier", flüsterte er. „Was gibt es?"

Gobby befreite sich von den Stangen und Ranken und trat vorsichtig hervor. „Ein paar Dinge, Chef, und wir hatte' gehofft, dass Ihr dem Heiligen Bericht erstatte' könnt. Zunächst mal stehe' Mrs. Plank und ihre beide' Kleine' morgen auf der Straße, wenn sie ihre Miete nicht bezahle' kann. Wir denke', das würde er gern wisse'."

Marcus erinnerte sich vage an den Namen. Luke hatte etwas davon erwähnt, dass Lady Pearl eins der Kinder geheilt hatte, nachdem es versehentlich Gift geschluckt hatte. „Und was noch?"

„Bei der anderen Sache geht es um den Heiligen selbst. Stilt hat gehört, dass die Polizei einen Spezialisten engagiert hat, um ihn zu fasse'. Sie sage', dass die Tatsache, dass er in letzter Zeit nichts angestellt hat, beweist, wer er sein muss. Ihr solltet ihn vielleicht warne', dass sie ihm auf den Fersen sind, damit er vorsichtig ist, wenn er zurückkommt."

Marcus nickte langsam. „Ich werde dafür sorgen, dass sie dem

Heiligen nichts anhaben können, und ich werde ihn auch über Mrs. Plank informieren."

Der Junge grinste in der Dämmerung und salutierte nach Armeemanier mit der Hand am Kopf. „Ihr seid schwer in Ordnung, Chef. Dann also bis bald." So schnell wie er aufgetaucht war, verschwand er auch wieder, und Marcus lief langsam in Richtung Haus.

Es schien also, als hätte die Bow Street in Bezug auf Luke Verdacht geschöpft und das Ausbleiben der Aktivitäten des Heiligen während seiner Abwesenheit als Beweis für seine Identität genommen. Es gab nur einen Weg, das Problem zu lösen – und mit ein wenig Glück könnte man so auch Mrs. Planks drohendes Obdachlosendasein abwenden.

Es war Zeit für Marcus, in die Fußstapfen des Heiligen von Seven Dials zu treten.

Er lächelte grimmig, und sein Herz schlug bei dem Gedanken an seine bevorstehende, aufregende Nacht schneller. Marcus betrat das Haus und wurde von einem Diener begrüßt, der ihm eine Nachricht überreichte, die eingetroffen war, als er draußen gewesen war.

Zu seiner Überraschung lud Captain Peverill ihn für den nächsten Tag zu den Claridges ein, um die finanziellen Eheverträge zu besprechen. Was hatte seine Tochter ihm wohl erzählt? Offenbar nicht das, was sie Marcus erzählt hatte. Aber am Morgen wäre noch genügend Zeit, um dieses Geheimnis zu lösen. Im Moment musste er sich auf sein bevorstehendes Abenteuer konzentrieren.

Zwei Stunden später blieb Marcus im leeren Speisesaal von Hightower House stehen, um sich zu orientieren. In das Haus zu gelangen, war lächerlich einfach gewesen. Da die Familie über die Sommermonate auf dem Land verweilte, hatten sich die wenigen Bediensteten schon in ihre Kammern zurückgezogen. Er war froh, als er merkte, dass er seine Gerissenheit nicht ganz verloren hatte – eine Gabe, die Luke während ihrer gemeinsamen Zeit in Oxford oft gelobt hatte.

Also, was sollte er mitnehmen? Er hatte im Grunde nichts gegen Lord Hightower, außer, dass er die gleichen politischen Ansichten wie sein Vater vertrat, und Marcus war im Moment seinem Vater nicht wohlgesonnen. Aber der Mann war auch reich genug, sodass er ein paar Teller wohl kaum vermissen würde, geschweige denn, dass der Diebstahl irgendwelche Entbehrungen für ihn bedeuten würde.

Aber für Mrs. Plank und ihre Kinder konnte die heutige Beute zwischen Leben und Tod entscheiden.

Für seinen Zweck musste er allerdings dafür sorgen, dass das, was er stahl, *sehr wohl* vermisst werden würde und dass man den Diebstahl dem Heiligen von Seven Dials zuschrieb. Daher wandte er sich von der Anrichte ab und betrachtete die auffälligeren Wertgegenstände im Raum. *Ah!* Der silberne Kerzenständer auf dem Tisch würde sich hervorragend eignen, auch wenn es umständlich sein würde, ihn zu tragen. Dieser zusammen mit den passenden silbernen Wandleuchten würde die Miete der Planks für mindestens zwei oder drei Jahre sichern.

Als er seine Entscheidung getroffen hatte, entfernte er zuerst die Wandleuchten. Mit seinem Taschenmesser konnte er sie ohne viel Lärm und Mühe von der Wand abmontieren. Er legte sie beiseite, nahm die Kerzen aus dem Kerzenständer und legte alle Silbergegenstände in den Sack, den er zu diesem Zweck mitgebracht hatte. Die Sachen stießen lauter zusammen, als ihm lieb war, was ihn zu dem Schluss kommen ließ, dass er besser auch noch Tücher mitgebracht hätte, um alles einzuwickeln. Beim nächsten Mal wäre er besser vorbereitet.

Er drehte sich um, um zu gehen, hielt aber dann plötzlich inne. Fast hätte er es vergessen. Er zog eine Karte aus seiner Tasche und legte sie sorgsam genau in die Mitte des Esstisches. Er lächelte zufrieden, wuchtete sich den Sack über die Schulter und ging auf die Doppeltür zu, die in die Gärten hinter dem Haus führte.

Er huschte durch die Tür, verriegelte sie hinter sich mit dem Trick, den er zu Schulzeiten perfektioniert hatte, und konnte nicht umhin, sich zu gratulieren, dass dem neuen Heiligen von Seven Dials ein bewundernswerter Start gelungen war.

Quinn erwachte später, als sie beabsichtigt hatte, denn sie hatte gehofft, dass sie entwischen könnte, bevor der Rest des Haushaltes auf den Beinen war. Ihr Plan war riskant und ohne Garantie auf Erfolg, aber sie sah keinen anderen Ausweg aus ihrem Dilemma. Daher wollte sie ihn unbedingt sofort in Angriff nehmen, bevor sie die Nerven verlor. Nun musste sie allerdings wahrscheinlich eine Ausrede erfinden, weswegen sie das Haus verließ.

Schnell kleidete sie sich an und ging hinunter ins Frühstückszimmer, nur um dieses leer vorzufinden. Da sie der Ansicht war, dass eine vollwertige Mahlzeit ihre Sinne schärfen könnte, nahm sie sich selbst Essen von der Anrichte. Wenn ihr Plan funktionierte, wäre dies außerdem vielleicht für eine lange Zeit ihre letzte Gelegenheit, Eier und frische Milch zu sich zu nehmen.

Als sie ihren Teller halb geleert hatte, hörte sie den Captain im Flur, der offenbar jemanden verabschiedete. Bevor sie sich überlegen konnte, ob sie ihn auf ihre Anwesenheit aufmerksam machen sollte, betrat er selbst den Raum.

„Ach, du bist schon wach, meine Liebe. Ausgezeichnet." Er wirkte ausgesprochen zufrieden mit sich selbst, was sofort ihr Misstrauen weckte.

„Mit wem hast du denn gerade gesprochen, Papa?", fragte sie und befürchtete, die Antwort bereits zu kennen.

„Mit deinem Bräutigam natürlich. Er wollte die Verträge so schnell wie möglich abschließen, und er war außerdem ausgesprochen großzügig, muss ich sagen."

Quinn starrte ihn an. „Verträge? Eheverträge?"

„Aber sicher, mein Schatz. Welche andere Art von Verträgen sollte ich denn sonst meinen?" Der Captain signalisierte dem Diener, der sich in der Nähe herumdrückte, ihm Schinken und geräucherten Hering zu servieren.

„Hast du eben gesagt, *er* wollte unbedingt die Verträge abschließen?" Sie hatte doch gegenüber Lord Marcus deutlich zum Ausdruck gebracht, dass er sie letztendlich nicht heiraten musste. Was dachte er sich nur dabei? Außerdem hatte sie nicht den Eindruck gehabt, dass er in der Lage wäre, großzügige Zahlungen anzubieten. Eher das genaue Gegenteil.

„Ja, ja, natürlich. Warum schaust du denn so überrascht? Ich habe dir doch gesagt, dass er von dieser Verbindung begeistert ist, oder nicht?"

„*Du* hast es mir erzählt. Nicht er. Und du wusstest ganz genau – ihr beide im Grunde – dass ich nicht vorhabe, ihn zu heiraten. Ich verstehe keinen von euch beiden."

Der Captain legte seine Gabel ab und legte seine riesige Hand auf ihre. „Aber, aber, Quinnling, bitte mach dir keine Sorgen. Je öfter ich Lord Marcus sehe, desto besser kann ich ihn leiden. Er wird dir ein guter Ehemann sein, ganz ehrlich. Bald wirst du sehen, dass ich recht habe."

Auch wenn er beruhigend sprach, so lag dennoch ein Hauch von Unerbittlichkeit in der Stimme ihres Vaters, die verriet, dass er in dieser Hinsicht keinen Widerspruch mehr duldete. Er schien ehrlich zu glauben, dass er das Richtige für sie tat – oder zumindest für das Geschäft. Abrupt schob Quinn ihren Stuhl zurück.

„Das wird sich wohl zeigen, nehme ich an. Aber nun entschuldige mich bitte, Papa. Ich muss mich ein paar Briefen widmen, dann ein oder zwei Besuche erledigen, und ich muss mich beeilen, wenn ich vor Lady Claridges Einkaufsexpedition fertig sein will."

Ihr Vater zog misstrauisch eine Augenbraue hoch. „Besuche? Wen willst du denn besuchen? Ich werde nicht erlauben, dass du wieder alleine durch London ziehst, Quinn."

„Allein? Natürlich gehe ich nicht allein aus." Sie zwang sich zu einem Lachen, das leider das Misstrauen ihres Vaters nur noch zu verstärken schien. Einer plötzlichen Eingebung folgend, fügte sie hinzu: „Lord Marcus wird mich begleiten. Ich bin überrascht, dass er es heute Morgen dir gegenüber nicht erwähnt hat."

Sofort entspannte sich der Captain wieder. „Er war recht abgelenkt – wahrscheinlich dachte er aber, ich wüsste es bereits. Gut, gut, dann ist es ja in Ordnung. Geh nur nach oben und mach dich fertig. Richte Lord Marcus meinen Gruß aus, wenn er wiederkommt. Ich muss selbst zur Börse, daher muss ich mich nun beeilen, um es rechtzeitig in die Threadneedle Street zu schaffen."

Quinn flüchtete mit klopfendem Herzen nach oben. Welch ein Glück, dass ihr Vater bald wieder fort wäre! Nun stand ihrem Plan nichts mehr im Weg – und den sollte sie besser gleich in die Tat umsetzen, solange es noch möglich war. Diese Chance würde sich ihr vielleicht nicht noch einmal bieten.

Sie entließ ihr Dienstmädchen und holte die Reisetasche hervor, die sie am Vorabend gepackt hatte. Dann wartete sie, bis die Tür hinter ihrem Vater ins Schloss gefallen war, verließ leise ihre Kammer durch das Bedienstetentreppenhaus im hinteren Teil des Hauses und ging hinunter ins Erdgeschoss. Eine Hausmagd entstaubte den Kaminsims in der Bibliothek, aber es gelang Quinn, sich auf Zehenspitzen an ihr vorbei zur offenen Hintertür zu schleichen, ohne dass man sie bemerkte.

Als sie draußen war, ging sie durch die Stallungen und hinaus auf die Straße. Ein paar Stallburschen starrten sie an, als sie an ihnen vorbeiging, aber das war ihr gleich, denn es war unwahrscheinlich, dass sie Alarm schlagen würden. Sie ging schnellen Schrittes weiter, bis sie sich in einem sicheren Abstand zur Mount Street befand und winkte eine vorbeikommende Droschke heran. Als sie eingestiegen war, wies sie den Fahrer an, sie zu den Londoner Docks im Stadtteil Wapping zu bringen.

Sie blickte aus dem Fenster der Droschke, als sie am Tower vorbeikamen und weiter Richtung East End fuhren. Quinn kamen die ersten

Zweifel an ihrem Plan. Die Gegend rund um die Docks kam ihr irgendwie schmutziger und belebter vor als sie sie in Erinnerung hatte.

„Das ist der Londoner Hafen, Ma'am", rief der Fahrer hinunter durch die Luke im Dach der Droschke, als er an einem wuchtigen Lagerhaus anhielt. „Wartet hier jemand auf Euch?"

„Äh, ja", log sie, da sie befürchtete, dass der Mann sich sonst weigern würde, sie hier abzusetzen. „Danke." Sie bezahlte für die Fahrt und ließ sich von ihm auf den rutschigen Bürgersteig helfen. Sie versuchte, nicht die Nase über den Gestank zu rümpfen, der ihren Geruchssinn überwältigte.

„Soll ich warten, bis er auftaucht?" Der Fahrer, ein freundlich aussehender älterer Mann, wirkte aufrichtig besorgt.

„Nein, aber vielen Dank. Ich soll ihn … in dieser Lagerhalle treffen. Ich bin mir sicher, dass er bereits hier ist." Quinn wandte sich ab und ging auf das besagte Gebäude zu. Sie drehte sich nicht um, bis sie den Wagen davonfahren hörte.

Erst jetzt bemerkte sie, wie töricht es gewesen war, den Kutscher wegzuschicken. Was wäre, wenn sich die Überfahrt um Tage verzögern würde? Aber sicherlich könnte sie eine weitere Droschke nehmen, wenn es nötig wäre – auch wenn derzeit keine in Sicht war.

Sie steuerte nun vom Lagerhaus weg, ging auf die Docks zu und betrachtete die angelegten Schiffe, um eines zu finden, das sie vielleicht nach Hause befördern könnte. Das Chaos aus auf und ab schaukelnden Masten machte es schwer, einen Überblick zu bekommen, aber sie entdeckte etwas weiter abgelegen auf der rechten Seite ein Postschiff mit einer amerikanischen Flagge. Sie beschloss, sich beim Kapitän zu erkundigen, ob sie mitfahren könnte und lief nun in Richtung des Schiffs.

Eine Gruppe Seemänner kam auf sie zu und stieß sie aufdringlich an, als sie auf ihrem Weg in die Stadt an ihr vorbeigingen. „He, Mäd'l!", rief einer von ihnen. „Komm doch mit uns, wir kenne' ein' köstliche' Zeitvertreib."

Quinn wandte den Blick ab und eilte weiter. Sie war sich nur allzu sehr bewusst darüber, wie fehl am Platz sie hier war, in ihrem blassgelben Kleid mit den Volantstreifen. Als sie sich nervös umblickte, bemerkte sie, dass die paar Frauen, die sie in der Nähe sehen konnte, schmuddelige Arbeitskleider anhatten und den Männern und Jungen halfen, die Fracht zu und von den Schiffen zu tragen – außer einer.

Unter einem Tavernenschild mit dem Namen Scarlet Hawk stand eine

Frau in einem roten tief ausgeschnittenen Kleid und verwickelte eine Gruppe Seemänner in eine rohe Unterhaltung. Quinn sah entsetzt dabei zu, wie die Frau ihre Röcke bis über das Knie hochzog, vermutlich, um ihre hübschen Beine zur Schau zu stellen. Mit einem Chor aus Beifallsrufen folgten die Seemänner ihr hinein.

Hastig schaute Quinn weg, bevor irgendjemand bemerken konnte, dass sie zusah, und beschleunigte ihren Schritt.

„He, aus dem Weg!", rief eine raue Stimme.

Sie drehte sich zu spät um und stieß blindlings mit einem kräftigen Mann zusammen, der sie an den Schultern packte, um sie festzuhalten.

„Es … es tut mir leid, Sir", stammelte sie und versuchte, zurückzutreten.

Zu ihrer Bestürzung ließ er ihre Schultern aber nicht los, sondern hielt inne, um sie eingehend zu begutachten. „Nanu, was habe' wir denn hier? Ich hab' dich hier noch nie gesehe', Mäd'l. Bist wohl neu, was?"

Er war wie ein Edelmann in einen Mantel, eine Weste und eine Kniebundhose gekleidet, die einst wohl perfekt geschneidert und teuer gewesen sein mussten, die nun aber einer dringenden Reinigung bedurften. Ein dreckiges rotes Tuch war statt einer Schalkrawatte um seinen Hals gebunden.

„Nein! Das heißt, ich bin hier, um mit dem Kapitän dieses Schiffs zu sprechen." Sie deutete auf die amerikanische Flagge, die nun unmöglich weit entfernt erschien.

„Du bist wohl eine ganz Wählerische, was? Nur für die Kapitäne zu haben? Ihr Pech, dass ich dich zuerst gesehe' hab'." Er grinste und entblößte damit eine unzulängliche Anzahl gelber Zähne.

Quinn versuchte, sich von ihm zu lösen, aber er verstärkte seinen Griff nur noch. „Ihr versteht mich falsch." Sie bemühte sich, so gebieterisch wie ihr Vater zu klingen, konnte aber das Beben in ihrer Stimme nicht kontrollieren. „Ich will mich als zahlende Passagierin auf das Schiff begeben."

Die Augen des Mannes leuchteten nun noch mehr, und sie erkannte, dass ihre Worte unüberlegt gewesen waren. „Hast du was von bezahle' gesagt? Dann lass mal deine Geldbörse sehe'" Bevor sie ihn davon abhalten konnte, ergriff er den Pompadour, der an ihrem Handgelenk baumelte, wodurch die Bänder rissen.

„Nein!", rief sie. „Lass los, du Dieb!"

Wut verlieh ihr plötzlich Stärke, und sie schwang ihre Reisetasche hinauf zu seinem Kopf, doch er war zu schnell für sie. Er ließ eine Hand von ihrer Schulter zu ihrem Arm hinuntergleiten und fing mit der anderen, in der er ihren Pompadour hielt, den Schlag ab, woraufhin ihre Reisetasche durch die Luft flog und ein paar Meter entfernt im Schlamm landete.

„Na, Mäd'l, jetzt stell dich nicht so an", mahnte er, jedoch ohne Wut. Noch dazu schien er amüsiert darüber zu sein, dass sie Widerstand leistete. „Mick! Komm her! Ich brauch' ein biss'l Unterstützung hier", rief er einem anderen schmuddeligen Mann zu, der neben dem Scarlet Hawk stand.

Panisch sah sich Quinn nach irgendjemandem um, der ihr vielleicht helfen könnte, aber sie sah nichts weiter als Hafenarbeiter, die sich ihren Aufgaben widmeten. Ein weiterer Pulk Seemänner lief weit unten an den Docks entlang, und ein paar Straßenkinder schubsten sich gegenseitig spielerisch; keinem schien ihre Situation bewusst zu sein. Warum, warum hatte sie dem Kutscher bloß gesagt, dass er wieder wegfahren sollte?

„Sieht aus, als hätt'st 'n Prachtexemplar erwischt, Tom", sagte der angesprochene Mick, der nun herübergeschlendert kam. Gelassen hielt er Quinns Arme mit einem starken Griff hinter ihrem Rücken fest, damit sein Verbündeter den Pompadour leeren konnte. „He! Sieh dir das mal an!"

Verzweifelt sah Quinn dabei zu, wie Tom das Geld für die Überfahrt an sich nahm – etwas über sechzig Pfund. „Bitte!", versuchte sie es erneut. „Ich brauche es, um nach Hause nach Amerika zu gelangen."

Beide Männer lachten. „Und wir brauche' es, um die nächste' ein oder zwei Monate zu überlebe'", sagte Mick. „Aber du bringst uns noch mehr ein, wenn ich nicht falsch lieg'."

„Was meint Ihr damit?", fragte sie, auch wenn sie befürchtete, dass sie es bereits wusste. Hatten ihr Vater und Lord Marcus sie nicht beide gewarnt? Warum hatte sie nicht auf sie gehört?

„Eine ganz Unschuldige, was?", sagte der Mann, der sie als Erstes überfallen hatte, lachend. „Aber umso besser, meinst' nicht auch, Mick?"

„Jawohl. Sally zahlt für Jungfrauen extra. Lass sie uns reinbringe' und sehe' was wir kriege' könne'."

Auch wenn sich Quinn verzweifelt zu wehren versuchte, kam sie nicht gegen Micks körperliche Stärke an. Und selbst wenn sie freikäme, wäre da noch immer Tom, der sie wieder einfangen würde. In kürzester Zeit hatten sie sie durch den Eingang des Scarlet Hawk geschoben und hinein in einen ausgelassenen Schankraum, der nur von zwei Fenstern beleuchtet wurde, die vom Rauch getrübt wurden, der schwer in der Luft hing. Quinn hustete.

„Du da! Bill! Wir habe' was für Sally. Is' sie obe'?", rief Mick einem stämmigen Mann hinter der Bar zu.

Bevor er etwas erwidern konnte, flehte Quinn laut rufend die versammelten Gäste um Hilfe an. „Bitte! Kann mir hier denn niemand helfen? Diese Männer halten mich gegen meinen Willen fest!" *Irgend*jemand von ihnen musste doch wenigstens einen Hauch von Anstand haben.

Aber obwohl viele von ihnen sie mit unterschiedlich großem Interesse anstarrten, half ihr niemand. Ein großer, dünner Bursche, der ihr irgendwie bekannt vorkam, sah sie ein wenig länger an als die anderen, wodurch sie kurz Hoffnung schöpfte, aber dann runzelte er die Stirn und verschwand durch die Hintertür. „Irgendjemand! Bitte!", rief sie wieder.

Mick schüttelte sie grob. „Das reicht jetzt. Was hast g'sagt, Bill?"

„Ich hab' g'sagt, dass Sally obe' ist. Du kannst die Schlampe zu ihr hinaufbringe'."

Quinn hatte sich noch nie im Leben so hilflos und bloßgestellt gefühlt, wie jetzt, da ihre Entführer sie durch das Meer von Blicken zu der Treppe am anderen Ende des Raumes zerrten. Es war fast eine Erleichterung, als sie den Aufgang erreichten und sie den spöttischen Augen nicht mehr ausgeliefert war.

Aber nun wurde sie von neuen Ängsten ergriffen. Der obere Gang war schwach von ein paar tropfenden Kerzen in einer Wandhalterung beleuchtet. Durch eine geschlossene Tür zu ihrer Rechten drangen Keuch- und Stöhngeräusche hinaus, die höchst beunruhigend waren. Bevor sie überhaupt darüber nachdenken konnte, was sich im Inneren des Raumes wohl abspielen mochte, kam eine dralle Frau in einem viel zu engen Kleid aus leuchtend rosafarbenem Satin aus einer anderen Tür auf dem hinteren Teil des Ganges.

„Was soll denn der Aufruhr? Ich habe unten ein Geschrei gehört", konfrontierte die Frau sie. Die Hände hatte sie in die fülligen Hüften gestemmt, ihr unnatürlich schwarzes Haar fiel über ihre nackten Schultern und verdeckte mit den dichten Ringellocken teilweise den üppigen Brustausschnitt.

„Schau mal, was wir dir mitgebracht habe', Sally", sagte Tom triumphierend, während Mick Quinn nach vorne schubste. „Das bringt uns doch sicherlich ein stolzes Sümmche' ein, oder nich'?"

Die Augen der Frau verengten sich kalkulierend, während sie Quinn von Kopf bis Fuß musterte. „Etwas jung", merkte sie an.

Quinn öffnete den Mund, um zu protestieren, so wie sie es immer tat, wenn die Leute sie für jünger hielten als sie in Wirklichkeit war, schloss ihn dann jedoch wieder in der Hoffnung, dass die falsche Annahme vielleicht ein Vorteil wäre.

Aber dann sagte Mick: „Verdammt! Du weißt, dass das den Preis nur noch steigern tut. Is' sie nich' 'n hübsches Ding?"

Sally ließ sich mit der Antwort Zeit und ging um Quinn herum, um sie im flackernden Kerzenlicht genauer zu begutachten. „Hübsch genug ist sie wohl. Was wollt ihr beiden Betrüger denn für sie haben?"

„Betrüger! Na, das gefällt mir!", rief Tom. „Nur einen gerechten Preis, wie immer, Sally."

Quinn zog vor Entrüstung – und Schreck – die Luft ein. „Ich bin kein Eigentum, das man kaufen oder verkaufen kann. Bitte, Ma'am, wenn Ihr mich zu meinem Vater – ein Schiffsbesitzer und Kapitän – zurückschickt, sorge ich dafür, dass Ihr reich belohnt werdet."

„Schiffskapitän?" Sally sah die beiden Männer mit gerunzelter Stirn an. „Wenn das wahr ist, erhöht das mein Risiko."

„Es ist wahr, das schwöre ich!", sagte Quinn eifrig. „Ihr könnt in den Docks nachfragen. Mein Vater ist Captain Palmer Peverill."

Aber Sally sah sie nicht einmal an. „Zwei Pfund weniger wegen des erhöhten Risikos", sagte sie zu den Männern. „Ich gebe Euch achtunddreißig für sie, und eine weitere halbe Krone für das Kleid."

„Achtunddreißig! Das hast du mit ihr in einer Woche doppelt reingeholt", protestierte Mick.

Sie begannen wieder zu feilschen, während Quinn sich, rot vor Scham, weiter zu wehren versuchte. Es kam ihr nun absurd vor, dass sie weggelaufen war, weil sie sich nicht "verkaufen" lassen wollte. Eine Eheübereinkunft war nichts im Vergleich zu dieser Demütigung!

Die Männer machten erneut auf ihre Jugend, Gesundheit und guten Zähne aufmerksam, während Sally argumentierte, dass eine mögliche Rettung oder Flucht ihren Profit gefährden könne. Als sie sich schließlich auf zweiundvierzig Pfund und zehn Schilling geeinigt hatten, schüttelte Tom Sallys fleischige Hand, um den Handel zu besiegeln.

„Dann bringt sie hier hinein." Sally deutete auf das Zimmer, aus dem sie selbst gekommen war. „Das hat ein starkes Schloss und ein Gitter am Fenster."

Mick stieß Quinn in die kleine, stark parfümierte Kammer und stand dann Wache, während Sally das Geld für die beiden abzählte. Dann tippte er sich mit einem höhnischen Lächeln, das an Quinn gerichtet war, an die

Kappe und verließ mit Tom den Raum. Quinn trat einen Schritt auf die Tür zu, aber Sally schloss und verriegelte diese schnell und lehnte sich dann mit dem Rücken dagegen, um Quinn anzusehen.

„Du musst nicht so verängstigt dreinschauen, meine Liebe. Ich sorge dafür, dass dein Erster nicht zu grob ist." Ihre Worte und ihr Tonfall sollten eindeutig beruhigend klingen, hatten aber genau den gegenteiligen Effekt.

„Ihr versteht nicht", flehte Quinn. Tränen der Wut und Hoffnungslosigkeit schnürten ihr die Kehle zu. „Ich gehöre nicht hierher. Mein ... mein Vater wird nach mir suchen."

„Dann müssen wir eben dafür sorgen, dass du nicht so leicht wiederzuerkennen bist, was meinst du?", sagte Sally vernünftig. „Zu allererst dieses Kleid. Diese Rüpel hatten keine Ahnung, aber das Kleid allein ist schon den Preis wert, den ich ihnen gezahlt habe, wenn wir es nicht besudeln. Runter damit, los."

„W... was?" Quinn trat einen Schritt zurück, wobei sie ihre Arme instinktiv schützend vor ihrer Brust übereinander festklammerte.

„Komm schon. Du willst doch nicht, dass ich Bill aus der Taverne rufe, damit er dir beim Ausziehen hilft, oder? Ich weiß, dass er das nur allzu gern täte."

Als sie sich an den kräftigen Mann hinter der Theke erinnerte, erschauderte Quinn. „Aber was soll ich denn stattdessen anziehen?", fragte sie und versuchte das immer unvermeidlicher Erscheinende noch weiter hinauszuzögern. Sie wollte nicht daran denken, was folgen würde, wenn sie erst einmal ihre Kleidung gewechselt hatte.

„Das sollte angemessen sein, denke ich." Sally hielt ein Kleid mit knallroten und schwarzen Streifen in die Höhe. „Passt auch gut zu deinem Hautton."

Quinn starrte das scheußlich provokante Kleidungsstück erschrocken an, aber als Sally eine ungeduldige Geste vollführte, so als wollte sie nach Bill rufen, gab sie zögerlich nach und begann, mit zitternden Fingern ihr Kleid zu öffnen.

„Bei mir? Warum sollte man denn annehmen, dass Miss Peverill bei mir ist?", fragte Marcus den livrierten Diener der Claridges verwirrt.

Der Mann trat auf der obersten Stufe vor Marcus' Haustür peinlich berührt von einem Fuß auf den anderen. „Das weiß ich nicht genau,

Mylord. Ich wurde damit beauftragt, herzukommen und mich nach ihr zu erkundigen. Sie ist wohl nicht rechtzeitig zu einer Verabredung zum Einkaufen mit Lady Constance erschienen."

„Und man nimmt an, sie wäre hier? Oder erkundigt man sich lediglich nach allen Möglichkeiten?" Es sah so aus, als sei seine widerspenstige zukünftige Braut der Obhut ihrer Verwandten entwischt – schon wieder. Marcus wusste nicht recht, ob er belustigt oder besorgt sein sollte.

Der Diener zog die Augenbrauen zusammen. „Captain Peverill sagte, sie hätte mit Euch eine Kutschfahrt unternommen, Mylord. Ich glaube nicht, dass er erwartet hat, dass ich Euch zu Hause antreffe, aber er wollte, dass ich eine Nachricht für sie hinterlasse, damit sie umgehend heimkehrt, da sie spät dran ist. Lady Claridge ist schon ganz außer sich vor Wut."

„Danke, mein guter Mann. Betrachtet Eure Nachricht als übermittelt. Wenn ich Miss Peverill sehen sollte, werde ich es ihr sofort ausrichten."

Mit einem Nicken und einer Verbeugung, wandte sich der Diener zum Gehen um. Marcus schloss langsam die Tür und dachte angestrengt nach. In welche Bredouille hatte sich Miss Peverill wohl diesmal gebracht? Und weshalb?

Ihr Vater hatte ihr doch sicherlich nicht die Einzelheiten des Abkommens verraten, auf das sie sich geeinigt hatten? Wenn sie herausfinden würde, welch riesige Summe Captain Peverill ihm als Mitgift angeboten hatte, würde sie vielleicht glauben, dass Marcus sie nur wegen ihres Vermögens heiratete. Und wenn dass der Fall war …

„Wer war das?", fragte Lord Peter von der Treppe her und unterbrach damit seine Gedanken.

„Niemand", antwortete Marcus automatisch. Doch dann besiegte seine Sorge die Zurückhaltung, und er sagte: „Es war ein Diener, der nach Miss Peverill gefragt hat. Es sieht so aus, als wäre sie verschwunden."

Peter stellte sich zu ihm an die Tür. „Verschwunden? Weggelaufen, meinst du?"

„Man scheint sich nicht sicher zu sein, aber genau das nehme ich an." Er ging in Gedanken noch einmal seine gestrige Unterhaltung mit ihr durch. Wäre sie wirklich so töricht und–? „Ich muss weg", sagte er abrupt.

„Ja, du musst sie natürlich zurückholen. Weißt du, wo du sie finden kannst? Wenn du mir einen Moment Zeit gibst, um mich anzukleiden, komme ich mit."

Marcus schüttelte den Kopf. Aus Erfahrung wusste er, dass Peter sich ebenso wenig in nur einem Moment ankleiden konnte wie er fliegen konnte. „Du kannst nachkommen, wenn du willst. Ich mache mich auf den Weg zu den Docks."

„Nun gut. Die Docks sind kein geeigneter Ort für sie – und dich – um sich dort allein herumzutreiben."

„Ich komme schon zurecht." Er unterdrückte seine Gereiztheit über Peters bevormundendes Verhalten.

„Natürlich", erwiderte Peter eindeutig wenig überzeugt. „Geh nur vor. Ich komme nach, sobald ich kann. Welche Docks?"

„Captain Peverill hat erwähnt, dass seine eigenen Schiffe an den neuen Londoner Docks anlegen, also beginne ich dort." Nun, da er seine Entscheidung getroffen hatte, hatte er es eilig, sich endlich auf den Weg zu machen.

Peter schien dies zu spüren und hielt ihn daher nicht weiter auf, sondern ging wieder nach oben, um seinen Morgenmantel abzulegen. Marcus ließ nach seinem Pferd schicken, da dies schneller wäre als mit der Kutsche zu fahren. Wenn er Quinn – oder besser gesagt Miss Peverill – finden würde, könnte er immer noch eine Droschke heranwinken, die sie zurück nach Mayfair bringen würde.

Fünf Minuten später ritt er in Richtung Osten und hoffte entgegen aller Wahrscheinlichkeit, dass er mit seiner Vermutung falsch lag.

KAPITEL SECHS

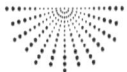

MARCUS GALOPPIERTE LAUT ÜBER DAS KOPFSTEINPFLASTER AUF DER East Smithfield Street und begann bereits, sich wegen seines plötzlichen Ausbruchs an Heldentum äußerst töricht zu fühlen. Aller Wahrscheinlichkeit nach war Miss Peverill mittlerweile sicher zu Hause angekommen oder besuchte eine Freundin. Und wie sollte er außerdem die Docks nach ihr absuchen, ohne ihren Namen preiszugeben?

Er musste es aber dennoch versuchen. Wenn sie tatsächlich impulsiv genug wäre, den Versuch zu unternehmen, auf eigene Faust nach Amerika zu gelangen, ließ sich nicht einschätzen, welche Art von Ärger sie heraufbeschwor. Den verdiente sie zwar, aber er konnte sie dennoch schlecht ihrem Schicksal überlassen. Bei dem Gedanken daran, dass sie in Gefahr sein könnte, schnürte sich seine die Kehle auf höchst verstörende Weise zu. Er ritt schneller.

Als er an den Londoner Docks ankam, verschaffte er sich als Erstes einen Überblick über die Schiffe, die vor Anker lagen und dann über die umliegenden Straßen und Gebäude. Wo sollte er nur anfangen? Mit einem Schiff, das nach Amerika reisen sollte vermutlich. Zwei der anliegenden Schiffe schienen die amerikanische Flagge gehisst zu haben, aber dies war keine Garantie dafür, dass das Land ihre nächste Anlegestelle wäre. Dennoch war es ein guter Ausgangspunkt.

Er stieg ab, band sein Pferd am Rand des Kais an, der sich am nächsten zu den amerikanischen Schiffen befand, und eilte den Kai hinunter, um die Mannschaft zu befragen. Wie er befürchtet hatte, war das Schiff nach

Spanien unterwegs und nahm dann Kurs Richtung Süden, bevor es in seinen Heimathafen nach New York zurückkehren würde. Und für seine Abfahrt in einer Woche hatten sich auch keine Passagiere angemeldet.

Immer sicherer darüber, dass es ein hoffnungsloses Unterfangen war, lief Marcus auf das andere amerikanische Schiff zu, das sich ungünstigerweise fast am anderen Ende der Docks befand. Als er sich auf halbem Weg in Richtung Lagerhallen befand, erschrak er, als er einen Ruck am Ärmel spürte. Er drehte sich um und entdeckte den großen Straßenjungen Stilt aus der Gruppe, mit der er sich angefreundet hatte.

„He! Ich meine, äh, `tschuldigung, Mylord", stammelte der Junge nervös. „Aber ich bin so froh, Euch hier zu sehe'. Ich glaube, jemand, den Ihr kennt, is' in Schwierigkeite'."

QUINN BETRACHTETE sich in dem getrübten Glas des Spiegels voller Abscheu und Scham. Das grelle rot-schwarze Kleid war skandalös tief ausgeschnitten. Ihr eher spärlicher Busen, der aufreizend durch das Korsett gehoben wurde, das ihr Sally aufgetragen hatte, anzuziehen, war beinahe gänzlich entblößt. Darunter wurden ihre Beine nur von einem hauchdünnen Unterrock bedeckt, da der Rock von der Taille ab weit geschlitzt war.

„Jetzt noch ein Hauch Rouge, und du gehst für eine gesunde Fünfzehnjährige durch", erklärte Sally und trug die Schminke selbst auf Quinns ohnehin schon glühende Wangen auf. „Wie alt bist du denn in Wirklichkeit – siebzehn?"

„Zwanzig", flüsterte Quinn. Was würde ihr Vater sagen, wenn er sie so sehen könnte? Oder ihr Bruder? Sie versuchte, nicht an Lord Marcus zu denken, aber im Vergleich zu dem, was ihr mit Sicherheit bevorstand, wäre die Ehe mit ihm paradiesisch gewesen.

Einen Moment lang gestattete sie sich, es sich wieder vorzustellen – mit ihm beim Abendessen am Tisch zu plaudern, vielleicht eine gelegentliche Berührung an der Hand, sich gegenseitig eine gute Nacht wünschen, mit einem Kuss oder vielleicht mehr … Dazu hätte sie nun keine Gelegenheit mehr.

„Zwanzig? Das hätte ich nie gedacht. Bitte verrate es keinem. Niemand wird glauben, dass du mit zwanzig noch Jungfrau bist."

Quinn funkelte sie an, ein Anflug von Wut ließ ihren Mut wieder aufleben. „Warum sollte ich aus irgendeinem Grund mit Euch zusammenarbeiten? Ich werde behaupten, dass ich dreißig bin und jedem Mann ins Gesicht spucken, der mir zu nahe kommt."

Sally zuckte nur die Schultern, ihr üppiger Busen wankte bei der Bewegung. „Einigen Herren gefällt dieses kratzbürstige Verhalten – meistens denjenigen, die es gern grob mögen. Ich kann dich gern für sie reservieren."

Ihr Mut verflog so schnell wie er wieder aufgelebt war, und Quinn wandte sich ab – nur um sich selbst erneut im Spiegel anzusehen. Sie sah genauso verängstigt aus wie sie sich fühlte. Sie *musste* einfach irgendwie fliehen, bevor das Schlimmste geschehen konnte.

„So ist es schon besser", sagte Sally, als Quinn weiter schwieg. „Jetzt gehe ich nach unten und werbe ein wenig. Soll ich dir etwas zu essen mitbringen?"

Quinn schüttelte den Kopf. Sie hatte seit dem Frühstück nichts mehr gegessen, aber allein bei dem Gedanken an Essen wurde ihr übel. Mit einem weiteren Achselzucken ließ Sally sie allein. Quinn hörte, wie sich der Schlüssel umdrehte, nachdem die Tür geschlossen worden war, aber sie versuchte dennoch, den Knauf zu drehen. Natürlich war abgesperrt.

Panisch sah sie sich im Raum um. Das Fenster war, wie Sally gesagt hatte, mit einem Eisengitter bedeckt, wodurch es unmöglich wurde, hinauszuklettern. Vielleicht konnte sie durch die Stäbe zumindest um Hilfe rufen?

Der Fensterflügel war steif, und es war schwer, durch die dichten Gitterstäbe dagegen zu drücken, aber schließlich gelang es Quinn, das Fenster zu öffnen. Als sie aber hinunterblickte, sah sie nur eine Gruppe betrunkener Seemänner, die aus der Taverne kam. *Deren* Aufmerksamkeit wollte sie ganz sicher nicht auf sich lenken.

Als sie die Straße so gut wie möglich durch das tief liegende Fenster absuchte, entdeckte sie in der Nähe etwas, das nach den klaren Umrissen und dem üppigen Geschirr zu urteilen aussah wie das angebundene Pferd eines Edelmannes. Wenn doch nur dessen Besitzer zurückkäme, vielleicht …

Schwere Schritte erklangen im Flur. Schnell zog sie das Fenster wieder zu, auch wenn sie es nicht verriegelte. Konnte Sally bereits einen … Kunden gefunden haben? Die winzige Kammer bot keine Möglichkeiten, sich zu verstecken. In gedankenloser Panik warf sie sich flach auf den

Boden und versuchte, sich gerade unter das Bett zu zwängen, als eine Männerstimme vor der Tür unverständliche Worte polterte.

„Ja, ja, ich bin sicher. Behaltet Euer Hemd an", murrte Sally als Antwort auf was auch immer der Mann gefragt haben mochte. Bedeutete das etwa, dass sie doch einen von den gröberen "Herren" mit hinaufgebracht hatte?

Panisch zwängte sich Quinn weiter unter das Bett und blieb dann stecken, als sich ein Knopf in einem losen Dielenbrett verfing. Die Tür öffnete sich knarrend.

„Was soll das denn? Wo ist sie?", fragte eine Stimme, die Quinn voller Schrecken erkannte. Sie drehte ihren Kopf so sehr, dass es schmerzte, um Lord Marcus zu sehen, der sich verärgert im Raum umsah – und Sally, die sie direkt anblickte.

Indem sie sich schnell umdrehte, sagte Sally: „Ich muss mich geirrt haben, Mylord. Vielleicht ist sie im nächsten Zimmer." Sie gingen wieder durch die Tür hinaus.

„Nein! Nein, wartet!", rief Quinn und zwängte sich unter dem Bett hervor. „Ich bin hier!" Sie weinte fast vor Erleichterung, zerkratzte sich Knie und Ellbogen, während sie weiter vorwärts kroch, und stand schließlich auf. Sally gab einen äußerst undamenhaften Fluch von sich.

„Miss Peverill! Gott sei Dank habe ich Euch gefunden", rief Lord Marcus und trat auf sie zu. Dann hielt er inne und fixierte plötzlich unangenehm berührt einen Punkt über ihrem Kopf.

Als sie an sich herabblickte, sah Quinn, dass eine ihrer Brüste aus dem tiefen Ausschnitt ihres furchtbaren Kleids gerutscht war. Sie zog die Luft ein und drehte sich um, um das Problem zu beheben. Dabei bemerkte sie, dass ihre Brust und Arme vom Herumkriechen auf dem Boden schmutzig waren. „Könnte ich mein eigenes Kleid zurückbekommen?", fragte sie Sally, als sie sich wieder zu ihnen umdrehte.

„Hm. Euer feiner Herr muss mir fünfzig Pfund zahlen, die mir sonst entgehen würden, und obendrauf noch etwas für den Ärger, den ich wegen Euch hatte. Wenn nicht, muss ich das schicke Kleid behalten, um den Verlust zu begleichen." Die Kupplerin schaute hoffnungsvoll zu Lord Marcus auf.

„Zahlt ihr keinen Penny!", rief Quinn, bevor er etwas erwidern konnte. „Das würde sie nur in ihrem widerwärtigen Geschäft unterstützen."

„Keine Angst", antwortete Lord Marcus und trat wieder auf sie zu, nun, da sie so anständig aussah, wie es das auffällige Kleid zuließ. „Sie kann sich glücklich schätzen, wenn ich meinen Einfluss nicht nutze, um dieses Etablissement zunichte zu machen und sie verhaften zu lassen."

Sally starrte die beiden an. „Große Worte für gerade mal zwei Personen, während ich ein Haus voller Freunde habe. Wenn Ihr mir droht, lasse ich Euch vielleicht doch nicht gehen."

Quinn wich bei den bösen Worten der Frau zu Lord Marcus zurück, aber er zuckte nicht mit der Wimper. „Ich wage zu bezweifeln, dass Ihr oder Eure Verbündeten das verhindern könntet. Aber wenn Ihr es versuchen wollt ..." Er trat einen Schritt auf sie zu und lächelte gefährlich. Quinn blinzelte, denn sie hatte diese Seite an ihm noch nie gesehen.

„Dann verschwindet eben", fauchte Sally mürrisch. Sie trat durch die Tür zurück und wandte sich stolzierend um.

„Na, also, ich wusste doch, dass Ihr zur Vernunft kommen würdet. Im Übrigen müssten mein Bruder und eine Armee von Bediensteten jeden Moment eintreffen. Miss Peverill, seid Ihr bereit zu gehen?" Er wandte sich wieder an Quinn.

„Oh, ja, *bitte!*" Aber dann hielt sie inne und sah sich nach einem Schultertuch oder etwas anderem um, das sie benutzen könnte, um ihren Busen zu bedecken.

„Hier." Als hätte er ihre Gedanken gelesen, zog Lord Marcus seinen Mantel aus und legte ihn ihr um die Schultern.

Sie schenkte ihm ein schüchternes, dankbares Lächeln und zog das Kleidungsstück enger um sich. „Danke. Und nun lasst uns diesen Ort verlassen, bevor noch irgendetwas anderes Schreckliches geschehen kann."

Indem er eine Hand um ihre Taille legte, führte er sie zurück zur Treppe und schirmte sie so vor der Menschenschar im Schankraum ab, als sie unten angekommen waren. Seine Berührung war unglaublich beruhigend, wenn auch ein wenig irritierend. Sie wollte fragen, ob die Behauptung bezüglich seines Bruder und der Armee von Bediensteten nur ein Täuschungsmanöver war, traute sich aber nicht, solange man sie noch hören könnte.

„Wie habt Ihr mich gefunden?", fragte sie stattdessen.

Er geleitete sie aus dem Haus, bevor er antwortete. „Jemand hat beobachtet, wie man Euch ins Scarlet Hawk gezwungen hat. Durch ein paar Befragungen konnte ich Euren genauen Aufenthaltsort bestimmen."

Er blieb stehen und blickte zu ihr hinunter; sein Gesichtsausdruck verriet, dass er starke Emotionen zurückhielt. „Seid Ihr Euch sicher, dass es Euch gut geht?"

Sie nickte, plötzlich schüchtern. „Ich habe noch nie im Leben eine solche Erleichterung verspürt wie in dem Moment, als Ihr aufgetaucht seid. Es war, als seien meine Gebete erhört worden – ein Wunder. Ich habe niemandem verraten, dass ich hierherkommen würde, daher dachte ich ..." Zu ihrer Bestürzung spürte sie, dass ihr Tränen in die Augen stiegen.

„Schhh! Schon gut." Er zog sie zu sich heran, und sie drückte ihr Gesicht dankbar an sein Hemd und versteckte ihre Tränen. Sie versiegten beinahe genauso schnell wie sie gekommen waren, so neuartig war das Gefühl, an die harte Brust eines Mannes gedrückt zu werden.

„Als ich gehört habe, dass Ihr vermisst werdet", fuhr er fort, „habe ich mich daran erinnert, was Ihr gestern im Park gesagt habt. Dies schien mir der nächstliegende Ort für meine Suche." Seine Stimme vibrierte in seiner Brust, an ihrer Wange, und sie wurde sich seines Körpers, seiner Männlichkeit noch stärker bewusst. Hastig trat sie einen Schritt von ihm zurück.

„Wie kommen wir denn zurück?", fragte sie, ohne seinem Blick zu begegnen.

Er ließ sie sofort los, obwohl sie immer noch zu zittern schien – aber sie wollte es schließlich so, oder nicht? Sie warf ihm einen vorsichtigen Blick zu, aber er suchte in beide Richtungen die Straße ab.

„Das ist mein Pferd, aber wir können unmöglich zu zweit darauf durch London reiten, so, wie ..."

„...so, wie ich gekleidet bin", beendete sie den Satz, und eine neue Welle der Beschämung ließ sie erröten.

„Äh, richtig. Aber Droschken scheinen in dieser Gegend knapp zu sein. Vielleicht können wir ..." Er brach den Satz ab und starrte an ihr vorbei.

Als sie seinem Blick folgte, sah sie eine Kutsche mit elegantem Wappen in ihre Richtung kommen. Sich ihrer Erscheinung nur allzu bewusst, wich sie zurück und versuchte, sich hinter ihrem Retter zu verstecken. Zu ihrer Bestürzung schritt dieser jedoch vorwärts und winkte.

„Das wird Peter sein", sagte er beruhigend, obwohl sie sich alles andere als beruhigt fühlte. „Unser Transportproblem ist gelöst."

Die Kutsche kam vor ihnen zum Stehen, und nicht nur ein, sondern zwei Männer stiegen aus. Quinn erkannte Lord Peter von dem Abend bei den Trumballs wieder, aber der andere Herr, der ebenso tadellos gekleidet war, war ihr fremd. Als sie kurz zu Lord Marcus aufblickte, stellte Quinn erschrocken fest, dass sich Verärgerung, ja sogar Zorn auf seinem Gesicht abzeichnete, auch wenn er es schnell verbarg.

„Miss Peverill, darf ich Euch zwei meiner Brüder vorstellen", sagte er dann. „Lord Peter, den Ihr bereits kennengelernt habt, und Robert, Lord Bagstead, mein ältester Bruder."

Lord Bagstead sah zu Quinn hinab, als wäre sie ein schmuddeliges Kind, das seine Stiefel beschmutzen könnte. „Miss Peverill." Er neigte den Kopf ganz, ganz leicht. „Wie ich höre, sind Glückwünsche angebracht."

Quinn schluckte. „Danke, Mylords. Können ... könnten wir bitte losfahren?"

Lord Peter trat vor und warf seinem älteren Bruder einen angewiderten Blick zu. „Kümmert Euch nicht um Robert, Miss Peverill. Er ist unverbesserlich hochnäsig, betrachtet sich selbst schon als Herzog. Ich habe ihn nur mitgebracht, weil seine Kutsche abfahrbereit war. Marcus, wenn du so gut wärst, ihr hinein zu helfen. Ich bin mir sicher, dies war eine äußerst erschütternde Erfahrung für die Dame."

Mit einem warmen Ansturm von Dankbarkeit und Erleichterung lächelte Quinn Lord Peter an und reichte dann Lord Marcus die Hand. Als er sie ohne ein Wort zu sagen nahm und ihr in die Kutsche half, schaute sie zu ihm auf. Seine Lippen waren fest zusammengepresst, als ob er seine Wut kaum unterdrücken konnte, und er wich ihrem Blick aus. Zuvor hatte er nicht wütend gewirkt. Ob sie etwas Falsches gesagt hatte?

Lord Peter stieg als Nächstes ein, und nachdem er dem Kutscher Anweisungen gegeben hatte, Lord Marcus' Pferd hinter das Gefährt zu binden, kam auch Lord Bagstead hinzu, der sich in den Sitz, entgegen der Fahrtrichtung, neben Lord Peter setzte. Quinn war sein hochnäsiger Blick extrem unangenehm, daher sah sie wieder Lord Peter an, der plötzlich ihr einziger Verbündeter in der Gruppe zu sein schien.

„Ich ... ich weiß nicht, wie ich Euch danken soll – Euch allen. Ich hatte noch nie in meinem Leben so große Angst."

„Schon gut, meine Liebe, bitte macht Euch keine Gedanken", erwiderte Lord Peter mit einem väterlichen Lächeln. „Es ist alles vorbei, und bald werdet Ihr Euch wieder im Schoß Eurer Familie befinden."

Seine Wortwahl war unglücklich, denn sie erinnerte Quinn an die skandalöse Natur ihrer derzeitigen Kleidung und den weit geschlitzten Rock, der nur sehr unzulänglich ihren Schoß bedeckte. Aber obwohl sie spürte, dass sie schon wieder errötete, sagte sie nichts. Sich zu entschuldigen, würde die Sache nur noch schlimmer machen.

Lord Peter, dem dies nicht aufzufallen schien, plauderte während der gesamten Fahrt leichtherzig über die aktuellen gesellschaftlichen und politischen Neuigkeiten. Auch wenn seine Brüder diese Belanglosigkeiten zu langweilen schienen, war Quinn dankbar, denn es lenkte sie von ihrer Lage ab und von dem Empfang, der sie mit Sicherheit im Haus der Claridges erwartete.

Von Lord Marcus' Nähe konnte es sie allerdings nicht ablenken, denn sein Oberschenkel berührte beinahe ihren. Als die Kutsche an einer Ecke abbog, berührten sie sich tatsächlich, und bei dem Kontakt breitete sich Gänsehaut auf ihrem gesamten Körper aus – ein Kribbeln, das sie bis in die Spitzen ihrer Brüste spüren konnte.

Ihm schien es aber nicht aufzufallen, und sie bemühte sich darum, keinerlei Anzeichen für ihre Reaktion in ihrem Gesicht sichtbar werden zu lassen. Was war nur mit ihr los? Es schien, als hätte ihre traumatische Erfahrung ihren vernünftigen Verstand völlig ausgeschaltet. Mit großer Mühe konzentrierte sie sich wieder auf Lord Peters nicht endenden Monolog aus unverfänglichen Themen.

Als sie in die Mount Street einbogen, fühlte sich Quinn gleichermaßen beklommen wie erleichtert. Lord Marcus brach sein grüblerisches Schweigen endlich und wandte sich an sie. „Kommt, ich bringe Euch hinein und helfe Euch bei Euren Erklärungen."

„Guter Mann, Marcus", sagte Lord Peter. „Wir lassen dein Pferd hier und sehen dich dann zu Hause. Versuche, Lady Claridge abzulenken, während Miss Peverill schnell in ihr Zimmer läuft – das wäre wahrscheinlich das Beste."

Quinn dankte den Brüdern erneut und folgte dann Lord Marcus aus der Kutsche, während sie seinen Mantel noch enger um ihren entblößten Körper zog. Vielleicht wäre ja niemand zu Hause. Vielleicht suchten alle nach ihr oder besuchten …

Die Tür wurde geöffnet, als Lord Marcus anklopfte, und Quinn war bestürzt darüber, das Gemurmel zahlreicher Stimmen aus dem Salon zu hören. Sie atmete tief durch und trat ein, entschlossen, das Ganze so tapfer wie möglich über sich ergehen zu lassen – es sei denn, sie könnte tatsächlich unbemerkt in ihr Zimmer entwischen.

Einen Moment lang dachte sie, dass ihr genau das gelingen könnte, als sie sich der Salontür näherten und sie sah, dass sie halb geschlossen war. „Ich werde nur schnell …", setzte sie an, indem sie sich Lord Marcus zuwandte, aber dann wurde die Tür so weit geöffnet, dass sie ihren Vater sehen konnte.

„Quinn!", rief er. „Du bist in Sicherheit! Schaut alle her, sie ist wieder hier – Lord Marcus hat sie gefunden!"

Zu ihrer Beschämung zog der Captain sie in den Salon, wo nicht weniger als sechs andere Personen versammelt waren – ihre Tante und ihr Onkel, Lady Constance, ausgerechnet Lady Mountheath und zwei andere, die sie nicht kannte.

Hinter ihr räusperte sich Lord Marcus. „Ja, Sir, sie ist in Sicherheit, aber sie hat ein ziemlich schlimmes Erlebnis hinter sich. Ich könnte mir vorstellen, dass sie sich nichts sehnlicher wünscht als ein heißes Bad und sich hinzulegen."

Quinn pflichtete ihm eifrig bei, aber Lady Claridge starrte sie voller entsetzter Empörung an – genauso wie die meisten anderen. „*Was* um alles in der Welt habt Ihr nur an, Miss Peverill?", wollte sie wissen. Dann wandte sie sich an Lord Marcus. „Mylord, ich hatte einen besseren Eindruck von Euch. Ganz gewiss ..."

Zu Quinns Erleichterung winkte ihr Vater abwehrend ab, schob sie dann zurück in den Flur und schloss die Salontür hinter sich. „Kümmere dich im Moment nicht weiter um sie. Geh nur hinauf und nimm dein Bad, Quinnling. Lord Marcus und ich müssen eure Hochzeit besprechen – die, wie ich langsam glaube, nicht mehr weiter aufgeschoben werden sollte."

CAPTAIN PEVERILL WARTETE, bis seine Tochter nach oben verschwunden war, bevor er sich wieder Marcus zuwandte. „Mylord, ich wäre höchst interessiert an einer Erklärung darüber, was sich heute zugetragen hat und wie Quinn dazu gekommen ist, solch eine, äh, merkwürdige Kleidung zu tragen. Aber das kann warten. Sicherlich seid Ihr auch der Ansicht, dass eine schnelle Heirat nun eine absolute Notwendigkeit ist?"

Nach nur einem kurzen Moment des Zögerns nickte Marcus resigniert. „Ja, Sir, das glaube ich auch."

„Dann kommt. Lasst uns in die Bibliothek gehen, um zu besprechen, wie wir dies schnellstmöglich erreichen können."

Als Miss Peverill sich eine Stunde später hinunter wagte – sauber und angemessen in einem schmeichelhaften, aber dezent cremefarbenen Musselinkleid – war alles geregelt. Der Captain wartete am Fuß der Treppe auf sie, und Marcus drückte sich peinlich berührt hinter ihm herum. Die Claridges waren zum Glück hinauf gegangen, um sich für das Abendessen umzuziehen.

„Liebes, du siehst aus, als hättest du dich von deinem Erlebnis erholt", dröhnte der Captain, als sie unten bei ihnen ankam. „Lord Marcus hat mir alles erzählt."

Sie warf Marcus einen kurzen Blick zu, der ihr mit einem schnellen Kopfschütteln zu verstehen gab, dass er ihrem Vater nicht *alles* erzählt hatte. „Wenn ich einen Augenblick mit Miss Peverill haben dürfte?", fragte er, da er es vorzog, dass sie die Neuigkeiten von ihm erfuhr.

„Gewiss, gewiss!", rief Captain Peverill mit einer Herzlichkeit, die Quinn zuwider war. „Ihr wollt sicherlich Eure Hochzeit, Eure Hochzeitsreise und viele andere Dinge besprechen. Eine Sondererlaubnis, meine Liebe!", sagte er dann freudig zu seiner Tochter und zerstörte damit Marcus' Hoffnungen. „Damit könnt ihr sofort heiraten. Ist England nicht großartig?"

Er küsste sie auf die Wange und ging mit einer beschwingten Handbewegung die Treppe hinauf, wobei er ein Seemannslied vor sich hin pfiff.

„Sofort?", wiederholte sie und sah Marcus zweifelnd an. Ihre grünen Augen waren groß und dunkel.

„Kommt, lasst uns in den Salon gehen, um darüber zu sprechen." Ihr Anblick brachte alle Gefühle zurück, die er empfunden hatte, als er sie in den Docks gefunden hatte. Überwältigende Erleichterung, den Drang sie zu schütteln und … Begierde. Wie es sich angefühlt hatte, sie in den Armen zu halten. Die perfekte, hübsche Brust, die aus dem grellen, verführerischen Kleid herausgeschaut hatte …

Er zwang sich, das Bild zu verdrängen, als sie ihm voraus in den Raum ging und dann einen Stuhl mit gerader Lehne, der so weit wie möglich von allen anderen entfernt stand wählte. Innerlich seufzend zog er einen weiteren Stuhl heran, damit er mit ihr sprechen konnte, ohne die Stimme zu erheben.

„Mein Vater hat 'sofort' gesagt?", fragte sie erneut, und er glaubte, ein leichtes Zittern in ihrer Stimme zu vernehmen. „Wie denn? Ich fürchte, ich verstehe nicht …"

„Natürlich nicht heute. Wir haben uns auf Samstag geeinigt, also übermorgen. Eine private Zeremonie und anschließend eine diskrete Bekanntgabe in den Zeitungen. Euer Vater hielt es so für das Beste."

„Mein Vater? Ich hätte gedacht, dass er es an die große Glocke hängen wollte." Nun lag beißender Sarkasmus in ihrer Stimme.

Marcus spürte, dass sich ein Grinsen an seinen Mundwinkeln abzeichnen wollte, trotz der Ernsthaftigkeit der Situation und seiner eigenen stark widersprüchlichen Emotionen bezüglich der Sache. „Ich konnte ihn davon überzeugen, dass solch ein Wirbel nur unerwünschtes Gerede mit sich bringen würde. Ihm scheint die Verbindung so wichtig zu sein, dass er bereit war, in dieser Hinsicht vernünftigerweise einzulenken."

Sie senkte den Blick, aus dem nun jegliche Spur von Belustigung verschwunden war. „Und nun habe ich diese Verbindung unvermeidbar gemacht. Es tut mir leid, Mylord. Ich hatte das genaue Gegenteil beabsichtigt."

„Ja, ich weiß. Ihr hattet beabsichtigt, ein Schiff – jegliches Schiff – nach Amerika zu nehmen, um unsere Eheschließung zu vermeiden. Es tut mir leid, dass Ihr den Gedanken so abstoßend findet, wenn man unsere aktuellen Umstände bedenkt."

Auch wenn er diese Verbindung nicht mehr gewünscht hatte als sie, war es ihm äußerst unangenehm, dass sie lieber ihr Leben riskierte als ihn zu heiraten. Und sie stritt seine Einschätzung ihrer Gefühle auch nicht ab.

„Warum habt Ihr dann überhaupt zugestimmt, mich zu heiraten?", fragte sie und schaute wieder zu ihm auf. „Warum habt Ihr meinen Vater dann nicht überzeugt, mir zu gestatten, nach Hause zu reisen? Bis nach Baltimore würde mir kein Skandal folgen."

Ihre Intelligenz in Kombination mit ihrem Mut erregte ihn erneut, aber er befahl seinem Körper, sich zu benehmen. Jetzt war nicht der richtige Zeitpunkt. „Ich habe ihm gegenüber erwähnt, dass es scheint, als wolltet Ihr nicht heiraten und ihm diese Lösung sogar vorgeschlagen, aber als er so gedrängt hat …"

„Habt Ihr schnell kapituliert", sagte sie vorwurfsvoll.

Ungestilltes Verlangen, ihre deutliche Abweisung und die Einmischung seiner Brüder in seine Angelegenheiten – all das kombiniert ließ nun auch Marcus' Temperament aufwallen. „Wenn ich mich geweigert hätte, hätte es ihm durchaus zugestanden, mich herauszufordern. Ich bin nicht bereit, meine Ehre zu opfern, nur damit Ihr nicht die Konsequenzen für Eure eigene Dummheit tragen müsst."

„Wieder geht es um Eure Ehre", konterte sie. „Offenbar ist es Euch wichtiger, dieses kostbare Gut intakt zu halten als mein Glück."

„Eure eigene Ehre ist in wesentlich größerer Gefahr als meine", sah er sich gezwungen klarzustellen.

Als sie etwas sagen wollte, hob er seine Hand. „Ja, ich weiß, dass Ihr glaubt, dass Ihr einfach aus England fliehen und alle Probleme hinter Euch lassen könnt, aber so einfach ist es nicht. Euer Vater hat mir erzählt, dass in den nächsten Wochen keine Schiffe Passagiere mit nach Baltimore nehmen. Und Ihr könnt auch nicht allein reisen. Die Erfahrung von heute hat Euch das sicher verdeutlicht."

Ihre Augen funkelten vor Zorn – und zurückgehaltenen Tränen. Er bekämpfte den Drang, sie wieder in seine Arme zu schließen, die Tränen fort zu küssen. Doch eine Berührung wäre jetzt mit Sicherheit das Letzte, was sie wollte, soviel war klar.

„Ich bin mir darüber bewusst, dass mir ohne Eure oder die Hilfe meines Vaters nichts anderes übrig bleibt, als mich Euren Wünschen zu beugen. Aber was auch immer er Euch bezahlt, damit Ihr mich heiratet, ich kann Euch versichern, Mylord, dass Ihr es nicht als Gelegenheitskauf empfinden werdet."

Mit dieser Drohung, die nun im Raum stand, erhob sie sich und verließ den Salon, um wieder hinaufzugehen. Marcus versuchte nicht, sie aufzuhalten, denn ihm wurde bewusst, dass sie noch immer verstörter über die Geschehnisse des Tages war als er zunächst angenommen hatte. Dennoch verhießen ihre letzten Worte nichts Gutes für die Chance auf eine glückliche Ehe.

Als er den Salon verließ, bat er einen vorbeigehenden Diener, Lord und Lady Claridge Bescheid zu geben, dass er doch nicht zum Abendessen bleiben würde. Dann verließ er das Haus, wobei er noch immer darüber nachdachte, wie er die Dinge vielleicht anders hätte regeln können.

Als er zurück in die Grosvenor Street ritt, beschloss er, dass er sich wegen nichts schuldig fühlen musste, außer seiner immer größer werdenden physischen Anziehung, die er gegenüber Quinn empfand – etwas, womit er ganz und gar nicht gerechnet hatte. Aber wenn sie seine Frau werden würde, wäre das sicherlich nichts Schlechtes.

Als er um die Ecke ritt und ein Straßenkind sah, das die Straße kehrte, erinnerte er sich mit einem Mal an seinen Ausflug am gestrigen Abend und alle weiteren, die er in Zukunft noch geplant hatte – Pläne, die nun eventuell geändert werden mussten. Er trieb sein Pferd zu einem schnelleren Trab an. Wenn er in zwei Tagen heiraten würde – und es schien, als wäre das der Fall, ungeachtet seiner oder Miss Peverills Gefühlen – hatte er vorher noch viel zu erledigen.

KAPITEL SIEBEN

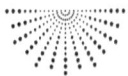

DIE NÄCHSTEN ANDERTHALB TAGE VERLIEFEN FÜR JEMANDEN WIE QUINN, die so daran gewöhnt war, immer etwas zu tun zu haben, beinahe unerträglich. Ihr Vater und ihre Tante hatten beide vorgeschlagen, dass sie bis zur Hochzeit in ihrer Kammer bleiben sollte, und sie hatte dem zugestimmt, weil sie keine Lust darauf hatte, irgendjemandem gegenüberzutreten.

Leider gab ihr die aufgezwungene Untätigkeit ausreichend Zeit, ihre letzten Worte, die sie an Lord Marcus gerichtet hatte, zutiefst zu bereuen. Sie hatte sich *tatsächlich* töricht verhalten und war die Hauptverantwortliche ihres Dilemmas. Sie fand aber dennoch, dass Lord Marcus ihre Situation viel zu bereitwillig ausgenutzt hatte.

Aber ganz gleich, wie gewinnsüchtig seine Motive auch sein mochten, konnte sie nicht bestreiten, dass er sie vor einem Schicksal bewahrt hatte, das weitaus schlimmer als der Tod hätte werden können. Zum Dank dafür hatte sie ihm Beschuldigungen an den Kopf geworfen. Ob er es verdient hatte oder nicht – er musste sie nun für das undankbarste Gör aller Zeiten halten.

Aber würde ihm das wirklich etwas ausmachen, solange ihm ihr Vermögen zur Verfügung stand?

„Danke, Madame Fanchot, geht jetzt bitte", fuhr sie die Modistin ungeduldig an, die mit einer hohen Summe entlohnt worden war, ihr hier aufzuwarten. Die Frau hatte ihrem Ruf alle Ehre gemacht, wie Quinn widerwillig zugeben musste, indem sie eine teils angefertigte Robe in ein Hochzeitskleid verwandelt hatte – und das innerhalb nur eines Tages.

„Natürlich, Mademoiselle", erwiderte die Schneiderin mit einem respektvollen Kopfnicken. „Ihr macht Euch nun keine Sorgen mehr, Eure Verwandten zu blamieren, *oui*?"

Quinn verzog das Gesicht und wünschte sich, sie wäre nicht so offen zu der Frau gewesen. Die Einsamkeit hatte sie zu indiskretem Geschwätz verleitet. Diesen Drang würde sie zügeln müssen, denn Einsamkeit würde wahrscheinlich von nun an zur Tagesordnung gehören. Eine Träne kitzelte in ihrem Augenwinkel, aber sie wischte sie ab.

„Nein, gewiss nicht. Ihr habt wunderbare Arbeit geleistet, und dafür danke ich Euch."

Die ältere Frau lächelte. „Es war mir wirklich ein Vergnügen, Mademoiselle. Sehe ich Euch nach Eurer Hochzeit wieder?"

Obwohl sie bei der Erinnerung an dieses Ereignis, das in lediglich zwei Stunden stattfinden sollte, zusammenzuckte, nickte Quinn. „Das werdet Ihr sicherlich, Madame. Ihr habt Euch sowohl meine Dankbarkeit als auch meine zukünftigen Schneideraufträge verdient."

In einem langwierigen Streit mit ihrem Vater am Abend ihrer Rückkehr von den Docks hatte Quinn ihn gezwungen, zuzugeben, dass die Ehe Lord Marcus tatsächlich zu einem beachtlichen Vermögen verhelfen würde. Genauso gut könnte sie also dazu beitragen, es nach ihrer Hochzeit auszugegeben.

Mit einem letzten Nicken suchte Madame Fanchot und zwei Assistentinnen ihre Stecknadeln, Scheren und sonstiges Schneiderzubehör zusammen und gingen. Endlich wieder allein, wandte sich Quinn erneut dem großen Wandspiegel zu. Die elfenbeinfarbene Seide war üppig mit Mechlin-Spitze besetzt – eine himmlische Anfertigung, die eher zu einer Märchenprinzessin gepasst hätte als zu einem so bodenständigen Mädchen wie ihr. Einem Mädchen, das es keine zwei Tage lang schaffte, sich in immer neue Schwierigkeiten zu bringen.

Sie seufzte. Auch wenn sie einen kurzen Anflug von weiblicher Zufriedenheit über ihr Erscheinungsbild nicht unterdrücken konnte, war das Kleid nur ein weiterer Versuch, sie auf unnatürliche Art zu formen und sie unwiderruflich an dieses fremde Land zu binden. Alle Kleider der Welt könnten nicht dazu führen, dass sie in die englische Gesellschaft passte.

Auch wenn sie gedacht hatte, dass sie allein sein wollte, war sie erleichtert, als ein Klopfen an der Tür ihre tristen Gedanken unterbrach, obwohl beim Öffnen ihre Tante, ihre Cousine und der Captain eintraten.

„Ach, mein Quinnling!", rief er und blieb mit einer Hand auf dem Herzen stehen. „Du bist genauso reizend wie deine Mutter. Wer hätte gedacht …" Er brach mit einem tränenverschleierten Lächeln ab, in dem sich so großer väterlicher Stolz zeigte, dass Quinn ihm fast vergeben hätte.

„Das ist ein hübsches Kleid, Cousine", sagte Lady Constance, und die Bewunderung – ebenso wie ein Anflug von Neid – in ihren blauen Augen bewiesen, dass sie es ehrlich meinte.

„Natürlich ist es das", versetzte ihre Mutter. „Madame Fanchot würde niemals ihren Ruf aufs Spiel setzen, indem sie sie in etwas Schäbiges kleidet. Seid Ihr fast fertig? Ich habe die Kutsche in einer Stunde bestellt."

Quinn nickte. „Monette muss mein Haar noch hochstecken, aber das ist alles. Dann bin ich fertig." Standhaft versuchte sie, das plötzliche Flattern in ihrem Magen zu ignorieren. Alles geschah so schnell, und es stand nicht in ihrer Macht, den Lauf der Dinge aufzuhalten.

„Ich werde sie sogleich zu Euch schicken. Und bitte bedenkt, dass selbst in einer privaten Familienzeremonie der Klatsch seine Augen und Ohren überall hat. Die Gesellschaft würde es nur allzu gern sehen, wenn die Tochter von Lady Glynna zu ihrer Belustigung für einen weiteren Skandal sorgen würde. Bitte gebt ihnen nicht diese Genugtuung."

Mit dieser Ermahnung scheuchte Lady Claridge die anderen aus dem Raum, bevor sich Quinn auch nur irgendeine Art von Antwort zurechtlegen konnte. Als Monette kurz darauf eintrat, war sie der Überheblichkeit ihrer Tante wegen immer noch aufgebracht.

„Habt Ihr Euch bezüglich der Frisuren entschieden, über die wir gesprochen haben, Mademoiselle?", fragte das Dienstmädchen und nahm eine Bürste zur Hand, während Quinn sich an ihre Frisierkommode setzte.

„Ringellöckchen, Schnörkel, Krausen – das ist mir gleich. Tu, was du willst", sagte sie knapp, denn sie wollte nicht, dass irgendjemand, selbst ihre Zofe, sie weinen sah. „Es hat ohnehin keine Bedeutung."

Niemand außer dem Captain war während der kurzen Kutschfahrt in Stimmung für Gespräche. Lady Claridge und Lady Constance hüllten sich in kritisches Schweigen, und Lord Claridge wirkte nervöser als jemals zuvor. Er tätschelte abwechselnd Quinns Hand und warf seiner Frau besorgte Blicke zu, während er die Nettigkeiten des Captains mit einem Nicken bedachte.

„Ein weiterer schöner, heiterer Tag", erklärte Captain Peverill, als sie auf den Grosvenor Square abbogen. „Ein gutes Omen für deine Ehe, meine Liebe. Ein wahrhaft gutes Omen."

Quinn empfand seine Fröhlichkeit fast beleidigend. Sie fühlte sich, als würden die letzten Gitterstäbe ihres Käfigs installiert – diesem unerbittlichen Käfig, dem sie nicht entfliehen konnte. Wenn sie erst einmal verheiratet war, würde sie nie wieder nach Amerika zurückkehren können – ihrem Zuhause und der Arbeit, die sie liebte. Trotz aller Anstrengungen, ihre Gefühle unter Kontrolle zu halten, lief eine Träne an ihrer Wange hinab. Falls es jemand in der Kutsche bemerkt hatte, ignorierten sie es.

Sie hielten an und traten auf den Bürgersteig hinaus, einer nach dem anderen. Quinn war die Letzte. Sie blickte mit einer Mischung aus Ehrfurcht und Angst zum herzoglichen Anwesen der Marlands hinauf. Sie konnte diese Farce einfach nicht durchstehen. Sie konnte es nicht!

Als würde er ihren Drang zu fliehen spüren, platzierte der Vater seine große, starke Hand auf ihrem Ellbogen und führte sie die breiten Marmorstufen zu der imposanten Doppeltür hinauf, die von zwei Perücke tragenden, livrierten Dienern weit offen gehalten wurde. Quinn ging weiter – jeder Schritt bleierner als der vorherige.

Ein schlicht gekleideter Gefolgsmann führte die Gruppe zu einer kleinen Kapelle an der Hinterseite des Hauses, wo die Zeremonie stattfinden sollte. Aufgewühlt stießen Quinns panische Gedanken von innen gegen den Schädel, suchten verzweifelt nach einem Ausweg. Sie könnte sich weigern, das Ehegelübde abzulegen. Sie befanden sich schließlich im Jahre 1816 und nicht im finsteren Mittelalter. Niemand konnte sie zwingen, gegen ihren Willen zu heiraten ...

Die Kapelle schien voller Menschen zu sein, Dutzende Augenpaare, die sich ihr zuwandten, um sie zu verurteilen, als sie eintrat. *Sollte es nicht eine private Zeremonie werden?*, fragte sie sich wütend. Dann zwang sie sich zu einem gewissen Maß an Ruhe und war in der Lage, sich die Anwesenden genauer anzusehen.

Der ältere, autokratisch aussehende Mann musste der Herzog, Marcus' Vater, sein und die Dame neben ihm die Herzogin. Robert, Lord Bagstead, sah genauso missbilligend wie vor zwei Tagen aus, und seine füllige Frau schien seine Meinung zu teilen. Die beiden ihr unbekannten Herren waren vermutlich Marcus' andere Brüder, und sie war erleichtert darüber, dass sie und eine Dame, die wohl die Ehefrau von einem der beiden war, eher neugierig als verurteilend wirkten.

Lord Peter grinste, als sich ihre Blicke trafen und zwinkerte ihr aufmunternd zu, was ihr ein wenig Mut machte. Schließlich schaute sie Marcus an, der am anderen Ende der Kapelle auf sie wartete, neben dem Geistlichen, der bereitstand, um das heilige Ritual zu vollziehen.

Gekleidet in einen dunkelblauen Mantel, der die Farbe seiner Augen widerspiegelte und eine eng anliegende beige Kniebundhose sah Marcus besser als jemals zuvor aus – und unglaublich distanziert. Der Gedanke daran, die Frau eines solch edlen Herrn zu sein, erschien Quinn plötzlich lächerlich. Er drehte sich zu ihr, und ihre Blicke trafen sich.

Einen Moment lang glaubte Quinn, sie müsste ohnmächtig werden. Warum sonst sollte sie sich so benommen fühlen? Aber bevor sie die merkwürdige Wärme in ihrer Körpermitte näher analysieren konnte, drückte der Vater wieder ihren Ellbogen und führte sie durch die Mitte des Raums zum Altar am anderen Ende. Zu Marcus.

Quinn bewegte sich mechanisch vorwärts, während sie und Marcus sich weiterhin fest in die Augen blickten. Als er sich wieder zu dem Geistlichen umdrehte, fühlte sie sich, als sei ihr eine Stütze entzogen worden. Verzweifelt schaute sie sich um und kreuzte nun wieder Lord Peters Blick. Selbst er blickte nun ernst drein, auch wenn er ihr ermutigend zunickte.

Als sie den Altar erreichten, ließ der Vater ihren Arm los und entzog ihr so den letzten Halt. Mit einem Mal waren die rebellischen Pläne, das Ehegelübde nicht abzulegen, verschwunden – hatten unter diesem enormen Druck kapituliert. Vor der versammelten, würdevollen Front der Familie Northrup blieb ihr nichts anderes übrig, als das zu tun, was von ihr erwartet wurde – ganz gleich, wie sehr sie es später auch bereuen mochte. Als der Geistliche sie bat, die Worte zu wiederholen, die ihr Schicksal besiegeln würden, tat sie dies ohne jegliches Zittern in der Stimme und mit erhobenem Haupt.

Lord Marcus sprach sein Gelübde ebenso ruhig, und auch seine Stimme gab keinerlei Anzeichen eines inneren Konflikts oder des Bedauerns preis. Erst als sie zu Mann und Frau erklärt wurden, schaute Quinn ihn wieder an. Zu ihrer Überraschung wirkte er genauso betäubt wie sie sich fühlte.

～

VERHEIRATET? *Wie zum Teufel kann ich verheiratet sein?*, fragte er sich benommen. Die gesamte Zeremonie hatte surreal gewirkt, eher wie ein Traum als wie Realität. Dies hatte er besonders stark empfunden, als Miss Peverill –

nun Lady Marcus – die Kapelle betreten hatte und sich ihre Blicke getroffen hatten.

Eine verwirrende Sekunde lang hatte es sich so angefühlt, als ob er sie schon seit Jahren gekannt hätte, und nicht erst seit fünf kurzen Tagen – ungeachtet der Tatsache, dass sie reifer und ja, reizender als jemals zuvor gewirkt hatte. Es war, als ob etwas tief in seinem Innersten auf sie gewartet hätte; sich eine Verkrampfung in dem Moment gelöst hatte, in dem sie auf ihn zugeschritten war.

Aber nun war dieser Moment lange vorbei, oder zumindest schien es so, auch wenn in Wahrheit nur wenige Minuten vergangen waren. Nun war sie wieder eine Fremde – jung und verängstigt, aber auch eigensinnig und amerikanisch. Und sie war seine Frau. Die Familien kamen auf sie zu, um ihnen Glückwünsche verschiedensten Grades an Aufrichtigkeit auszusprechen, und er hatte keine Zeit mehr, weiter darüber nachzudenken.

„Gut gemacht", rief Peter, was eine willkommene Erleichterung nach der unterkühlten Gratulation seiner Eltern war. „Wirklich gut gemacht, ihr beiden." Er drückte Quinn einen schnellen Kuss auf die Wange und erinnerte Marcus daran, dass auch er seine Braut noch küssen musste. Aber dies schien nicht der richtige Zeitpunkt dafür zu sein.

„Quinn – darf ich Euch Quinn nennen?", fragte Peter. Nachdem sie schüchtern genickt hatte, fuhr er fort. „Marcus hatte vielleicht noch keine Gelegenheit, es Euch zu erzählen, aber Anthony und ich haben das Haus geräumt, so dass ihr es ganz für Euch habt. Ich weiß nicht, ob Ihr eine Hochzeitsreise geplant habt ..." Er sah Marcus fragend an.

„Äh, nein", erwiderte er. „Zumindest jetzt noch nicht." Er sah Quinn an und stellte fest, dass sie verängstigter aussah als jemals zuvor. „Schließlich kennen wir uns kaum. Es gibt keinen Grund zur Eile."

Sie entspannte sich sichtlich, und er wunderte sich, dass er einen kleinen, schmerzenden Stich verspürte. Schließlich hatte er die Worte so gewählt, um ihr zu versichern, dass er nicht beabsichtigte, ihr vielleicht unerwünschte Aufmerksamkeiten aufzuzwingen. Sie richtete ihre grünen Augen auf ihn, aber bevor er ihren Gesichtsausdruck deuten konnte, wandte sie den Blick schon wieder ab.

„Nein, dazu gibt es tatsächlich keinen Grund", wiederholte sie die Worte an seinen Bruder gerichtet. „Ihr wart überaus gütig, Lord Peter, und dafür danke ich Euch."

Captain Peverill kam nun zu ihnen hinunter, und seine Jovialität machte die Reserviertheit einiger anderer mehr als wett. „Kurz und bündig – genauso mag ich Hochzeiten", dröhnte er. „Ihr habt in Quinn einen kostbaren Schatz gefunden, Lord Marcus. Bitte behandelt sie auch dementsprechend."

Zu Marcus' Überraschung glitzerten in den schroffen Augen des Captains Tränen. „Das werde ich, Sir. Das verspreche ich", sagte er. Da er von den Emotionen des älteren Mannes gewissermaßen zu diesen mechanisch aus ihm hervorgedrungenen Worten gezwungen worden war, stellte er dennoch mit Verwunderung fest, dass er sie ehrlich meinte. Er würde alles in seiner Macht Stehende tun, um zu verhindern, dass Quinn in ihrer unerwünschten Ehe unglücklich wäre.

Sie wurden nun zu dem üppigen Hochzeitsfrühstück zusammengerufen, das der Herzog zu diesem Anlass bestellt hatte. Auch wenn das Essen hervorragend war, war die Unterhaltung gezwungen, und Marcus war erleichtert, als es endlich vorbei war. Er verabschiedete sich höflich von den Gästen und bereitete sich darauf vor, Quinn nach Hause zu bringen.

Die Abschiedsgrüße seiner Braut waren ebenso höflich und sogar noch distanzierter, obwohl sie sich geduldig die mahnenden Worte ihres Vaters anhörte.

„Bitte benimm dich, Quinnling", sagte der Captain schließlich und schloss sie in eine enge Umarmung. „Du wirst deiner Familie Ehre bereiten, daran hege ich keinen Zweifel."

„Natürlich, Papa", erwiderte sie leise. Sie schien ihm noch nicht verziehen zu haben, dass er sie zu diesem Schritt gezwungen hatte. Wenn er es sich recht überlegte, war sich Marcus nicht sicher, ob er dies selbst getan hatte.

Peter verabschiedete sich als Letzter von ihnen. „Ich erwarte, dass du die junge Dame anständig behandelst, Marcus", sagte er. Hinter seinem Lächeln zeichnete sich Ernsthaftigkeit ab. „Lasst es mich wissen, falls er das nicht tut, Quinn, dann verpasse ich ihm eine gehörige Tracht Prügel für Euch."

Zu Marcus' Überraschung schmunzelte sie seinen Bruder an. „Ich bin erleichtert, einen solch tapferen Verbündeten auf meiner Seite zu haben, Lord Peter. Danke." Sie stellte sich auf die Zehenspitzen und küsste ihn auf die Wange; dann wandte sie sich Marcus zu, und ihr Lächeln verlor schnell seine Herzlichkeit. „Sollen wir gehen, Mylord?"

Ein lächerlicher Anflug von Eifersucht überkam ihn. Würde sie jemals zu ihm mit diesem Grad an Vertrauen und Freundschaft aufblicken, die sie soeben seinem Bruder erwiesen hatte? Er erinnerte sich wieder, wie erleichtert sie gewesen war, als er sie am Donnerstag in den Docks gerettet hatte, wie weich sie sich an seiner Brust angefühlt hatte und erneut an die hübsche kleine Brust, die aus ihrem Kleid gerutscht war …

„Ja, lasst uns gehen", sagte er barscher als er dies eigentlich beabsichtigt hatte. Peter runzelte bei diesem Tonfall die Stirn, aber Quinn reagierte überhaupt nicht. Sie platzierte ihre Fingerspitzen auf seinem Ärmel und ließ sich von ihm durch das Gebäude zur Tür und zu der wartenden Kutsche führen, die sie zum Haus bringen sollte, das lediglich um die Ecke lag.

„Es ist albern, eine so kurze Strecke an einem so schönen Morgen zu fahren", merkte er an, als ein Diener die Stufen der Kutsche ausklappte. „Würdet Ihr stattdessen vielleicht lieber zu Fuß gehen?"

„Wie es Euch beliebt, Mylord." Ihre Stimme war völlig tonlos.

Marcus schickte die Kutsche mit einem Nicken fort und ging dann nach links in Richtung Grosvenor Street. „Auf Gedeih und Verderb, wir haben es hinter uns", sagte er, als sie für die Bediensteten außer Hörweite waren. „Nun liegt es an uns beiden, unseres Glückes Schmid zu sein." Es war nur eine nichtssagende Redewendung, um das unangenehme Schweigen zu durchbrechen, aber ihr Körper spannte sich neben ihm an.

„Ich betrachte diese Ehe als meine gerechte Strafe dafür, in zwei Situationen falsche Entscheidungen getroffen zu haben, Mylord. Auf irgendeine Art 'Glück zu schmieden', würde meine auferlegte Buße untergraben."

Er schluckte und ignorierte den Schmerz, den er bei ihren Worten empfand. „Euer Vater hatte nicht die Absicht, Euch zu bestrafen, und ich denke, das wisst Ihr. Und ich ebenso wenig."

Sie bogen um die Ecke und gingen nun Richtung Osten; sie hatten die halbe Strecke zu seinem – ihrem – Haus bereits zurückgelegt. Marcus wurde bewusst, dass sie schnell liefen, so als würde das den peinlichen Moment verkürzen, auch wenn das natürlich nicht der Fall war.

„Ob beabsichtigt oder nicht, ich bin bereit, die Konsequenzen für mein Verhalten zu tragen."

Verärgert über ihre Entschlossenheit, die Märtyrerin zu spielen, sagte er nichts mehr, bis sie die Stufen seines Stadthauses erreicht hatten.

„Euer Kerker, Mylady." Mit einer spöttischen Verbeugung bedeutete er ihr, vor ihm zur Tür zu gehen.

Der Blick, den sie ihm zuwarf, barg Angst, aber auch etwas, das fast wie Belustigung aussah. Erhobenen Hauptes stolzierte sie die Stufen hinauf und durch die Tür, die von einem Diener geöffnet wurde, als sie sich näherte. Als sie die Eingangshalle halb durchquert hatte, blieb sie inmitten ihres hochmütigen Marsches stehen, da sie offenbar nicht wusste, wohin sie gehen sollte.

„Eure Zofe kann Euch den Weg zu Euren Kammern zeigen, wenn Ihr bereit seid. Ich glaube, sie hat Eure Habseligkeiten bereits eingeräumt. Aber vielleicht wollt Ihr Euch zuerst auf ein Glas Sherry zu mir in den Salon begeben?"

Quinn schaute hinauf, wo ihre Zofe auf Abruf stand, dann wieder zu Marcus, wobei ihr zierlicher Körper vor Anspannung zu zittern schien; Unentschlossenheit zeichnete sich deutlich auf ihrem Gesicht ab. Schließlich nickte sie leicht. „Nun gut, Mylord. Für … einen kurzen Moment."

Trotz des eleganten Hochzeitskleides und der kunstvollen Hochsteckfrisur sah sie mit einem Mal wahnsinnig jung aus, wie ein Mädchen, das in Mutters Schrank 'Verkleiden' gespielt hatte. Sie wandte sich zur Tür um, auf die er gezeigt hatte, und eine lange dunkle Locke fiel auf ihre Wange.

Marcus verspürte einen fast unwiderstehlichen Drang, diese Locke, diese weiche Wange zu berühren, die Angst und die Sorge zu mildern, die sich auf ihrer Stirn abzeichneten. Stattdessen wandte er sich aber an den bereitstehenden Diener und wies ihn an, die Sherry-Karaffe und zwei Gläser in den offiziellen Salon zu bringen – ein Zimmer, das er kaum nutzte. Als er sich wieder zu Quinn umdrehte, saß sie auf der vordersten Kante eines Sessels, so, als wäre sie bei der kleinsten Provokation bereit zu fliehen.

Vorsichtig nahm er auf dem Sessel ihr gegenüber Platz. „Ich dachte, wir unterhalten uns einfach ein wenig – um uns besser kennenzulernen", setzte er an. Wieder verspannte sie sich, und er seufzte.

„Nein, ich will Euch nicht verführen, falls es das ist, was Ihr befürchtet. Aber so unglaublich es auch erscheinen mag, Tatsache ist, dass wir uns erst vor fünf Tagen kennengelernt haben und seitdem nur ein oder zweimal die Gelegenheit hatten, eine private Unterhaltung zu führen. Das ist wohl kaum eine geeignete Basis für eine Ehe."

„Wohl kaum", echote sie zustimmend und sah ihn misstrauisch an.

Der Diener erschien mit dem Sherry. Marcus nahm das Tablett entgegen und schickte ihn fort, dann füllte er die beiden Gläser. „Ich dachte, das hilft uns vielleicht dabei, uns ein wenig zu entspannen", sagte er und reichte ihr ein Glas.

Obwohl sie immer noch misstrauisch wirkte, nahm sie einen Schluck. „Es … brennt."

„Nur am Anfang", versicherte er ihr, während seine Gedanken zu anderen Dingen als Sherry abschweiften. „Wenn Ihr Euch erst einmal daran gewöhnt habt, findet Ihr sicherlich Gefallen daran."

Sie runzelte die Stirn, obwohl ihr die Doppeldeutigkeit nicht aufzufallen schien, und nahm einen weiteren Schluck. „Es schmeckt süßer, als ich angenommen hatte. Worüber wolltet Ihr Euch unterhalten, Mylord?"

„Da wir den Punkt einer losen Bekanntschaft eindeutig überschritten haben, wollt Ihr mich vielleicht Marcus nennen? 'Mylord' ist so unpersönlich."

Sie schluckte sichtlich. „Unpersönlich vielleicht, aber ... sicherer. Aber nun gut, wenn Ihr darauf besteht."

„Nein, natürlich bestehe ich nicht darauf. Es ist nur so, dass ..." Er hielt inne und fuhr sich frustriert mit einer Hand durch das Haar – Frustration, die mannigfaltigen Gründen entsprang. „Macht Euch darüber keine Gedanken. Nennt mich, wie Ihr wollt. Darf ich Euch Quinn nennen?"

„Das ist natürlich Euer gutes Recht. Aber ja, ich bevorzuge meinen eigenen Namen gegenüber 'Lady Marcus'. Welch merkwürdige Bräuche Ihr Engländer doch habt. Ich verstehe nun, warum wir in Amerika die Adelstitel abgeschafft haben."

Obwohl es ihn wurmte, dass sie dem britischen Kolonialreich scheinbar eine gewisse Hochnäsigkeit zuschrieb, musste er dennoch lächeln. „Dieser Brauch ist vielleicht unser merkwürdigster, aber er ist dennoch altehrwürdig für Ehefrauen jüngerer Söhne. Ich bin überzeugt davon, dass Ihr Euch mit der Zeit daran gewöhnt."

Sie stellte ihr Glas mit einem kräftigen Klirren ab. „Ich bezweifele, dass ich mich je daran gewöhne. Ich wünschte, ich könnte aufwachen und feststellen, dass all das nur ein Traum war und ich Baltimore nie verlassen hätte!"

Marcus fand, dass er sich wirklich sehr bemüht hatte, aber nun riss ihm der Geduldsfaden doch. „Diesen Wunsch würde ich Euch erfüllen, wenn ich könnte. Ich war überaus zufrieden mit meinem Leben, bevor es zu dieser Komplikation kam, das kann ich Euch versichern."

Quinn erhob sich. „Und ich kann Euch versichern, dass ich nie die Absicht hatte, zu einer *Komplikation* für Euch zu werden, Mylord – wenn auch einer extrem lukrativen."

Ihre Worte verletzten ihn, denn es stimmte, dass die Ehe Marcus' finanzielle Situation erheblich verbessert hatte – so sehr sogar, dass er nun in der Lage sein würde, sein eigenes Anwesen zu kaufen, ein Traum, der zuvor unerreichbar gewesen war. Er fragte sich nun, ob er diesen zu teuer erkauft hatte.

„Dann wäre es wohl ratsam gewesen, wenn Ihr umsichtiger gehandelt hättet", versetzte er. „Ich war ganz bestimmt nie auf der Suche nach Profit."

„Und dennoch habt Ihr ihn gefunden. Wenn ich gewusst hätte, was auf mich zukommt, wäre ich um mein Leben gerannt, als ich Euch zum ersten Mal begegnet bin. Und vielleicht tue ich das trotzdem noch!" Sie trat einen Schritt auf die Tür zu.

Marcus sprang auf. „Das werdet Ihr nicht tun! Ob es Euch gefällt oder nicht, Ihr seid nun Lady Marcus und habt meinen und den Ruf meiner Familie in der Hand. Ich werde Euch nicht gestatten, diesen zu beschmutzen. Ich habe gescherzt, als ich dieses Haus vorhin als Kerker bezeichnet habe, aber wenn ihr mir keine andere Wahl lasst, sperre ich Euch ein, um Euch vor Eurer eigenen Torheit zu schützen."

Obwohl sie zitterte, funkelten ihre grünen Augen ihn voller Zorn an. „Wie könnt Ihr es wagen? Ich dachte, Ihr wärt nur langweilig und habgierig, aber nun erkenne ich, dass Ihr auch grausam, herrisch und ein unverbesserlicher Tyrann seid. Wenn alle englischen Männer ihre Frauen so behandeln, ist es kein Wunder, dass meine Mutter alles in ihrer Macht Stehende getan hat, um einen Fluchtweg aus diesem Land zu finden. Und wenn sie es geschafft hat, dann kann ich es auch!"

Mit diesen Worten stürmte sie aus dem Zimmer, und Marcus war ihr dicht auf den Fersen. Als sie den Flur erreichte, zögerte sie, und er stellte sich schnell zwischen sie und die Eingangstür. Einen Moment lang starrte sie ihn an, wandte sich dann um und rannte mit einem erstickten Schluchzen die Treppe hinauf.

KAPITEL ACHT

QUINN ERREICHTE HALB BLIND VOR TRÄNEN UND OHNE EINEN GENAUEN Plan die obere Halle. Sie wusste nicht einmal, welches ihr Zimmer war. In diesem Moment wurde eine Tür zu ihrer Linken geöffnet, und Monette trat hervor.

„Mylady?", sagte sie sichtlich überrascht über Quinns kummervolles Erscheinungsbild.

„Ich … wünsche allein zu sein", sagte Quinn, so ruhig, wie sie konnte, schob sich an ihrer Bediensteten vorbei in die Kammer, von der sie annahm, es sei ihre und schloss die Tür hinter sich.

Dann hielt sie inne und schaute sich um, einen Moment lang abgelenkt von ihrem Schmerz. Der Raum war zweifelsohne luxuriös, mit üppigen Stoffen an den Fenstern sowie am Bettrahmen und einem dicken, federnden Teppich unter ihren Füßen, aber er wirkte auch maskulin. Definitiv maskulin. Dunkles Holz, dunkelgrüne und braune Textilien und Polsterungen, sogar ein Jagdgemälde hing an der Wand. Hatte sie sich versehentlich im Zimmer ihres Mannes eingeschlossen?

Eilig griff sie nach dem Türknauf, hielt dann aber inne und entspannte sich ein wenig. Natürlich hatte niemand genügend Zeit dazu gehabt, um ihre Kammern auf irgendeine Weise für sie weiblicher zu gestalten. Höchstwahrscheinlich war diese Kammer bis gestern von Lord Peter oder Lord Anthony bewohnt worden.

Wieder wünschte sie sich, dass Lord Peter sie in dieser Woche zweimal gerettet hätte, und nicht sein Bruder. Peter wirkte so viel gütiger, liebenswürdiger … so viel einfacher zu *handhaben*. Das waren doch sicherlich alles gute Eigenschaften für einen Ehemann, oder nicht? Sie musste aber zugeben, dass Peter nie die gleiche flatternde Wärme in ihrem Inneren ausgelöst hatte wie Marcus, und ganz sicher nicht das … das undefinierbare … etwas mehr … so wie sie es vor zwei Tagen in den Docks empfunden hatte.

Aber das spielte nun keine Rolle mehr.

Kummer wallte wieder in ihr auf, und sie warf sich auf die braune Tagesdecke des Himmelbettes, um ihren von Gedanken unterbrochenen Tränen nochmals freien Lauf zu lassen. Welch hasserfüllte Dinge Marcus ihr an den Kopf geworfen hatte! Und nun war sie hier eine Gefangene, ohne Hoffnung auf Bewährung. Ihr Gefängniswärter ein Mann, der in den Augen des Gesetzes frei über sie verfügen konnte.

Fast eine halbe Stunde lang ergab sie sich der Ausweglosigkeit ihres Elends und schluchzte, bis keine Tränen mehr kamen.

Schließlich setzte sie sich auf und fühlte sich weitaus klarsichtiger, so als hätte das Weinen eine seelische Läuterung bewirkt. Selbstmitleid führte zu nichts. Was sie brauchte, war ein Plan und die Mittel, um diesen durchzuführen.

Sie ging zum Fenster und blickte hinaus. Leider zeigte es Richtung Straße, sodass keine Bäume in der Nähe waren – und die Hauswand sah auch nicht sonderlich kletterfreundlich aus. Selbst wenn sie zum Beispiel durch die Küche fliehen würde, was würde sie dann tun? Sie konnte in London nirgendwo unterkommen. Nicht bei den Claridges und ganz bestimmt nicht wieder in den Docks – nicht, wenn das nächste Schiff nach Baltimore erst in ein paar Wochen ablegen würde.

Nein, im Moment standen ihre Chancen denkbar schlecht – aber sie war fest entschlossen, das zu ändern.

Plötzlich schärfte sich ihr Blick. Unten auf der Straße, direkt gegenüber vom Haus, standen ein Junge und ein Mädchen, die sich unterhielten – und das Mädchen war beinahe ganz sicher Polly aus dem Grillon's Hotel. Der Junge musste ihr Bruder Gobby sein – klein, rothaarig – ja, er war einer der Straßenjungen, die Marcus tyrannisiert hatte, als Quinn ihn kennengelernt hatte.

Vielleicht konnte sie jetzt noch nicht fliehen, aber Quinn konnte *dennoch* etwas Nützliches tun, bis sich eine Chance ergab. Irgendwie würde sie einen Weg finden, Kindern wie Polly und Gobby zu helfen und *ihnen* die Möglichkeit geben, ein besseres Leben zu führen – aber sie musste es tun, ohne dass Marcus davon erfuhr. Sie war sich sicher, dass ein derartiges Projekt sich mit seinem übertriebenen Sinn für Anstand nicht vereinbaren ließ.

Allein der Gedanke daran, zu rebellieren, indem sie etwas Sinnvolles, vielleicht sogar Ehrenwertes tat, was Marcus zusätzlich noch missbilligen würde, bewirkte, dass sie sich sofort besser fühlte.

~

MARCUS TRANK sein drittes Glas aus, bevor er zu dem Schluss kam, dass er Sherry noch nie gemocht hatte und nun zu Madeira überging. So oft er auch auf seine älteren Brüder geschimpft haben mochte, weil sie sich in seine Angelegenheiten eingemischt hatten, so sehr hätte er sich jetzt Peters weisen Rat gewünscht.

Na ja, vielleicht nicht Peters. Quinn schien Peter lieber zu mögen als ihn. Und das konnte er ihr nicht einmal verübeln. Es ließ sich nicht leugnen, dass er heute alles vermasselt hatte. Zum Teufel, er hatte alles vermasselt, seit er sie kennengelernt hatte!

Langweilig?

„Verdammt", sagte er laut zum feuerlosen Kamin. Es war nicht das erste Mal gewesen, dass sie ihm dies vorgeworfen hatte. Es ärgerte ihn, da er in Wahrheit das genaue Gegenteil von langweilig war. Vielleicht sollte er einfach hinaufgehen und es ihr beweisen …

„Verzeihung, Mylord."

Als er sich umdrehte, sah er, dass der oberste Diener seinen Kopf zur Tür hereingestreckt hatte. „Ja, was gibt es?"

„Ein, äh, junger Mann an der Küchentür fragt nach Euch. Die Köchin wollte ihn fortschicken, konnte sich dann aber erinnern, dass Ihr ihn diese Woche einmal hineingebeten hattet, daher hat sie mich geschickt, um mich erst bei Euch zu erkundigen."

Marcus erhob sich, die Ablenkung kam ihm gerade gelegen, auch wenn ihn der Gedanke reizte, Quinn davon zu überzeugen, dass sie falsch lag. „Danke, George. Ich werde gehen und fragen, was er will."

Der Diener verbeugte sich und verschwand, während Marcus in die Küche ging, wo er Gobby im Türrahmen vorfand.

„Äh, ja, ich hatte dir einen Schilling versprochen, wenn du mir einen Strauß für meine neue Braut mitbringst", improvisierte er. „Komm, lass uns hinaus in den Garten gehen, um zu sehen, welche Blumen sich am besten dafür eignen." Marcus vertraute den Angestellten zwar im Allgemeinen, aber er musste ja nicht unbedingt leichtsinnig werden.

Als sie draußen im blumenlosen Küchengarten standen, wandte er sich an seinen kleinen Verbündeten. „Ich nehme an, ihr konntet die Leuchter gut nutzen?", fragte er.

Der rothaarige Junge nickte, auch wenn Marcus fand, dass er besorgt aussah. „Ja, Mylord. Die Planks wohne' jetzt in einer neue' Bude, Miete is' für ein Jahr im Voraus bezahlt – und es bleibt noch genug über, um den alte' Twitchell ruhig zu stelle'. Hoffe, das is' in Ordnung."

„Ja, ja, ihr habt ein Anrecht auf einen Anteil, da ihr die ganzen Botengänge für mich erledigt habt. Aber was stimmt denn nicht? Verlangt dieser Twitchell noch immer von euch, dass ihr stehlt?" Marcus konnte sich schwer vorstellen, dass ein Mensch so bösartig sein konnte, seinen Lebensunterhalt mit dem kriminellen Erlös von Kindern zu verdienen.

„Ach, ihm is' alles egal, solange wir die Kohle regelmäßig reinbringe'", sagte Gobby mit einem Schulterzucken. „Tig hat es aber schon immer gefalle', zum Spaß Risiken einzugehe', und jetzt is' er dadurch in Schwierigkeite' gerate'."

Tig war, wie sich Marcus erinnerte, der Junge, der sein Taschentuch gestohlen hatte, und ihn unbeabsichtigt zu der Gruppe Jungen geführt hatte. „Welche Art von Schwierigkeiten?", fragte er. „Was hat er angestellt?"

„Hat 'nen Herrn ausgenomme'", antwortete Gobby. „Glaubt, er is' richtig geschickt, aber das is' er nich'. Habt Ihr ihn nicht selbst dabei geschnappt? Na ja, und jetzt is' er wieder erwischt worde', aber dieser Kerl will ihm nicht helfe'."

Marcus runzelte die Stirn. „Dann ist er also verhaftet worden?"

„Nee, das würde uns keine großen Sorgen mache'. Wir sind alle ziemlich gut darin, uns bei der Polente rauszurede', und Twitchell gibt ihne' Geld, damit sie uns gehe' lasse'. Dieser Herr spielt sein eigenes Spiel mit Menschenhandel; hat vor, Tig an irgendeinen Schiffskapitän zu verkaufe', und er will nicht mitgehe'."

„Das kann ich ihm nicht verdenken." Marcus hatte von den Menschenhändlern gehört, die junge Männer entführten oder bestachen, damit sie Zwangsarbeiten auf den Schiffen leisteten, da es nach den Kriegen zu wenig Besatzung gab. Er hatte aber nicht gewusst, dass sie selbst so junge Burschen wie Tig dazu benutzten. „Und er ist ein Edelmann, sagt ihr?"

Gobby zuckte erneut die Schultern. „Weiß nicht recht, aber so war er jedenfalls angezoge', und er wohnt hier in der Gegend, wo die anderen Reichen lebe'."

„Hier in Mayfair?" Das war eine Überraschung. Marcus hatte geglaubt, dass derartige Aktivitäten ausschließlich in der Nähe der Docks stattfanden. „Kannst du mir das Haus zeigen?"

Die Antwort war ein breites Grinsen. „Ich wusst', dass Ihr helfe' würdet, Sir. Hab' den anderen gesagt, dass Ihr das tun würdet. Ich kann Euch jetzt gleich hinführe'."

~

QUINN WAR ZIEMLICH ÜBERRASCHT DARÜBER, dass Lord Marcus nach über einer Stunde noch immer nicht nach ihr gerufen oder versucht hatte, in irgendeiner Form das Gespräch mit ihr zu suchen. Ihre selbst auferlegte Isolation hatte ihr genügend Zeit zum Nachdenken gegeben – genau genommen zu viel Zeit. Nachdem sie ihre letzte Konversation in Gedanken mehrmals durchgegangen war, schämte sie sich nun sehr für die Dinge, die sie gesagt hatte – schon wieder.

Nicht, dass es ihren Entschluss, England bei der ersten Gelegenheit zu verlassen, geändert hätte. Diese Ehe war eindeutig zum Scheitern verurteilt. Unter anderem hatte sie Marcus seine relative Armut vorgeworfen. Sicherlich könnte kein Mann eine solche Verletzung seines Stolzes verzeihen – natürlich *wollte* sie auch gar nicht, dass er ihr verzieh!

Dennoch könnte sie sich ebenso gut entschuldigen. Zumindest könnte es ihn vielleicht dazu veranlassen, dass er ihr vertraute, was ihre Flucht letztendlich erleichtern würde. Falls es noch irgendeinen anderen Grund dafür gab, dass Quinn die Feindseligkeit zwischen ihnen beenden wollte, dann wollte sie es sich selbst noch nicht eingestehen.

Als sie versuchte, die Tür zu öffnen, stellte sie fest, dass sie nicht abgeschlossen war – jetzt, wenn sie recht darüber nachdachte, hatte sie aber auch nie gehört, dass sie jemand abgeschlossen hatte. Monette erschien auf beinahe magische Weise genau in dem Moment, als sie sie öffnete.

„Mylady? Wollt Ihr Euch zum Abendessen umkleiden?"

Die Augen ihrer Zofe waren groß vor Mitleid – und Neugier. Quinn nahm an, dass sie sich für eine frisch vermählte Braut wahrscheinlich recht ungewöhnlich verhalten hatte, aber schließlich waren ihre Umstände auch extrem ungewöhnlich.

„Ja, Monette. Ja, das möchte ich, danke." Sie konnte wohl kaum den ganzen Tag in ihrem Hochzeitskleid herumlaufen, wie ihr nun klar wurde. Sie entschied sich für ein einfaches fliederfarbenes Musselinkleid, ließ sich von ihrer Zofe hineinhelfen und sich dann das Haar lösen, das zu einer einfacheren Frisur gebürstet wurde. Am Hinterkopf trug sie nun einen kleinen Dutt, und die restlichen Locken fielen ihr lose auf die Schultern. Sie nickte ihrem Spiegelbild zu und fühlte sich wieder mehr wie sie selbst.

„Danke, Monette. Wenn Ihr eine der Mägde bitten würdet, eine Kanne Tee in den Salon zu bringen, gehe ich nun hinunter."

Beinahe ängstlich schritt sie die Treppe hinunter, denn sie war sich nicht sicher, was sie unten erwarten würde. Sie sah in der Eingangshalle einen Diener auf seinem Posten an der Tür und fragte sich, ob er den Auftrag hatte, sie nicht gehen zu lassen, falls sie versuchen würde, das Haus zu verlassen. Lord Marcus war nicht im Salon, daher warf sie einen Blick in die anderen Räume. Bibliothek, Esszimmer, Morgenzimmer, alle waren leer. Ob Marcus wohl ausgegangen war?

Stirnrunzelnd kehrte sie in den Salon zurück, als sich gerade eine ältere Frau mit dem Teetablett näherte. Dem großen Schlüsselbund nach zu urteilen, den sie trug, handelte es sich dabei um die Haushälterin – „Bringt es hier herein, Mrs. ...?"

„Walsh, Mylady. Und ich möchte auch die Gelegenheit nutzen, um Euch meine Glückwünsche auszusprechen und Euch in der Familie willkommen zu heißen. Dieses Haus hat schon seit Langem auf ein wenig weiblichen Einfluss gewartet, und ich bin froh, dass Ihr nun hier seid, um Euch darum zu kümmern."

Überrascht über den ehrlichen und gutgemeinten Zuspruch, brannten schon wieder Tränen in Quinns Augen. „Danke, Mrs. Walsh."

Sie ging vor der Haushälterin in den Salon und beobachtete, wie die Frau das Tablett auf dem niedrigen Tisch zwischen den beiden Stühlen platzierte. Da Quinn merkwürdigerweise nicht allein sein wollte, sagte sie: „Ich hoffe, meine Ankunft hat Lord Anthony und Lord Peter keine allzu großen Umstände bereitet?"

Mrs. Walshs Lächeln war sehr mütterlich. „Aber nein, Mylady! Lord Anthony war ohnehin kaum hier, denn er verbringt die meiste Zeit in seiner Jagdhütte in Leicestershire. Und Lord Peter spricht schon seit zwei Jahren davon, sich ein eigenes Haus anzuschaffen. Dies war genau der richtige Anstoß, den er gebraucht hat."

„Dann gehört dieses Haus also ... dem Herzog?" Alles war so schnell geschehen, dass es keine Zeit für Fragen und Erklärungen gegeben hatte –

und als sie die Chance gehabt hatte, hatte sie Marcus nur Anschuldigungen an den Kopf geworfen.

„Ja, es ist bereits seit zwei oder drei Generationen im Familienbesitz. Es war der Hauptsitz des Großvaters des aktuellen Herzogs, bevor es modern wurde, große Anwesen auf großen Plätzen zu erbauen. Jeder seiner Söhne hat zum ein oder anderen Zeitpunkt schon einmal hier gewohnt."

„Ach, dann ist es also eine vorrübergehende Unterkunft für sie?"

Mrs. Walsh nickte. „Da Lord Marcus der Jüngste ist, deutete alles darauf hin, dass es bald leer stehen würde, daher bin ich froh, dass Ihr nun da seid, Mylady. Es wird noch etliche Jahre dauern, bis Lord Bagsteads Söhne alt genug sind, um hier einzuziehen."

Quinn schenkte sich eine Tasse Tee ein, da nun ein Grund zur Sorge aus dem Weg war, wenn auch nur der geringfügigste. „Danke, Mrs. Walsh. Ich bin sehr froh, dass meinetwegen niemand seines Zuhauses beraubt wurde."

„Nein, macht es nur zu *Eurem* Zuhause, Mylady. Ich hoffe, Ihr und Lord Marcus werdet hier viele Jahre glücklich sein." Mit diesen Worten knickste sie und ließ Quinn mit ihrem Tee allein – und mit ihren Gedanken.

Wo *war* Marcus nur? Sicherlich war es doch nicht normal, dass ein Mann am Tag seiner Hochzeit durch London zog. Eine Kutsche konnte er nicht genommen haben, denn das hätte sie oben von ihrem Fenster aus gesehen – es sei denn, er war gerade dann weggefahren, als sie sich ihren Tränen hingegeben hatte.

Sie setzte ihre Tasse ab und entschied sich für einen kleinen Test. Sie verließ den Salon und ging zur Eingangstür, wo der Diener noch immer Wache stand. „Ich würde gern etwas frische Luft schnappen", sagte sie und erwartete, dass er ihr den Weg versperrte oder zumindest versuchte, sie mit Worten am Gehen zu hindern.

Stattdessen verbeugte er sich aber nur und öffnete ihr die Tür. Verblüfft stand sie einen Moment einfach nur da, trat dann aber hinaus und ging die Treppe zum Bürgersteig hinunter. Sie sah sich in beiden Richtungen auf der Straße um, hatte keine Ahnung, was sie als Nächstes tun sollte und sah dann auf einmal das Mädchen namens Polly wieder, diesmal zwei Häuser weiter. Es dauerte einen Moment, bis sie Blickkontakt mit dem Mädchen aufnehmen konnte, ohne die Aufmerksamkeit der vielen Passanten zu erregen, aber schließlich drehte sich Polly um und sah sie.

Auf Quinns diskrete Geste hin lief sie eifrig auf sie zu. Quinn schaute zurück zum Haus und sah, dass der Diener die Tür wieder geschlossen hatte. Dennoch konnte es sein, dass er sie durch die langen Fenster beobachtete, die sich auf beiden Seiten der Türe befanden, daher lief sie ein Stück die Straße hinunter, wo sie für ihn außer Sichtweite war.

„Tag, Ma'am", sagte Polly, als sie näher kam. „Ich freue mich, dass es Euch gut geht. Ihr seid doch nicht in Schwierigkeite' gerate', weil Ihr versucht habt, mir und Gobby zu helfe', oder?"

Quinn dachte, dass alles, was sie ereilt hatte, das Resultat ihres impulsiven Anflugs von Nächstenliebe gewesen war, aber sie schüttelte den Kopf. „Nein, keine erwähnenswerten Schwierigkeiten. Aber was tust du denn jetzt hier? Doch nicht wieder stehlen, hoffe ich."

„Oh, nein, Ma'am! Das werde ich niemals nimmer tun. Ich habe sozusagen nur Gobby im Auge behalte'." Quinn bemerkte, dass der Bluterguss an ihrer Wange langsam am Verblassen war.

„Um ihn vom Stehlen abzuhalten, meinst du?", fragte Quinn. „Zwingt sein Meister ihn noch immer dazu?" Die gleiche Wut, die sie zuvor empfunden und aufgrund des ganzen Wirbels der dazwischenliegenden Tage fast vergessen hatte, kam zurück.

Polly zögerte und zuckte schließlich die Schultern. „Er *behauptet*, er hat in letzter Zeit nicht mehr gestohlen, aber er hatte genug Geld, um sich Twitchell vom Hals zu halten, daher bin ich nicht sicher. Ich habe ihm gesagt, dass er es nicht mehr tun muss, aber ich weiß nicht, ob er mir glaubt."

„Dann hast du also eine Anstellung für ihn gefunden? Oder vielleicht eine Schule? Er und die anderen wären in der Schule wesentlich besser aufgehoben als auf der Straße."

„Ich weiß nicht viel über Schulen, Ma'am. Vielleicht kann ich genug verdiene', um auch dafür zu zahle'. Ich bin's nämlich, die eine richtige Arbeit bekommt." Polly errötete aber, während sie sprach und sah Quinn beim Sprechen nicht in die Augen, was Quinn misstrauisch machte.

Sie neigte den Kopf, so dass sie den Gesichtsausdruck des Mädchens sehen konnte, und fragte: „Was denn für eine Arbeit, Polly? Ist sie ... ehrbar?"

Angst flammte in Pollys Augen auf, und ihre Wangen wurden noch röter. „Mir wurde gesagt, dass es gut bezahlt wird", sagte sie ausweichend.

Quinns Verdacht verstärkte sich fast zur Gewissheit. „Polly, sieh mich an. Von welcher Art von Anstellung sprichst du?"

Aber Polly weigerte sich immer noch, ihr in die Augen zu schauen. „Das möchte ich wirklich lieber nicht sagen, Ma'am." Sie begann, zurückzuweichen, aber Quinn legte ihr sanft eine Hand auf den Arm. „Ist es etwas Verbotenes? Du hast gesagt, du würdest nicht mehr stehlen."

„Kein Stehlen, Ma'am. Ich werde ein Freudenmädchen. Mr. Twitchell sagt, ich habe das richtige Gesicht dafür."

Einen Moment lang war Quinn nicht fähig, einen klaren Gedanken zu fassen. Sicherlich— „Du ... du meinst doch nicht etwa, du willst dich selbst – deinen Körper – an Männer verkaufen? Denn das ist es doch, was ein Freudenmädchen tut oder irre ich mich?"

Wieder zuckte Polly die Schultern. „Ihr irrt euch nich', Ma'am. So könnte man es wahrscheinlich ausdrücke'. Ich hab' mit ein paar Mädchen gesproche', die es tun, und die sage', es bringt fünfmal mehr Kohle ein als jede andere Arbeit."

„Ach, Polly, nein! Das darfst du wirklich nicht." Ihre eigene schreckliche Erfahrung mit Sally im Scarlet Hawk kam ihr wieder in den Sinn. Wie viel schlimmer musste es für ein Kind sein? „Wie alt bist du überhaupt?"

„Fast dreizehn", erwiderte sie und straffte die Schultern. „Twitchell sagt, ich bin alt genug." Doch trotz ihrer stolzen Haltung lauerte Angst in ihren Augen. „Wie sonst soll ich mich denn um Gobby kümmern – und um mich selbst?"

Quinn traf eine spontane Entscheidung. „Wahrscheinlich weißt du es nicht, aber ich habe gerade geheiratet. Ich muss ein oder zwei Bedienstete einstellen. Ich weiß nicht, ob es so gut bezahlt wird, aber ich verspreche dir, dass es weitaus sicherer ist – und vollkommen ehrenhaft. Würdest du gern in diesem Haus dort drüben arbeiten?" Sie zeigte auf Lord Marcus' Stadthaus.

„Ach, Ma'am! Is' das Euer Ernst?" Die Freude des Mädchens über diese Aussicht war unverkennbar.

Quinn seufzte erleichtert und nickte. „Aber gewiss, und ich möchte, dass du so schnell wie möglich anfängst." Falls es Marcus stören sollte, war ihr das egal. Er würde sich einfach daran gewöhnen müssen. „Wo wohnst du derzeit?"

„Twitchells Bordell in Seven Dials, mit Gobby und den anderen."

„Ich nehme an, ihr habt keine Eltern?"

Sie schüttelte den Kopf.

„Glaubst du, Gobby würde auch gern für uns arbeiten?" Was konnte ein Junge von neun Jahren nur tun? Sie würde die Haushälterin fragen. „Ich frag' ihn, Ma'am. Er wird seine Kamerade' nich' verlasse' wolle', aber meiner Meinung nach wär's besser für ihn, von dort wegzukomme'."

Quinn hätte am liebsten alle aufgenommen, wusste aber, dass Marcus so etwas niemals zulassen würde. „Ja, bitte versuch, ihn davon zu überzeugen. Das kann keine gesunde Umgebung für einen kleinen Jungen sein."

„Ja, Ma'am. Das mach' ich. Soll ich morgen zu Euch komme'?" Pollys Stimmung hatte sich seit Quinns Angebot erheblich verbessert.

„Morgen ist perfekt. Ich werde Mrs. Walsh, der Haushälterin, Bescheid geben, dass sie dich am Morgen erwarten darf."

Mit überschwänglichem Dank und wiederholten Versprechen, dass sie sie stolz machen würde, eilte Polly davon. Quinn schaute ihr nach und drehte sich dann nachdenklich wieder zum Haus um.

Es war ein nur kleiner Anfang, aber nichtsdestotrotz. Vielleicht hätte sie nicht genug Zeit, viel Gutes zu tun, bevor sie England verließ, aber wenn sie ein oder zwei junge Leben retten könnte, würde sie die Zeit hier zumindest nicht als völlig vergeudet betrachten.

So fröhlich wie seit Tagen nicht mehr stieg Quinn die Stufen hinauf und ging wieder zurück ins Haus, das ihr irgendwie gar nicht mehr so vorkam wie ein Gefängnis.

MARCUS BLICKTE VERDRIEßLICH auf das schmale, aber gepflegte Haus auf der Swallow Street, zu dem Gobby ihn geführt hatte. Es befand sich nicht direkt im schicksten Stadtteil Londons, Mayfair, sondern an dessen Rand. „Du kannst mir rein gar nichts über den sogenannten Herrn erzählen, der Tig hier festhält?", fragte er wieder.

„Er ist recht groß und hat blondes Haar. Ich habe seine' Name' aber nie richtig gehört", antwortete Gobby. „Ich hatte keine Zeit, das Haus näher zu beobachte', daher weiß ich nicht, ob noch jemand anders mit ihm dort lebe tut oder nicht."

Das Haus hatte nur eine Außenfassade, was wahrscheinlich bedeutete, dass es außer dem Dachboden auf jeder der drei Etagen nur zwei Räume beherbergte, die hintereinander angeordnet waren. Eines der oberen Fenster wurde geöffnet, und ein Dienstmädchen beugte sich hinaus, um eine beachtliche Menge an Schmutz aus einem kleinen Teppichläufer zu schütteln.

„Wir können natürlich im Moment nicht viel unternehmen. Es sind hier zu viele Leute unterwegs und alle Bediensteten sind wach", stellte Marcus fest. „Wenn du oder einer der anderen allerdings bis zum Einbruch der Dämmerung herausfinden könntet, in welchem Raum Tig gefangen gehalten wird, werde ich schauen, was ich heute Nacht ausrichten kann."

„Jawohl, Mylord, wird gemacht!", pflichtete Gobby ihm begeistert bei. „Danke, Mylord." In Militär- beziehungsweise Edelmannmanier, und weil er keinen Hut hatte, den er respektvoll vor Marcus hätte ziehen können, zupfte er sich leicht an der roten Strähne, die in seine Augen fiel und grinste dankbar.

„Guter Junge. Ich werde nun wieder nach Hause gehen, aber wir treffen uns gegen Mitternacht wieder hier in der Gegend." Er ging los, hielt dann aber inne und sah den viel zu kleinen Jungen mit gerunzelter Stirn an. „Vielleicht sollte besser einer der älteren Jungen kommen. Du solltest dich ausruhen, wenn du mir morgen helfen willst."

In Wahrheit konnte er sich einfach nicht vorstellen, dass es für einen Burschen von Gobbys Größe sicher wäre, nachts allein durch die Straßen zu ziehen, auch wenn er das zweifellos andauernd tat. Dennoch empfand er es als seine Pflicht, alles in seiner Macht Stehende zu tun, um "seine" Jungs zu beschützen – besonders, wenn dieser Menschenhändler hier in der Nähe noch Komplizen haben sollte.

„Dann habt Ihr morgen also was für mich?" Wie Marcus gehofft hatte, legte Gobby den Fokus auf den spannenderen Teil seiner Aussage.

Er nickte. „Ja, aber nur, wenn du gut ausgeruht und wachsam bist. Wir dürfen uns keine nachlässigen Fehler erlauben." Wenn der Junge auch nur einen Moment lang glaubte, dass Marcus ihn bevormunden wollte, würde er sicherlich dagegen protestieren. Plötzlich kam ihm eine Idee.

„Was hältst du von einer richtigen Arbeit, irgendwo bei mir zu Hause? Dann könnte ich dich kontaktieren, wann immer es nötig ist, und du könntest für mich Nachrichten an die anderen übermitteln."

„Eine Arbeit?" Gobby sah ihn misstrauisch an. „Was für eine Arbeit?"

Marcus dachte einen Augenblick lang nach, um Gobbys Größe und Alter in Betracht zu ziehen. „Vielleicht etwas in den Ställen? Ich werde mit dem obersten Stallburschen sprechen, um zu sehen, wo wir dich einsetzten können. Du hättest auch einen warmen Platz zum Schlafen – weit weg von Mr. Twitchell."

Obwohl er immer noch Zweifel zu haben schien, flackerte ein unverkennbares Zeichen von Hoffnung in den Augen des Jungen auf, und das ging Marcus ans Herz. „Glaubt Ihr wirklich, er würde mich einstelle'? Ich hab' Pferde schon immer gern gemocht, auch wenn ich nie viel Zeit mit ihnen verbracht hab'."

„Ich bin mir sicher, dass er dort Arbeit für dich finden kann. Werde morgen in den Stallungen vorstellig, und anschließend können wir den nächsten Schritt in dieser Sache besprechen. Denk dran, Stilt oder einem der anderen zu sagen, dass er sich heute Nacht hier mit mir treffen soll."

„Das tu' ich, Mylord. Ihr könnt auf mich zähle'!" Fröhlich pfeifend ging Gobby in Richtung Seven Dials, wahrscheinlich, um mehr Jungen zu rekrutieren, die das Stadthaus des Menschenhändlers beobachten und auskundschaften sollten und um sich auf seine neue Arbeit vorzubereiten.

Zufrieden darüber, dass er für den Moment alles Mögliche getan hatte, ging Marcus zurück in die Grosvenor Street – und zu seiner neuen Braut. Es war höchste Zeit, dass er ihr zeigte, dass er alles andere als langweilig war.

Das war schließlich sein gutes Recht, oder etwa nicht?

Das Letzte, was er wollte, war, dass sie seiner neuen Identität als Heiliger von Seven Dials auf die Schliche kam. Wenn sie wirklich glaubte, dass er so ein großer Spießer war, würde sie niemals Verdacht schöpfen. Aber könnte er diese Rolle tatsächlich spielen?

Er grinste. Er würde sich einfach Robert, seinen spießigen ältesten Bruder, zum Vorbild nehmen. Wenn irgendjemand die Bezeichnung "spießig" verdiente, dann war es Robert. Hatte sie in der Zwischenzeit überhaupt bemerkt, dass er das Haus verlassen hatte – vorausgesetzt, sie hatte die Gelegenheit nicht genutzt, um zu fliehen? Er verbrachte den Rest des Heimwegs damit, sich eine Ausrede für seine Abwesenheit auszudenken, nur für den Fall.

„George, gab es irgendwelche ...", setzte er an, als er das Haus betrat, brach aber mitten im Satz ab, als er durch eine offene Tür einen Blick auf einen fliederfarbenen Rock erhaschte. „Schon gut." Er überreichte dem Diener seinen Hut und näherte sich vorsichtig dem Salon.

Quinn schaute auf, als er eintrat und erschrak ihn mit einem Lächeln. „Guten Tag, Mylord, äh, Marcus. Hättet Ihr gern etwas Tee?"

„Ich, äh, ja. Gewiss." Verblüfft setzte er sich an den kleinen Tisch ihr gegenüber. „Ich, äh, freue mich, dass Ihr besserer Laune seid", bemerkte er vorsichtig, als sie ihm einschenkte.

„Danke. Ich befürchte, ich war vorhin recht aufgebracht aufgrund der übereilten Abfolge der Ereignisse. Ich habe mich aber ausgeweint, und das hat mir scheinbar gut getan." Sie reichte ihm seine Tasse.

Er blinzelte, als er ihren sachlichen Tonfall hörte. Als er die Tasse von ihr entgegennahm, fiel ihm auf, dass sie sich sehr bemühte, ihn nicht zu berühren. Er bemerkte auch, dass ihre dunklen Locken hervorragend zu ihrem fliederfarbenen Kleid passten, das sie nun trug. Ein äußerst schmeichelhaftes Kleid.

„Ich habe schon oft gehört, dass Tränen Frauen ein gewisses Maß an Erleichterung verschaffen können", merkte er einfallslos an.

Sie lächelte nun wieder, als ob er etwas vollkommen Sinnvolles gesagt hätte. „Ich glaube, das könnte stimmen, obwohl ich selbst selten weine."

„Nein, das hätte ich auch nicht gedacht", sagte er ehrlich. Sie mochte zwar zierlich sein, dennoch strahlte Quinn eine gewisse Stärke aus, die ihm gleich zu Beginn aufgefallen war. „Die Woche, die Ihr hinter Euch habt, hätte jedem schwer zugesetzt, würde ich meinen. Die meisten Frauen hätten in Eurer Situation wahrscheinlich tagelang mit Migräne im Bett gelegen."

„Ich wage zu bezweifeln, dass es viele andere Frauen gibt, die sich in der gleichen Situation wie ich befinden." Einen kurzen Moment lang zeugte ihr Lächeln tatsächlich von Belustigung statt nur von Höflichkeit. „Aber ich danke Euch für das Kompliment."

Marcus entspannte sich ein wenig. Da sie offenbar bereit war, die wütenden Worte, die sie zuvor gewechselt hatten, zu vergessen, war es ihm sehr recht, das Gleiche zu tun. Statt auf ihre ungewöhnliche Situation anzuspielen, bewegte er sich also lieber in einem sichereren Terrain. „Gefällt Euch Eure Kammer? Sie gehörte zuvor Anthony, wie Ihr vielleicht schon geahnt habt."

„Ich hatte angenommen, dass sie entweder ihm oder Lord Peter gehörte."

Mit Sicherheit hatte er sich den Anflug von Wehmut in ihrer Stimme nur eingebildet, als sie Peters Namen gesagt hatte.

„Ist es mir gestattet, das Jagdbild entfernen zu lassen?", fuhr sie fort. „Ich fürchte, es ist nicht gerade ein beruhigendes Motiv für mich, als dass ich darunter schlafen möchte."

„Meine Güte, ich hatte das Bild ganz vergessen! Anthony ist ein begeisterter Jäger. Ich werde es ihm schicken lassen. Und Ihr könnt mit dem Raum tun und lassen, was Ihr wollt. Tauscht alles aus, wenn Ihr möchtet. Es würde mich wirklich überraschen, wenn Ihr den gleichen Geschmack hättet wie er. Wenn ich mehr Zeit gehabt hätte ..."

Sie hob eine Hand – eine zierliche, äußerst feminine Hand – um seinem Gestammel ein Ende zu bereiten. „Nein, ich verstehe natürlich, dass es keine Gelegenheit gab, umzudekorieren, obwohl ich gestehen muss, dass ich mich zuerst ein wenig erschrocken habe." Sie errötete, und einen Moment lang wich sie seinem Blick aus. Hatte sie vielleicht geglaubt, es wäre *sein* Zimmer?

Plötzlich kam Marcus ein Bild von Quinn in seiner Bettkammer in den Sinn, wie sie auf seinem Bett lag, mit ihren bemerkenswerten grünen Augen zu ihm aufschaute, ihr Körper ...

Hastig räusperte er sich. „Ich bestelle das Abendessen, und während der Mahlzeit können wir alle Veränderungen besprechen, die Ihr vornehmen wollt – sowohl dort als auch im Rest des Hauses. Bevorzugt Ihr irgendein bestimmtes Gericht?"

„Ich ... na ja, wisst Ihr ..." Sie hielt inne, scheinbar beschämt. „Ich habe vorhin mit Mrs. Walsh gesprochen und mir die Freiheit erlaubt, selbst unser Abendessen zu bestellen. Sie war so nett, ein paar Vorschläge zu machen, was Euch schmecken könnte."

Marcus blinzelte, wieder war er überrascht. Welch ein Gegensatz zu der schimpfenden Furie, die vorhin in ihr Zimmer hinauf gestürmt war! „Nun, das ist doch einfach großartig", sagte er und versuchte, das Gefühl zu unterdrücken, dass irgendetwas nicht stimmte. „Wann wird denn serviert?"

„Ich habe sie gebeten, es für eine Stunde nach Eurer Rückkehr zuzubereiten, damit Ihr Euch umziehen könnt, falls Ihr das wünscht. Ich hätte euch sofort darüber informieren sollen." In ihren Augen lag eine Frage, aber sie fragte demonstrativ nicht, wo er gewesen war.

„Ich brauche nur einen Augenblick, um mich umzuziehen", sagte er. Er verdrängte die Sorge und sprach stattdessen die unausgesprochene Frage an. „Spazierengehen beruhigt mich oft innerlich, und es war mir nach einem langen Spaziergang zumute, nachdem ..." Er hielt inne, denn er wollte nicht wieder den Streit von vorhin auf den Tisch bringen. „Ich hätte Euch jedoch eine Nachricht hinterlassen sollen, und dafür möchte ich mich entschuldigen."

Ihr Lächeln war nicht ganz echt, obwohl es recht nett wirkte. „Ihr könnt natürlich kommen und gehen, wie es Euch beliebt. Aber ich weiß Eure Entschuldigung zu schätzen."

Marcus traute dieser neuen Seite an Quinn nicht, denn sie war so anders als alles, was er zuvor an ihr gesehen hatte. Er stand auf, ohne seinen Tee angerührt zu haben. „Dann gehe ich jetzt nach oben und ziehe mich um. Wir sehen uns gleich beim Abendessen."

Er verbeugte sich und ging, wobei er sich den Kopf über seine rätselhafte, neue Braut zerbrach. Sie führte zweifellos etwas im Schilde, aber bis er wusste, was, konnte er genauso gut die neue Höflichkeit zwischen ihnen genießen. Vielleicht konnte er sie sogar nutzen, um Quinn besser kennenzulernen und sogar um ihr Vertrauen zu gewinnen – er würde vorsichtig sein müssen – höchste Wachsamkeit war geboten.

Aber wenn er sie vielleicht dazu bringen könnte, ihm gegenüber weniger misstrauisch zu sein, um sich die Anziehungskraft einzugestehen, die mehr als einmal zwischen ihnen geknistert hatte, wäre es durchaus möglich, dass diese Ehe recht erträglich werden könnte. Sogar sehr erträglich.

KAPITEL NEUN

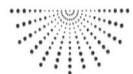

QUINN WARETE, bis Marcus' Schritte auf der Treppe verklungen waren und eilte dann in die Küche, um nach dem Abendessen zu sehen. Bisher schien ihr Plan, die Feindseligkeit ihres Mannes abzuschwächen und ihn zugänglicher zu machen, aufzugehen. Nun war sie fest entschlossen, dass das Abendessen perfekt werden musste.

Womit sie nicht gerechnet hatte, war, wie nett – und attraktiv – Marcus sein konnte, wenn sie nicht gerade stritten.

„Mrs. MacKay, kann das Abendessen in einer halben Stunde serviert werden?" Mrs. Walsh hatte sie auf ihren Wunsch hin dem Küchenpersonal vorgestellt, während Marcus fortgewesen war.

„Jawohl, Mylady", erwiderte die Köchin, während sie sich die mehligen Hände an der breiten Schürze abwischte. „Alles wird genauso erledigt, wie Ihr es aufgetragen habt."

Ein kurzer Blick durch die Küche verriet ihr, dass alles ordnungsgemäß verlief, daher dankte Quinn ihr und eilte dann selbst hinauf, um sich frisch zu machen, bevor sie Marcus am Tisch wieder begegnen würde.

Eine Locke war widerspenstig und weigerte sich, sich zu den anderen an die Seite ihres Halses zu legen. Während Monette die Locke mit der Bürste zur Unterwerfung zwang, redete Quinn sich ein, dass ihr Aussehen keine Rolle spielen sollte. Er sollte sie ja schliesslich nicht reizend finden, sondern sie wollte ihn lediglich friedlich stimmen. Wenn sie Polly und vielleicht auch anderen in ähnlichen Situationen helfen wollte, musste er glauben, dass Quinn zufrieden mit ihrem Leben hier war – oder sich zumindest damit abgefunden hatte. Das würde auch jeglichen Verdacht seinerseits zerstreuen und eine erfolgreiche Flucht letztendlich wahrscheinlicher machen.

Dennoch konnte sie einen Anflug weiblichen Stolzes darüber, dass sie sehr adrett aussah, als sie wieder hinunterging, nicht unterdrücken.

Marcus war bereits im Esszimmer und sah in einem nachtblauen Jackett, einer beigefarbenen Kniebundhose und mit dem dunklen Haar, das ihm kess über eine Augenbraue fiel, ebenfalls umwerfend aus. „Mylady." Er begrüßte sie mit einer formalen Verbeugung und zog dann einen Stuhl an einem Ende des langen Tisches für sie zurecht.

Er setzte sich aber nicht an das gegenüberliegende Ende, sondern direkt an ihre Seite, sodass sich fast ihre Ellbogen berührten. Er musste ihr die Überraschung angesehen haben, denn er sagte: „Das ist schon seit Jahren mein Platz. Außerdem habe ich mir gedacht, dass wir uns so einfacher unterhalten können."

Quinn schluckte, denn sie fand seine Nähe merkwürdig verwirrend. „Natürlich", sagte sie mit einer höheren Stimme, als sie beabsichtigt hatte. „Und wessen Platz war das?", fragte sie dann in einem normaleren Tonfall.

„Er gehörte niemandem, es sei denn, wir hatten Besuch", antwortete er. „Peter und Anthony haben mir bei den seltenen Anlässen, zu denen wir alle zum Abendessen zu Hause waren, in der Regel gegenübergesessen. Aber viel öfter hat derjenige, der daheim war, mit einem Tablett in der Bibliothek gegessen, um beim Essen lesen zu können."

„Ach! Und ich dachte immer, ich wäre die Einzige, die das gern tut", sagte Quinn, wieder überrascht. Sie hätte nicht gedacht, dass er las. „Meine Mutter hat mich deswegen oft ermahnt."

„Man muss doch außer Kauen noch etwas anderes tun, um sich die Zeit zu vertreiben, wenn man allein isst." Selbst im Kerzenschein waren seine Augen unglaublich blau, wie ihr unnötigerweise auffiel.

„Das habe ich ihr auch gesagt – obwohl ich gestehen muss, dass ich, als ich jünger war, gelegentlich nur deswegen getadelt wurde, weil ich am Tisch gelesen habe, während andere anwesend waren."

„Dann ist wohl anzunehmen, dass die Unterhaltung mit ihnen nicht stimulierend genug war, um Eure Aufmerksamkeit zu gewinnen." Er hielt ihrem Blick stand; ein Lächeln umspielte seine Mundwinkel.

Sie zwang sich, ihrer Stimme eine Leichtigkeit zu verleihen, die sie in Wirklichkeit nicht empfand. „Nur, als ich noch zu jung war, um die

Geschäftsangelegenheiten zu verstehen, die meine Eltern und mein Bruder besprachen. Als ich erst einmal mehr gelernt hatte, war ich ein durchaus vollwertiger Gesprächsteilnehmer."

„Ihr habt etwas über den Schiffshandel gelernt?" Seine Überraschung überraschte wiederum sie. „Wie wenig wir doch voneinander wissen! Das würde ich gern ändern."

Wieder beunruhigte sie der Ausdruck in seinen Augen. Sie war erleichtert, dass genau in diesem Moment ein Diener mit der Suppe eintrat. Beide schwiegen, während serviert wurde, aber als sie wieder allein waren, sagte Marcus: „Ihr habt einen Bruder erwähnt – der, dessen Kleidung Ihr Euch einst geliehen habt, nehme ich an? Er ist noch immer in Amerika?"

Sie nickte und aß einen Löffel Suppe. Sie war wirklich schmackhaft. „Charles soll eines Tages den Betrieb übernehmen, und mein Vater dachte, das sei eine gute Gelegenheit, ihn auf die Probe zu stellen."

„Während der Captain fort ist, meint Ihr?" Marcus probierte nun auch die Suppe, und sie versuchte, nicht auf seine wohlgeformten Lippen zu achten, als er den Löffel wieder zurückzog.

Während sie ihren eigenen Löffel wieder eintauchte, zuckte sie leicht mit den Schultern. „Papa ist öfter fort als zu Hause, aber das ist das erste Mal, dass Charles sich ohne Unterstützung um alle Bereiche des Betriebs kümmern muss."

„Dann habt Ihr also selbst bei der Führung eines großen Schiffskonzerns mitgearbeitet? Wie faszinierend."

Quinn schaute ihm in die Augen, aber sah nichts Herablassendes in seinem Blick, nur Interesse – vielleicht sogar Bewunderung? Nervös konzentrierte sie sich wieder auf ihre Suppe. „Und meine Mutter ebenso, bevor sie starb. Es ist ein Familienbetrieb, wisst Ihr, hatte jedoch in den letzten paar Jahren erfreulicherweise stark expandiert."

„Lag das zum Teil auch an Eurer Mitarbeit?"

Schüchtern nickte sie. Bewunderung von einem so edlen Herrn wie Lord Marcus zu bekommen, war eine neue Erfahrung für sie und durchaus nicht unangenehm, wie sie feststellte. Sie überlegte, ob sie ihm erzählen sollte, wie wichtig ihre Rolle im Betrieb tatsächlich gewesen war. Würde es sich anhören, als wollte sie ihn damit beeindrucken?

„Wenn man bedenkt, wie schlampig ich meine eigenen Finanzen bisher geregelt habe, scheint es, als hätte ich mir selbst den größten Gefallen getan, in dem ich Euch geheiratet habe – und ich spreche nicht von Eurer Mitgift."

Sie hob den Blick erschrocken und sah, dass er grinste, jedoch kein bisschen hämisch. „Ich … ich möchte mich dafür entschuldigen, was ich diesbezüglich vorhin gesagt habe", sagte sie schnell. „Ich war aufgebracht und …"

„Und ängstlich. Und Ihr habt nach einem Weg gesucht, wie Ihr Euch wehren könnt. Ich weiß, Quinn, und ich nehme es Euch nicht übel. Und außerdem hattet Ihr recht, als Ihr gesagt habt, dass ich Euch – finanziell – weniger zu bieten habe als Ihr mir gegeben habt. Ich hoffe, ich kann es auf andere Weise wiedergutmachen."

Die Warmherzigkeit in seinen Augen war unübersehbar, und dadurch wurde auch in ihr eine Wärme geweckt, die noch verstörender – und angenehmer – war als das, was sie in den Docks empfunden hatte, nachdem er sie gerettet hatte. Sie schluckte, die Suppe war kurzzeitig vergessen. „Auf andere Weise?", flüsterte sie.

„Ich bin mir sicher, es gibt Dinge, die ich Euch bieten kann. Ich kann Euch Leuten vorstellen, Euch die Stadt und das Land zeigen, neue … Erfahrungen."

Einen atemlosen Moment lang war sie gelähmt von einer Vorstellung, in der Lord Marcus ohne Mantel, sogar ohne Hemd, sie einlud, zu erkunden, zu berühren, zu erfahren, wie … „Ich … äh, ich würde gern mehr von London sehen, ja", beeilte sie sich zu sagen und verdrängte die Bilder aus ihrem Kopf.

Bei seinem Lächeln fragte sie sich, ob er geahnt hatte, in welche Richtung ihre Gedanken geschweift waren, er sagte aber nur „Dann sollt Ihr das auch" und tauchte seinen Löffel wieder ein.

Beim Hauptgericht, Roastbeef, gelang es Quinn, die Unterhaltung – und ihre widerspenstigen Gedanken – auf sicherere Pfade zu lenken. Auf seine Frage hin erzählte sie ihm mehr Einzelheiten über ihre Rolle im Schiffsunternehmen, und er unterhielt sie mit Geschichten von ihm und seinen Brüdern, als sie noch jünger waren.

Als zum Abschluss der Mahlzeit der Nachtisch serviert wurde, fühlte sie sich in Marcus' Anwesenheit wohler, als sie es je für möglich gehalten hätte. Ob das nun gut oder schlecht war, hatte sie noch nicht entschieden.

„Wünscht Ihr, dass ich Euch Eurem Brandy und Euren Zigarren überlasse?", fragte sie, als sie die Serviette niederlegte. „Oder tun das verheiratete Paare, die allein dinieren, nicht?"

„Ich habe keine Ahnung", erwiderte er grinsend. „Ich war noch nie Teil eines verheirateten Paares, das allein diniert. Aber ich sehe keinerlei

Bedarf für einen solchen Brauch – es sei denn Ihr würdet derlei gern tun?" Die Frage, die sich in seinen Augen abzeichnete, war ziemlich gewinnend und erinnerte sie wieder daran, dass er genauso unsicher war wie sie, wie sie mit ihrer ungewöhnlichen Situation umgehen sollten.

Sie schüttelte den Kopf. „Nein, nicht im Geringsten. Ich wollte mich nur daran halten, was Sitte ist."

Sitte. Es war ihre Hochzeitsnacht, wie ihr nun mit Schrecken wieder einfiel. Ihr Herz begann plötzlich zu rasen. Zu dieser Sitte gehörte... was erwartet wurde, wäre ...

„Dann lasst uns wieder in den Salon gehen, wo wir es uns bequemer machen können", schlug er vor. „Oder vielleicht lieber in die Bibliothek."

Sie fühlte sich, als wäre ihr eine willkommene – es *war* ihr doch willkommen? – Gnadenfrist gewährt worden. „Wenn Ihr normalerweise nach dem Abendessen in der Bibliothek sitzt, habe ich keine Einwände."

„Es ist der gemütlichste Raum, finde ich. Ihr könnt mir später mitteilen, ob Ihr mit mir darin übereinstimmt." Er erhob sich, half ihr auf und hielt ihr den Arm hin, um sie durch die Halle zu geleiten.

Sie fand diese Formalität amüsant sie, aber zumindest beruhigte es ihre Nerven so weit, dass sie ihre Hand auf seinen Arm legen konnte, ohne wegen dieser plötzlichen Nähe zu erzittern. Da er so auf Traditionen erpicht war, fände er diese Formalität natürlich kein bisschen amüsant – obwohl sie sich fragte, ob diese Einschätzung auch wirklich zutraf, als sie es wagte, zu ihm aufzuschauen und sah, dass ein Lächeln seine Lippen umspielte.

Quinn hatte vorhin nur einen kurzen Blick in die Bibliothek geworfen, aber nun sah sie, dass der Raum mit tiefen Ledersesseln, passenden Fußhockern und günstig platzierten kleinen Tischen möbliert war. Bei kälterem Wetter, wenn ein Feuer im Kamin war, wäre es sicherlich noch gemütlicher und einladender, überlegte sie, während er zur Anrichte ging und zwei kleine Gläser mit Brandy füllte.

„Ihr habt recht. Dies ist ein weitaus gemütlicherer Raum", sagte sie und nahm den Kognakschwenker entgegen, den er ihr anbot. Für einen kurzen Augenblick berührten sich ihre Finger, aber sie schaffte es, nicht zusammenzuzucken oder – wie sie hoffte – nicht mit ihrem Blick zu verraten, dass sie es überhaupt bemerkt hatte.

Um ihre plötzliche Verwirrung zu überspielen, setzte sie sich schnell auf einen der Sessel, der gegenüber des leeren Kamins stand.

Marcus verbarg ein Lächeln, während er den anderen Sessel für sich auswählte. Er musste zugeben, dass sie sich nach außen hin tapfer zeigte. Er hatte beim Abendessen mehr als einmal einen Anflug von Wachsamkeit in ihren Augen gelesen, als er mit Absicht ihren Blick gesucht oder eine doppeldeutige Anmerkung gemacht hatte. Und gerade eben, obwohl sie bei seiner Berührung errötet war, hatte sie ihre Hand nicht weggezogen.

Als er sie nun anschaute, musste er sich wieder in Erinnerung rufen, dass sie eine Frau von zwanzig war, und nicht ein Kind von sechzehn, so wie man aufgrund ihres Aussehens glauben mochte. Aber obwohl sie kein Kind mehr war, war sie in Bezug auf körperliche Gelüste eindeutig noch unschuldig. Wenn er mehr als nur eine Ehe auf dem Papier wollte – und in der letzten Stunde war er mehr und mehr zu dem Schluss gekommen, dass das der Fall war – müsste er ihr Vertrauen gewinnen.

Aber er war bereit, sich in Geduld zu üben. Aus irgendeinem Grund war er sich sicher, dass sich das Warten lohnen würde.

„Probiert den Brandy", schlug er vor. „Das ist der beste, den Frankreich zu bieten hat – obwohl ich Euch warnen muss, dass er um einiges stärker ist als Sherry."

Sie hatte einen Schluck genommen, noch bevor er den Satz beendet hatte, und pustete ihn nun aus, wobei sie ihn vorwurfsvoll ansah. „Das habt Ihr mit Absicht getan", stieß sie hervor. Ihre Augen tränten leicht von der Schärfe des Alkohols.

„Das habe ich nicht, ich schwöre es", rief er und hob verteidigend eine Hand. Ein Glucksen konnte er aber nicht unterdrücken, was mit Sicherheit seine Glaubwürdigkeit minderte. „Aber es tut mir leid. Es ist lange her, seit ich das letzte Mal einem Neuling Brandy angeboten habe – genau genommen seit meiner Schulzeit. Am besten nehmt ihr winzige Schlucke, bis Ihr Euch daran gewöhnt."

Zu spät fiel ihm ein, dass die Situation große Ähnlichkeit mit ihrer vorherigen Unterhaltung bei einem Glas Sherry hatte, und er machte sich auf einen ähnlichen Ausgang gefasst. Aber obwohl ihm ihre behutsam angehobene Augenbraue zeigte, dass auch ihr die Ähnlichkeit auffiel, nahm sie einen weiteren, sehr vorsichtigen Schluck, diesmal ohne zu husten.

„Ihr habt mir schließlich neue Erfahrungen versprochen", sagte sie mit einem angedeuteten Lächeln. „Obwohl ich gestehen muss, dass ich dabei nicht an Brandy gedacht hatte." Dann wurde sie sich mit einem Mal ihrer Bemerkung bewusst, errötete erneut und senkte den Blick.

Marcus nutzte die Gelegenheit, unbemerkt zu grinsen, zwang sich aber schnell zu einer ernsten Miene, bevor sie wieder Mut fasste und zu ihm aufblickte. Vielleicht müsste er sich am Ende doch nicht so lange gedulden.

„An was hattet *Ihr* denn gedacht?", fragte er und widerstand dem Drang, einen zweideutigen Unterton anzuschlagen. Er wollte sie nicht so sehr verschrecken, dass sie sich wieder in die stachelige Version ihrer selbst zurückzog.

Doch nun begegnete sie seinem Blick direkt. „Fahrten durch London, eine Führung durch den Tower, so etwas in der Art. Und ich würde gern eine Ballonfahrt sehen, wenn so etwas zu dieser Jahreszeit stattfindet."

„Ah." Sein Körper hatte bereits auf das reagiert, was er sich vorgestellt hatte, aber er versuchte, sich zu zügeln. „Ich werde mich ein wenig umhören und schauen, welche Art von Unterhaltung die Stadt zu dieser Zeit bietet. Vielleicht würdet Ihr auch gern andere Teile von England sehen?" Mit ihr zu reisen, in idyllischen kleinen Gasthöfen zu übernachten, wo sie im selben Zimmer schlafen mussten, könnte …

„Vielleicht später. Für den Moment reicht London vollkommen aus. Ich würde gern mehr davon sehen, bevor … bevor der Großteil der Gesellschaft im Herbst zurückkehrt." Obwohl sie ihn noch immer ansah, ohne mit der Wimper zu zucken, bemerkte er ein leichtes Zittern in ihrer Stimme.

„Seid beruhigt, die Gesellschaft kann Euch jetzt nichts mehr anhaben", sagte er sanft. Es schien ihm notwendig, ihr Sicherheit anzubieten, das Zittern zu vertreiben, sie zu beschützen. „Ihr seid eine ehrbare, verheiratete Frau."

Sie stieß ein kurzes, freudloses Lachen aus. „Ehrbar? Das entscheiden unweigerlich andere – und werden ihr Urteil fällen. Wenn es sich nach Lady Claridge richtet, haben selbst fünfundzwanzig Jahre Ehe meine Mutter nicht ehrbar gemacht. Nicht, dass Ehrbarkeit je ein sonderlich erstrebenswertes Ziel für mich gewesen wäre", fügte sie als nachgeschobenen Gedanken hinzu.

„Nein, das habt Ihr recht deutlich gemacht", sagte er lächelnd. Das Lächeln schien sie zu überraschen, und mit einem Mal erinnerte er sich wieder an seinen Plan, spießig zu wirken.

Er zwang sich zu einem formaleren Tonfall und fuhr fort: „Wenn Ihr es schafft, ein paar Monate lang nichts Skandalöses zu tun, wird der Klatsch schnell ein neues Opfer finden. Ihr sollt wissen, dass es nicht nur ein nichtssagendes Angebot war, als ich Euch den Schutz meines Namens angeboten habe." Gespielte Spießigkeit hin oder her – das meinte er auch so.

„Und ich habe nichts weiter getan, als Euch deswegen zu beschimpfen. Es tut mir leid."

Marcus beugte sich vor und nahm ihre Hände in seine. Ihre Augen weiteten sich im schwächer werdenden Einfall des Tageslichts durch die langen Fenster zu einem tiefen und mysteriösen Grün, aber sie entzog sich ihm nicht.

„Ich weiß, dass diese Ehe nicht das war, was Ihr wolltet, Quinn, aber ich hoffe sehr, dass Ihr es nicht vollkommen bereuen werdet. Und ich werde tun, was in meiner Macht steht, um dafür zu sorgen."

Er versuchte, die Gefühle, die ihn dabei überkamen, einzuordnen. Sicherlich nichts weiter als einfache Lust auf diese äußerst attraktive Frau, die nun seine Gemahlin war. Hinzu kam der natürliche Drang, jene zu beschützen, die verletzlich waren und seines Schutzes bedurften – genauso wie seine Straßenjungen. Ja, das musste es sein.

Sie lächelte ihn zaghaft an, und dieses Lächeln weckte merkwürdige Sehnsüchte in ihm, die nicht von Lust stammten, mit der er nur allzu vertraut war.

„Danke", sagte sie offenbar ehrlich. „Und ich werde versuchen, alles in meiner Macht Stehende zu tun, dass Ihr Eure Galanterie nicht allzu sehr bereuen müsst, obwohl ich mich selbst zu gut kenne, als dass ich Versprechungen machen könnte." Ihr Lächeln war nun eher selbstkritisch, was ihn auf gewisse Art genauso anzog wie es ihre Zaghaftigkeit getan hatte.

„Wenn die letzte Woche ein Maßstab war, dann weiß ich, was Ihr damit meint." Er lächelte wieder, um seinen Worten die Schärfe zu nehmen. „Dann muss ich Euer Leben eben einfach so interessant machen, dass Ihr nicht das Bedürfnis empfindet, nach anderen Abenteuern zu suchen."

„Betrachtet Ihr Abenteuer als etwas, das es zu vermeiden gilt? Vielleicht findet Ihr mit der Zeit ja Gefallen daran", sagte sie hoffnungsvoll, ja, sogar neckisch.

„Vielleicht", erwiderte er und widerstand dem Drang, ihr zu widersprechen. „Aber ich möchte doch hoffen, dass Ihr es nicht als Eure Pflicht betrachtet, mir die Abenteuerlust näherzubringen." Sein Leben sollte genügend Abenteuer bieten, wenn man seinen derzeitig geplanten Mitternachtseinsatz bedachte – doch es war eine Berufung, von der Quinn nichts ahnen durfte.

Er fand, dass sie ein wenig enttäuscht aussah, aber sie sagte nur:

„Natürlich nicht, Mylord. Ich erkenne, dass dies nicht Eurer Natur entspräche, und es ist nicht an mir, Euch zu ändern."

„Ich würde es vorziehen, wenn Ihr mich Marcus nennt, erinnert Ihr Euch? Und ich versichere Euch, dass ich eine Ballonfahrt genauso genießen kann wie jeder andere. Ihr müsst mich nicht für einen kompletten Langweiler halten."

Er wusste noch immer nicht, wie sie sich diese Meinung von ihm geformt hatte, aber sie schien gefestigt zu sein. Dies könnte sich vielleicht sogar zu einem Vorteil entpuppen, denn so wäre es weniger wahrscheinlich, dass sie die Wahrheit erahnen würde. Ein Blick auf die Uhr auf dem Kaminsims verriet ihm, dass er noch fast vier Stunden Zeit bis zu seinem Mitternachtstreffen am Haus des Menschenhändlers hatte, aber es gab ein paar Dinge, die er zuvor noch erledigen musste.

Und andere Dinge, die er gern getan hätte.

„Ich weiß, dass es heute ein langer und anstrengender Tag für Euch war. Vielleicht zieht Ihr es vor, heute Abend frühzeitig Schlafen zu gehen?", schlug er vor.

Ein Anflug von Angst zeichnete sich in ihren Augen ab, wurde dann aber schnell unterdrückt. „Ich, äh, ja, ich bin recht müde. Und ich muss gestehen, dass ich mich auch noch immer nicht vollständig an den Tagesablauf Londons gewöhnt habe. Zu Hause war ich an einen früheren Beginn des Tages gewöhnt, und ebenso an ein früheres Ende."

„Das ist verständlich." Marcus selbst bevorzugte den Stadtrhythmus, denn er fühlte sich zu Mitternacht weitaus lebendiger als am Mittag; das sagte er aber nicht. „Soll ich Euch nach oben begleiten?"

„Begleiten …? Ich finde schon allein … das heißt … wenn Ihr es wünscht." Sie wurde erst tiefrot und dann ziemlich blass. Zum Glück schien sie nicht zu der Sorte Frau zu gehören, die ständig ohnmächtig wurde.

„Es scheint mir nur, äh, höflich an Eurem ersten Abend hier." Es war bei Weitem nicht höflich, was ihm vorschwebte, aber sie war schon nervös genug. Und tatsächlich schien seine Wortwahl sie zu beruhigen. Er stand auf, hielt ihr seinen Arm hin, und sie erhob sich, um sich einzuhaken.

Sie gingen schweigend die Treppe hinauf, so dass die Stille unangenehm wurde, bevor sie wieder sprach. „Welche … welche Kammer ist Eure?"

Er versuchte, ein wenig Hoffnung aus der Frage zu schöpfen, aber er nahm an, dass sie einfach nur vorgewarnt sein wollte. „Die Tür nebenan.

Eure und meine Kammer sind durch ein Ankleidezimmer getrennt, aber Ihr könnt die Tür von Eurem Zimmer aus abschließen, wenn Ihr wünscht."

Er hatte es als Scherz gemeint, aber sie runzelte die Stirn. „Ich nehme an, das wäre wohl recht merkwürdig, oder nicht? Ich will natürlich nicht damit ausdrücken, dass ich Angst vor Euch hätte ...", fügte sie hastig hinzu.

„Merkwürdig hin oder her – ich dachte, Ihr würdet es einfach gern wissen." Sie waren nun vor ihrer Tür stehengeblieben, und er beobachtete sie, wartete auf irgendein Anzeichen, dass sie seine Anwesenheit in ihrer Kammer willkommen heißen würde.

„Danke. Ihr ... seid sehr liebenswürdig. Ich muss gestehen, dass ich das nicht erwartet hätte."

„Weil Ihr Euch offenbar selbst eingeredet hattet, dass ich ein Monster bin. Ich bin bei Weitem nicht perfekt, aber ich bin kein Tyrann."

Als wäre sie ganz und gar angetan von der Vorderseite seines Hemdes, wich sie seinem Blick tunlichst aus. „Das weiß ich jetzt. Ich habe Euch vorhin mit meinen törichten Beschimpfungen wütend gemacht, und es ist kein Wunder, dass Ihr Eure Geduld mit mir verloren habt. Ich hätte an Eurer Stelle wahrscheinlich genauso reagiert."

Mit einem Finger unter ihrem Kinn, hob er vorsichtig ihr Gesicht, sodass sie ihn ansehen musste. „Versucht nicht, alle Schuld auf Euch zu nehmen. Ich war ebenfalls unausstehlich und habe Euch ebenso beschimpft. Waffenstillstand?"

Quinn nickte fast unmerklich. Die Spitze ihrer Zunge kam zum Vorschein, um die Lippen zu befeuchten – eine nervöse Geste, aber ihm wurde innerlich sofort heiß. Ohne nachzudenken, aus purem Instinkt – oder Verlangen – senkte er seine Lippen auf ihre.

Unglaublicherweise neigte sie den Kopf für den Kuss und schloss die Augen, als sich ihre Lippen berührten. Mit einer Selbstbeherrschung, von der er nicht einmal wusste, dass er sie besaß, presste er seine Lippen eher sanft als fordernd auf ihre, obwohl er sie an sich ziehen, ihren Mund und ihren Körper erobern wollte.

Es war der süßeste Kuss, den er je erlebt hatte.

Und viel zu kurz. Er entzog sich ihr, bevor sein Körper Kontrolle über seinen Geist gewinnen würde, denn die Lust strömte bereits jetzt fordernd durch ihn hindurch, trotz der Unschuld dieses Kusses.

Quinns Augen öffneten sich, ihr Gesichtsausdruck war überrascht und fragend. Dann griff sie mit einer Hand zaghaft an seine Wange, wobei ein zitterndes Lächeln ihre Lippen umspielte.

Jetzt verlor er jegliche Kontrolle. Mit einem unzusammenhängenden Ausruf zog er sie in seine Arme, um sie erneut zu küssen. Diesmal keine unschuldige Besiegelung ihrer Ehegelübde, sondern das Einfordern seiner Rechte. Seine Begierde bat um eine gleichermaßen entgegenkommende Begierde von ihr.

Und genau die gab sie ihm. Sie schlang die Arme um seinen Hals, zog ihn näher an sich heran, presste sich in voller Länge gegen ihn, während sie seinen Kuss mit einer Leidenschaft erwiderte, von der er nicht zu hoffen gewagt hätte, dass sie sie überhaupt besaß. Er ließ seine Hände an ihrem Rücken auf- und abwandern, erkundete ihre Kurven, wonach er sich bereits seit Stunden gesehnt hatte. *Mein*, frohlockte er innerlich. Das war der einzige Gedanke, zu dem er in seiner vor Freude tanzenden Lust noch fähig war.

Er bewegte seine Lippen von ihrem Mund zu ihrem Hals hinunter, kostete ihre Haut, erkundete die geheimnisvolle Mulde hinter ihrem Ohr. Sie antwortete mit einem winzigen, kehligen Brummen, wobei ihre eigenen Lippen seine Schläfe liebkosten und ihn aufforderten, weiterzumachen. Mit einem Brummen seinerseits presste er seinen Mund wieder auf ihren, eroberte ihn mit seiner Zunge, massierend, suchend. Sie drückte sich noch enger an ihn, ihre Brüste schmiegten sich fest an seine Brust, ihre Hände massierten seinen Rücken.

Mit einer Hand griff er hinter sie, um den Türgriff umzudrehen. Einen kurzen Moment lang war er verwirrt, als sich vor ihm die Tür zu Anthonys Kammer öffnete, die Grün- und Brauntöne düster im Kerzenschein. Aus irgendeinem Grund hatte er unterbewusst Satin, Spitze und Pastellfarben erwartet. Nicht, dass das irgendeinen Unterschied gemacht hätte.

Quinn spürte über den kleinen Teil, der nicht vollkommen in überwältigendem, unerwartetem Verlangen nach ihm mit Marcus verschmolzen war, dass sich die Tür hinter ihr öffnete. Es schien das Natürlichste der Welt zu sein, dass er hereinkommen, sich zu ihr in das große Bett legen würde und dass sich ihre Körper vereinen würden, so, wie sie vorhin auch in den Augen des Gesetzes und der Welt eins geworden waren.

Wie hatte sie es überhaupt in Frage stellen können?

Mit einem Mal kehrte ihr Verstand zurück und lieferte sich einen Kampf um die Oberhand mit ihrem Körper. Was tat sie hier eigentlich?

Was erlaubte sie ihm zu tun? War sie verrückt geworden? Obwohl es mehr Mühe kostete, als sie für möglich gehalten hatte, entzog sie sich seinem berauschenden Kuss.

Im schwachen Licht des Flurs, in dem die Schatten seine männlichen Gesichtszüge betonten, sah er noch schöner aus als jemals zuvor – teuflisch schön und kein bisschen spießig. Seine Augen waren dunkel, umnebelt vor Lust, die sie fast wieder dazu getrieben hätte, verrückt nach ihm zu werden. Es konnte sich nur um Verrücktheit handeln.

„Ich … wir …", setzte sie an und war sich nicht sicher, was sie überhaupt sagen wollte; sie wusste nur, dass sie ihre Gefühle wieder auf den Boden der Vernunft bringen musste, bevor sie vollkommen verloren war.

„Ja, lass es uns tun", erwiderte er, während seine Hände wieder über ihren Rücken glitten und sie fast wieder dazu verleiteten, ihren schwachen Halt zur Realität zu verlieren. Dann sagte er mit tieferer Stimme: „Quinn."

Obwohl ihr Name aus seinem Mund unglaublich erotisch klang, erinnerte er sie wieder daran, wer sie war und wie sie hier gelandet war. In plötzlicher Panik, mehr aus Angst vor sich selbst als vor ihm, zog sie sich zurück und schüttelte den Kopf. „Nein! Wir … ich kann nicht … Gute Nacht, Mylord."

Bevor sie erneut schwach werden und sich wieder in seine Arme werfen konnte, trat sie schnell zwei Schritte zurück, schloss die Tür, drehte sich dann um und lehnte sich dagegen – nicht, um ihn vom Eintreten abzuhalten, sondern um der Versuchung zu widerstehen, sie genauso schnell wieder zu öffnen. Was hatte sie getan? *Fast* getan …

Schwer atmend, noch immer zitternd von seinen Berührungen, zwang sich Quinn zu innerer Ruhe. Sie hatte *gewollt*, dass er sie körperlich liebte. Genau genommen wollte sie das noch immer. Niemals hätte sie erwartet, dass dies in ihrer Ehe passieren würde. Machte sie das zu einem sündhaften Menschen?

Aber nein, wenn Mann und Frau sich in Liebe körperlich vereinigten, war das keine Sünde. Nicht einmal dann, wenn sie sich praktisch noch fremd waren? Sie empfand Marcus jedoch nicht als einen Fremden. Nicht mehr.

Verwirrt über ihre widersprüchlichen Emotionen entfernte sich Quinn von der Tür, um sich weiter in die Kammer zu bewegen – allein. War es vielleicht sündhaft gewesen, ihn zu stoppen? Schließlich war es das gute Vorrecht eines Ehemannes, mit seiner Frau … Aber nein, das war nur eine

Ausrede. In Wahrheit hatte sie es – und das tat sie noch immer – genauso gewollt wie er. Vielleicht sogar noch mehr.

Impulsiv drehte sie sich wieder zur Tür um, nur um ein Klicken zu vernehmen, das bedeuten musste, dass Marcus seine eigene Kammer betreten hatte, direkt neben ihrer. Sie starrte auf die Tür zum Umkleidezimmer und trat dann einen Schritt darauf zu. Nein, dazu hatte sie nicht den Mut.

Als sich ihr Blut langsam wieder abgekühlt hatte, kehrte auch ihre Fähigkeit, vernünftig zu denken zurück. Es gab keine Eile. Das hatte Marcus nach dem Hochzeitsfrühstück selbst gesagt. Es wäre wohl das Beste, diese körperliche Lust zu beherrschen, bis sie entschieden hatte, welche Richtung ihr Leben einschlagen sollte. Denn wenn sie ihre Wahl erst einmal getroffen hatte, wäre sie unwiderruflich.

Mit einem Seufzen klingelte sie nach ihrem Dienstmädchen, das einen Augenblick später erschien und ihr dabei half, sich bettfertig zu machen.

Aber nur allzu bald war sie wieder allein zwischen den Laken des großen fremden Bettes, und die Reue nagte noch immer an ihr. Würde es eine weitere Gelegenheit wie diese geben? Marcus könnte ihre Panik als Zurückweisung deuten, als ein Zeichen dafür, dass sie an ihm als Mann nicht interessiert war. Aber ... war es denn nicht genau das, was sie wollte?

Sie dachte wieder an die letzte fiebrige Umarmung und musste unweigerlich lächeln, obwohl ihr vor Beschämung ganz heiß wurde. Er wusste es. Wenn er nicht so unschuldig war wie sie – was sie zuhöchst bezweifelte – wusste er es. Aber was als Nächstes auf sie zukommen würde, das vermochte sie nicht zu sagen.

KAPITEL ZEHN

SO FRUSTRIERT ER KÖRPERLICH AUCH WAR, KONNTE MARCUS NICHT behaupten, dass er vollkommen enttäuscht war. Quinns Reaktion auf ihn war höchst erfreulich gewesen, auch wenn sie am Ende die Nerven verloren hatte. Dennoch brauchte er gerade jetzt eine Ablenkung, wo sie sich nur ein paar Meter entfernt von ihm bettfertig machte. Es war zu leicht, sich vorzustellen, wie ihre Zofe ihr aus dem Kleid half, dem Korsett, dem Unterkleid …

Er versuchte, diesen Gedanken abzuschütteln, ging zum Schreibtisch und holte den Stapel leerer Visitenkarten hervor, den er ein paar Tage zuvor gekauft hatte.

Aus der Erinnerung heraus schrieb er mit Tinte die Ziffer sieben in die Mitte, zog dann eine weitere Feder und einen weiteren Tintentopf hervor; dieser war mit der goldenen Tinte gefüllt, die man sonst nur für die edelsten Einladungen verwendete – und auch diese hatte er nur für den einen Zweck gekauft. Mit der goldenen Tinte zeichnete er einen ovalen Heiligenschein über die Sieben und grinste dann über seine eigene Geschicklichkeit. Von der Karte, die Luke ihm nach seiner Hochzeit vor zwei Wochen gegeben hatte, war diese hier nicht zu unterscheiden.

Die Erinnerung daran beschwor auch noch eine andere herauf – und zwar, wie er damals über die Ehe gedacht hatte. War das wirklich erst zwei Wochen her? Wie sich seine Welt doch seitdem verändert hatte! Damals hatte ihn kaum etwas interessiert, was über die jeweiligen Vergnügungen des dementsprechenden Abends hinausging. Sein Leben war einfach, und skrupellos gewesen … und leer.

Nein, er wollte die Zeit nicht zurückdrehen, selbst wenn er es gekonnt hätte. Sein Leben hatte endlich einen Sinn – genau genommen mehr als nur einen. Aber mit diesen sinnvollen Aufgaben gingen auch Verantwortung einher. Und Arbeit.

Schnell beschrieb er ein paar weitere Karten und breitete sie auf dem Schreibtisch zum Trocknen aus. Dann schob er seinen Stuhl zurück, um über den bevorstehenden Abend nachzudenken, ebenso wie die Aufgaben, die er sich für die nächsten Tage vorgenommen hatte. Sein Leben war zwar nicht mehr leer, aber die Dinge, von denen es nun erfüllt wurde, zerrten seine Loyalität in unterschiedliche Richtungen.

Er schüttelte den Kopf über sein törichtes Philosophieren, erhob sich und zog seine edle Kleidung aus, um die dezenten, unscheinbaren Sachen anzulegen, die besser zu den Plänen der schon angebrochenen Nacht passten.

Es waren nur wenige Minuten vor Mitternacht, als Marcus wieder gegenüber des schmalen Hauses auf der Swallow Street stand, wo Tig festgehalten wurde. Die erste und zweite Etage waren dunkel, das einzige Licht trat aus den tiefer liegenden Küchenfenstern und einem Dachbodenfenster ganz oben. Er hoffte, dass dies bedeutete, dass der Besitzer des Hauses entweder ausgegangen oder schon im Bett war.

„Da seid ihr ja, Mylord", erklang eine Stimme neben ihm. Als er sich umdrehte, sah er Renny, einen entsetzlich dürren Jungen von elf oder zwölf, der zweitälteste in Stilts Bande und einer von denen, die Marcus an jenem ersten Tag kennengelernt hatte – an dem Tag, an dem er auch Quinn zum ersten Mal begegnet war.

Er schüttelte die schmutzige Hand des Jungen. „Gut, dass du hier bist, Renny. Was habt ihr herausfinden können?"

„Gobby, Stilt und ich, wir habe' uns den ganzen Tag damit abgewechselt, das Haus zu beschatte'. S'scheint nur ein Kerl d'rin zu lebe', und der is' jetzt ausgegange'. Zwei andere Bursche' ware' vor ein paar Stunden da, und mit dene' is' er ausgegange'. Jetzt is' niemand zu Hause außer dem Diener und zwei Mägden, soweit wir sehe' könne'."

„Und Tig?"

„Ganz obe' im Dachbode'. Er weiß, dass wir hier sind – er is' ans Fenster gekomme', nachdem die Kerle gegange' sind. Wir haben uns nicht getraut, zu rufe', aus Angst, Alarm zu schlage'."

Marcus klopfte ihm auf die Schulter. „Gut gemacht, Junge. Das bedeutet, dass er nicht gefesselt ist, oder zumindest hoffe ich das. So werden die
Dinge ein bisschen einfacher." Nachdenklich betrachtete er das Haus.

„Es gibt noch 'ne andere Tür an der Rückseite", erklärte ihm Renny.
„Aber sie führt in die Küche, wo jetzt wahrscheinlich die Bedienstete' sind.
Doch die Fenster habe' eine gute Größe."

„Ja, das habe ich auch bemerkt. Komm, zeig mir, hinter welchem
Fenster Tig gehalten wird."

Sie überquerten die Straße, gingen ans Ende der Häuserreihe, um die
Gasse zu erreichen, die hinter den Gebäuden entlang lief. Ein paar Augen-
blicke später gesellten sie sich zu Stilt in den winzigen Garten hinter Tigs
Gefängnis und schauten zum schmalen oberen Fenster hinauf.

„Das Fenster ist zu klein, selbst für Tig", merkte Marcus leise an. „Oder
zumindest gibt es nichts, woran er hinunterklettern könnte."

Stilt nickte. „Er wollte es vorhin versuche'. Aber er konnte sich nicht
hindurchzwänge' – was wahrscheinlich gut war, denn er ist kein so guter
Kletterer wie er behauptet. Zweifellos hätte' wir ihn tot von hier
weggetrage'."

Marcus musste zustimmen. Die oberen Mauern waren glatt und ohne
sichtbaren Halt – zumindest im schwachen Licht des Halbmondes.
Dagegen könnte man aber vielleicht mit der stabilen Palisade, an der sich
Kletterpflanzen hochrankten und dem verzierten Mauerwerk etwas anfangen, um zumindest einem Zugang zu einem Fenster im zweiten Stock zu
erreichen.

„Also dann", sagte er, als er spontan eine Entscheidung getroffen hatte.
„Wenn du weiter Wache halten könntest, würd' ich versuchen, ihn zu
befreie'."

Er rutschte in den gleichen Straßenjargon wie sie; einiges davon hatte
er damals in Oxford von Luke gelernt, wie ihm nun bewusst wurde. Zu
dieser Zeit hatte er geglaubt, dass Luke die Redeweise aus dem Ausland
kannte, wie er nun belustigt feststellte.

Das Pflanzengerüst war nicht ganz stark genug, um sein Gewicht zu
tragen, aber er konnte sich gut daran festhalten, während er sich langsam
seinen Weg auf herausragenden Backsteinen nach oben bahnte. Es war
Jahre her, seitdem er etwas Derartiges das letzte Mal getan hatte, aber
zufrieden stellte er fest, dass er noch immer die gleichen Instinkte hatte,
die ihm damals schon dabei geholfen hatten, seinen Brüdern und Klassen-

kameraden in Oxford, Streiche zu spielen. Innerhalb von zehn Minuten hatte er das abgedunkelte Fenster in der zweiten Etage erreicht, das sein Ziel gewesen war.

Wie er gehofft hatte, hatte sich niemand die Mühe gemacht, die oberen Fenster zu verriegeln, und es ließ sich mit minimalem Druck ganz einfach öffnen. So heiß wie der eben vergangene Tag gewesen war, hatte es sicherlich bis vor Kurzem noch offen gestanden. Mit einem leisen Poltern, von dem er hoffte, dass es im übrigen Haus nirgends zu hören war, hievte er sich über die Fensterbank in eine recht große Schlafkammer. Er hielt einen Moment inne, um zu lauschen, hörte aber keine Geräusche im Haus. Gut.

Schnell durchquerte er den Raum und huschte in den kurzen Flur, der zur Treppe an der Seite des Hauses führte. In kürzester Zeit war er in die dritte Etage hinaufgestiegen und hatte die niedrige Tür zum Dachboden erreicht. „Tig?", flüsterte er. „Bist du allein?"

Ein leises Schlurfen kam aus dem Inneren, dann antwortete ihm eine Stimme: „Ja, Chef, niemand außer mir is' hier, aber ich kann die Tür nicht erreiche'. Ich hätte das Schloss sonst schon vor Stunde' geknackt."

Marcus lächelte über Tigs arroganten Tonfall und war froh darüber, dass der Junge nicht den Mut verloren hatte. „Ich krieg' dich hier im Handumdrehen heraus."

Tigs Entführer hatten die Schlüssel unklugerweise im Schloss stecken lassen, daher gab es zu Marcus' Enttäuschung keinen Grund, sein Talent für das Öffnen von Schlössern auf die Probe zu stellen – worüber er fast etwas enttäuscht war. Der Dachboden wurde von einer einzigen tropfenden Kerze beleuchtet, und er konnte sehen, dass der Junge mit einem robusten Seil an einen Balken in der Nähe des winzigen Fensters angebunden war; seine Hände waren auf dem Rücken gefesselt.

Marcus sah davon ab, zu fragen, wie er denn das Schloss hätte öffnen – oder die Wand hätte hinunterklettern wollen – ohne seine Hände zu benutzen und machte sich daran, ihn loszubinden. Mit der Hilfe seines Taschenmessers hatte Marcus ihn bald befreit. „Das hätten wir. Folge mir."

Als Tig den Mund öffnete, um ihm zu danken – oder vielleicht um noch mehr anzugeben – bedeutete ihm Marcus mit einem Finger an den Lippen, leise zu sein. „Später", flüsterte er. „Bleib gleich hinter mir."

Leise führte er den Jungen die Treppe hinunter, hielt im zweiten Stock an und ging schließlich hinunter in den ersten Stock. Marcus bedeutete Tig zu warten, schlich in den kleinen Salon und schaute sich nach irgendetwas um, das er eventuell … *Ah!* Auf dem Kaminsims standen ein paar Figuren, von denen er sich ziemlich sicher war, dass sie aus China stammten und Einiges wert waren. Mit einem Grinsen steckte er sich beide in die Taschen und hinterließ eine Visitenkarte dort, wo sie gestanden hatten.

Dann ging er zu einem kleinen Sekretär in der anderen Ecke des Raumes. Eine schnelle Suche förderte ein paar Zettel zutage, die er ebenfalls in seiner Tasche verschwinden ließ, in der Hoffnung, dass sie bei besserem Licht mehr über Tigs Entführer verraten würden.

„Alles klar, lass uns gehen", sagte er, als er sich wieder zu dem Jungen auf die Treppe gesellte. Sie gingen weiter ins Erdgeschoss, wo sie wieder stehenblieben und lauschten. Ein Stimmengewirr kam aus der Küche unter ihnen, ebenso wie ein Schnarchen – mindestens einer der Diener nutzte die Abwesenheit seines Herrn, um kurz zu schlafen.

Marcus entschied, dass es leiser wäre, als ein weiteres Fenster zu öffnen, ging mutig zur Haustür, entriegelte sie und führte Tig die Stufen hinunter auf die Straße. Er wartete, bis sie ein paar Häuser weiter entfernt waren, bevor er wieder sprach.

„Na, das war doch gar nicht so schlecht, was? Konntest du irgendetwas über deinen Entführer und seine Freunde herausfinden?"

Tig schaute in gebannter Verehrung zu ihm auf. „Ach, du grüne Neune, Chef, Ihr seid wirklich genauso geschickt wie der Heilige. Dann übernehmt Ihr jetzt also seine Rolle, was?"

Marcus zerzauste ihm das dunkle Haar. „Sagen wir mal, ich helfe ihm. Schau, dort drüben sind die anderen." Sie gingen um die Ecke in die Gasse und überraschten Stilt und Renny, die immer noch hinter dem Haus warteten.

„Auftrag erledigt", sagte Marcus. „Nun solltet Ihr etwas Ordentliches essen und gut schlafen. Das habt ihr euch verdient." Er schnippte Stilt einen Schilling zu, der diesen geschickt auffing. „Ich werde Gobby morgen mit weiteren Anweisungen zu euch schicken."

Die drei Jungen nickten kräftig, alle betrachteten ihn plötzlich mit einer neuen Bewunderung. Lachend und winkend ging Marcus zurück zur Grosvenor Street. Luke hatte ihn geprägt, wie es schien. Der Heilige von Seven Dials zu werden, war genau die Art von neuem Lebenswandel, die er gebraucht hatte.

AM MORGEN KONNTE sich Quinn zu ihrer knappen Flucht am Vorabend beglückwünschen. Wenn sie diesem auflodernden Verlangen – das sicherlich nur kurzweilig war – nachgegeben hätte, hätte sie es niemals vor sich rechtfertigen können, England und ihrer Ehe zu entfliehen, was sie noch immer vorhatte – *fast ganz sicher* noch immer vorhatte.

Das bedeutete, dass sich alles zum Besten gewandt hatte. Sie war immer noch dabei, sich dies einzureden, als sie ein paar Minuten später zum Frühstück hinunterging. Marcus war nicht im Esszimmer, was Quinn als glücklichen Zufall empfand – denn so hatte sie die Chance, unter vier Augen mit Mrs. Walsh zu sprechen. Sie organisierte Pollys Einstellung als untere Bedienstete und erkundigte sich dann nach einer möglichen Stelle für einen kleinen Jungen.

„Vielleicht in den Ställen, Mylady", erwiderte die Haushälterin. „Soll ich mit dem obersten Stallmeister darüber sprechen?"

„Ja, bitte tut das", antwortete Quinn. „Ich hätte gern, dass er sofort anfängt, wenn möglich." Zufrieden über diese Fortschritte, kehrte sie ins Esszimmer zurück, wo Marcus nun auf sie wartete.

Mit einem Mal kehrten die Gefühle des letzten Abends wieder zurück, und sie spürte, wie sie errötete. Entschlossen, so wenig wie möglich preiszugeben, bewegte sie sich nach nur einem ganz kurzen Zögern weiter vorwärts. „Guten Morgen", sagte sie so fröhlich wie sie konnte.

Marcus erwiderte ihren Gruß gedankenlos und fügte hinzu: „Ich hoffe, Ihr habt gut geschlafen?" Vielleicht bildete sie sich sein Augenzwinkern nur ein, das die Frage begleitete.

„Ja, danke. Obwohl die Einrichtung der Kammer nicht meinem Geschmack entspricht, ist das Bett selbst äußerst bequem." Bei der Erwähnung des Bettes drohte sie wieder zu erröten, daher richtete sie ihre Aufmerksamkeit schnell auf ihr Frühstück.

„Gehen wir am heutigen Morgen in die Kirche?", fragte sie dann, um die Gefühlsregungen in sich zu ignorieren, die am besten ungedeutet blieben.

Marcus schaute sie überrascht an. „Das tue ich für gewöhnlich nicht, aber, äh, natürlich, wenn Ihr es für das Beste haltet."

Quinn zuckte leicht mit den Schultern. „Ich hatte angenommen, es sei üblich."

„Ja, also ... das ist es auch, schätze ich. Warum eigentlich nicht? Es ist sicher nicht falsch, einen guten Start anzustreben." Er schien genauso erleichtert darüber zu sein wie sie, dass sie nun etwas Konkretes hatten, worüber sie an diesem peinlichen ersten Morgen ihrer Ehe reden konnten – und das sie tun konnten.

Somit brachen sie direkt nach dem Frühstück auf, und schon bald fand sich Quinn in einer kleinen Gemeindekirche wieder, die große Ähnlichkeit mit der hatte, die sie mit ihrem Vater am Morgen ihrer Ankunft in London besucht hatte. Die Predigt selbst war wenig inspirierend, aber sie fand ein gewisses Maß an Trost in den vertrauten Ritualen.

Als sie gingen, wurden sie von Angehörigen einer Bibelgruppe begrüßt, die Zettel verteilten. Da sie nicht unhöflich erscheinen wollte, nahm sie einige davon an und steckte sie in ihren Pompadour. Vielleicht würde sie später einen Blick darauf werfen, wenn ihr langweilig wurde.

Ein leichtes Mittagessen erwartete sie bei ihrer Rückkehr, ebenso wie die Sonntagszeitung – beides war eine willkommene Ablenkung. Auch wenn sie gestern Abend viel vertrauter miteinander geworden waren, zog eine gewisse Beschämung nun eine neue Mauer zwischen ihnen hoch, durch die nur belanglose, kurze Wortwechsel drangen.

Quinn wusste, dass sie sich hätte glücklich schätzen sollen, fühlte sich jedoch statt dessen um etwas beraubt – wenn nicht sogar einsam. Mit einem nicht hörbaren Seufzen nahm sie eine der Zeitungen zur Hand und begann, darin zu lesen. Der Artikel über die Auswirkungen der verschärften Korngesetze sagte ihr nichts, denn sie kannte sich in englischer Politik nicht aus, ebenso wenig wie mit den Angelegenheiten der verschiedenen Parlamentsmitglieder und deren Ansichten.

Sie blätterte um, überflog den Gesellschaftsklatsch und dachte mit schwerem Herzen, dass es nur eine Frage der Zeit wäre, bis sie hier an den Pranger gestellt werden würde – wenn sie blieb. Dann fand sie auf der nächsten Seite einen Artikel, der ihre Aufmerksamkeit weckte.

Der Heilige von Seven Dials schlägt wieder zu!, besagte die Überschrift in Fettdruck. Der Artikel beschrieb einen aktuellen Diebstahl, der von dem angeblich legendären Dieb durchgeführt worden war. „Seit mehreren Jahren hält der dreiste Heilige nun schon Londons bemitleidenswerte Gesetzeshüter zum Narren, gibt Kirchen- und Gerichtsdienern und selbst der Polizei ein Rätsel auf, denn er stiehlt von den Reichen und gibt es den Armen, wie einst Robin Hood."

Fasziniert las sie weiter. Im Artikel wurden einige der gewagtesten Taten beschrieben, die der Heilige über die Jahre hinweg begangen hatte.

Sir Nathaniel Conant, oberster Polizeidiener der Bow Street, wurde folgendermaßen zitiert: „Vor einem Monat waren wir uns sicher, dass wir ihn identifiziert hatten, aber die aktuellen Diebstähle haben uns in unseren Ermittlungen wieder zurückgeworfen. Dennoch sind wir zuversichtlich, dass wir ihn bald zur Rechenschaft ziehen werden."

„Es scheint, als habt Ihr etwas Interessantes gefunden?", fragte Marcus am anderen Ende des Tisches, und Quinn wurde bewusst, dass sie offenbar unbewusst einen Laut von sich gegeben haben musste.

„Ja, dieser Heilige von Seven Dials, über den hier geschrieben wird", erwiderte sie mit einem Lächeln. Allzugern wollte sie mit ihrem neuen Ehemann wieder auf eine freundschaftliche Ebene der Kommunikation gelangen. „Ein Abenteuerheld wie er im Buch steht, auch wenn die Regierung ihn, wie erwartet, natürlich nicht in diesem Licht betrachtet. Habt Ihr von ihm gehört?"

Zu ihrer Enttäuschung zog sich Marcus hinter seine eigene Zeitung zurück. „Aber ja, wir alle haben natürlich von ihm gehört", sagte er abwesend. „Der Bursche geht alle paar Monate auf Diebeszüge, und plötzlich ist er eine Legende. Ich weiß einfach nicht, was der ganze Wirbel soll. London ist schließlich voll von Dieben, und er ist nur einer davon."

„Das stimmt wohl nicht ganz, wenn man diesem Artikel glauben darf!", rief Quinn verwirrt und verletzt, weil Marcus sich zurückzog. „Er gibt das, was er stiehlt, den Armen, was der Durchschnittsdieb wohl kaum tut. Und dann diese Visitenkarten, die er hinterlässt, als ob er jemanden dazu herausfordern will, ihn zu fassen. Er klingt für mich äußerst ungewöhnlich."

„Findet Ihr?" Marcus ließ seine Zeitung sinken, um sie einen langen Moment anzusehen. Dann wurde sein Tonfall wieder gelangweilt. „Die Damen scheinen alle fasziniert von ihm zu sein, wenn ich recht darüber nachdenke. Ich persönlich habe eher den Verdacht, dass die Zeitungen die Wahrheit aufbauschen, um mehr Exemplare zu verkaufen. Legenden eignen sich hervorragend für gute Geschichten."

Quinn fühlte einen stechenden Anflug von Enttäuschung, aber ob es daran lag, dass sich Marcus weiterhin gleichgültig zeigte oder an dem Gedanken, dass der Heilige vielleicht gar kein so großer Held war, vermochte sie nicht zu sagen. „Ja, wahrscheinlich habt Ihr recht, es wäre aber trotzdem schade", gab sie zu.

Mit einem weiteren Seufzen blätterte sie den Rest der Zeitung durch, fand aber nichts, was sie sonderlich interessierte – bis ihr Blick auf eine Sparte auf der letzten Seite fiel, die den Titel "Schiffsnachrichten" trug. Aufgelistet waren Daten, an denen die Schiffe von den Londoner Docks und anderen englischen Häfen ablegten.

Ein kurzer Blick zu Marcus versicherte ihr, dass er noch immer in seine Zeitung vertieft war, sodass sie die Liste schnell überflog. Das einzige Schiff, das diese Woche nach Baltimore aufbrach, legte offenbar in Liverpool ab. Aber es würde noch andere geben. Sie würde die Rubrik regelmäßig lesen, bis sie ein Schiff fand, das von London aus ablegte. Und vielleicht wäre sie an Bord.

Mit einem vorgetäuschten Gähnen erhob sie sich. „Wenn es Euch nichts ausmacht, werde ich in mein Zimmer hinaufgehen und ein paar Briefe schreiben. Vielleicht werde ich auch über eine geeignete Umdekorierung nachdenken."

„Wie Ihr wünscht." Er schien kein bisschen zu zögern, sie gehen zu lassen. „Ich gehe vielleicht kurz aus. Abendessen heute wieder um sechs?"

„Sechs ist ausgezeichnet." Sie stand einen Moment lang da und fragte sich, ob sie etwas sagen sollte, damit er sie wieder richtig wahrnahm. Aber nein, so wäre es sicherer.

Als sie die Treppe hinaufging, fragte sie sich, ob sie seine Freundlichkeit – und die Leidenschaft – die sie am Vorabend kurz geteilt hatten, nur geträumt hatte.

Marcus wartete, bis Quinns Schritte oben auf der Treppe verklungen waren, bevor er über den Tisch nach der Zeitung griff, die sie gelesen hatte. Er hoffte, dass er nichts gesagt hatte, was ihren Verdacht wecken könnte, aber mit der Erwähnung des Heiligen von Seven Dials hatte sie ihn auf dem falschen Fuß erwischt. Schnell fand er den Artikel und las ihn durch. Als er bei Sir Nathaniels Zitat angelangt war, musste er lachen.

„Sieht so aus, als hätte ich Luke aus der Klemme geholfen", murmelte er vor sich hin. „Vielleicht ein weiterer Streifzug, nur um es zu besiegeln." Das erinnerte ihn daran, dass Gobby heute eintreffen würde, um seine neue Arbeit anzutreten und dass er noch immer mit dem obersten Stallmeister darüber sprechen musste. Er machte sich auf den Weg zu den Ställen.

Als er in Gedanken noch einmal das durchging, was er gestern Abend von Tig erfahren hatte, erkannte er, dass es noch etwas anderes gab, das Gobby für ihn tun könnte – etwas, das andere Jungen davor bewahrte, das gleiche Schicksal zu erleiden, dem Tig gerade noch entkommen war. Noch entschlossener ging er durch den Küchengarten und durch das Hintertor, um mit dem Stallmeister zu reden.

„Das ist richtig", sagte er ein paar Minuten später zu Gobby. Der Junge hatte sich bereits an den Stallungen herumgedrückt und auf ihn gewartet, als er heraustrat. „Du hast eine Arbeitsstelle, Stallbursche. Es liegt an dir, dich zum Meister hochzuarbeiten."

Gobby grinste breit. „Das werde ich, Mylord. Wartet nur ab!"

Marcus nickte ermutigend. „Da bin ich mir ganz sicher. Aber bevor du anfängst, möchte ich, dass du die anderen bittest, herauszufinden, wer die Verbündeten von Mr. Jarrett sind und wo sie wohnen."

Die Zeitungen, die er am Samstagabend gekauft hatte, hatten leider nur verraten, wie Tigs Entführer hieß.

„Jawohl, Mylord, das kann ich mache'", stimmte Gobby begeistert zu. „Ich schätze, die könne' es Euch schon heute Abend sage'."

Obwohl er über die Begeisterung des Burschen schmunzeln musste, legte ihm Marcus bändigend eine Hand auf die Schulter. „Es besteht keine Eile, jetzt, wo Tig in Sicherheit ist. Sag ihnen, dass sie sich nicht erwischen lassen sollen. Beschattet ihn einfach ein paar Tage, erfahrt mehr über seine Angewohnheiten, seine Freunde, und dann erstattet mir Bericht. Von da an übernehme ich die Sache."

Gobby nickte eifrig, wobei ihm eine rote Strähne ins Auge fiel. „Ich werde es ihne' gleich sage', Mylord. Sie könne' Euch dann über mich Bescheid gebe'."

„Genauso hatte ich mir das gedacht. Und nun fort mit dir. Und nimm ihnen das hier mit." Marcus reichte ihm einen Fleischkuchen, den er auf dem Weg hinaus in den Garten aus der Küche stibitzt hatte. „Melde dich bei Mr. Peters, wenn du zurückkommst. Er sagt dir, was du zu tun hast und wo du schlafen kannst."

Grinsend nahm der Junge einen großen Bissen von dem Kuchen und ging die Straße hinunter. Marcus blickte ihm einen Moment lang nach und hoffte, dass er nicht irgendeinen der anderen Jungen in Gefahr brachte. Aber nein, diese Burschen setzten sich tagtäglich schlimmeren Risiken aus. Und er versuchte lediglich, eins dieser Risiken zu eliminieren. Wenn das einmal geschafft war, würde er sich vielleicht einem neuen widmen. Und zumindest Gobby sollte nun auf jeden Fall in Sicherheit sein.

Als er sich wieder zum Haus umwandte, wurde ihm bewusst, dass er plante, auch weiterhin als Heiliger von Seven Dials zu agieren, obwohl Lukes Name offenbar nicht mehr unter Verdacht stand. Aber warum auch nicht? Die Jungen brauchten ihn ganz offensichtlich, und bisher stellte seine Ehe kein besonderes Hindernis dar. Sogar weniger als er gehofft hatte, aber er war fest entschlossen, das zu ändern.

Als er alles bedacht hatte, musste er zugeben, dass sein Leben weitaus interessanter geworden war, als es noch vor einer Woche gewesen war.

QUINN LEGTE SEUFZEND die Feder ab. Sie hatte einen Brief an ihren Bruder geschrieben, um ihn über ihre Eheschließung zu informieren. Sie hatte auch diverse Vorschläge über Veränderungen ihrer Tee- und Gewürzrouten gemacht, denen Informationen zu Grunde lagen, die sie in den Londoner Zeitungen gelesen hatte. Charles würde ihren Rat wahrscheinlich ignorieren, aber sie fühlte sich verpflichtet, es zumindest zu versuchen. Es war alles, was sie derzeit für den Betrieb tun konnte, der in den letzten paar Jahren in ihrem Leben die Hauptrolle gespielt hatte.

„Verdammt!" Der undamenhafte Ausruf entfuhr ihr, als eine Träne auf den fertigen Brief hinabfiel und ihre Unterschrift verwischte. Schnell streute sie Sand darüber, bevor die Tinte verlaufen konnte.

Sie faltete den Brief zusammen, legte ihn beiseite, um ihn später abzusenden und schaute sich nach etwas anderem um, was sie tun könnte. Sie wollte Marcus jetzt noch nicht wieder gegenübertreten. Aus ihrem Pompadour zog sie ein Taschentuch hervor, um ihre Nase und Wange zu betupfen und bemerkte dabei die zusammengefalteten Flugblätter, die sie am Morgen nach der Kirche von der Bibelgruppe bekommen hatte. In der ersten ging es um Abstinenz, die zweite war eine Abhandlung über die Notwendigkeit, täglich in der Bibel zu lesen. Aber es war die dritte, die schließlich ihre Aufmerksamkeit weckte.

Ein Mr. Throgmorton, der den Lehren von William Wilberforce und Hannah More folgte, bat um Spenden für die Errichtung einer Jungenschule in den Armenvierteln von London. Die Broschüre beschrieb die Vorteile, die Reiche haben sollten, wenn sie obdachlose, arme Jungen von der Straße holten und sie für nützliche Aufgaben ausbildeten. Die Schrift endete mit der Information, wohin man das Geld senden sollte.

Quinn nahm wieder ihre Feder zur Hand und begann einen neuen Brief.

SEHR VEREHRTER MR. THROGMORTON,

WENN IHR ES in Betracht zieht, eine Mädchenschule ebenso wie eine Jungenschule zu errichten und sie in der Nähe des Londoner West Ends eröffnet, könnte ich in der Lage sein, einen großen Teil der nötigen Summe beizusteuern. Ich habe beobachtet, dass die verwaisten, obdachlosen Mädchen ebenso arm sind wie ihre Brüder und würde gern etwas unternehmen, um ihr Schicksal zu verbessern.

WIE SOLLTE sie nur eine Antwort erhalten, ohne ihre Identität preiszugeben? Ah!

IHR KÖNNT mir eine Nachricht im Grillon's Hotel hinterlassen.

—EINE MITFÜHLENDE DAME

BEVOR SIE ES sich anders überlegen konnte, faltete und adressierte sie den Brief ebenfalls und läutete nach einem Dienstmädchen. „Bitte sorge dafür, dass einer der Diener diese sofort zur Post bringt", sagte sie. Das Mädchen nahm die Briefe, knickste und ging davon. Bestärkt in dieser neuen Aufgabe, die sich ihr bot, ging Quinn hinunter, um nach ihrem Mann zu suchen.

～

MARCUS SCHAUTE von seinem Buch auf und lächelte, als Quinn in der Bibliothek erschien. Allein ihr Anblick ließ seinen Puls schneller schlagen.

„Herein, herein. Ihr müsst Euch nicht dort herumdrücken – Ihr könnt Euch gern zu mir gesellen."

Mit einem unsicheren Lächeln, das sein Herz erweichte, trat sie ein und setzte sich. „Störe ich Euch nicht?"

„Überhaupt nicht. Ich habe mir nur die Zeit mit einem Buch vertrieben, aber eine Unterhaltung mit Euch ist weitaus angenehmer. Vielleicht können wir ja besprechen, was Ihr in London als Erstes unternehmen wollt."

„Oh! Dann wollt Ihr mir also doch noch immer alles zeigen?"

Ihre Überraschung überraschte wiederum ihn. „Natürlich. Habt Ihr etwa geglaubt, ich würde mein Wort nicht halten? Das ist nicht mein Stil, das kann ich Euch versichern." Dass sie etwas Derartiges von ihm denken konnte, nagte mehr an ihm, als er zugeben wollte.

„Nein, wohl … wohl nicht. Es war nur, dass … es spielt keine Rolle. Was schlagt Ihr denn als Erstes vor?"

Obwohl er zu gern erfahren hätte, was sie ursprünglich hatte sagen wollen, beantwortete er nur ihre Frage. „Ich habe in der Zeitung gelesen, dass am Mittwoch ein Ballon steigt. Daher dachte ich, wir sollten es uns ansehen. Morgen könnten wir den Tower und den Tiergarten besuchen, oder wir könnten die Exeter Exchange besuchen, um uns die Tiger dort anzusehen. Dann gäbe es noch die Elgin Marbles, wo wir uns griechische Marmorstatuen ansehen könnten oder vielleicht die Ägyptische Halle in Piccadilly."

Er freute sich darüber, dass ihr Gesicht sich aufhellte. „Ach du liebe Güte! Alles klingt sehr faszinierend. Was würdet Ihr denn gern unternehmen?"

„Ich will Euch unterhalten, Quinn, nicht mich", erinnerte er sie. „Ich habe Euch gesagt, dass ich es mir zu meiner ersten Aufgabe gemacht habe, Euch Vergnügen zu bereiten und neue Erfahrungen zu bieten."

Sie errötete, aber antwortete nicht; er unterdrückte ein Lächeln. Offensichtlich konnte sie ihren leidenschaftlichen Gute-Nacht-Kuss ebenso wenig vergessen wie er.

„In der Ägyptischen Halle war ich nicht mehr, seit Mr. Bullock Napoleons Kutsche und andere Schmuckstücke erworben hat", fuhr er fort. „Das allein schon ist einen Besuch wert, ebenso wie die anderen Ausstellungsstücke."

„Dann lasst uns hingehen", sagte sie und hob das Kinn, eindeutig entschlossen, ihre Verwirrung über seine vorherigen Worte zu verbergen. „Und den Tower vielleicht am Dienstag."

Marcus entspannte sich, denn er empfand wieder die Vertrautheit, die sie am Vorabend kurzzeitig aufgebaut hatten. Ein paar Stunden lang hatte er sich gefragt, ob es nur ein Versehen gewesen war, aber jetzt ...

„Es bleiben uns noch ein paar Stunden bis zum Abendessen. Vielleicht können wir uns ein wenig unterhalten", schlug er vor.

„Ja, sehr gern", erwiderte sie. „Erzählt mir mehr über den Heiligen von Seven Dials."

KAPITEL ELF

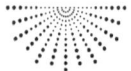

MARCUS ERSCHRAK, MIT EINEM MAL WAR JEGLICHE ENTSPANNUNG verflogen. „Warum?", fragte er vorsichtig.

„Es scheint mir eine interessante Geschichte zum Zeitvertreib zu sein", erwiderte sie mit einem leichten Schulterzucken. „Aber wenn Ihr nicht möchtet …"

„Nein, nein, es macht mir nichts aus." Wie viel sollte er ihr erzählen? Nur das, was die Öffentlichkeit wusste natürlich. „Ihr habt das Wichtigste, glaube ich, schon in der Zeitung gelesen."

Ihr Stirnrunzeln erinnerte ihn daran, dass sie nicht wusste, dass auch er den Artikel gelesen hatte. „Aber es gibt doch sicherlich noch mehr? Einzelheiten, für die kein Platz war – die Dinge, die die meisten Menschen wissen, denen ich begegnen werde."

Sie wollte einfach nur besser informiert sein, bevor sie die oberen Zehntausend traf, stellte er nun erleichtert fest. „Ja, ja, selbstverständlich. Lasst mich überlegen. Er wurde vor etwa fünf Jahren berühmt, wenn ich mich richtig erinnere. Wenn ich genauer darüber nachdenke, glaube ich es war kurz nachdem ich Oxford verlassen habe." Das allein würde nicht auf Luke hindeuten – oder auf ihn selbst.

„Was unterschied ihn denn von anderen Dieben? Seine Visitenkarten?"

„Und seine Methoden. Er wurde für seine Dreistigkeit berühmt, denn er schlug mitten auf überfüllten Festen zu, oder im Schutz der Nacht, wenn die ganze Familie zu Hause war."

„Wie fürchterlich für diese Menschen!", rief sie und beugte sich eher interessiert als ängstlich vor.

„Er hat nie jemanden dabei verletzt", versicherte ihr Marcus schnell. „Er wurde sogar nie jemals gesehen."

Ihm fiel eine seiner Lieblingsgeschichten aus der Zeit ein, bevor er wusste, wer der Heilige wirklich war. „Ich erinnere mich, dass er einmal ein ganzes Geschmeide, ein Collier *und* Ohrringe gestohlen hat, während Lady Jersey sie getragen hat – auf ihrem eigenen Ball. Außerdem ist eine beachtliche Menge an Geschirr, mehr als ein Mann eigentlich tragen kann, in derselben Nacht verschwunden. Es war, als wäre er unsichtbar, er kam und ging ohne jegliche Spuren zu hinterlassen – außer seiner Visitenkarte natürlich."

„Und wie sieht diese aus?"

Er rutschte unbehaglich in seinem Stuhl herum. Er hatte sein Urteilsvermögen von seiner Begeisterung übermannen lassen. Wenn sie die Karten finden würde, die er oben in seinem Schreibtisch aufbewahrte ... Er musste ein besseres Versteck dafür finden.

„Ich habe natürlich nie eine gesehen", sagte er ausweichend. „Irgendetwas mit 'Heiliger von Seven Dials', nehme ich an. Ich habe wohl nicht alle Artikel gründlich genug gelesen."

Unverzagt fragte sie weiter. „Und er gibt den Armen – ist das wahr? Woher weiß die Polizei davon?"

„Diese Gerüchte sind erst später aufgekommen, zunächst bei der Unterschicht, und dann wurde auch in den Zeitungen darüber geschrieben. Ich habe gehört, wie Bettler ehrfürchtig von ihm gesprochen haben, daher könnte es also durchaus stimmen." Er zuckte zusammen und hoffte, er hatte nicht zu viel gesagt.

Ihr schien es aber nicht aufzufallen. „Was für ein merkwürdiger Gedanke, dass er hier in London lebt – vielleicht ist er sogar selbst ein Adliger. Würdet Ihr nicht gern erfahren, wer er ist?"

„Warum sollte er ein Adliger sein? Das bezweifele ich stark." Er hoffte, dass sie nicht sah, wie sehr er bei diesem Gedanken erschrocken war.

„Aber um Zugang zu Gesellschaftsfesten zu bekommen ..." Sie hielt inne und betrachtete ihn neugierig. „Ihr mögt ihn nicht?"

Erst jetzt fiel ihm wieder ein, welche Rolle er ihr gegenüber spielen wollte. „Natürlich nicht. Wir zahlen genug Steuern, um den Armen zu helfen. Es ist viel besser, dass die Oberschicht auf diese Art ihren Beitrag leistet oder an gemeinnützige Stiftungen spendet, wenn man das tun möchte, anstatt einen Verbrecher zu unterstützen." Er versuchte, Roberts schulmeisterhaften Tonfall zu imitieren.

Sie lehnte sich, offensichtlich enttäuscht von ihm, zurück, aber er traute sich nicht, seine Worte zurückzunehmen. Sie kam der Wahrheit gefährlich nahe. „Ich verstehe. Jede Abweichung von den Anstandsformen, von der gängigen Art, die Dinge zu regeln, muss verurteilt werden."

„So habe ich das nicht gemeint." Genau genommen sah er es ganz anders, aber das durfte sie nicht ahnen. Besonders nicht, während sie über dieses Thema sprachen.

„Nein, nicht direkt. Aber das passt wunderbar zu dem, was ich bisher an Euch beobachtet habe. Es tut mir leid, dass ich das Thema angeschnitten habe. Ich überlasse es Euch, das nächste vorzuschlagen."

Er wollte den verurteilenden Blick aus ihren Augen vertreiben, um sie wieder zum Funkeln zu bringen, so wie vor einigen Momenten – so wie letzte Nacht. „Wie gut könnt Ihr reiten? Ich habe gedacht, dass Ihr vielleicht gern Euer eigenes Pferd hättet, jetzt, wo Ihr für immer in England lebt."

Die letzten Worte waren ein Fehler gewesen, denn sie zog sich sichtlich zurück. „Für immer. Ja, so ist es wohl. Aber ich würde gern mein eigenes Pferd auswählen, wenn es Euch nichts ausmacht."

„Keineswegs. Genau genommen wollte ich eben dies vorschlagen. Natürlich könnt Ihr mich nicht zu Tattersall begleiten, aber ich kann ein paar geeignete Reittiere herbringen lassen, die Ihr Euch anschauen könnt."

Nun erhellte sich ihre Miene wieder ein wenig. „Das … das wäre schön. Ist morgen Zeit dafür, nach der Ägyptischen Halle?"

„Ich glaube schon. Habt Ihr ein Reitkostüm? Ihr wollt sicherlich die unterschiedlichen Gangarten ausprobieren."

Sie sah ihn entsetzt an. Ihm gefiel, wie sehr sich ihre Gefühle auf ihrem Gesicht abzeichneten, denn so musste er nur selten raten, was sie empfand. „Ach. Nein, ich fürchte, ich habe noch keines."

„Das ist kein Problem", sagte er lebhaft, denn er wollte sie unbedingt wieder strahlen sehen. „Für einen Testritt sollte jedes beliebige Kleid genügen. Dann ist es also abgemacht. Ich gehe direkt morgen früh zu Tattersall, um für drei Uhr ein paar Pferde herzubestellen."

Zu seiner Freude lächelte sie wieder. „Und ich sehe die Kleider durch, die Lady Claridge für zu unkonventionell befunden hat, um sie in der Stadt zu tragen und erkundige mich, ob eins davon in ein Reitkostüm umgewandelt werden kann. Ich werde meine Zofe am besten sofort damit beauftragen. Bestimmt freut sie sich darüber, da sie bisher nur wenig zu tun hatte."

Mit diesen Worten erhob sie sich und eilte aus dem Raum. Auch wenn er sie nicht gern gehen ließ, war Marcus dankbar für eine Gelegenheit, seine Gedanken zu ordnen – und seinen widerspenstigen Körper unter Kontrolle zu bringen. Es war eine Gratwanderung, ihr Vertrauen und ihre Zuneigung zu gewinnen und sie gleichzeitig nicht von ihrer merkwürdigen Idee abzubringen, dass er spießig war.

Er konnte nicht leugnen, dass das Geheimnis des Heiligen sicherer war, wenn sie ihn für einen richtigen Langweiler hielt. Quinn war schlau und unberechenbar. Wenn sie sein Geheimnis erfahren würde, würde sie es vielleicht gegen ihn verwenden, um ihren Willen durchzusetzen – oder sogar dafür zu sorgen, dass er sie zurück nach Baltimore brachte. Es stand vielleicht das Schicksal mehrerer Personen auf dem Spiel.

Nein, so sehr er auch wollte, er konnte sie jetzt noch nichts von seinem wahren Charakter wissen lassen, nicht, solange er noch den Heiligen spielte. Aber wie lange das noch sein würde, das wusste er selbst nicht.

QUINN SCHAFFTE ES, sich bis zum Abendessen in ihrer Kammer herumzudrücken, indem sie sich Notizen zur neuen Einrichtung machte, auch wenn sie nicht vorhatte, zur Vollendung der Dekoration noch hier zu leben. Mit ein paar Stecknadeln und besonnenen Stichen hatte Monette bereits eins ihrer Kleider von zu Hause zu einer Art Reitkostüm umgewandelt; dabei entrüstete sie sich halb auf Französisch und halb auf Englisch über Lady Claridges Kommentare zu ihrer absolut modischen Garderobe.

Während sie sich besonders sorgfältig für das Abendessen einkleidete, fragte sich Quinn, warum sie sich überhaupt Mühe gab. Marcus war eindeutig der spießige Spielverderber, für den sie ihn ursprünglich gehalten hatte, trotz der kurzzeitigen Momente, in denen er interessante Konversation betrieb. Aber dennoch …

„Ja, die Locke muss nach vorne. Danke, Monette." In der Gewissheit, dass sie so gut wie möglich aussah, auch wenn sie nie eine Schönheit auf Gesellschaften sein würde, verließ sie den Raum – und stieß mit Marcus im Flur zusammen.

„Oh, Entschuldigung!", rief sie. „Ich wollte nicht …"

Obwohl er sie festhielt und somit körperlich stabilisierte, war sein begleitendes Lächeln emotional alles andere als beruhigend. „Es ist nichts passiert, meine Liebe. Und nun wird mir die Ehre zuteil, Euch zum Abendessen nach unten zu geleiten. Ich wünschte, ich könnte behaupten, dass ich hier gestanden hätte, um genau darauf zu warten, aber es war nur ein Zufall, der uns zur gleichen Zeit zu diesem Fleckchen Teppich geführt hat."

Auch wenn seine Berührung an ihrem Arm ihren ganzen Körper kribbeln ließ, blickte sie ihm in die Augen, die sich an den Winkeln vor Belustigung – und vielleicht auch noch mehr – kräuselten. „Aber Ihr hättet es dennoch einfach behaupten sollen. Vielleicht braucht Ihr Unterricht darin, wie man eine Dame umwirbt, Mylord."

„Gut möglich", sagte er mit einem Grinsen über ihre Neckerei. „Würdet Ihr mich beim Abendessen gern darin unterweisen?"

„Ich?" Sie spürte, wie sie rot wurde. Wie konnte ein so biederer Mann nur einen solch … *unangemessenen* Effekt auf sie haben? „Ich bin keine Expertin, das kann ich Euch versichern. Soziale Neckereien sind in Amerika nicht so eine hohe Kunst wie hier."

„Dann können wir diese Kunst vielleicht gemeinsam erlernen", schlug er vor und hielt ihr seinen Arm hin.

Sie hakte sich ein und ignorierte entschlossen den angenehmen Adrenalinstoß, der sich bei dieser Berührung bei ihr einstellte. „Sollen wir uns beim Abendessen etwa gegenseitig schmeicheln? Das würde ganz schnell absurd werden."

Er zuckte die Schultern. „Ein wenig Absurdität hat noch nie jemandem geschadet."

Diese Philosophie schien nicht zu dem zu passen, was sie bisher von ihm kennengelernt hatte, aber sie sah keinen Sinn darin, das anzumerken. Vielleicht versuchte er um ihretwillen seine Lebensauffassung ein wenig zu lockern. „Da bin ich zufällig der gleichen Meinung", erwiderte sie, als sie zum Esszimmer hinuntergingen. „Einen Sinn für Humor zu haben, kann zuweilen recht hilfreich sein, habe ich festgestellt."

„Habt Ihr das? Dann könnt Ihr mir vielleicht dabei helfen, mir ebenfalls einen anzuschaffen."

Machte er sich etwa über sie lustig? Obwohl seine Augen noch immer funkelten, war sie sich nicht sicher. „Ihr würdet sicherlich von einer Portion Humor profitieren, daher werde ich mein Bestes tun." Sie lächelte zu ihm auf, als er ihr den Stuhl zurechtrückte, damit er ihre Worte nicht als Kritik auffasste – auch wenn sie das in Wirklichkeit waren.

Marcus setzte sich nun auch hin und bedeutete dem bereitstehenden Diener, dass er mit dem Servieren beginnen konnte. „Wie schlagt Ihr vor, zu beginnen? Soll ich erst lernen, über andere zu lachen oder über mich selbst?"

„Man muss die Gelegenheiten beim Schopf packen, die sich einem bieten." Fast hätte sie schon wieder "Mylord" hinzugefügt, aber hielt sich davon ab, da es ihn verärgern könnte. „Man muss der Komik mancher Momente nur offen gegenüberstehen, die sich in so vielen Situationen verbirgt."

Er begegnete ihrem Blick und hielt diesem stand. „So wie die unsere?"

Sie nickte, obwohl ihr Herz mit einem Mal schneller schlug. „Erstklassiger Stoff für eine Komödie, findet Ihr nicht? Ein Mann und eine Frau, verbunden fürs Leben, die sich vorher nicht einmal eine Woche kannten?"

„Den Möglichkeiten sind keine Grenzen gesetzt", stimmte er zu, obwohl sie bei seinem Gesichtsausdruck nicht sicher wusste, ob er sich damit auf die erwähnte Komödie bezog. „Ihr habt recht – und diese Möglichkeiten sollten wir erkunden."

Irgendwie hatte er es schon wieder geschafft. Noch eine Minute zuvor hatte sie geglaubt, die Kontrolle über die Unterhaltung zu haben, aber nun hatte er sie schon wieder außer Rand und Band gebracht. Nein, er brauchte wirklich keine Unterweisung darin, wie man flirtete, fiel ihr auf. Sie war es, die lächerlich unerfahren in diesem Spiel war.

„Die Fischsuppe ist ausgezeichnet", merkte sie an und beendete damit abrupt die Neckereien. „Ich muss Mrs. MacKay unbedingt dafür loben."

Einer seiner Mundwinkel hob sich, denn ihm fiel auf, dass sie sich aus dem Wortgefecht zurückzog und er die erste Runde gewonnen hatte. Kurzzeitig war sie völlig fasziniert von seinem Mund, der so beweglich, so maskulin war. Dann sprach er weiter.

„Ist es nicht merkwürdig, wie Menschen oft das Offensichtliche ignorieren und sich auf das Belanglose konzentrieren? Ist das auch ein Beispiel von Absurdität?"

Sie nahm wieder all ihren Mut zusammen und antwortete: „Aber zweifelsohne. Zum Beispiel, wenn eine Dame mit einer riesigen, hässlichen Haube auftaucht und alle erwähnen nur, wie gut ihr die Farbe des Kleides steht."

„Und je größer die 'Haube', desto größer die Absurdität, nehme ich an."

Sie wusste, dass er sich auf ihre eigenen Umstände bezog und dass es ihn amüsierte, dass sie es nicht anerkannte, aber sie sagte nur: „Genau. Als stünde ein Zugpferd mitten im Salon, und jeder bemüht sich nach allen Kräften es zu ignorieren."

„Und dann die große Erleichterung, wenn man endlich dessen Existenz anerkennt und der lächerlichen Affektiertheit ein Ende setzt! Oder beweist das nur meinen Mangel an Humor?"

„Es ... es gibt immer einen Zeitpunkt, zu dem sich alle Komik einer Situation erschöpft hat", gab sie zu. „Und an diesem Punkt ist es zweifellos das Beste, wenn man ehrlich mit der Situation umgeht."

Er lächelte sie direkt an. „Ich bin erfreut, dass Ihr das sagt."

Der Diener trat wieder ein, um die Suppe abzuräumen und den Fasanenbraten zu servieren. Quinn bekam so die willkommene Gelegenheit, ihre vorübergehend abhanden gekommene Schlagfertigkeit wieder herzustellen. Um ein sichereres Thema anzuschneiden, erkundigte sie sich, um wie viel Uhr er am nächsten Morgen zu Tattersall fahren wollte.

„Direkt nach dem Frühstück, denke ich", antwortete er, offenbar bereit, das Wortspiel einzustellen. „Werdet Ihr am Mittag bereit sein, die Ägyptische Halle zu besuchen?"

Während des restlichen Abendessens beschäftigten sie sich mit Themen wie Vergnügungsmöglichkeiten in der Stadt und anderen Teilen Englands, die er ihr gern eines Tages zeigen wollte und blieben somit auf sicherem Terrain. Obwohl Quinn wusste, dass sie beide bewusst – auf absurde Weise – versuchten, das Zugpferd im Salon zu ignorieren, beschloss sie, dass sie dies für den Moment sogar bevorzugte.

Zumindest bis sie endgültig entschieden hatte, was sie mit Marcus anfangen wollte. Mit ihrer Ehe. Mit ihrer Zukunft.

Als er am Ende des Abendessens wieder vorschlug, ihn in die Bibliothek zu begleiten, lehnte Quinn feige ab und täuschte Müdigkeit vor, die sie in Wahrheit nicht empfand. Jeder Moment in Marcus' Gegenwart schien sich stärker auf ihre Sinne auszuwirken, riss Barrieren nieder, die sie unbedingt aufrecht erhalten wollte. Sie brauchte Zeit allein, um sie erneut aufzurichten.

Obwohl sein Lächeln wissend war, akzeptierte er ihre Ausrede und wünschte ihr eine gute Nacht. „Ihr müsst natürlich gut ausgeruht sein für unsere morgigen Aktivitäten. Ich denke, es wird ein voller Tag – und Abend."

„Abend?", quietschte sie beinahe. Ja, sie musste so schnell fort von ihm wie möglich.

„Habe ich es Euch noch nicht erzählt? Wir sind zu einem Kartenabend bei Lord und Lady Tinsdale eingeladen. Natürlich müssen wir nicht hingehen, wenn es Euch nicht beliebt."

„Ach!" Sie entspannte sich etwas. „Ich habe keinerlei Einwände, obwohl ich nicht oft Karten spiele. Sind die Einsätze üblicherweise hoch?" Ob sie so Geld für die Mädchenschule aufbringen könnte?

„Das hängt im Allgemeinen vom Tisch ab, so dass man den für sich richtigen Schwierigkeitsgrad finden kann. Aber Ihr seid müde, habt Ihr gesagt. Wir können morgen darüber sprechen. Soll ich Euch zu Eurer Kammer bringen?"

Das beinahe geschehene Desaster vom Vorabend fiel ihr wieder ein, und sie wusste, dass sie bei dieser Erinnerung errötete. „Nein! Das ist nicht nötig. Ich ... ich überlasse Euch Eurem Brandy."

Sie merkte, dass er ein Lächeln unterdrückte. „Nun gut. Bis morgen, meine Liebe." Langsam führte er ihre Hand an seine Lippen, drehte diese dann im letzten Moment und drückte einen langen Kuss auf die Innenseite ihres Handgelenks.

Sie musste sich bemühen, ihre Hand nicht wegzuziehen, so intensiv war die Empfindung, die sie durchlief, als seine Lippen eine Stelle berührten, von der sie nicht einmal gewusst hatte, dass sie so sensibel war. Dann strömten Flammen durch sie hindurch, in andere Körperregionen, und sie musste sich beherrschen, nicht näher an ihn heranzutreten. Als er endlich ihre Hand losließ, war sie außer Atem.

„B... bis morgen." Obwohl sie ihren Kopf hoch erhoben hielt und darauf achtete, nicht zu schnell fortzugehen, wusste sie, dass es genauso offensichtlich für ihn wie für sie war, dass sie die Flucht ergriff.

Aber ob vor seiner oder ihrer eigenen Begierde, das vermochte sie nicht zu sagen.

QUINN WAR am nächsten Morgen vorzeitig wach, denn obwohl sie eine unruhige Nacht hinter sich hatte, war sie lächerlich früh zu Bett gegangen. Aber als sie ins Esszimmer kam, wurde ihr mitgeteilt, dass Marcus bereits gefrühstückt hatte und ausgegangen war. Er wäre bis zum Mittag wieder zurück.

Zweifellos war er einer von der Sorte, die mit einer Eistellung von „Morgenstund' hat Gold im Mund", von den Moralisten so sehr bewundert wurden, dachte sie, als sie sich zu ihrem einsamen Frühstück niederließ. Was nur gut war, wie sie sich einredete, wobei sie einen Anflug von Enttäuschung zu bekämpfen versuchte. Hatte sie sich nicht verärgert darüber ausgelassen, dass ein Großteil der Oberschicht offenbar pflegte, zu lange aufzubleiben?

Sie aß schnell und begab sich dann auf die Suche nach Polly, um sich zu vergewissern, dass sie sich gut in den Haushalt einlebte. Das Mädchen schrubbte in der Küche Töpfe und sah fröhlicher – und sauberer – aus als jemals zuvor.

„Ja, es ist viel Arbeit, Mylady", antwortete sie auf Quinns diesbezügliche Frage, „aber ehrlich' Arbeit und eine gerecht' Bezahlung. Niemand tut mich hier schlage' – obwohl ich nich' weiß, ob ich mich damit anfreunde' kann, so oft zu bade', wie Mrs. Walsh es will."

Quinn verbarg ein Grinsen. „Daran gewöhnst du dich ganz schnell", versprach sie. „Vielleicht gefällt es dir am Ende ja sogar, sauber zu sein. Wenn du auf Mrs. Walsh hörst, habe ich keinen Zweifel daran, dass sie bald angenehmere Arbeiten für dich findet. Vielleicht wirst du ja bald zur Kammermagd befördert."

„Glaubt Ihr das wirklich, Mylady?" Polly gefiel die Idee eindeutig. „Ihr habt mir eine so seltene Chance gegebe', das ist klar. Ich wünscht', Annie und die andere' würde' auch so eine Chance bekomme'."

„Ist Annie auch eins von Mr. Twitchells ... Mädchen?" Quinn beschloss, dass es wohl das Beste wäre, die Aktivitäten der Mädchen nicht direkt auszusprechen, wenn so viele Bedienstete in Hörweite waren.

Polly nickte. „Sie ist diejenige, die mir gesagt hat, es wär' nicht so schlimm, aber ich hab' sie weine' sehe'. Und manchmal kommt sie mit blaue' Flecke' zurück, die nich' von Twitchell stamme'."

Quinns Entschlossenheit, etwas für diese armen, unglücklichen Mädchen zu tun, festigte sich zunehmend. „Ich kann nicht glauben, dass es so viele Männer gibt, die dafür zahlen, junge Mädchen zu missbrauchen", flüsterte sie und erinnerte sich dann daran, was diese widerwärtige Frau Sally bei ihrem angsteinflößenden Erlebnis im Scarlet Hawk zu diesem Thema gesagt hatte.

„Oh, aber sicher, die gibt's, Mylady", versicherte ihr Polly ebenfalls. „Über einige wärt sogar Ihr überrascht – richtig schicke Männer."

„Du meinst richtige Herren?" Sie war sich nicht sicher, warum ihr das so viel schlimmer vorkam, aber das tat es.

Wieder nickte Polly. „Einige Mädche' habe' daran gearbeitet, die Favoritinnen der Edelmänner zu werde'. Sie zahle' besser, auch wenn sie genauso bösartig sein könne'."

Ein oder zwei Küchenbedienstete schienen vom Flüstern neugierig geworden zu sein, daher seufzte Quinn nur, statt ihre Meinung zu äußern. „Hast du deinen Bruder gesehen?", fragte sie stattdessen. „Mrs. Walsh wollte sich nach einer Arbeit in den Ställen für ihn umsehen."

„Oh, ja, Mylady! Er hat gestern Abend angefange'. Und ganz begeistert ist er noch dazu – er war schon immer verrückt nach Pferde' gewese'."

„Ich freue mich, das zu hören." Und das stimmte auch. Nun waren zwei Kinder sicher vor dem bösartigen Mr. Twitchell. „Bitte lass es mich oder Mrs. Walsh wissen, falls einer von euch etwas braucht, in Ordnung?"

„Ja, das tun wir. Und danke, Mylady." Polly vollführte einen Knicks und widmete sich wieder ihren Töpfen und Pfannen.

Quinn verließ die Küche gedankenverloren. Ihre Erleichterung darüber, Polly und Gobby gerettet zu haben, wurde von der Wut über die anderen Dinge gedämpft, die sie eben erfahren hatte. Ja, es war *tatsächlich* schlimmer, wenn so genannte Herren sich an jungen Mädchen vergingen, die fast noch Kinder waren. Wenn sie die englische Hierarchie richtig verstand, dann sollten diese Männer aufgrund ihrer gehobenen Position in der Gesellschaft ein Beispiel für das niedergestellte Volk sein.

Vielleicht war es an der Zeit, dass jemand sie daran erinnerte. Während sie die Treppe zu ihrer Kammer hinaufging, nahm ein Plan immer mehr an Gestalt an – einer, der diese lasterhaften "Herren" gottesfürchtig machen und gleichzeitig eine Schule finanzieren würde, die die armen Mädchen für immer aus ihren Klauen befreite.

„DAS WAR ÜBERAUS UNTERHALTSAM, und lehrreich noch dazu", sagte Quinn, als sie die Ägyptische Halle am Nachmittag verließen. „Danke, dass Ihr mich hierhergebracht habt … Marcus."

Marcus lächelte zu seiner Braut hinab, zufrieden darüber, dass sie ihn wieder mit seinem Vornamen ansprach. Sie hatte ihn mit ihrem Wissen über die ausgestellten Artefakte überrascht. Er hatte angenommen, dass die amerikanische Schulbildung von Frauen ihres Rangs nicht so gut wäre wie die einer Engländerin, aber offenbar war das nicht der Fall.

„Gern Geschehen, Quinn. Es war ein Vergnügen, das ich ebenso genossen habe wie Ihr. Da sich mir die Gelegenheit nie bot, Napoleons Truppen selbst zu bekämpfen, habe ich zugegebenermaßen aus der Ferne eine Faszination für den Korsen entwickelt. Und dieser Teil der Ausstellung war für mich allein schon den Eintrittspreis wert.

„Ich bin froh, dass Ihr den Nachmittag nicht als Zeitverschwendung empfindet, nachdem Ihr schon den ganzen Morgen lang Dinge für mich erledigt habt." Sie sah wirklich glücklich aus, wie er fand – so glücklich wie bisher noch nie. Und er hätte sie gern noch glücklicher gesehen.

„Der Morgen war ebenfalls keine Zeitverschwendung; da stimmt Ihr mir hoffentlich später zu, wenn Ihr die Tiere seht, die ich ausgesucht habe. Wir sollten uns auf den Weg machen, denn sie kommen um drei Uhr an, und bis dahin haben wir nicht mehr viel Zeit." Er half Ihr in den Phaeton, stieg neben ihr auf und trieb die Pferde für den Weg nach Hause an.

Nach Hause.

Es war merkwürdig, aber dieses Wort schien passender als jemals zuvor, als er sich das Haus noch mit Peter und Anthony geteilt hatte. Warum nur? Es war schließlich nicht so, als hätte Quinn Zeit gehabt, das Haus auf irgendeine Weise mit weiblichen Charme zu verbessern.

„Habt Ihr Euch schon Gedanken darüber gemacht, wie Ihr Euer Zimmer dekorieren wollt?", fragte er.

Die Frage schien sie zu überraschen, aber sie antwortete bereitwillig. „Ja, in der Tat habe ich mir dazu gestern ein paar Notizen gemacht."

„Das also habt Ihr vor dem Abendessen getan." Er konnte sich nicht davon abhalten, sie ein wenig zu necken, obwohl es offensichtlich war, dass sie in ihrem Zimmer geblieben war, um ihm aus dem Weg zu gehen. Zumindest hatte sie die Zeit gut genutzt. Er hatte schon fast befürchtet, dass sie eine weitere Flucht plante.

Sie fuhren an der Albemarle Street und dem Grillon's Hotel vorbei, wo ein paar Bettler vor dem Eingang vertrieben wurden. „Was haltet Ihr von der Situation der Armen und Obdachlosen in London?", fragte Quinn und wechselte damit abrupt das Thema.

„Ich finde …" Diese Frage überraschte Ihn dermaßen, dass Marcus beinahe mit seiner ehrlichen Meinung herausgeplatzt wäre, dass man etwas tun müsste, um zu helfen, aber er konnte sich gerade noch rechtzeitig davon abhalten. „Es gibt unterschiedliche Organisationen, die versuchen, die Situation zu verbessern. Natürlich würde ich gern weniger davon sehen."

Quinn sah ihn stirnrunzelnd an. „Von den Organisationen oder von den Armen?"

„Von den Armen natürlich. Aber ich habe noch nicht viel darüber nachgedacht, um ehrlich zu sein." Er imitierte Roberts schulmeisterhaften Tonfall.

„Nein, wahrscheinlich nicht", sagte sie trocken. „Man sieht sie schließlich selten in Mayfair. Und wenn doch, dann werden sie ohne Zweifel aufgegriffen und in ihre gewohnte Umgebung zurückverfrachtet."

Er wusste, dass sie sich auf den Tag bezog, an dem sie sich kennengelernt hatten und auf die Jungen, mit denen er sich mittlerweile angefreundet hatte. Er bewegte sich auf dünnem Eis, daher sagte er nur: „Dort sind sie sicherer. Es ist weniger wahrscheinlich, dass sie dort der Polizei auffallen."

Ein Seitenblick verriet ihm, dass sie ihn mit Abneigung und Enttäuschung ansah, daher fügte er entgegen aller Vernunft hinzu: „Ihr sollt wissen, dass ich nicht vollkommen gefühllos bin, wie ihr anzunehmen schein. Meine Steuern helfen den Armen, und ich habe in der Vergangenheit schon desöfteren verschiedenen Organisation Geld gespendet."

„Gewiss."

Er brannte darauf, dieses heikle Thema zu beenden und da sie bereits auf die Grosvenor Street einbogen, wechselte er wieder zum vorherigen Gespräch über Pferde. „Ihr solltet gerade noch genügend Zeit haben, um Euch umzuziehen, bevor die Pferde eintreffen. Ihr habt gesagt, Eure Zofe habe etwas Passendes gefunden?"

Der Ärger verschwand aus ihrem ausdrucksstarken Gesicht. „Ja, sie konnte eins meiner Kleider in ein geeignetes Reitkostüm umwandeln. Soll ich die Pferde hier oder im Park testen?"

„Das liegt ganz bei Euch." Er seufzte vorsichtig vor Erleichterung, das potenziell konfliktgeladene Gespräch erfolgreich beendet zu haben und dass sie das Thema Pferde sogar wieder freudig aufleben ließ. Er hielt den Phaeton an und sprang ab, um ihr auf den Bürgersteig zu helfen.

„Ich fahre den Phaeton zu den Stallungen", erklärte er ihr. „Trefft mich dort, denn dorthin werden auch die Pferde gebracht."

Nickend und leichten Schrittes eilte sie ins Haus. Marcus blickte ihr nach und bewunderte ihre Figur von hinten, bevor er die beiden Pferde lächelnd wieder antrieb. Wenn sie doch nur zumindest Themen vermeiden könnten, die mit dem Heiligen zu tun hatten, würden sie sich ausgezeichnet verstehen. Und heute Abend vielleicht ...

Nein, so weit durfte er nicht denken. Im Augenblick reichte es aus, den Moment zu genießen.

Quinn erreichte die Stallungen, als die Männer von Tattersall gerade mit vier Pferden eintrafen. „Genau zum rechten Zeitpunkt, meine Liebe", begrüßte sie Marcus und drehte sich dann um, um die Tiere stirnrunzelnd zu begutachten. „Vier? Aber ich habe heute Morgen nur drei ausgewählt."

„Ja", sagte der Mann, mit dem er zuvor schon gesprochen hatte. „Dieses hier ist eingetroffen, als Ihr gerade gegangen wart. Sie ist zwar ein bisschen temperamentvoll, aber sie ist eine solche Schönheit, dass ich dachte, Eure Frau würde sie vielleicht auch gern sehen."

In der Tat hatte die zierliche braune Stute die klarsten Linien und den hübschesten Kopf, den Marcus je gesehen hatte, aber in ihren glänzenden braunen Augen lag ein Feuer, das ihren ungewöhnlichen Charakter bezeugte. Er drehte sich zu Quinn um, die die Stute gespannt betrachtete.

„Sie ist reizend – sie hat große Ähnlichkeit mit meiner Tempest zu Hause. Obwohl auch die anderen natürlich sehr hübsch sind", fügte sie hinzu, als ob sie Angst hätte, ihn zu beleidigen.

Er lachte. „Da wir uns nie über Eure Reitfähigkeiten unterhalten haben, habe ich das sanftmütigste Tier ausgesucht, das sie hatten ..." Er deutete auf den braunen Wallach. „Und ein paar andere, die ein wenig temperamentvoller erschienen. Schaut sie Euch alle in Ruhe an und entscheidet, welches Ihr zuerst ausprobieren wollt."

Quinn begutachtete gehorsam jedes einzelne Pferd. Der Braune stand gelassen da, als sie über seine Flanke strich, während der andere Wallach, ein hellerer Brauner, schnaubte, jedoch nicht scheute. Die graue Stute, die Marcus ausgesucht hatte, nickte nur mit dem Kopf.

Als Quinn sich der neuen braunen Stute näherte, wich sie einen Schritt seitwärts aus, warf dann ihren Kopf zurück und ihre blonde Mähne herum. „Ruhig!", sagte Quinn mit fester Stimme. Marcus' Augenbraue hob sich voller Anerkennung. Sie wusste offenbar, was sie tat.

Die Stute schien auf diesen autoritären Tonfall ebenfalls zu reagieren, denn sie beruhigte sich sichtlich, auch wenn ihre Augen noch immer wachsam waren. „Ist sie für den Seitensattel trainiert?", fragte Quinn den Mann, der das Tier hielt.

„Wir haben gerade mit dem Teil der Ausbildung angefangen", gab er zu. „Zweifellos bedarf es noch ein wenig Arbeit, Mylady. Wir hatten Probleme, sie hierher zu bekommen."

Die Stute legte die Ohren nach hinten an, als der Mann sprach, dann schwang sie den Kopf herum und zwickte ihn.

„Lass das!" Er hob seine Reitgerte, um ihr damit auf die empfindliche Nase zu schlagen, aber Quinn packte ihn am Arm, bevor er das tun konnte.

„Nein, nicht!", rief sie. „Es ist eindeutig, dass sie in der Vergangenheit misshandelt wurde. Mehr davon wird sie nur nervös machen. Hat sie einen Namen?"

Der Mann schüttelte den Kopf. „Der Herr, der sie uns verkauft hat, hat sie Zores genannt, aber ich denke, das war nur, weil sie sich nicht an seine Frau gewöhnte."

„Ich nenne sie Tempest, als Erinnerung an zu Hause."

Marcus trat vor, erschrocken über ihren bestimmten Tonfall. „Wollt Ihr sie nicht besser probereiten – und die anderen vielleicht auch – bevor Ihr ihr einen Namen gebt?" Er hatte vorher schon schwierige Pferde gesehen, und diese Stute sah wirklich nach einem guten Stück Arbeit aus, daran hatte er keinen Zweifel.

Aber Quinn lächelte ihn nur an. „Wenn Ihr darauf besteht."

Als die braune Stute gesattelt war, half Marcus ihr auf deren Rücken, und machte sich darauf gefasst, sie aufzufangen, falls das Tier sie abwerfen würde. Aber obwohl die Stute etwas unruhig tänzelte, bockte sie nicht.

„Wenn Ihr mich begleiten wollt, Mylord, schlage ich vor, dass wir sie in den Park reiten, damit ich die unterschiedlichen Gangarten ausprobieren kann."

In der nächsten halben Stunde bewies sich Quinn als ausgezeichnete Reiterin – eine der besten, die Marcus je gesehen hatte. Wann immer sich die temperamentvolle Stute nicht benehmen wollte, konnte sie sie mit einem Wort oder einer Berührung unter Kontrolle bringen, wobei sie weder von Reitgerte noch Sporen Gebrauch machen musste. Es war, als würde sie die Sprache des Pferdes sprechen.

Er beobachtete anerkennend, wie Quinn alle Gangarten ausprobierte und es schaffte, das, was schwierig sein musste, einfach aussehen zu lassen. Würde seine Braut niemals aufhören, ihn zu beeindrucken? Er hoffte nicht.

Als sie heimkehrten, kaufte er die Stute ohne Einwände für sie und gratulierte ihr zu ihrer Wahl, als die Männer von Tattersall gegangen waren.

„Ich muss zugeben, dass ich skeptisch war, aber Ihr und Tempest scheint wie füreinander geschaffen zu sein", sagte er, als sie das Haus betraten und nachdem sie nur zögernd ihre Stute in den Ställen zurückgelassen hatte. „Ich hoffe, sie macht London für Euch zu einem glücklicheren Ort."

Quinns Wangen waren noch immer vom Triumph und von der Anstrengung gerötet und Marcus fand, dass sie dadurch noch schöner aussah – so schwungvoll und lebendig. „Davon bin ich fest überzeugt. Danke."

Die Dankbarkeit, die in ihren Augen lag, schien echt zu sein. Es erregte ihn ganz unerwartet und noch viel mehr als die letzte halbe Stunde, in der er beeindruckt von ihrem Sitz im Sattel gewesen war.

„Es ist mir wirklich ein Vergnügen. Ich wünschte nur, ich wüsste noch andere Wege, Euch glücklich zu machen", sagte er und trat näher zu ihr hin.

Sie schaute zu ihm auf, wobei ihre grünen Augen sich weiteten. „Wenn mir etwas einfällt, lasse ich es Euch wissen." Ihre Stimme klang atemlos. Dann blinzelte sie und schaute sich in der Halle um. Der Diener, der ihnen die Tür geöffnet hatte, stand noch immer nur ein paar Meter entfernt.

„Sollen wir hinaufgehen, um uns vor dem Abendessen umzuziehen?", schlug Marcus vor, ohne seinen Blick von ihr abzuwenden. Als sie nickte, hielt er ihr seinen Arm hin, und sie hakte sich ein, wobei sie ihn immer noch ratlos anstarrte.

Als sie die Treppe hinaufgingen, sah er in ihren Augen, dass sie plötzlich verstand, was er vorhatte. Er sah keine Furcht darin, sondern eher freudige Erwartung auf eine weitere neue Erfahrung.

Er war fest entschlossen, sie nicht zu enttäuschen.

KAPITEL ZWÖLF

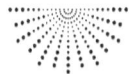

ALS SIE DEN OBEREN FLUR ERREICHT HATTEN, FÜHLTE SICH QUINN VERLOREN in einem schwindelerregenden Nebel. Es fühlte sich an, als hätte das Hochgefühl, wieder zu reiten ihr jeden rationalen Gedanken ausgetrieben und nur noch eine überwältigende Sensation der Sinne hinterlassen – und sie wollte mehr. Es war, als wäre sie in einer starken Strömung gefangen, von der sie nicht einmal gewusst hatte, dass sie existierte. Sie war auch nicht in der Lage, sich dieser zu widersetzen und wusste ebenso wenig, ob sie das überhaupt wollte.

„Mir fällt soeben ein, dass Ihr meine Kammer noch gar nicht gesehen habt", sagte Marcus heiser, als sie ihre Tür erreichten. „Würdet Ihr das gern?"

Sie konnte nur nicken, denn ihr Gehirn hatte sich offenbar ausgeschaltet und hatte ihren eigenwilligen Körper vorübergehend zum Befehlshaber über sie ernannt.

Ihre Hand lag noch immer auf seinem Arm, als Marcus seine Tür öffnete und sie hineingeleitete. Das Zimmer ähnelte ihrem nur in Bezug auf den maskulinen Einschlag. In Dunkelblau und Blassgrau hieß es sie willkommen, von den stark gepolsterten Sesseln über die exquisiten Landschaftsgemälde an der Wand ... bis hin zu dem großen Himmelbett am Fenster.

„Vielleicht entspricht das ja eher Eurem Geschmack als Anthonys Einrichtung?", fragte er leise und beobachtete sie.

„Ja. Ja, in der Tat", erwiderte sie seufzend. Aus irgendeinem Grund konnte sie ihren Blick nicht vom Bett abwenden. Würde er ...? Würden sie ...?

Leise schloss er die Tür und wandte sich dann zu ihr um. „Ich hätte gern noch eine weitere beeindruckende Erfahrung mit Euch", sagte er und fuhr mit einem Finger zärtlich über ihre Wange hinab. „Ich glaube, Ihr könntet sie ebenso beeindruckend finden."

Sie lenkte ihre Aufmerksamkeit weg vom Bett, um seinen Augen zu begegnen, und war sofort in dem tiefen Blau versunken. „Wie den Brandy?", flüsterte sie.

Sein Lächeln war zärtlich, wodurch sie sich unglaublich ermutigt fühlte. „Besser als Brandy." Es klang wie ein Versprechen.

Mit einem Gefühl von Unabänderlichkeit das fast greifbar in der Luft lag und vor dem sie machtlos kapitulierte, traf sie eine Entscheidung, von der sie wusste, dass es danach kein Zurück mehr geben würde – ein Schritt ins Unwiderrufliche. So hauchte sie schließlich: „Zeig es mir."

Eine Flamme entfachte in seinen Augen zu einem lodernden Feuer, und er senkte seinen Mund auf ihren, wobei er sie sanft an sich zog. Sie reagierte sofort darauf und war sich bewusst, dass sie für diesen Moment gelebt hatte, seit sie vorgestern Abend vor ihm geflohen war. Nein, seit dem Moment im Hafen. Mit einem Mal fühlte es sich an, als ob die dazwischenliegenden Tage nie stattgefunden hätten. Die gleiche Begierde, die sie ergriffen hatte, war nun mit vollster Wucht zurückgekehrt.

Als Ihr Verstand sie diesmal vor einer Torheit warnen wollte, achtete sie nicht darauf. Es war ihr gleich. Nichts in der Welt war in diesem Moment wichtiger. Wichtiger als das.

Seine Hände glitten ihren Rücken hinauf, öffneten die Haken ihres Kleides, einen nach dem anderen. Einen Moment lang stockte sie, zog sich fast von seinem Kuss zurück, aber er spürte es sofort. Seine Hände hielten in ihrer Bewegung inne, und er eroberte ihren Mund tiefer, erkundete ihn mit seiner Zunge. Sie schmiegte sich erneut an ihn, und als seine Finger wieder ihre Arbeit aufnahmen, protestierte sie diesmal nicht.

Er zog sich zurück, wenn auch nur geringfügig, um ihre Schläfen, ihre Ohren, ihren Hals zu küssen, während er geschickt ihr Kleid von den Schultern zog. Sie verlagerte ihr Gewicht ein wenig, um ihm zu helfen, und erst in diesem Moment fiel ihr auf, dass ihre eigenen Hände sich ihren Weg zu seinem breiten Rücken gebahnt hatten.

Sie musste ihn kurz loslassen, damit sie sich aus den Kleiderärmeln winden konnte, und dann waren ihre Hände wieder frei, um seinen Körper zu erkunden. Sein Mantel war modisch eng geschnitten, aber es gelang ihr, ihn abzunehmen, während er sich an den Schnüren ihres Korsetts zu schaffen machte. Seine Schalkrawatte war aber schwieriger, drohte, die Sache so zu verzögern, dass ihr Verstand beinahe wieder Gelegenheit bekommen hätte, sich einzuschalten.

Und wenn das geschehen würde, fürchtete sie, würde sie die Sache niemals durchziehen – und in diesem Moment wollte sie um alles in der Welt weitermachen.

Er gluckste belustigt, tief im Hals, über ihren Kampf mit der Krawatte. Dieser Laut vibrierte durch sie hindurch, stimulierte jedes ohnehin schon aufstehende Nervenende noch mehr. „Darf ich?", murmelte er an ihren Lippen und entledigte sich geschickt seiner Krawatte und seines Hemdes, augenscheinlich ohne große Schwierigkeiten.

Noch nie zuvor hatte sie die Gelegenheit, ihre Hände über einen männlichen nackten Oberkörper gleiten zu lassen, und diese neue Chance nutzte sie, erfreute sich an der samtigen Härte seiner Brust, Schultern und Arme, die an manchen Stellen von seinem groben dunklen Haar durchsetzt waren. Auf einmal verstand sie, was Künstler und Bildhauer dazu inspirierte, den männlichen Körper darzustellen. „Du bist so schön", flüsterte sie.

Wieder lachte er leise. „Sicherlich hätte ich diese Äußerung besser an Euch richten sollen?", merkte er an. „Aber danke. Ich glaube, das hat bis jetzt noch nie jemand zu mir gesagt."

Obwohl Quinn spürte, wie sie errötete, lächelte sie zu ihm auf, verwundert über ihre eigene Kühnheit. „Das hätte man aber tun sollen, denn es entspricht der Wahrheit." Männliche Schönheit war Neuland für sie, aber sie ging voll und ganz in dessen Erforschung auf.

Zu ihrer Überraschung errötete nun Marcus ein wenig. „Ich möchte dich genauso bewundern. Es wird Zeit, dass wir uns einander ohne weitere Vorbehalte öffnen."

Seine Worte hätten sie fast – fast – verängstigt, aber sie stimmte aus tiefsten Herzen zu. Sie half ihm dabei, die letzten Schnüre ihres Korsetts zu lockern und ihr Unterkleid abzustreifen. Ihre Finger zögerten leicht am Verschluss seiner Hose, aber dann half er ihr wieder, entledigte sich seines letzten Kleidungsstücks; nichts war mehr bedeckt. Endlich standen sie sich gegenüber, wie Gott sie erschaffen hatte.

„Nun kann ich mit tiefster Überzeugung sagen, dass auch du schön bist, meine verehrte Gemahlin."

Die Besitzergreifung in seinen Augen hätte sie stören sollen, aber stattdessen genoss sie es. „Und du sogar noch schöner, als ich gedacht hatte mein – mein verehrter Gemahl."

Sie stolperte über das Wort, aber natürlich entsprach es der Wahrheit. Er *war* ihr Gemahl, und es war falsch, ihn abzuweisen – ihm nicht zu gestatten, die Ehe auch körperlich zu vollziehen. Aber dennoch verängstigte sie der Anblick von ihm ohne Unterhose. Aus irgendeinem Grund hatte sie nicht geahnt, dass ...

Bevor sie den nervösen Gedanken zu Ende denken konnte, trat er auf sie zu, nahm sie in die Arme und hob sie hoch. Mit einem Mal fühlte sie sich winzig, umschlungen von seiner Kraft, was sie nur noch mehr erregte. Und dann legte er sie auf dem Bett ab, das sie soeben noch so fasziniert hatte.

„Ich will, dass du ganz und gar meine Frau wirst, nicht nur auf dem Papier", flüsterte er. „Aber ich tue nichts, was du nicht willst. Sag mir, was du willst, Quinn."

„Dich", erwiderte sie, wobei ihre Stimme in ihren eigenen Ohren merkwürdig und ungezügelt klang. „Du ... hast mir neue Erfahrungen versprochen."

„Und die sollst du haben."

Er kniete neben ihr auf dem Bett nieder und drückte sie an den Schultern sanft auf die Matratze. Quinn fühlte sich in dieser Position verletzlich, aber auch gespannt auf das, was vor ihr lag. Sie schaute zu ihm auf, beobachtete seinen Gesichtsausdruck, versuchte zu erraten, was er als Nächstes tun würde.

Seine Augen glitten über sie, als ob er jedes Detail an ihrem Körper im goldenen Licht des Nachmittags, das durch die Fenster hereinfiel, sehen wollte. Sie hatte sich noch nie so nackt gefühlt, aber obwohl sie wusste, dass sie errötete, machte sie keine Anstalten, sich zu bedecken. Es war, als habe sich sein Blick in physische Substanz verwandelt, als streichele er sie dort, wo er mit seinen Augen entlangglitt, als stimuliere und beruhige er sie zur gleichen Zeit.

Dann sah er ihr in die Augen und lächelte langsam und entspannt, jedoch mit einer Macht, die sie nicht verstand – aber verstehen wollte. Sie lächelte zurück; nun war sie sich ganz sicher, dass sie verrückt sein musste. Als sie begann, sich zu wundern, welcher Art von Magie sie wohl verfallen sein musste, beugte er sich hinunter und küsste sie. Nun wurde ihr Verstand erneut verbannt – an den Ort, wohin er sich schon vorhin zurückgezogen hatte, und ihr Körper gewann wieder die Oberhand.

Sie schloss die Augen und entspannte sich, verschmolz mit den weichen Federmulden unter ihr. Sanft und mit der Zärtlichkeit einer Feder berührte er ihre Wange mit den Fingern, streichelte ihren Hals, ihre Schulter, ihr Brustbein. Als seine Hand sich endlich auf ihre Brust legte, atmete sie tief ein, wölbte ihren Rücken ihm entgegen, um die Berührung intensiver zu spüren.

Nun begannen auch seine Lippen, sich zu bewegen, erkundeten erst ihre Mundwinkel, dann die Rundungen ihres Gesichts, schmiegten sich an ihren Hals, wanderten wieder hinauf zu ihrem Ohrläppchen und dann zurück zu ihren Lippen – jedoch nur kurz. Er zog nun den Pfad seiner Hand nach, knabberte an ihrem Schlüsselbein, so dass sie zusammenzuckte, während sein Daumen Kreise um ihre Brust beschrieb, die immer kleiner wurden und schließlich ihre empfindsame Brustwarze erreichten.

Wieder zog sie die Luft ein, erschrocken über die Empfindung, die er in ihr hervorrief. Sein Mund erkundete sie weiter, küsste, biss sanft, bis seine Zunge seinen Daumen ablöste. Sie drückte ihren Körper noch weiter in die Berührung seines Mundes, drängte ihm ihre Brüste schamlos entgegen, genoss das Gefühl, dass er eine Brustwarze mit dem Mund umschloss, daran saugte, sie mit der Zunge massierte. Seine linke Hand wanderte nun tiefer, während die rechte Hand ihre andere Brust umschloss, sie genauso liebkoste wie auf der linken Seite.

Zuerst war seine linke Hand, die einen Pfad auflebender Nervenflammen über ihren Oberkörper und ihren Bauch zog, nur eine Ablenkung, denn ihre Sinne konzentrierten sich immer noch auf das, was er mit ihren Brüsten tat. Sie hatte nicht gewusst, dass ihr Körper zu einer solch empfindsamen Hingabe fähig war, solch wollüstigem Vergnügen. Dann glitt seine Hand noch tiefer, umkreiste ihren Bauchnabel, strich über die Locken darunter.

Quinn erschauderte, aber es war das angenehme Kribbeln einer Gänsehaut, durchwachsen von einem vagen, ängstlichen Gefühl. Denn vier oder fünf Zentimeter unter seinen suchenden Fingern hatte ein Feuer zu züngeln begonnen – ein hungriges Feuer, das danach schrie, gänzlich entfacht zu werden. Obwohl sich ihre Brüste noch immer seiner Berührung und seiner Zunge entgegendrängten, drückte sie nun auch ihre Hüften ihm entgegen, wollte, dass er seine Hand schneller hinunterbewegte.

Ohne ihr forderndes Verlangen zu beachten, ließ er sich Zeit, vergrub seine Finger in ihren Locken, bewegte sich zentimeterweise zu der Stelle vor, die sich nach seiner Berührung sehnte. Es fühlte sich an, als wäre jeder einzelne Nerv in ihrem Körper entflammt und lebendig. Sie fühlte sich fast – aber nicht vollständig – überwältigt. Sie wollte überwältigt werden. Ein leises Wimmern lenkte sie ab, aber dann bemerkte sie leicht schockiert, dass es aus ihrer eigenen Kehle gedrungen war.

Er hob den Kopf, ließ ihre Brust los, und sie musste sich beherrschen, um nicht laut zu protestieren, bevor er seine Aufmerksamkeit ihrer anderen Brust schenkte und die exquisite Empfindung dort wieder aufleben ließ, während seine linke Hand sich immer noch weiter hinunter bewegte.

Quinn schluckte krampfhaft, nicht sicher, ob sie diese süßen Qualen noch viel länger ertragen konnte. Mit beiden Händen drückte sie seinen Kopf an ihre Brust, wand ihre Finger durch sein Haar, obwohl sie sich nun mehr auf seine linke Hand als auf seinen Kopf konzentrierte. Das Verlangen nach seiner Berührung wuchs ins Unermessliche.

Dann strich er mit einem Finger kurz über ihre Spalte, das Zentrum ihrer Lust, und sie stöhnte laut auf. Er ließ ihre Brust los und bedeckte ihren Mund mit seinem, während sein Finger wieder über die Spalte fuhr. Und wieder.

Mit jeder Berührung steigerte sich ihre Lust, ihr Verlangen, zu niemals für möglich gehalten Höhen. Ob es wohl eine Grenze gab, wie viel Lust man empfinden konnte? Sie hoffte nicht, auch wenn sie befürchtete, dass sie daran zugrunde gehen könnte. Sie drückte ihre Hüften höher, öffnete sich seiner Berührung, lud ihn ein, das zu tun, was er wollte, sie dorthin zu bringen, wohin auch immer die Reise führen würde.

Sie spürte, dass er über ihr sein Gewicht verlagerte und sich in eine Position begab, die ihm besseren Zugang verschaffte. Und es gefiel ihr. Er streichelte sie noch immer in einem Rhythmus, der Flammen bis zu ihren Zehen durch ihren Körper züngeln ließ. Dann jedoch, ließ er einen Finger in sie hineingleiten und entzog ihn sofort wieder. Dann wieder und wieder, während sich seine Küsse dem Rhythmus weiter unten anpassten.

Sich ihm noch weiter entgegen drückend, spürte sie etwas Hartes zwischen ihnen beiden, etwas Heißes und Glattes. Sie legte ihre Arme um seinen Hals und zog Marcus näher zu sich, forderte ihn auf, sich in seiner vollen Länge gegen sie zu pressen. Sie wollte seinen ganzen Körper auf ihrem spüren – wollte mehr von seiner Haut auf ihrer. Er hob den Kopf und lächelte zu ihr hinab; seine Augen waren dunkel und rauchig. Sie vermutete, dass ihre genauso aussahen.

„Gefällt dir deine neue Erfahrung bisher?", murmelte er, ohne seine rhythmischen Liebkosungen zu unterbrechen.

Da sie nicht dazu fähig war auch nur ein Wort mit einem Laut zu untermalen, nickte sie nur. Sein Lächeln wurde einen Moment lang breiter, und dann küsste er sie wieder, wobei sein Körper im gleichen Takt an ihrem rieb – den gleichen Takt, den seine Hand vorgegeben hatte.

Sein Schaft, der ihr unglaublich groß vorgekommen war, als sie ihn das erste Mal erblickt hatte, strich nun über ihren Bauch, neckte und quälte sie, während seine Finger ihre Lust weiter antrieben. Sie schlängelte sich unter seinem warmen Gewicht seinem Schaft entgegen, bis sich dieser gegen ihre Spalte drückte, seine Hand zur Seite schob und dann mit seiner Spitze ihre empfindlichste Stelle liebkoste.

Sie öffnete sich ihm und langsam, ganz langsam, bewegte er sich tiefer, bis er in sie eindrang, zuerst nur ganz wenig. Sie wollte mehr. Sie löste ihre Lippen von seinen, bedeckte sein Gesicht mit stürmischen Küssen, zog ihn eng an sich heran und versuchte, ihm mit ihrem Körper zu zeigen, was sie brauchte, auch wenn sie selbst nicht genau wusste, was das war.

Er jedoch schien es zu wissen. Mit einem tief in seiner kehligen knurrenden Laut glitt er tiefer und tiefer in sie hinein, auch wenn sie instinktiv spürte, dass er sich dabei zurückhielt. Sie wollte ihn ganz. *Sie wollte ihn jetzt.*

Sie schlang ihre Beine um ihn und drückte ihn damit ganz in sich hinein. Ihr Körper protestierte mit einem leicht dehnenden und ziehenden Schmerz, aber es war nichts im Vergleich zu dem Triumph, den sie darüber empfand, ihn ganz zu umfassen, ihn ganz in sich aufzunehmen. Nun tauchte er wieder ein, brauchte keine Aufforderung mehr; er nahm sich das von ihr, was er brauchte, während sie sich das von ihm nahm, was sie brauchte.

Gerade als Quinn sich sicher war, dass ihr Körper nicht noch mehr Verzückung ertragen konnte ohne zu explodieren oder sich aufzulösen, erreichte sie einen neuen Gipfel, der alle Gedanken verschwinden ließ. Ertrinkend in einer Welle aus purer, mächtiger Empfindung, warf sich ihr

Körper bebend hin und her. Wie aus einer großen Entfernung hörte sie ihre eigene Stimme und seine, die beide gleichzeitig aufschrien.

Er stieß noch einmal, zweimal zu und sank dann auf ihr zusammen. Sie fühlte sich, als sei ihr Körper flüssig geworden – zu einer warmen, süßen Flüssigkeit, gleich dem Sherry, den sie an ihrem Hochzeitstag getrunken hatte. Sie hatte sich noch nie so erfüllt und körperlich befriedigt gefühlt.

Nach und nach hörte ihr Körper auf zu pulsieren, erlaubte ihren Gedanken, sich wieder zurückzumelden. Langsam gewann ihr Verstand die Kontrolle zurück, und analysierte mit einem gewissen Grad an Verwunderung, was soeben passiert war. Wer hätte gedacht, dass ihr Körper solch lüsterne Sehnsüchte beherbergte? Dass sie sich diesen so vollkommen hingeben konnte? War diese Schändlichkeit schon immer ein Teil von ihr gewesen?

Es hatte sich aber ganz und gar nicht schändlich angefühlt. Und sie bereute diese intensivste Erfahrung ihres Lebens auch nicht – auch wenn sie noch keine Zeit gehabt hatte, darüber nachzudenken, was das für ihre Zukunft bedeuten würde.

Marcus regte sich langsam auf ihr.

Erst jetzt fiel ihm auf, dass er noch immer mit seinem vollen Gewicht auf Quinns zierlichem Körper lag. Er stützte sich auf seine Arme und blickte zu ihr hinunter. Ihre Augen öffneten sich träge und begegneten seinen; noch immer war in ihren grünen Tiefen schwimmende Leidenschaft zu erkennen, auf deren Oberfläche deutlich eine Frage wiegte.

„Das war … wunderbar", flüsterte er. „Danke."

Nun weiteten sich ihre Augen, und eine Augenbraue hob sich. „Sicherlich hätte ich diese Äußerung besser an Euch richten sollen?"

Er lachte erleichtert. Obwohl sie den Liebesakt eindeutig genossen hatte, war er sich nicht sicher gewesen, wie sie hinterher reagieren würde. Ihre aufkeimende Freundschaft schien noch immer intakt zu sein – eine Tatsache, die ihm viel mehr bedeutete als er erwartet hätte.

„Das macht schon zwei Erfahrungen, die ich heute mit dir geteilt habe", sagte er und rang sich einen neckischen Tonfall ab, obwohl ihn seine Gefühle zu übermannen drohten.

„Drei, wenn man den Ausritt im Park mitzählt." Obwohl sie noch immer atemlos war, klang auch ihre Stimme leicht. „Ich frage mich, was du sonst noch für mich auf Lager hast."

Er konnte sich nicht beherrschen, er musste ihre Lippen, die noch immer geschwollen und reif waren, einfach kurz küssen, bevor er antwortete. „Selbst eine Ballonfahrt ist im Vergleich hierzu langweilig. Das hoffe ich zumindest."

„Oh! Du meinst, das hier war *nicht* die Ballonfahrt?", scherzte sie. „Ich hätte schwören können, dass ich gerade noch im siebten Himmel war." Dann errötete sie tief, als wäre ihr aufgefallen, was sie da gesagt hatte.

Er lachte wieder und rollte sich von ihr herunter, auch wenn er lieber stundenlang mit ihr – in ihr – dagelegen hätte. Auf einmal hatte er das Gefühl, dass er sich emotional und körperlich von ihr distanzieren musste. Um zu ergründen, was sie mit ihm anstellte. Er wandte ihr den Rücken zu und setzte sich auf die Bettkante.

„Wahrscheinlich sollten wir uns bald für das Abendessen ankleiden – es sei denn, du willst, dass hier oben serviert wird?" Er schaute sie über die Schulter an und zwinkerte.

Sie sah ihn einen Moment lang an und runzelte die Stirn. „Das klingt verlockend, aber ich schätze, wir sollten hinuntergehen – besonders, wenn wir anschließend dem Kartenabend beiwohnen wollen."

Marcus unterdrückte ein Fluchen. Er hatte die Einladung bei den Tinsdales ganz vergessen. „Es wird eine gute Gelegenheit sein, der Welt zu zeigen, dass mit unserer Ehe alles in Ordnung – und sie ausgesprochen ehrbar – ist", sagte er. „Daher sollten wir gehen – deines Rufes willens."

Aber im Moment hätte er den Abend viel lieber mit ihr allein verbracht, genauso wie sie jetzt gerade waren – was aus Gründen gefährlich war, die nichts mit ihrem Ruf zu tun hatten.

„Wenn du es für ratsam hältst, dann sollten wir gehen – obwohl ich mich im Moment alles andere als ehrbar fühle." Sie lächelte ihn an, wunderschön in ihrer Nacktheit und er spürte, wie sein Herz sich in ihm regte. Wie konnte sie ihm in so kurzer Zeit nur so wichtig geworden sein?

Er räusperte sich, stand auf und griff nach seiner Kleidung. „Du kannst durch das Ankleidezimmer in deine Kammer gehen, wenn du willst. Dann musst du dich nicht anziehen, um in den Flur hinauszugehen."

Er hörte, wie sie sich hinter ihm aufsetzte, aber drehte sich nicht um, da er vermutete, dass ihn ein Blick auf ihren schönen Körper wieder zurück ins Bett mit ihr katapultieren würde.

„Ja. Ja, das werde ich." Ihre Stimme klang merkwürdig, daher riskierte er einen Blick über die Schulter. Sie hatte ihr Kleid vom Boden aufgehoben und hielt es nun vor ihren Körper, womit sie ihre anmutigen Reize vor ihm verbarg. Eine so verspätete Sittsamkeit hätte ihn amüsieren sollen, aber ihm war nicht nach Lachen zumute.

Sie glitt vom Bett und suchte den Rest ihrer Sachen zusammen. Dann verschwand sie mit einem letzten zaghaften Lächeln durch die Tür des Ankleidezimmers. Kurze Zeit später hörte er, dass sie nach ihrer Zofe läutete, und daher läutete er ebenfalls nach seinem Kammerdiener.

Mit Sicherheit würde er sich wieder mehr wie er selbst fühlen, wenn er erst einmal angekleidet war, wenn er Gelegenheit gehabt hatte, alles rational zu überdenken. Aber als Clarence erschien, um ihm in seine Abendkleidung zu helfen, vermutete er, dass er niemals wieder der Gleiche wäre.

DAS ABENDESSEN VERLIEF MERKWÜRDIG. Oh! Das Seezungenfilet war sehr wohl leicht und in seine Einzelfasern zerfallend flockig, und der Fasan perfekt gegart, was Mrs. McKays Kochkünsten ein Lob zollte. Aber was um alles in der Welt sollte man mit einem Mann besprechen, den man kaum kannte, nachdem man sich zuvor leidenschaftlich geliebt hatte?

Quinn fand nur leichten Trost darin, dass Marcus offenkundig ebenso wenig in der Lage war, ein geeignetes Konversationsthema zu finden. Sie war sich sicher, dass dies nicht seine erste Erfahrung mit einer Frau gewesen war, auch wenn es ihre erste Erfahrung mit einem Mann gewesen war – aber vielleicht aß er für gewöhnlich anschließend nicht mit seinen Eroberungen zu Abend.

„Wann erwartet man uns bei den Tinsdales?", fragte sie und bemerkte erst jetzt, dass sie die Frage bereits vor fünf Minuten gestellt hatte – aber sie hatte Marcus' Antwort keinerlei Aufmerksamkeit geschenkt.

„Es werden über den ganzen Abend verteilt Gäste eintreffen", antwortete er und erinnerte sie damit daran, warum ihr seine vorherige Antwort entfallen war. Er hatte ihr keine gegeben. „Wir können hingehen, wann wir wollen und gehen, wann wir wollen, es sei denn, dass entgegen aller Erwartungen ein königlicher Herzog erscheint."

„Natürlich." Seine Worte entglitten ihr – schon wieder – während sie beobachtete, wie er seine Hand zum Mund führte. Welch außergewöhnliche Hände er hatte …

„Hättest du gern mehr Rüben?", fragte er dann, als ihm ihr Interesse an seiner Bewegung auffiel. „Es ist nicht gerade mein Lieblingsgemüse, aber McKay bereitet sie recht genießbar zu."

Sie blinzelte und konzentrierte sich wieder auf ihren Teller, versuchte, nicht daran zu denken, welche Gefühle diese außergewöhnlichen Hände in ihr hervorgerufen hatten. „Ich ... ich habe wohl noch genug, aber danke." Sie selbst mochte Rüben ebenfalls nicht gern, daher schnitt sie ein kleines Stück von dem Fasan ab und führte es zu ihren Lippen.

Sie schaute auf und sah, dass er ihre Lippen mit einem merkwürdigen leichten Lächeln betrachtete, bevor er ihren Blick bemerkte und sich wieder seinem Essen widmete. Nun konnte sie wiederum seine Lippen beobachten und beneidete seine Gabel bei jedem Bissen, den er zu sich nahm.

Wie völlig absurd dies doch war! Sie konnte doch wohl nicht zulassen, dass reine animalische Begierde – und was sollte es anderes sein? – ihre Vernunft ausschaltete und sie von ihren eigentlichen Zielen abbrachte.

Oder doch?

„Welche Kartenspiele werden heute Abend denn gespielt?", fragte sie in einem weiteren Versuch, ihre Fantasie von der rebellischen Richtung abzubringen, die sie einschlagen wollte.

Er blinzelte und runzelte dann leicht die Stirn. Sein Blick verlor langsam den merkwürdig distanzierten Ausdruck, den sie schon während des größten Teils des Abendessens hatten. „Whist natürlich und wahrscheinlich ein oder zwei Tische mit Pikett und vielleicht Einundzwanzig. Es hängt davon ab, was den Gästen gefällt. Wenn du ein Lieblingsspiel hast, findest du bestimmt genügend andere, um einen Tisch zu bilden. Hast du eins?"

„Ein was?" Sie hatte wieder seine Lippen beobachtet und nicht zugehört, was er gesagt hatte.

„Ein Lieblingsspiel."

Ach so. „Ein, äh, ein Kartenspiel? Nein, nicht wirklich." Hatte sie ihren gesamten Verstand oben in seiner Schlafkammer gelassen? So schien es zumindest. „Ich habe ein paarmal Whist gespielt."

Sie fand, dass er sie recht merkwürdig ansah, was sie überhaupt nicht verwunderte. „Nun. Das ist doch gut." Einen Moment sah er aus, als ob er noch mehr sagen wollte, aber dann verloren seine Augen wieder den Fokus, und er nahm abwesend einen weiteren Bissen Fasan.

Einen äußerst sinnlichen Bissen.

Nun hör schon damit auf!, ermahnte sie sich selbst. Entschlossen lenkte sie ihre gesamte Aufmerksamkeit auf ihren eigenen Teller. Wenn er es für nötig hielt, sich zu unterhalten, könnte er das Thema wählen. Sie wollte sich nicht lächerlich machen, indem sie wieder den Mund aufmachte, bevor sie sich wieder völlig im Griff hatte.

Er schien aber auch kein brennendes Verlangen nach einer Unterhaltung zu haben, so verbrachten sie den Rest des Abendessens in peinlichem Schweigen. „Sollen wir gehen?", fragte Marcus und erhob sich, nachdem der letzte Gang endlich abgeräumt worden war.

Quinn stand auf, erleichtert darüber, dass die längste Mahlzeit ihres Lebens endlich vorbei war. „Gewiss. Ich läute nur nach meiner Zofe, damit sie mir meinen Spenzer und meine Haube bringt."

Ihre Zofe brachte die leichte kurze Jacke aus lachsfarbenem Kambrikbatist, die sie über ihrem pfirsichfarbenen Abendkleid tragen wollte – mehr brauchte sie nicht, denn der Abend war noch warm. Als Monette sie allerdings über Quinns Schultern legen wollte, trat Marcus auf sie zu, um den Spenzer anzunehmen und diese Aufgabe selbst zu erledigen.

Die leichte Berührung seiner Hände auf ihren Oberarmen ließ eine freudige Erregung durch ihren Körper strömen – eine, die sie vergebens zu unterdrücken versuchte, obwohl sie sich ziemlich sicher war, dass sich diese nicht äußerlich bemerkbar machte. „Danke, Mylord", sagte sie leichtherzig und schenkte ihm ein kurzes, strahlendes Lächeln.

Er lächelte zurück, wobei leichte Verwirrung in seinen Augen lag, und reichte ihr seinen Arm, um sie zur wartenden Kutsche zu geleiten.

ES WAREN NICHT viele Gäste bei den Tinsdales, denn die Saison war im Grunde vorbei, aber dennoch waren mehr Menschen anwesend, als Marcus lieb war. Das war merkwürdig, wenn man bedachte, dass er sich in geselligen Situationen immer sehr wohl gefühlt hatte. Er betrachtete die Ansammlung von Menschen, von denen sich einige bereits an den Tischen in dem kleinen Ballsaal und den Vorräumen zusammenfanden, und wünschte sich nichts sehnlicher, als wieder zu Hause zu sein – allein mit Quinn.

„Marcus! Ich muss gestehen, dass ich nicht erwartet hätte, Euch hier zu sehen, nachdem ich erst vor ein paar Tagen von Eurer Eheschließung gelesen habe." Lord Fernworth kam mit ein paar anderen Leuten auf ihn zu. „Dann ist das also unsere neue Lady Marcus, nehme ich an?"

Sein Grinsen war nicht direkt anzüglich, aber Marcus verspürte dennoch den irrationalen Drang, ihm ins Gesicht zu schlagen. Wie immer hatte Ferny mehr getrunken als für ihn gut war.

„Mylady, darf ich Euch Lord Fernworth vorstellen?" Die Vorstellung war steif, daher versuchte er, einen leichteren Tonfall anzuschneiden, als er sich den anderen zuwandte. „Ich glaube, Ihr habt Sir Cyril Weathers bereits bei den Trumballs letzte Woche kennengelernt. Und das ist Mr. Thatcher. Ist Peter auch da, Harry?"

Harry Thatcher küsste Quinns Hand hingebungsvoll – wahrscheinlich, weil er Marcus' Reaktion auf Fernys Worte zuvor bemerkt hatte – und schüttelte dann den Kopf. „Er kommt vielleicht später, doch er hatte zuerst irgendetwas zu erledigen. Aber du kennst mich ja – ich komme nicht gern zu spät zu Festen."

„Du meinst wohl, du verpasst nicht gern eine Chance, den Wein anderer Leute zu trinken", konterte Marcus, aber dann grinste er und nahm damit seinen Worten die Schärfe. Harry konnte, was Trinken anbelangte, locker mit Ferny mithalten, und das tat er auch oft, aber er war Peters engster Freund – und er selbst hatte den Kerl eigentlich immer gemocht. Warum war er heute Abend nur so empfindlich?

„Ach, das hätte ich ja fast vergessen", sagte Lord Fernworth nun. „Hier ist ein Bursche, der unbedingt deine Bekanntschaft machen wollte. Unsere Väter waren befreundet, obwohl ich ihn seit unserer Schulzeit nicht oft gesehen habe. Du bist seit ein oder zwei Jahren auf dem Land, ist dem nicht so, Noel? Lord Marcus Northrup, Lady Marcus, darf ich Euch Mr. Noel Paxton vorstellen?"

Der besagte Herr trat mit einem freundlichen Lächeln vor, das nichtsdestotrotz von Zielstrebigkeit zeugte. „Höchst erfreut, Euch kennenzulernen, Mylord, Mylady", sagte er und verbeugte sich. „Ich wusste nicht, dass Ihr frisch vermählt seid, als ich Lord Fernworth gebeten hatte, mich Euch vorzustellen. Ich möchte mich natürlich nicht aufdrängen."

„Nicht im Geringsten, Mr. Paxton", sagte Quinn freundlich und reichte ihm die Hand. „Schließlich sind wir alle hier, um uns unters Volk zu mischen."

Marcus nickte. „Es freut mich immer, Freunde von Ferny kennenzulernen."

„Das freut mich", erwiderte Mr. Paxton. „Zu einem für Euch geeigneten Zeitpunkt würde ich gern unter vier Augen mit Euch sprechen, Lord Marcus."

Fernworth lachte. „Ach ja, ich hätte erwähnen sollen, das Noel auf

Geheiß von Sir Nathaniel als Sonderberater für die Polizei in die Stadt gekommen ist. Er hat im Krieg einige Zeit damit verbracht, Geheiminformationen zu beschaffen, und die Polizei hat beschlossen, auch zu Friedenszeiten Gebrauch von seinem Talent zu machen."

Marcus schaffte es, nur leicht interessiert auszusehen. „In der Tat?"

Mr. Paxton nickte. „Als der Krieg vorbei war, habe ich eine gewisse Herausforderung vermisst, muss ich gestehen. Aber nun habe ich, glaube ich, im legendären Heiligen von Seven Dials eine neue gefunden."

KAPITEL DREIZEHN

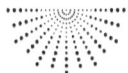

QUINN LÄCHELTE DEN NEUANKÖMMLING AN, OBWOHL SIE MARCUS'
plötzliche Reglosigkeit neben ihr verwunderte. „Zweifellos eine bewun-
dernswerte Beschäftigung, Mr. Paxton, aber ich bin mir nicht sicher, ob ich
Euch viel Erfolg bei Eurem Unternehmen wünschen möchte", sagte sie.
„Ich habe erst gestern von der Existenz des Heiligen erfahren, als ich in
der Zeitung über ihn gelesen habe und er scheint mir wirklich äußerst
heldenhaft zu sein."

„Da geht es Euch, wie ich höre, genauso wie den meisten anderen
Damen", erwiderte Mr. Paxton. „Aber es lässt sich nicht leugnen, dass der
Mann ein Dieb ist und einer der bemerkenswertesten Widersacher, mit
denen ich es je zu tun hatte. Ich werde ihn natürlich mit dem ihm zuste-
henden Respekt für seine Klugheit aufspüren, falls Euch dies in irgendeiner Form tröstet."

Die Herren lachten, obwohl Quinn Marcus' Lachen recht aufgesetzt
fand. Offenbar war seine Abneigung gegen den Heiligen noch stärker, als
sie angenommen hatte.

„Aber warum wollt Ihr denn mit mir über ihn reden?", fragte Marcus
nun. „Ich weiß mit Sicherheit nicht mehr über den Mann als alle anderen
hier – wahrscheinlich sogar weniger als die meisten."

Mr. Paxtons Lächeln geriet nicht ins Wanken, aber etwas in seinem
Gesichtsausdruck ließ Quinn erschaudern. „Vielleicht wisst Ihr mehr, als
Euch bewusst ist. Zumindest hoffe ich das. Aber nun genug davon. Gebt
mir Bescheid, wenn Ihr Zeit habt, dann warte ich Euch jederzeit auf."

Marcus zuckte die Schultern. „Wie Ihr wünscht. Aber jetzt habe ich meiner Frau versprochen, ihr ein paar englische Kartenspiele beizubringen. Wenn Ihr mich entschuldigen würdet?"

Mr. Paxton und die anderen wiederholten ihre Glückwünsche zu ihrer Eheschließung, und Marcus führte Quinn weg von der Gruppe zu einem der Tische, die sich gerade bildeten.

„Du willst dem Mann doch nicht etwa helfen, den Heiligen von Seven Dials zu fassen, oder?", fragte sie ihn, als sie außer Hörweite waren.

„Wie gesagt kann ich mir nicht vorstellen, wie ich dazu in der Lage sein sollte. Wenn ich aber könnte, würde ich ohne zu zögern helfen, den Burschen zu schnappen – und wenn es nur ist, um ihn als Konkurrenten auszuschalten." Er untermauerte seine Worte mit einem Zwinkern.

Quinn wurde unter so viel Hochachtung wieder ganz warm, auch wenn er nur scherzte. Dann erinnerte sie sich daran, was sich nur wenige Stunden zuvor zwischen ihnen ereignet hatte; sie errötete und schaute weg, was alle Gedanken an den Heiligen von Seven Dials vertrieb – zumindest momentan.

MARCUS SCHÜTTELTE VERWUNDERT DEN KOPF, als Quinn beim Whist bereits das vierte Blatt gewann. Entweder war seine Braut nicht ehrlich zu ihm gewesen, was ihre Erfahrung mit dem Spiel betraf oder sie war ein Naturtalent. Es war fast eine Schande, dass der Einsatz so gering war.

„Ihr lernt schnell, muss ich sagen, meine Liebe", sagte er zu ihr, als die Punkte gezählt wurden. „Sollen wir vielleicht etwas Neues ausprobieren und die anderen an diesem Tisch auch mal wieder gewinnen lassen?"

Quinn erhob sich ohne zu zögern. „Ja, ich würde auch gern die anderen Spiele kennenlernen – wenn es Euch nichts ausmacht?"

„Überhaupt nicht." Er lächelte und versuchte erneut, die böse Vorahnung abzuschütteln, die er seit seiner Begegnung mit Mr. Paxton hatte. Der Mann musste Fragen über Luke haben, und er hoffte, dass er sie beantworten könnte, ohne seinen Freund in Gefahr zu bringen.

„Ich danke Euch beiden", sagte Quinn zu den anderen am Tisch. „Das war äußerst lehrreich."

Mr. und Mrs. Heatherton, die sich bereit erklärt hatten, Quinn zu unterweisen, erwiderten den Dank anmutig, auch wenn ihre Worte leicht säuerlich klangen, wie Marcus fand. Und das konnte er ihnen wohl kaum verdenken.

„Was würdet Ihr gern als Nächstes ausprobieren?", fragte er, als sie zwischen den weit auseinanderstehenden Tischen entlang gingen. „Vielleicht Euchre? Pikett kann ich Euch daheim zeigen, denn man braucht dazu nur zwei Spieler."

„Euchre wäre schön", erwiderte sie, „auch wenn ich es in der Vergangenheit bereits dreihändig und vierhändig gespielt habe. Ich muss gestehen, dass ich gern Pikett lernen würde."

Er sah zu ihr hinunter, aber ihre Augen waren abgewandt und ihre Wangen ein wenig rosiger als sonst. Wollte sie vielleicht damit andeuten, dass sie gern nach Hause gehen würde? Um mit ihm allein zu sein? Dagegen hatte er natürlich nichts einzuwenden. Er fand es ohnehin schwierig, sich auf die Spiele zu konzentrieren, einerseits wegen Quinns Nähe und andererseits wegen der ihm bevorstehenden Befragung Mr. Paxtons.

„Ich würde es Euch gern beibringen", sagte er, nachdem er nur ganz kurz gezögert hatte. „Sollen wir uns dann von unseren Gastgebern verbschieden?"

Sie errötete noch mehr, aber lächelte. „Dagegen habe ich nichts, wenn auch ihr keine Einwände habt, Mylord."

„Nein. Überhaupt keine Einwände." Genau genommen wollte er sogar fort, bevor Peter auftauchen würde. Und Quinn … Quinn war reizvoller als je zuvor. Ihre dunklen Locken boten einen sinnlichen Kontrast zum hellen Hautton ihres Halses und ihrem blassen Pfirsichkleid.

Erschrocken stellte er fest, dass er Gefahr lief, seiner Frau völlig zu verfallen. Und was noch schlimmer war: Das machte ihm nichts aus, solange er sie in den Armen halten konnte und sie nur wieder in seinem Bett wäre. „Lasst uns Lord und Lady Tinsdale suchen."

„Ihr müsst Euch nicht für Euren frühen Abschied entschuldigen", versicherte ihnen Lady Tinsdale kurze Zeit später. „Ich fühle mich geschmeichelt, dass Ihr so kurz nach der Hochzeit überhaupt gekommen seid. Was für eine Überraschung diese Bekanntgabe doch für uns alle war! Eine überaus angenehme natürlich."

Ihre Augen verrieten ihre Neugier darüber, weswegen die Heirat so eilig stattgefunden hatte, aber sie war zu wohlerzogen, als dass sie unangenehme Fragen stellen würde. Marcus war ausgesprochen dankbar, dass Lady Mountheath heute Abend nicht anwesend war.

„Ihr seid äußerst gütig, Mylady."

„Das seid Ihr", stimmte Quinn zu. „Wir freuen uns darauf, Euch bald wiederzusehen." Und mit diesen freundlichen Worten gingen sie hinaus, um die kurze Kutschfahrt zurück zur Grosvenor Street anzutreten.

„Das war äußerst erbaulich", merkte Quinn an, als sie neben ihm Platz nahm. „Danke, dass du die Veranstaltung vorgeschlagen hast."

„Sehr gern. Ich bin froh, dass es dir gefallen hat." Marcus war glücklich, dass die Kutschfahrt *wirklich* kurz war. Die dunkle, intime Kutsche bewirkte, dass er sich nur noch dringlicher Quinns Unterweisung in neuen Genüssen widmen wollte. So dringlich, dass er es schwierig fand, eine zusammenhängende Unterhaltung zu führen, und bei ihrem zeitweiligen Schweigen fragte er sich, ob ihre Gedanken sich auf ähnlichen Gefilden bewegten.

Als er ihr ein paar Minuten später aus der Kutsche half, erschrak Marcus darüber, welche Wirkung schon die bloße Handberührung auf ihn hatte. Er war bereits in seiner Jugend in Frauen vernarrt gewesen. Wenn das alles war, was dahintersteckte, dann kannte er nur ein sicheres Heilmittel – er musste sich an ihr sättigen. In vielerlei Hinsicht ein äußerst angenehmer Gedanke.

„Willst du jetzt Pikett spielen, oder willst du das lieber tun, wenn du morgen früh ausgeschlafen bist?", fragte er, als sie das Haus betraten.

Sie sah ihn spitzbübisch an. „Wenn du mich so fragst, dann denke ich wohl dass du recht hast und ich wahrscheinlich schneller lerne, wenn ich wieder vernünftige Gedanken fassen kann."

„Ich hatte gehofft, dass du das sagen würdest." Sein Körper erwartete den ihren bereits, duldete keine Verzögerungen mehr.

„Das hatte ich mir gedacht."

Abwesend reichte er seinen Hut und Mantel dem Diener und hielt dabei ihren Blick mit seinen Augen im Bann. Er beobachtete, wie ihr Lächeln langsam verschwand und sie ihn nun fragend ansah, fast genauso hungrig wie er war. Seine Ungeduld wuchs.

„Komm. Früh ins Bett zu gehen, tut uns beiden gut."

Sie schluckte sichtlich, aber nickte und hielt nur kurz inne, um ihre Haube abzunehmen. Dann ließ sie sich von ihm die Treppe hochführen. Vor der Tür zu ihrer Kammer zögerte sie. „Soll ich …?"

„Ich kann dir beim Ausziehen helfen. Wenn das …"

„Ja", sagte sie atemlos. „Das wäre äußerst … gütig von dir."

Er öffnete die Tür und schickte ihre wartende Zofe mit einem kurzen

Blick, den Quinn mit einem Nicken bestätigte, fort. Monette verschwand sofort mit einem wissenden Lächeln. Einen Moment lang runzelte Quinn die Stirn, als ob sie Zweifel hätte.

„Sie ist Französin", erinnerte Marcus sie. „Ich bin mir sicher, dass sie sich für dich freut – und dass sie diskret ist."

Quinns Gesichtszüge entspannten sich, und sie trat näher an ihn heran. „Wahrscheinlich. Und selbst wenn das nicht der Fall wäre, wir sind schließlich verheiratet."

„Exakt." Noch vor einer Woche hätte er diese Worte äußerst beunruhigend gefunden, aber jetzt fand er sie merkwürdigerweise erotisch. „Warte, ich helfe dir aus deinen Sachen."

Sie drehte sich gehorsam um, und er ließ seine Hände unter ihren Spenzer gleiten, schob ihn hinunter und streichelte ihre Schultern und nackten Arme. „Es ist warm genug ohne, denke ich."

„Ja. Mir ist … wirklich sehr warm. Vielleicht etwas zu warm."

Er brauchte keine weitere Aufforderung. „Das werde ich gleich beheben – wenn auch vielleicht nur kurz." Er drehte sie um, so dass sie mit dem Rücken zu ihm stand und widmete sich der Reihe aus kleinen Knöpfen am Rücken ihres Kleides. Als sich das Kleid Zentimeter für Zentimeter öffnete, musste er sich einfach vorbeugen und die blasse Haut küssen, die nun über ihrem Korsett und ihrem Unterkleid zum Vorschein kam.

Sie zog scharf die Luft ein, als seine Lippen ihren Rücken berührten, protestierte jedoch nicht, und er fuhr damit fort, bis sie aus dem Kleid heraustreten konnte. Sorgsam, so als sei er ihr Diener, hob er den pfirsichfarbenen Stoff auf und legte ihn auf die Truhe am Fußende des Bettes. Dann drehte er sich mit einem schelmischen Augenzwinkern wieder zu ihr um.

„Ich will, dass mir deine Zofe auch weiterhin wohlgesonnen ist. Sonst erlaubt sie mir vielleicht nicht noch einmal, ihre Aufgaben zu übernehmen."

Quinns Augen wurden groß. „Nochmal?"

„Wer weiß? Lass uns abwarten." Ihr Korsett war mit Bändern am Rücken verschlossen, daher drehte er sie wieder langsam um, wobei er jeden Zentimeter der Drehung an ihrem Hals entlang knabberte. Ihre dunklen Locken kitzelten seine Nase, betörten ihn mit einem leichten Rosenduft.

Als ihr Korsett entfernt war, kniete er nieder, um ihr die Schuhe und

Strümpfe auszuziehen, einen nach dem anderen. Sie stand wie hypnotisiert vor ihm und hob gehorsam beide Füße für ihn. Er hatte vorher nicht die Gelegenheit gehabt, ihre Beine zu erkunden, aber nun ließ er seine Hände von den Knien bis zum Knöcheln gleiten und bewunderte ihre schlanke Stärke. Mit einem Mal verspürte er den Drang, diese Beine wieder um seinen Körper geschlungen zu spüren, während er in sie eindrang.

Als er wieder aufstand und sich dabei im Zimmer umsah, bemerkte er: „Mir war gar nicht bewusst, wie erdrückend Anthonys Geschmack ist. Willst du mich vielleicht in meine Kammer begleiten?"

Sie nickte. „Deine Kammer gefällt mir in der Tat besser – zumindest bis ich umdekorieren kann." Obwohl sie in ihrem Unterkleid, mit Haaren, die ihr auf die Schulter fielen, jünger als zwanzig aussah, wusste er, dass unter der dünnen Baumwollschicht der Körper – und die Begierde – einer erwachsenen Frau verborgen lag.

„Dann komm."

Er führte sie durch das Ankleidezimmer in seine Bettkammer, wo vor Kurzem neue Kerzen angezündet worden waren und eine Karaffe sowie ein paar Gläser auf seinen Schreibtisch gestellt worden waren. Es schien, als hätte Quinns Zofe seinem Kammerdiener Bescheid gegeben – oder vielleicht war Clarence von selbst darauf gekommen.

Das Kerzenlicht wärmte die Blau- und Grautöne und zauberte flackernde Schatten auf das einladende Bett. „Da ich für deine Zofe eingesprungen bin, möchtest du nun vielleicht mir an Stelle meines Kammerdieners beim Auskleiden helfen?", schlug Marcus Quinn lächelnd vor.

„Das scheint mir nur gerecht." Mit einem zustimmenden Lächeln streifte sie seinen Mantel, dann seine Weste und schließlich sein Hemd ab. Dabei ließ sie die Hände über seine Arme gleiten, so wie er es getan hatte und fuhr dann mit den Handflächen über seine nackte Brust. „Mmm", murmelte sie bewundernd.

Wusste sie eigentlich, was sie ihm antat? „Ich bin noch immer halb angezogen", erinnerte er sie heiser.

Sie hob die Augenbrauen in gespielter Überraschung. „Oh! In der Tat. Wie überaus nachlässig von mir!" Sie kniete sich hin, zog ihm Schuhe und Strümpfe aus, so wie er es bei ihr getan hatte und verweilte über seinen Beinen und Füßen. So war ihr Kopf der Ausbuchtung in seiner Hose sehr nahe, was ihn noch mehr erregte, obwohl es ihr selbst nicht aufzufallen schien.

Als sie sich wieder erhob, berührte sie ihn fast mit ihren Brüsten. Sie zögerte einen langen Augenblick, bevor sie hinuntergriff und seine Kniebundhose öffnete, die nun über seiner Erregung spannte. Als ihr diese fast katapultartig entgegensprang, trat sie einen Schritt zurück, blickte hinab und wandte den Blick ab. Nervös leckte sie sich die Lippen, und er spürte dies so intensiv, als würde sie ihn mit dem Mund berühren.

Sie nahm sichtlich ihren Mut zusammen, trat auf ihn zu und zog ihm die modisch eng anliegende Kniebundhose von den Beinen. Sie konnte ihren Blick nicht von seiner Erektion abwenden, die nur wenige Zentimeter von ihrem Gesicht entfernt war. Als sie wieder aufstand, war er nackt, so wie Gott ihn geschaffen hatte. Sein ganzer Körper brannte für diese bemerkenswerte Frau, die er gegen seinen Willen geheiratet hatte.

„Jetzt bist du diejenige, die für den Anlass unpassend warm angezogen ist", sagte er zu ihr.

„Und wessen Schuld ist das?", flüsterte sie.

„Bitte gestatte mir, diesen Irrtum zu beheben." Mit einer schnellen Bewegung zog er ihr das Unterkleid über den Kopf und warf es über die Lehne seines Schreibtischstuhls. „Jetzt sind wir vollkommen gleich."

Sie blinzelte ihn an. „Was für eine interessante Bemerkung. Sie gefällt mir."

Er hatte keine tiefere Bedeutung in seine Worte legen, sondern nur auf ihre Nacktheit anspielen wollen, aber Marcus beschloss, dass er damit leben konnte. Sie waren *tatsächlich* auf fast jegliche Art, außer in den Augen des Gesetzes, gleich. Und das gefiel ihm auch.

„Gleich, aber trotzdem verschieden natürlich", stellte er klar.

Sie grinste ihn an, erfreute ihn damit, dass sie keine Angst oder Zurückhaltung zeigte. „*Vive la difference*", sagte sie mit einem neckischen Funkeln in den Augen. Oh! Und *wie* sie diesen Unterschied lebendig lassen werden würden!

Dann war sie in seinen Armen, obwohl er nicht sicher war, wer von ihnen sich zuerst bewegt hatte. Er fand ihren Mund mit seinem, erforschte ihn tief, eroberte sie ganz, ergriff Besitz von ihr. Für sie fühlte es sich richtig an; sie schmiegte sich an seine Form. Ihre Arme schlangen sich um ihn, strichen über seinen Rücken, massierten seine Schultern…

Im Gegenzug ließ er seine Arme an ihrer schmalen Taille hinuntergleiten, streichelte die weibliche Rundung ihres Pos und zog sie näher zu sich heran. Da sie so zierlich war, erwachten in ihm wieder der Beschützerinstinkt, sowie das Bewusstsein seiner männlichen Stärke. Der Gedanke, dass er einst behauptet hatte, er bevorzuge rundlichere Frauen, erschien ihm nun sehr grotesk …

Sie ließ ihre Finger durch sein Haar gleiten, stellte sich auf die Zehenspitzen, um ihren Kuss zu vertiefen, presste ihren Bauch fester gegen seine Erregung. Er ließ eine Hand zwischen ihre Körper gleiten, um ihre Spalte mit einem Finger zu erkunden und stellte fest, dass sie feucht und bereit für ihn war. Sie verengte sich reflexartig um seinen Finger herum, wodurch er fast auf der Stelle zum Höhepunkt gekommen wäre.

Mit einem Stöhnen umfasste er ihren Po mit beiden Händen und hob sie auf, um sie auf seinem geschwollenen Schaft hinabgleiten zu lassen. Instinktiv schlang sie die Beine um ihn, sich an seinem Körper stützend. Sie schien rein gar nichts zu wiegen. Erfreut über ihren Größenunterschied hob er sie rhythmisch hoch und ließ sie dann wieder und wieder auf ihm hinabsinken.

Als sie sich wieder verengte, diesmal um etwas weitaus Empfindsameres als seinen Finger, knickte er beinahe in den Knien zusammen. Er ging zwei schnelle Schritte zum Bett hinüber und setzte sich auf die Kante, noch immer tief in ihr. Dadurch gewann sie an Bewegungsfreiheit und schob sich nun langsam an ihm auf und ab, während sie gleichzeitig die Lippen über seinen Kiefer gleiten ließ und an seinem Ohrläppchen knabberte.

„Ich hätte nie gedacht, dass England mir so unglaubliche Erfahrungen bieten würde", hauchte sie in sein Ohr, nur, um im nächsten Moment gänzlich ihrer Fähigkeit zu atmen beraubt zu werden, als er mit einem kraftvollen Stoß tiefer in sie eindrang und ihr damit die Luft in ihren Lungen ebenso stoßartig in einem sonderlich kehligen Laut entwich. Sie passte sich sofort dem Rhythmus an, wiegte sich auf seinem Schoß, brachte ihn an die Grenze seiner sowieso schon schwachen Selbstbeherrschung.

Wieder legte er eine Hand zwischen ihre Körper, wollte, dass sie genauso viel Vergnügen empfand wie er. Er fand ihre Perle mit seinem Daumen und massierte im gleichen Rhythmus wie seine Stöße, wie ihr wiegender Takt. Sie warf den Kopf zurück, so dass ihr Haar über ihren nackten Rücken fiel, stöhnte wieder, umfing ihn fester, ließ ihn wieder frei, schneller und schneller.

An seiner Brust wurden plötzlich ihre Brustwarzen hart, und sie schrie auf, unterdrückte den Laut aber schnell, indem sie ihren Mund an seine Schulter drückte. Befreit durch ihren Höhepunkt gab er sich nun seiner

Leidenschaft gänzlich hin, stieß zweimal, dreimal mehr in sie hinein, bevor auch er in seiner Welt explodierte und seine eigene Stimme hörte, die wiederholt ihren Namen stöhnte.

Sie sank auf ihm zusammen, gleichermaßen erschöpft wie er, und er legte sich zurück, nahm sie in die Arme, während sie quer auf dem großen Bett lagen. Er fühlte sich benommen. Selbst die Erfahrung am Nachmittag, die bereits all seine vorherigen sexuellen Erlebnisse übertrumpft hatte, verblasste im Vergleich zum eben Erlebten. Er fühlte sich, als habe er seine ganze Seele in sie ergossen.

Es dauerte lange, bis sie wieder sprachen, und er fragte sich, ob sie genauso mitgenommen von dem Erlebnis war wie er. Schließlich bewegte sie sich, hob den Kopf, um ihn im flackernden Kerzenlicht anzusehen.

„Ob unsere nächste Unterhaltung wohl genauso unangenehm wird wie die beim Abendessen?"

Er verschluckte sich fast an seinem Lachen über diese unerwartete Frage. „Ganz sicher nicht. Wir können doch jetzt über Whist sprechen. Oder Pikett, wenn ich es dir erst mal beigebracht habe."

Sie kicherte. „Oder Pferde. Warum ist uns das beim Abendessen eigentlich nicht eingefallen?"

„Vielleicht waren wir zu abgelenkt?" Marcus drückte sie. Er war weit davon entfernt, genug von ihr zu bekommen; im Moment fühlte es sich köstlich an, sie zu halten, und absolut lebensnotwendig. Er nahm an, dass er wohl hoffen sollte, dass dieses Gefühl mit dem Hochgefühl nach dem Akt verschwinden würde, aber das tat er nicht. Warum sollte man sich wünschen, dass Glückseligkeit vergeht?

„Mmm. Vielleicht." Sie vergrub ihre Nase an seinem Hals, und er spürte, wie er in ihr wieder hart wurde. „Ihr seid überraschend ablenkend, Mylord."

„Ich bedanke mich für das Kompliment. Und ich muss sagen, das Gleiche gilt auch für Euch, Mylady."

Sie musste seine Erregung bemerkt haben, denn sie verengte sich spielerisch. „Ich fühle mich geschmeichelt."

Langsam begann er, sich wieder in ihr zu bewegen, genoss jede träge Empfindung. Er ließ sich nun Zeit, erkundete ihren Körper mit seinen Händen, genoss, dass sie Gleiches bei ihm tat.

„Hat dir schon mal jemand gesagt, dass du wunderschöne Beine hast?", fragte er und streichelte sie von der Hüfte abwärts.

„Nein … aber schließlich habe ich sie auch noch niemandem gezeigt außer dir." Sie senkte den Kopf und leckte experimentierend und neugierig eine seiner Brustwarzen, was eine unerwartet plötzliche Empfindung in seiner Lendengegend auslöste. Er bewegte sich schneller in ihr.

„Die hast du aber. Und ich bin froh darüber."

„Dass ich schöne Beine habe?" Sie leckte den anderen Nippel, denn scheinbar war sie mit dem Resultat ihres ersten Experiments zufrieden.

Er küsste sie oben auf den Kopf. „Nein, dass nur ich sie gesehen habe. Bist du in Baltimore nie schwimmen gegangen?"

„Ich … nein. Ich hatte nie die Gelegenheit, es zu erlernen, und es gab auch keinen geeigneten Ort in der Nähe." Zwischen ihren Worten lagen merkwürdige Pausen, als ob sie es schwer fände, sich zu konzentrieren. Er grinste.

„Dann gibt es also noch etwas, das ich dir beibringen muss – wenn auch nicht hier in London."

„Ich freue mich schon … oh!" Er hatte wieder eine Hand zwischen sie gleiten lassen, um sie zu streicheln, und sie reagierte genauso begeistert wie er gehofft hatte.

Da sie die ganze Nacht noch vor sich hatten, machte sich Marcus ohne Eile daran, seiner Gemahlin so ausgiebig und oft Vergnügen zu bereiten, wie es die bevorstehenden Stunden zulassen würden.

QUINN RECKTE UND STRECKTE SICH, erfüllt von einem Gefühl von tiefster Zufriedenheit. Ihr Arm lag auf etwas Festem und Warmem. Erschrocken öffnete sie die Augen und erblickte im frühen Morgenlicht die blauen Bettbehänge. Die Erinnerung kehrte mit einem Mal zurück, sowohl süß als auch erschreckend. Hatte sie wirklich all diese Dinge getan? Und er?

Erwacht von ihrer Berührung drehte er sich um und begrüßte sie mit einem verschlafenen Lächeln; das Blau seiner Augen glich dem tiefen dem Blau der Bettbehänge. „Guten Morgen, Mylady."

Ja, sie hatten wirklich all das getan. Quinn spürte, wie sie errötete, obwohl sie wusste, dass es für Sittsamkeit – und Reue – nun zu spät war. „Guten Morgen, Mylord", erwiderte sie, verwirrt über ihre widersprüchlichen Gefühle. „Ich … ich schätze, ich sollte in mein Zimmer zurückkehren, um mich anzukleiden. Meine Zofe …"

„Deine Kleider sind auf jeden Fall dort. Und kümmere dich nicht darum, was deine Zofe denkt. Wie du gestern Abend schon gesagt hast –

wir sind schließlich verheiratet." Sein Zwinkern beunruhigte sie noch mehr.

Alles, was sich gestern Abend so richtig, so natürlich, so … notwendig angefühlt hatte, erschien ihr heute einfach nur wie eine besondere Art an Verrücktheit. Wie hatte sie nur so lüstern sein können – und es dermaßen genießen können? Selbst jetzt hatte sein Lächeln noch die Macht, sie zu erregen. Sie setzte sich auf und wandte ihm den Rücken zu.

„Ja, du hast natürlich recht. Ich bin töricht." Das war eine Untertreibung. „Ich sehe dich gleich unten beim Frühstück."

Sie glitt aus dem Bett, nahm ihr Unterkleid von seinem Schreibtischstuhl und zog es über den Kopf, bevor sie sich zu ihm umdrehte und sah, dass er sie mit fragend gerunzelter Stirn ansah.

„Eigentlich besteht doch kein Grund zur Eile, oder? Aber wenn du Hunger hast …"

„Ich bin völlig ausgehungert", erklärte sie. Sie hatte es plötzlich eilig, seinem Einfluss zu entkommen, bevor sie sich wieder im Zauber der letzten Nacht verlieren konnte. Sie musste sich selbst wiederfinden, die Realität von den Illusionen der Fantasie trennen.

„Dann sehen wir uns unten."

In seinen Augen lag weiterhin diese Frage, aber sie konnte sie ihm jetzt nicht beantworten. Nicht, bevor sie selbst eine Antwort darauf wusste. Fröhlich winkend ging sie durch das Ankleidezimmer in ihre eigene Kammer. Nachdem sie sich flüchtig mit kaltem Wasser in der Schüssel gewaschen hatte, läutete sie nach ihrer Zofe.

Monette erschien mit betont gleichgültiger Miene. „Ja, Mylady. Wünscht Ihr, angekleidet zu werden, oder soll man Euch zunächst ein Tablett hinaufbringen?"

„Im Grunde", sagte sie spontan, „würde ich gern zuerst ein Bad nehmen. Bitte lasse sofort heißes Wasser heraufbringen."

Obwohl das Bad die zurückgebliebene Wundheit zwischen ihren Beinen milderte und alle körperlichen Anzeichen ihrer leidenschaftlichen Nacht wegwusch, konnte es dennoch nicht ihre Gedanken von ihrer lüsternen Natur reinigen. Während sie sich das Haar mit einem Handtuch trocknete und Monette ihr das Korsett zuschnürte, musste Quinn sich eingestehen, dass sie sich nichts mehr wünschte als eine weitere Nacht wie die letzte.

Sie legte das Handtuch beiseite, setzte sich an den Frisiertisch, damit Monette ihre feuchten Locken ausbürsten konnte und betrachtete ihr Spiegelbild. Ihr Gesicht, ihre grünen Augen sahen nicht anders aus als gestern Morgen, aber sie wusste, dass sie sich unwiderruflich verändert hatte. Sie war nun wirklich eine Frau und …

Lieber Gott, sie war verliebt. Verliebt in ihren Ehemann. So spießig er auch war – überall außer im Schlafzimmer – das Gegenteil von allem, was sie selbst verkörperte, Repräsentant der Sorte von Menschen, die ihre Mutter einst verbannt hatten, Quinn hatte sich bis über beide Ohren in Lord Marcus Northrup verliebt.

Benommen ließ sie sich von Monette in eine schicke rosafarbene Robe kleiden und fragte sich, was sie aus ihrer niederschmetternden Erkenntnis machen sollte. Marcus durfte natürlich nichts ahnen. Trotz all seiner Zärtlichkeiten bei Kerzenschein hatte er niemals von Liebe gesprochen – und es wäre auch absurd, das zu erwarten, denn sie kannten sich, außer körperlich, immer noch sehr wenig.

Nein, sie würde es für sich behalten, bis sie Grund zur Annahme hatte, dass ihre Gefühle erwidert wurden. Oder bis Ihre Gefühle wieder abflauten, was ebenso möglich war. Was hatte sie schon mit Marcus gemeinsam, außer gegenseitiger Begierde? Sie würde warten können.

In der Zwischenzeit konnte sie nicht daran denken, zu fliehen oder gar zu versuchen, nach Amerika zurückzukehren. Wenn sie das täte, würde es ihr das Herz aus dem Leib reißen – und wofür bloß? Wegen eines Familienbetriebs, der auch ohne sie profitabel weiterlaufen würde? Sie könnte sich auch hier Arbeit suchen, die ebenso wichtig wäre, wie ihr nun einfiel, als sie wieder an ihre Idee mit der Mädchenschule dachte.

„Danke, Monette." Da sie nun mit ihrer Morgentoilette fertig war, ging sie hinunter und fragte sich, ob Marcus sein Frühstück vielleicht schon beendet hätte, da sie so lange in ihrer Kammer gebraucht hatte. Aber dennoch wagte sie einen Abstecher in die Küche, bevor sie sich zu ihm ins Esszimmer gesellen würde.

„Mrs. McKay, darf ich mir Polly für einen Botengang ausleihen?", fragte sie, als die Köchin sie überrascht begrüßte.

„Aber gewiss, Mylady. Aber kann denn nicht einer der Diener …?"

Quinn schüttelte den Kopf. „Nicht für diese spezielle Angelegenheit, aber danke. Polly?"

Das Mädchen eilte zu ihr herüber, während sich die Köchin diskret außer Hörweite begab. „Ja, Mylady?" Die Aussprache des Mädchens war schon jetzt viel besser geworden.

„Ich möchte, dass du zum Grillon's Hotel gehst und fragst, ob eine

Nachricht für 'eine mitfühlende Dame' hinterlassen wurde. Wenn nicht, musst du morgen wieder hingehen. Oder ... glaubst du, dein Bruder könnte das übernehmen? Ich würde ihn natürlich bezahlen."

„Oh, ja, Mylady. Ich gehe heute hin und frage Gobby morgen, wenn es nötig ist."

„Perfekt. Danke, Polly. Überbringe mir jegliche Nachricht unter vier Augen."

Das Mädchen knickste, ohne im Geringsten neugierig zu sein und versprach, die Aufgabe auszuführen. Quinn lächelte und ging davon, um ins Esszimmer zu eilen.

„Ich habe mich schon gefragt, ob du wieder eingeschlafen bist", rief Marcus und erhob sich, um ihr auf einen Stuhl zu helfen. „Du hast gebadet?" Er berührte eine feuchte Strähne ihres Haars mit einem Lächeln, das so intim war, dass es ihr durch Mark und Bein fuhr.

„Ja. Es tut mir leid, dass ich so lange gebraucht habe. Und ich bin wirklich ausgehungert!"

Auf sein Signal hin brachte ihr ein Diener einen Teller mit Schinken, Toast, gebackenen Eiern, ebenso wie ein dampfendes Kännchen Schokolade. Eifrig begann sie zu essen, denn ihre nächtlichen Aktivitäten hatten sie wirklich hungrig gemacht.

„Du hast also nicht übertrieben, wie ich sehe", sagte Marcus grinsend. „Wenn du fertig bist, habe ich gedacht, wir könnten ..." Aber in dem Moment ertönte ein lautes Klopfen an der Haustür.

Sie sahen sich fragend an und wandten sich um, als sich Schritte näherten. James erschien in der Tür des Esszimmers und wirkte recht nervös. „Captain Peverill", erklärte er.

Bevor Quinn oder Marcus sich erheben konnten, drückte sich der Captain an dem Diener vorbei ins Esszimmer. „Es tut mir leid, dass ich so früh stören muss", sagte er schroff, „aber ich habe nicht viel Zeit. Mein Schiff legt mit der Nachmittagsflut ab, und ich habe vorher noch viel zu erledigen."

KAPITEL VIERZEHN

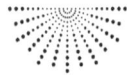

QUINN STARRTE IHN AN. „DU REIST AB, PAPA? MIT WELCHEM SCHIFF denn?" In den Schiffsmeldungen, die sie gestern gelesen hatte, war keine Meldung davon gewesen, dass ein Schiff nach Baltimore auslaufen würde.

„Natürlich mit einem meiner eigenen – mit der *Atalanta*. Sie holt Weinfässer aus Lissabon und Madeira ab, bevor es nach Hause geht."

Daher war als Zielhafen natürlich Portugal statt Baltimore angegeben worden. Da Quinn von dieser neuen Entwicklung völlig überrascht war, protestierte sie. „Aber die *Atalanta* sollte doch erst in zwei Wochen ablegen – ich erinnere mich ganz deutlich an den Plan."

„Schiffsfahrpläne ändern sich ständig, das weißt du doch, Quinn. Wir nutzen das Wetter aus, ebenso wie die Nachrichten über eine ausgezeichnete neue Weinkellerei in Lissabon. Ich hoffe, dass ich einer der Ersten bin, der ihre Waren nach Amerika bringt."

Quinn musste nicken – sie hätte wahrscheinlich das Gleiche empfohlen, wenn sie im Betrieb noch etwas zu sagen gehabt hätte. Was nie wieder der Fall sein würde, wie es schien. Diese plötzliche Abreise ließ ihr keine Zeit, um überhaupt darüber nachzudenken, ob sie ihn begleiten sollte – was er offenbar hatte bezwecken wollen.

Als sie nichts sagte, erhob sich Marcus und verbeugte sich. „Ich bin mir sicher, Ihr wollt unter vier Augen Lebewohl sagen. Da ich mein Frühstück beendet habe, werde ich Euch allein lassen und mich um andere Angelegenheiten kümmern."

Der Captain blickte ihm nach und lächelte Quinn dann an. „So ein edler junger Mann, Quinnling. Ich muss dir erneut gratulieren. Ich kann nun mit dem beruhigenden Wissen abreisen, dass du in guten Händen bist."

Der Groll, den Quinn am Tag ihrer Hochzeit empfunden hatte, kehrte zurück und ließ sie für einen Moment vergessen, was sich seitdem ereignet hatte. „Hast du mich deswegen in die Ehe gedrängt? Um dich der Verantwortung für mich zu entziehen?"

Ihr Vater schenkte sich Kaffee ein und nahm sich etwas Gebäck von der Anrichte, dann setzte er sich ihr gegenüber an den Tisch und sah sie düster an. „Ich hoffe, das sagst du nur, um deinem verständlichen Ärger über mich Luft zu machen, und nicht, weil du es tatsächlich so meinst. Du warst nie eine Last für mich, Quinnling. Niemals."

Sie wusste, dass das stimmte. Sie hatte sich zu Hause umfassend eingebracht, besonders seit dem Tod ihrer Mutter. „Warum denn dann? Damit du überall herumposaunen kannst, dass deine Tochter mit dem Sohn eines Herzogs verheiratet ist?"

„Ich kann nicht leugnen, dass mir das gefallen wird", antwortete er, und seine Miene zeigte mehr Selbsterkenntnis als sie ihm zugetraut hätte. „Aber dein Wohlergehen stand für mich immer an erster Stelle. Nachdem …"

Seine Stimme brach, und er räusperte sich laut, bevor er fortfuhr. „Nachdem deine Mutter gestorben war, hast du dich verändert. Hast dich von mir, Charles und all deinen Freunden distanziert und dich regelrecht in die Arbeit gestürzt. Ich kann nicht abstreiten, dass es gut für den Betrieb war, aber ich weiß, dass es nicht gut für dich war. Eine junge Frau braucht Freunde, Feste, Bewunderer – und einen Mann und eigene Kinder."

„Deshalb hast du mich also mit nach England genommen? Um mich zurück in die Welt zu zwingen und mich vom Betrieb fernzuhalten?" Quinn wusste nicht, ob sie noch wütender auf ihn sein oder ihm sofort vergeben sollte.

Er nickte mit noch immer vor Emotionen gerötetem Gesicht. „Lord Marcus schien mir wie die Antwort auf meine Gebete, genau das Richtige, um dich auf deinen Weg zu bringen – um dein Glück zu finden. Glaubst du nicht, dass er dich glücklich machen wird, Quinn? Ganz ehrlich?"

Die Geschehnisse der letzten Nacht kamen ihr wieder in den Sinn. „Vielleicht ist die Ehe doch nicht so schlimm, wie ich gedacht habe." Sie bemühte sich, nicht zu erröten.

„Aber wirst du glücklich werden?", drängte ihr Vater. „Ich würde nur ungern abreisen, ohne zu wissen, dass ich das Beste für dich getan habe. Wenn du nun, da du Lord Marcus besser kennst, eine Annullierung eurer Ehe wünschst …"

Quinn verlor den inneren Kampf und errötete nun doch. „Ich, äh, nein. Das wäre wahrscheinlich keine gute Lösung."

Der Captain hob eine Augenbraue. „Aha! So ist das also?"

Quinn konnte nicht antworten, nicht einmal nicken, aber ihr Schweigen war offenbar Antwort genug. Das Gesicht ihres Vaters entspannte sich zu einem zärtlichen Lächeln, das eine Spur von Traurigkeit enthielt.

„Bist du in ihn verliebt, Quinnling?", fragte er sanft.

„Nein! Das heißt, ich weiß es nicht. Ich meine, ich kenne ihn ja erst seit einer Woche. Aber … wir scheinen bisher gut miteinander auszukommen."

Ihr Vater erhob sich, kam um den Tisch herum und küsste sie auf die Wange. Dann umarmte er sie fest. „Dann nimmt ja alles einen guten Anfang. Lord Marcus ist ein guter Mann, und du bist natürlich ein Schatz. Ich würde sagen, ihr beide habt eine größere Chance, glücklich zu werden als die meisten."

Quinn erwiderte seine Umarmung. „Ich hoffe, du hast recht, Papa." Und das meinte sie auch so. Nach dieser Unterhaltung könnte sie auf keinen Fall nach Baltimore zurückkehren. Niemals.

Sie brachte den Captain zu seiner wartenden Kutsche, wobei sie sich gleichzeitig wehmütig und hoffnungsvoll fühlte. Könnte sie *wirklich* dafür sorgen, dass ihre Ehe glücklich würde? Sie musste es wohl versuchen.

„Ach! Das hätte ich fast vergessen." Ihr Vater hielt inne, als er sich gerade herunterbeugen wollte, um ihr einen Abschiedskuss zu geben. „Lord und Lady Claridge haben dich und deinen Mann eingeladen, sie diese Woche ins Theater zu begleiten. Ich nehme an, sie werden dich bald besuchen oder dir eine Nachricht zukommen lassen."

„Wie … wie nett." Ob es wohl ein letzter Versuch ihres Vaters oder ein wirkliches Versöhnungsangebot der Claridges war? Sie würde es herausfinden, wenn sie sie wiedersehen würde. Dann wurde sie auf einmal von der Realität des Abschiedes überwältigt und schlang die Arme um den Hals des Vaters. „Ich wünsche dir eine sichere Reise, Papa! Grüß Charles von mir, und schreib mir oft."

Obwohl er nie gern Briefe geschrieben hatte, nickte der Captain und blinzelte gerührt. „Das werde ich. Und ich werde mich auch auf Briefe von dir freuen. Ich wünsche dir ein wundervolles Leben, mein Quinnling." Er stieg in die Kutsche und war im nächsten Moment verschwunden.

Quinn blickte der Kutsche hinterher und fühlte sich, als sei ihre letzte Verbindung zur Heimat abgebrochen. Eine Träne lief an ihrer Wange hinunter.

„Mylady! Da seid Ihr ja."

Sie wischte die Träne fort, drehte sich um und sah Polly mit einem Brief in der Hand an der Eingangstür stehen.

„Dann hast du also etwas für mich?" Sie schüttelte ihre Traurigkeit ab, ging die Stufen hinauf und nahm den Brief entgegen. „Danke, Polly, das hast du wirklich gut gemacht. Geh nun wieder zurück in die Küche. Wenn ich noch etwas brauche, sage ich dir Bescheid."

Da sie sich des Dieners in der Halle bewusst war, kehrte Quinn ins Esszimmer zu ihrem nicht beendeten Frühstück zurück, bevor sie den Brief öffnete. Adressiert war er an eine mitfühlende Dame und hatte folgenden Inhalt:

SEHR VEREHRTE MADAM,

ICH HABE *Euer gütiges Angebot mit großer Dankbarkeit empfangen und bin durchaus bereit, eine zusätzliche Schule für benachteiligte Mädchen in Erwägung zu ziehen, denn ich stimme Euch ehrenwerter Dame in dem Punkt zu, dass sie durch ihre Armut viel zu oft zu lasterhaften und unmoralischen Aktivitäten gezwungen werden. Die Ausgaben werden nicht unbeachtlich sein, aber ich vertraue darauf, dass Ihr diese Sorge mit Eurer Güte lindern könnt. Ich habe zur Unterstützung dieses Projekts Mrs. Hounslow von der Verbesserungsgesellschaft angeworben, auf deren Diskretion und aufrichtige Wohltätigkeit Ihr Euch verlassen könnt. Ich habe ihre Adresse beigefügt, damit Ihr ihr aufwarten könnt, um die Einzelheiten zu besprechen. In hochachtungsvoller Dankbarkeit,*

—M. THROGMORTON

QUINN FALTETE den Brief wieder zusammen und steckte ihn in ihren Ärmel, als der Diener mit einem neuen Kännchen Schokolade eintrat, um die kalte zu ersetzen. Sie dankte ihm geistesabwesend, denn sie dachte schon jetzt darüber nach, wie sie sich mit Mrs. Hounslow sicher – und heimlich – in Verbindung setzen könnte.

Tatsache war, dass sie nun unwiderruflich an dieses Land – und an ihre Ehe – gebunden war. Aber die Ehe allein war in ihren Augen niemals ein ausreichendes Lebensziel gewesen. Sie brauchte einen richtigen Sinn im Leben. Und dieses Projekt würde ihr vielleicht einen verschaffen.

Während sie sich bemühte, die widersprüchlichen Gefühle gegenüber ihrem Mann zu ordnen und zu deuten, was er für sie empfand, wäre dies außerdem eine sehr willkommene Ablenkung.

„Ausgezeichnete Arbeit, mein Junge!", rief Marcus, als Gobby seinen ausführlichen Bericht beendet hatte. Er hätte fast vergessen, dass er dem Jungen versprochen hatte, sich am Morgen mit ihm hinter den Stallungen zu treffen. „Ich wusste nicht, dass sie so weitläufig operieren. Es sind fünf, sagst du?"

Gobby nickte. „Von denen wir bisher wissen zumindest. Stilt – er kann am besten von uns allen schreiben – hat hier aufgezeichnet, wo sie alle wohnen." Er reichte Marcus einen eingerissenen Zettel mit einer Liste von Namen und Adressen, die sich alle in Mayfair befanden.

Marcus hob eine Augenbraue, als er zwei der Namen erkannte – Männer, die sich in gehobenen Kreisen bewegten, auch wenn er sie nicht gut kannte. „Und sie sind alle darin verwickelt und nicht nur mit Mr. Jarrett befreundet?"

„Ja, das glaube' wir, Chef ... äh, Mylord. Ich habe mit andere' Bursche' aus unseren Bordellen gesproche' und habe herausgefunde', dass sie viele von der Straße geholt habe', so wie Tig. Und Tig hat angeblich gehört, dass Mr. Jarrett mit den beiden, die ihn besucht habe', darüber gesprochen hat, ihn zu verkaufe'."

„Und welche zwei waren das?" Marcus hielt ihm die Liste hin.

Gobby schielte auf die Namen. „Das wären Mr. Hill und Captain McCarty. Sind das diese hier?" Er zeigte auf die entsprechenden Stellen.

„Ja, danke." McCarty war ein Armeekapitän im Ruhestand, und Mr. Hill war der Cousin von Sir Gregory Dobson, wenn er sich richtig erinnerte. Beide brauchten zweifellos Geld, auch wenn das keine Entschuldigung dafür war, dass sie sich an Machenschaften beteiligten, die man letztendlich nur als Sklavenhandel bezeichnen konnte.

„Ich übernehme die Sache von hier an." Als er das niedergeschlagene Gesicht des Jungen sah, fügte er hinzu: „Aber vielleicht brauche ich heute Abend einen Wachmann. Kannst du oder einer der anderen um zehn Uhr zur Ecke Duke Street und Chandler kommen und mich dort treffen?"

Gobbys Grinsen kehrte sofort zurück. „Ich komme, Mylord. Und vielleicht auch einer von den anderen. Wisst Ihr, wir wollen alle helfe'."

Marcus legte ihm liebevoll eine Hand auf die Schulter und wünschte sich, er könnte all seine Freunde bei sich aufnehmen, ihnen Essen geben, eine Ausbildung und eine Stelle. Eines Tages würde er es tun, das schwor er sich. „Das weiß ich, und ich weiß es wirklich zu schätzen. Richte auch den anderen meinen Dank aus, ja?"

„Jawohl, Mylord. Bis heute Abend." Mit einem fröhlichen Winken verschwand Gobby im Pferdestall.

Als Marcus zum Haus zurückging, wurde ihm auf einmal bewusst, dass es nicht mehr so einfach wäre wie zuvor, das Haus um Mitternacht zu verlassen. Irgendwie müsste er Quinn davon überzeugen, dass sie die Nacht nicht in seiner Kammer verbringen könnte – keine sonderlich reizvolle Aufgabe, besonders, weil sie sich nun endlich näher gekommen waren.

Er seufzte. Ein legendärer Dieb und ein aufmerksamer Ehemann waren nicht gerade Rollen, die gut zusammenpassten. Irgendwie würde er einfach lernen müssen, beides miteinander zu vereinbaren – zumindest bis er den Menschenhändlerring zerschlagen und die Polizei vollständig von Lukes Fährte abgelenkt hatte.

Als er das Haus wieder betrat, sah er, dass Quinn gerade das Esszimmer verließ. „Ist dein Vater schon weg?", fragte er überrascht. „Ich hatte gehofft, ich könnte ihm noch eine gute Reise wünschen."

„Das habe ich ihm ausgerichtet", erwiderte sie mit einem nervösen Lachen, obwohl er nicht wusste, was sie nervös gemacht haben könnte. „Er hat vor seiner Abreise noch viel zu tun."

Marcus nickte. „Es tut mir leid, dass er England so schnell wieder verlassen musste. Du wirst ihn bestimmt vermissen."

„Er hat versprochen, mir zu schreiben." Quinn sah ihm direkt in die Augen, und für einen Moment kamen ihm die Erinnerungen an die letzte Nacht wieder in den Sinn. Er trat einen Schritt auf sie zu; sein Körper reagierte bereits auf ihre Nähe. Ihre Augen wurden größer, ihre Lippen öffneten sich erwartungsvoll. Aber dann begann sie zu sprechen.

„Ich, äh … ich dachte, ich könnte heute mit den Veränderungen in meiner Kammer beginnen. Ich habe oben ein paar Notizen, die ich dir gern zeigen würde. Es dauert nur einen Augenblick, sie zu holen."

„Oh. Natürlich." Er blinzelte und fragte sich, was in ihn gefahren war. Es war hellichter Tag, und überall liefen verdammt nochmal Diener herum. „Auch ich muss mich ein paar Briefen widmen. Du kannst dann in die Bibliothek kommen."

Mit einem letzten unsicheren Lächeln eilte sie hinauf, und er ging in die Bibliothek. Er holte ein Blatt Papier hervor und schrieb eine Nachricht an Mr. Paxton, in der er vorschlug, sich am Nachmittag mit ihm zu treffen. Er könnte es genauso gut hinter sich bringen, denn eine Verzögerung würde den Mann nur noch tieferen Verdacht schöpfen lassen.

Er versandte die Nachricht über einen Diener und fragte sich, wie er Quinn heute Abend entwischen sollte, ohne dass *sie* Verdacht schöpfte.

QUINN ZOG Mr. Throgmortons Brief aus ihrem Ärmel und versteckte ihn in der Schublade ihres Schreibtisches unter dem Briefpapier. Das war knapp gewesen. Sie hätte sich fast Marcus in die Arme geworfen, als er sie so schwelend angesehen hatte – und dann hätte er höchstwahrscheinlich den Brief rascheln hören.

„Papperlapapp", sagte sie laut. Sicherlich hatte sie sich nur eingebildet, dass er sie unten vor allen Bediensteten hatte in die Arme schließen wollen. Marcus war viel zu anständig für so etwas.

Oder etwa nicht?

Ja, ihre Erinnerung an die letzte Nacht hatte einfach ihr Wahrnehmungsvermögen verstört. Das war alles. Er wusste ganz sicher, anständiges Benehmen bei Tag von ihren privaten nächtlichen Vergnügungen zu unterscheiden. Und sie müsste dies auch lernen, sonst würde sie riskieren, ihn zu blamieren.

Sie begutachtete sich im Spiegel und ging dann zur Tür. Als sie in den Flur hinaustrat, fiel ihr aber wieder ein, dass sie offiziell hinaufgegangen war, um ihre Dekorationsnotizen zu holen. Wo war sie heute nur mit ihren Gedanken? Mit einem verzweifelten Seufzen ging sie zurück zum Schreibtisch, um sie zu holen und eilte dann hinunter.

Marcus war in der Bibliothek, wie er angekündigt hatte, und ging einen kleinen Stapel Post durch.

„Ach, da bist du ja, meine Liebe. Es sind nicht viele Einladungen eingetroffen, denn die meisten Menschen reisen aufs Land oder sind bereits dort, aber ich habe ein paar gefunden, die wir in Erwägung ziehen könnten." Er hielt ihr die Einladungen hin. „Hast du deine Notizen dabei?"

„Ja." Sie reichte sie ihm und nahm die Einladungen von ihm entgegen, woraufhin beide schweigend lasen. „Ein venezianisches Frühstück? Was ist denn das?"

„Ein Fest im Freien oder auch ein elegantes Picknick, wenn man so will. Ich dachte mir, es könnte unterhaltsam werden... Du hast mehr geplant als ich angenommen hatte", fügte er hinzu und deutete auf ihre Notizen. „Es gibt nicht mehr viel zu tun, außer Stoffe auszusuchen und die Veränderungen in Auftrag zu geben. Bravo, meine Liebe."

Sie spürte, wie sie vor Freude über sein Lob errötete. „Ich möchte meine Kammer unbedingt aufhellen, muss ich gestehen. Und ja, das venezianische Frühstück klingt überaus unterhaltsam und perfekt für die Jahreszeit. Ich würde gern hingehen."

„Dann haben wir also schon Pläne für Donnerstag. Würdest du gern ein Antwortschreiben verfassen oder soll ich das übernehmen?"

„Ach. Was ist denn angemessen?" Sie würde wirklich versuchen, die Regeln des Anstandes zu erlernen und sich an diese halten, wann immer sie konnte.

„In der Regel übernehmen Frauen diese Art von gesellschaftlicher Korrespondenz, glaube ich – zumindest hat meine Mutter das immer getan."

„Dann schreibe ich eine Antwort. Heute Abend steht nichts an?" Die andere Einladung war für einen Ball am Freitag.

Er schenkte ihr ein Grinsen, das fast einer Grimasse glich. „Ein Fest bei Lord und Lady Mountheath. Ich hatte gedacht, dass du das lieber vermeiden würdest."

„Damit liegst du richtig", sagte sie schaudernd, als sie sich wieder die scheußlichen Gehässigkeiten der Dame ins Gedächtnis rief. „Obwohl ich mich frage, wie sie auf die Nachricht über unsere Eheschließung reagiert hat, wo sie doch ganz offensichtlich nicht geglaubt hat, dass wir verlobt sind."

Nun lachte Marcus. „Ich fürchte, keiner von uns war an dem Abend besonders überzeugend. Es ist gut, dass ich nie versucht habe, meinen Unterhalt als Schauspieler zu verdienen."

„Mir geht es ebenso." Quinn erinnerte sich an den Schrecken und die Bestürzung, die sie empfunden hatte, als ihr Vater die Verlobung erfunden und Marcus sie bestätigt hatte. „Aber ... wir machen doch offenbar das Beste daraus, oder nicht?"

Sein Lächeln wurde sanft, und ihr Herz schlug schneller. „In der Tat. Habe ich dir nicht gesagt, dass wir ziemlich gut miteinander auskommen würden?"

Ziemlich gut. Das war wohl kaum eine Zuneigungsbekundung. Sie spürte einen kleinen Knoten der Enttäuschung in der Brust. „Ja, das hast du."

Und sie hatte ihm die Wörter ins Gesicht geworfen. Um das Thema zu wechseln, fragte sie: „Gehen wir heute Nachmittag aus? Du hast gestern den Tower erwähnt."

„Ja, das habe ich wohl. Und wir gehen auch hin, wenn wir Zeit haben. Aber ich fürchte, ich muss mich erst mit Mr. Paxton treffen."

„Mit dem Mann, den wir bei den Tinsdales kennengelernt haben? Glaubt er wirklich, du könntest ihm dabei helfen, den Heiligen von Seven Dials zu fassen?" Der Gedanke daran, dass der anständige Marcus auch nur im Entferntesten mit einer solch schneidigen, kühnen Figur assoziiert werden könnte, kam ihr ziemlich weit hergeholt vor.

„So scheint es, obwohl ich mir nicht vorstellen kann, wie. Ich bin aber neugierig, daher habe ich ihm eine Nachricht zukommen lassen, dass ich heute Nachmittag mit ihm reden kann. Ich bezweifele, dass ich lange fort bin. Wir treffen uns im White's Club."

Da sie einen spontanen Einfall hatte, sagte sie: „Ach, wegen mir brauchst du dich nicht bei der Sache zu beeilen, die wahrscheinlich äußerst interessant ist. Wir können auch an einem anderen Tag den Tower besuchen. Ich glaube, ich werde die Gelegenheit einfach nutzen und selbst ein paar Dinge erledigen, wenn ich die Kutsche haben darf."

„Gewiss. Ich kann den Phaeton nehmen oder reiten. Aber was für Dinge willst du denn erledigen?"

Sie erinnerte sich wieder an die Befragung ihres Vaters an dem Tag, als sie versucht hatte, mit dem Schiff abzureisen und in den Docks in Schwierigkeiten geraten war. Aber heute plante sie natürlich nichts Riskantes – nur einen Besuch bei Mrs. Hounslow in einem angesehenen Teil Londons.

„Einkaufen natürlich", sagte sie unschuldig. „Ich brauche einen neuen

Sonnenschirm, wenn wir zum venezianischen Frühstück wollen."

„Nun gut. Dann muss ich mir also keine Gedanken machen, wenn ich im White's Club Freunden begegne, was nicht gerade unwahrscheinlich ist. Aber zum Abendessen sollte ich sicherlich wieder zu Hause sein."

„Ich auch. Vielleicht werde ich auch mit einem Textilkaufmann über die Stoffe in meiner Schlafkammer sprechen. Gefallen dir meine Ideen?"

Sie redeten nun über ihre Einrichtungspläne, und wenn Marcus abgelenkt erschien, schrieb Quinn das nur dem üblichen, männlichen Desinteresse an derartigen Themen zu.

Erst als er sein Pferd einem der Stallburschen im White's Club übergab, fragte sich Marcus, ob Noel Paxton überhaupt hereingelassen würde. Da er selbst bereits Mitglied war, seitdem er Oxford verlassen hatte, vergaß er oft, dass die Eintrittsregeln für diesen Club ziemlich streng waren. Draußen schien der Kerl sich jedoch nicht herumzudrücken, daher beschloss er, drinnen zu warten und die Straße durch das Erkerfenster zu beobachten.

Als er ein paar Schritte in den Hauptraum getreten war, sah er Mr. Paxton, der ihm von einem Tisch in der Ecke aus zuwinkte.

„Ich hoffe, mein vorgeschlagener Treffpunkt ist Euch genehm?", fragte er, als er sich zu Paxton an den Tisch setzte.

„Absolut", erwiderte der andere Mann freundlich. „Da Ihr frisch verheiratet seid, verstehe ich, dass Ihr es vorgezogen habt, Euch lieber hier als bei Euch zu Hause treffen. Ich vermute, Eure Frau ist noch dabei, sich einzuleben. Ich erinnere mich noch gut an das Theater, das meine Schwester nach ihrer Heirat um ihr erstes Haus gemacht hat. Organisation, Einrichtung und so weiter."

„So ist es." Marcus stellte fest, dass ihm der Bursche eigentlich sehr sympathisch war und wie gefährlich das werden könnte. „Ein wenig Portwein vielleicht?" Er winkte dem vorbeikommenden Kellner zu.

Als dieser wieder fort war, sagte Paxton: „Ich werde Euch nicht lange aufhalten. Ich bin mir sicher, Ihr könnt es nicht erwarten, zu Eurer Braut zurückzukehren."

Marcus beschloss, dass es nichts bringen würde, das Unausweichliche weiter aufzuschieben. „Ihr wolltet mit mir über den Heiligen von Seven Dials sprechen?"

„Ja. Ich habe vor ein oder zwei Wochen eine äußerst merkwürdige Geschichte von Lord Ribbleton gehört. Angeblich habt Ihr und er in einem Duell als Sekundanten agiert."

Marcus dachte schnell nach. Luke war zu einem Duell gegen Lord Bellowsworth um Lady Pearl herausgefordert worden, aber hatte schließlich gegen seinen eigenen Onkel antreten und diesen töten müssen. Laut Luke handelte es sich dabei um den Mann, der sich jahrelang als Lord Hardwyck ausgegeben hatte, um einen Mörder, der sein Schicksal wohl verdient hatte. Der Herzog von Oakshire hatte dies offenbar genauso gesehen, denn er hatte dafür gesorgt, dass keine Einzelheiten öffentlich bekannt gemacht wurden.

„Das ist richtig, ja", erwiderte er nach einem, wie er hoffte, nur kurzem Zögern.

„Dann ist Euch bekannt, dass es eine äußerst ungewöhnliche Vorgehensweise war, ganz abgesehen davon, dass Duelle in England illegal sind."

Obwohl Paxton ihn eingehend beobachtete, zuckte Marcus nur die Schultern. „Wollt Ihr uns etwa die Polizei auf den Hals hetzen, weil wir daran teilgenommen haben? Ich kann mir nicht vorstellen, wie Euch das in Euren Ermittlungen weiterhilft."

„Nein, gewiss nicht", erwiderte Paxton lächelnd. „Mein Interesse liegt an den Unregelmäßigkeiten der ganzen Sache – ich glaube, ein Mann wurde getötet? Aber der eigentliche Punkt liegt darin, dass Lord Ribbleton mir erzählt hat, dass der Mann etwas gesagt hat, bevor Lord Hardwyck ihn getötet hat."

Es kostete ihn alle Mühe, angenehm interessiert und ruhig dreinzublicken, aber Marcus hatte jahrelange Übung darin, von seinen Lehrern, seinem Vater und seinen älteren Brüdern verhört zu werden, wann immer er in Schwierigkeiten geraten war.

„Ribbleton und ich waren auf der anderen Seite des Ehrenfeldes. Ich kann mich an nichts mit Klarheit erinnern, was gesagt worden wäre, und es überrascht mich ziemlich, dass er behauptet, es zu wissen. Ich bin mir aber sicher, dass Lord Hardwyck in Notwehr gehandelt hat", sagte er ernst, als wäre dies die Hauptsorge. „Knox hat die Dame bedroht, die mittlerweile Lukes Frau ist."

„Ja, ich habe – kurz – mit dem Herzog von Oakshire gesprochen, und er hat mir mitgeteilt, dass eine Anklage wegen Mordes außer Frage stand. Knox hat sein Schicksal offenbar wirklich verdient."

„Na, dann ist doch alles in Ordnung." Marcus lehnte sich lächelnd zurück, als müsste die Befragung nun beendet sein.

Aber Paxton schüttelte seinen Kopf so hartnäckig wie ein Hund mit einem Knochen. „Ribbleton behauptet, dass Knox Lord Hardwyck als Heiligen von Seven Dials identifiziert hat, kurz bevor er starb. Dass Hardwyck ihn deswegen getötet habe, obwohl der Herzog diese Ansicht nicht zu teilen scheint."

Marcus gelang es, ungläubig zu lachen. „Luke? Der Heilige? Ich bin nicht überrascht, dass der Herzog von Oakshire eine derartige Theorie nicht unterstützt hat. Aber er war doch die meiste Zeit über, in der der Heilige zugeschlagen hat, nicht einmal in London. Und dafür hat er auch gar nicht das Temperament." Er war sich ziemlich sicher, dass wenn Paxton Luke jemals selbst befragen sollte, dieser sich in jedem beliebigen Licht seiner Wahl darstellen könnte.

„Wie ich gestern Abend bereits gesagt habe, möchte ich einfach jeder Spur nachgehen. Wenn es sich lediglich um Ribbletons Aussage gehandelt hätte, hätte ich es vielleicht nicht weiter beachtet, aber einer der Polizisten behauptet, dass ein Junge, der für den Heiligen gearbeitet hat, nun für Lord Hardwyck arbeitet. Wisst Ihr irgendetwas darüber?"

Er musste von Flute sprechen, wie Marcus nun bewusst wurde, einem Jungen, den Luke von der Straße gerettet hatte, als er seinen Titel erhalten hatte. „Ich weiß, dass er auf Drängen seiner Frau hin ein paar Straßenjungen aufgenommen hat. Sie ist seit Jahren bekannt für ihre wohltätigen Projekte."

Paxton runzelte die Stirn. „Das wusste ich nicht. Dann hat Lady Hardwyck dies auch schon vor ihrer Ehe betrieben?"

„Aber ja! Lady Pearl liebt ihre sozialen Kreuzzüge. Ihr müsst neu in der Stadt sein, wenn Ihr das nicht wisst. Ich bin mir sicher, dass Luke alle Hände voll damit zu tun hat, bei all ihren Reformplänen mitzuhalten."

„Ich verstehe." Paxton war sichtlich enttäuscht. „Da sich Hardwyck angeblich noch immer auf seiner Hochzeitsreise im Norden befindet, hätte ich es auch schwierig gefunden, ihn mit dem aktuellen Diebstahl des Heiligen in Verbindung zu bringen, aber ich dachte, ich muss der Sache zumindest nachgehen …"

„Natürlich", stimmte Marcus zu. Vor Erleichterung wurden fast seine Knie weich. „Eure Gründlichkeit ist bewundernswert. Sir Nathaniel kann sich glücklich schätzen, dass Ihr ihm helft."

Paxton grinste ihn an und entspannte sich nun etwas, da die Befragung offensichtlich vorbei war. „Ich bin ihm vom Auswärtigen Amt empfohlen worden, nun, da der Krieg zu Ende ist. Man hat mir eine Diplomatenstelle angeboten, aber das hat mir nicht zugesagt."

Marcus' Neugier wuchs. Hatte der Mann etwa als Spion fungiert? Es wäre jedoch taktlos, direkt danach zu fragen, ganz abgesehen davon, dass zu viel Konversation mit dem Kerl riskant wäre. „Ihr braucht also eine größere Herausforderung, was?" Er gab sich mit dieser Frage zufrieden.

„Das könnte man so sagen. Und der Heilige bietet mir die beste, die ich seit Waterloo hatte. Ich habe mit meinen Ermittlungen eben erst begonnen, aber ich hoffe, dass Ihr mich benachrichtigt, wenn Ihr irgendetwas hört, das hilfreich sein könnte."

„Gewiss, gewiss", versicherte ihm Marcus. Er trank seinen Portwein aus und erhob sich zum Gehen.

Mr. Paxton stand ebenfalls auf. „Wenn Euer Freund Lord Hardwyck nach London zurückkehrt, werde ich mich mit seinem Straßenjungen unterhalten. Vielleicht kann er ja die Fährte liefern, die diesen Fuchs zugrunde richtet."

Marcus spürte einen plötzlichen Anflug von Besorgnis. Flute war mit Gobby, Stilt und den anderen befreundet gewesen. Für den Fall, dass … Aber nein. Wenn Luke dem Burschen vertraute, dann würde auch er es tun. Und wenn Luke glaubte, dass dies irgendein Risiko für ihn bedeuten würde, dann würde er den Jungen nicht wieder zurück nach London holen. Dennoch wäre ein diskreter Brief in den Norden angebracht.

„Ein ausgezeichneter Plan", stimmte er zu, als er und Paxton Richtung Tür gingen. „Es könnte gut sein, dass er etwas weiß, da er in der Vergangenheit Dinge für den Heiligen verkauft hat."

Im nächsten Moment erreichten sie die Straße, und Marcus wartete ungeduldig auf sein Pferd. So nett Noel Paxton auch erscheinen mochte, er fühlte sich nun mehr als bereit, ihm zu entkommen.

„Natürlich muss der Heilige nun jemand anderen gefunden haben, der für ihn arbeitet", sagte Paxton, als Marcus auf sein Pferd stieg. „Ich habe jemanden auf der Straße, der mich in Kenntnis setzen kann. Der Heilige mag ein Held für die Armen sein, aber Loyalität kann man sich erkaufen, wie ich schon oft festgestellt habe. Guten Tag und ich bitte nochmals um Verzeihung, dass ich Euch von Eurer Braut ferngehalten habe."

Marcus verabschiedete sich von dem Mann und ritt heimwärts, wobei er sich fragte, wie tief die Loyalität "seiner" Burschen tatsächlich war.

KAPITEL FÜNFZEHN

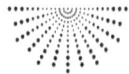

„MRS. HOUNSLOW?", FRAGTE QUINN, ALS MAN SIE IN DEN KLEINEN, ABER sehr sauberen Salon des kleinen, aber sehr sauberen Hauses in der Gracechurch Street führte. „Ich bin ... eine mitfühlende Dame."

„Willkommen! Seid herzlich willkommen!" Mrs. Hounslow, eine winzige, lebhafte Frau mit stahlgrauem Haar und sehr hellen grauen Augen eilte auf sie zu, um Quinns Hände mit ihren zu umschließen. „Ich hatte gehofft, dass Ihr mir aufwarten würdet. Wenn Ihr mir vorher Bescheid gegeben hättet, hätte ich natürlich Tee bereitgestellt, aber ich bin mir sicher, Maggie findet etwas für uns."

Die Magd mittleren Alters, die ihr die Tür geöffnet hatte, nickte und eilte davon, genauso energiegeladen wie ihre Herrin.

„Nun, meine Liebe, bitte nehmt Platz, damit wir besprechen können, wie wir den armen, armen Mädchen am besten helfen können. Ich bin seit über einem Jahr hinter Mr. Throgmorton her, damit er auch sie in seine Pläne einbezieht, aber er scheint der Ansicht zu sein, dass jegliches Geld, das er auftreiben kann, besser in die Jungen investiert sei – was natürlich Unsinn ist, aber Männer können so starrsinnig sein, findet Ihr nicht auch?"

Quinn setzte sich auf den ihr angebotenen Stuhl und fühlte sich fast schon atemlos dadurch, dass sie den schnellen Worten der schnatternden Frau folgen musste. „Ja, das sind sie zuweilen", stimmte sie zu. „Der Grund dafür, dass ich einen falschen Namen verwendet habe, ist der, dass ich mir nicht sicher bin, ob mein Mann mich in meinem Vorhaben unterstützen würde."

„Ah! Das ist zweifellos eine weise Vorsichtsmaßnahme, meine Liebe. Man weiß nie, wie Männer auf derartige Dinge reagieren. Selbst die groß-zügigsten unter ihnen können recht seltsam werden, wenn es darum geht, dass ihre eigene Frau sich an einem Sozialprojekt beteiligt – besonders an einem Projekt, durch das sie mit den Schichten der Gesellschaft in Kontakt kommen könnte, die vom Schicksal weniger gesegnet sind. Oder mit denen man lieber nichts zu tun haben will, wie manche meinen."

Mrs. Hounslow setzte sich gegenüber von Quinn hin, aber sprang direkt wieder auf. „Ah! Hier kommt ja schon unser Tee. Ich helfe dir, das Tablett abzustellen, Maggie. Ja, danke, ich schenke ein, ganz recht, meine Liebe. Ich weiß ja, dass du dich schnell wieder deinem Backen widmen willst."

Sie wandte sich mit einem strahlenden Lächeln zu Quinn um, während sie einschenkte. „Maggie füllt eine Vielzahl von Rollen für mich aus, daher verlange ich ungern zu viel von ihr. Wo waren wir stehengeblieben?"

„Wir wollten besprechen, wie ich Eure Pläne für eine Mädchenschule am besten unterschützen kann", erwiderte Quinn und versuchte, ihre Belustigung über das Verhalten der Frau zu verbergen. „Ich bin bereit, mich großzügig zu beteiligen, wenn dies diskret möglich ist."

„Gott segne Euch! Gott möge Euch in der Tat segnen!", rief ihre Gastge-berin, und hielt ihr einen Teller mit winzigem Teegebäck entgegen. „Die Lage einiger armer Mädchen der Stadt ist schlimmer als Ihr Euch vorstellen könnt. Mein Herz schmerzt bei dem Gedanken an sie – schmerzt so sehr."

„Ja, da stimme ich zu. Ich habe ein Mädchen kennengelernt und es bei mir eingestellt, damit es keine extrem gefährliche und unmoralische Arbeit annehmen musste."

Tränen traten in Mrs. Hounslows graue Augen. „Ihr seid der Inbegriff der Nächstenliebe, Ma'am, der Innbegriff! Es werden so viele Mädchen gezwungen, diese Art von Arbeit anzunehmen. Ich wünschte, ich könnte alle retten. Maggie ist die einzige Bedienstete, die ich mir leisten kann, sonst würde ich auch welche von den Mädchen bei mir anstellen. Aber ich tue mit meiner Witwenrente, was ich kann. Doch jetzt bekommen wir die Schule, da bin ich überzeugt davon, und die armen, lieben Mädchen werden für eine anständige Arbeit ausgebildet. „Sie nickte kräftig und nahm einen Schluck Tee.

„Was glaubt Ihr denn, würde es kosten, ein richtiges Internat für, sagen wir dreißig oder vierzig Mädchen zu eröffnen?", fragte Quinn und fand, dass Mrs. Hounslow viel eher der Inbegriff der Nächstenliebe war als sie. Sie tat es ebenso zur Ablenkung von den verwirrenden Gefühlen ihres Mannes gegenüber wie für die Mädchen selbst. „Besonders sorge ich mich um diejenigen in Seven Dials und Umgebung."

Mrs. Hounslow nickte wieder, wobei ihre tadellose weiße Haube auf ihren grauen Locken auf und ab hüpfte. „Das hat Mr. Throgmorton mir gesagt, und das ist auch verständlich, denn die Mädchen in der Nähe des West Ends konntet Ihr wahrscheinlich am besten beobachten und habt deswegen Euer lobenswertes Mitgefühl entwickelt. Mein Traum ist es, letztendlich mehrere solcher Schulen in allen Armenvierteln von London zu eröffnen, für die schlimmsten Krähennester. Das ist übrigens ein anderes Wort für Diebeshöhlen, meine Liebe. Eurer Aussprache nach zu urteilen, seid Ihr Amerikanerin und wahrscheinlich nicht mit unserem lokalen Dialekt vertraut – was Eure Wohltätigkeit in meinen Augen nur noch bewundernswerter macht."

Quinn wusste nicht recht, warum das der Fall sein sollte, aber lächelte. „Ihr wolltet mir noch sagen, wie viel Geld wohl gebraucht wird", drängte sie.

„Ach! Ja, ja natürlich. Dreißig oder vierzig Mädchen, sagt Ihr? Und ein Internat? Du liebe Güte …"

„Ich befürchte, dass eine Tagesschule den derzeitigen Arbeitgebern der Mädchen zu viele Gelegenheiten bieten würde, sich ihnen während der freien Zeit aufzudrängen."

Die Augen der kleinen Frau weiteten sich. „Aber natürlich, wie schlau ihr doch seid! Und da habt Ihr auch völlig recht. In diesem Fall …" Sie nannte eine Summe, die nun Quinns Augen größer werden ließ. Wie könnte sie jemals so viel spenden, ohne dass Marcus es herausfinden würde?

Mrs. Hounslow musste ihr Zögern gespürt haben, denn sie sprach schnell weiter. „Ja, das ist eine Menge Geld, ich weiß, aber für ein Internat muss man Mahlzeiten und Schlafräume für Lehrer und Schülerinnen mitrechnen, denn auch die Lehrer würden in der Schule wohnen. Dann wäre da noch das Gebäude selbst. Mr. Throgmorton hat, wie ich weiß, diverse Möglichkeiten für die Jungenschulen untersucht, daher hat er wahrscheinlich Vorschläge für uns."

Quinn nickte. Irgendwie würde sie das Geld schon aufbringen, selbst wenn sie Marcus bitten musste, ihr ihre eigene Mitgift auszuzahlen – ein beschämender Akt, aber was noch schlimmer war, war die Tatsache, dass dies ein paar schlauen und trügerischen Erklärungen bedurfte. „Und wie schnell glaubt Ihr, könnten wir eine solche Schule eröffnen?"

„Oh, da muss ich Mr. Throgmorton fragen, aber sofern ein existierendes Gebäude genutzt werden kann, würde ich meinen, recht schnell, wenn das Geld da ist. Mir ist bewusst, dass es wahrscheinlich viel mehr ist als ..."

„Sprecht mit Mr. Throgmorton", sagte Quinn zu ihr. „Ich lasse Euch die ersten paar hundert Pfund bis zum Ende der Woche zukommen, damit er ein Gebäude sichern kann. Ich wünsche natürlich regelmäßige Berichte über den Fortschritt des Projekts. Sie können wie zuvor an das Grillon's Hotel gesendet werden, und ich warte Euch hier auf, wann immer ich kann."

Mrs. Hounslows Augen wurden erneut feucht. „Ihr seid eine Heilige, Ma'am. Die Mädchen können sich glücklich schätzen, eine solche Befürworterin zu haben."

„Eine Heilige bin ich wohl kaum, Mrs. Hounslow, aber ich würde gern etwas Sinnvolles bewirken." Bei der Bemerkung bezüglich der Heiligen hatte sie mit einem Mal einen neuen und interessanten Gedanken. Sie erhob sich. „Ich muss gehen, aber ich komme wieder, sobald ich kann. Ich danke Euch sehr für Eure Unterstützung bei dem Vorhaben, denn ich wusste nicht, wo ich anfangen soll."

Sich gegenseitig dankend umarmten sie sich, und Quinn machte sich auf den Weg in die Bond Street, um ein wenig einzukaufen, damit sie ihre lange Abwesenheit erklären konnte. Während sie sich eine Reihe von weißen Sonnenschirmen aus Spitze ansah, dachte sie wieder über die Idee nach, die ihr gekommen war, bevor sie die Gracechurch Street verlassen hatte.

Der Heilige von Seven Dials war bekannt dafür, dass er den Armen half. Ob man ihn überzeugen könnte, einen Teil seiner Beute für ihren Zweck zu spenden, wenn sie einen Weg finden könnte, mit ihm Kontakt aufzunehmen? Einen Versuch wäre es sicherlich wert.

Marcus war bereits zu Hause, als Quinn zurückkehrte. Als sie das Haus mit ihrer Zofe betrat, kam er mit einem Lächeln aus der Bibliothek, das keine Spur von Misstrauen enthielt. „Ich hoffe, deine Einkaufsexpedition war erfolgreich, meine Liebe?"

„Das musst du beurteilen", antwortete sie lächelnd und unterdrückte einen unerwarteten Anflug von Schuldgefühlen, weil sie ihm verschwieg, wo sie tatsächlich gewesen war. Sie nahm einen Karton von Monette entgegen und öffnete ihn, um ihm einen hübschen Sonnenschirm mit Rüschen zu zeigen.

Bevor er etwas sagen konnte, plapperte sie nervös weiter. „Es war mein erster Ausflug auf die Bond Street, daher hat es etwas länger gedauert als erwartet. So viele Geschäfte an einem Ort! In Baltimore gibt es so etwas nicht."

Er hob eine Augenbraue, da sie plötzlich so viel redete, aber sagte nur: „Ein hübscher Kauf und perfekt für ein venezianisches Frühstück. Ich bin allerdings froh, dass du wieder da bist, denn man sieht auf der Bond Street zu so später Stunde in der Regel keine Damen mehr."

„Ja, das habe ich auch bemerkt", erwiderte sie und biss sich angesichts des versteckten Tadels auf die Lippe. „Als wir wieder gefahren sind, waren fast nur noch Herren auf der Straße zu sehen. Ich hoffe, ich habe nicht schon wieder etwas getan, das sich nicht schickt?"

„Nichts, was man jemandem, der so neu in der Stadt ist, nicht verzeihen könnte. Ich muss daran denken, dich über derartige Sitten zu unterrichten, bevor du wieder allein ausgehst. Aber komm, zeig mir, was du sonst noch gekauft hast, das ich bestaunen kann."

Sie fühlte sich ein wenig lächerlich und noch schuldiger als zuvor, als sie die Kartons öffnete. Wenn sie Mrs. Hounslow nicht besucht hätte, hätte sie sich niemals nach der "angemessenen" Uhrzeit auf der Bond Street herumgetrieben.

„Wirklich nur ein paar Dinge. Diese Haube und Bänder, die zu meinem grünen Morgenkleid passen. Ich … ich dachte, die könnte ich im Haar tragen." Er war näher herangetreten, um die Dinge zu begutachten, und seine Nähe erschwerte es ihr, sich zu konzentrieren.

„Sehr hübsch." Er sah allerdings sie an statt ihrer Einkäufe. Sie spürte, dass sie errötete, wie es in seiner Gegenwart viel zu oft geschah. Mittlerweile sollte sie diese schulmädchenhafte Albernheit doch hinter sich gelassen haben.

„Ich freue mich, dass es dir gefällt", sagte sie und machte sich daran, die Gegenstände wieder einzupacken, bevor sie sie Monette reichte, damit sie sie hinaufbringen konnte.

Sie wollte ihrer Zofe gerade folgen, als er sagte: „Ich hatte gedacht, wir könnten in den Park reiten, bevor wir zu Abend essen, aber vielleicht willst du dich lieber ausruhen?"

„Ach! Ich bin überhaupt nicht müde", erklärte sie und drehte sich wieder zu ihm um. „Ich würde Tempest gern besser kennenlernen." *Und dich auch*, fügte sie in Gedanken hinzu. Obwohl sie immer vertrauter mit jedem Stück Haut seines Körpers wurde, wusste sie immer noch wenig über den Mann darunter.

„Dann lasse ich unsere Pferde bringen, während du dein 'neues' Reitkostüm anziehst."

Sie lachte. „Ich muss mir bald ein richtiges schneidern lassen. Ich bin gleich wieder da." Fröhlich rannte sie die Treppe hinauf; die Vorfreude auf das Reiten ließ sie ihre Schuldgefühle und Beschämung einstweilig vergessen.

Sie ließ sich von Monette beim Umziehen helfen, sich ein paar Nadeln ins Haar stecken und eilte dann wieder hinunter, wo die Pferde bereits vor der Tür warteten. Der Stallbursche, der Tempest hielt, sah misstrauisch aus, so als hätte die Stute bereits versucht, ihn zu beißen oder zu treten.

„Passt mit der hier auf, Mylady. Sie ist ein bisschen kratzbürstig", sagte er und bestätigte damit ihre Vermutung. „Sie muss ehrlich gesagt noch ein paar Verhaltensregeln lernen."

„Tempest und ich erlernen die hier ansässigen Verhaltensregeln gemeinsam", erwiderte Quinn und gab Marcus mit einem Nicken zu verstehen, dass sie bereit war, sich in den Sattel helfen zu lassen.

Wie auch schon gestern beruhigte sich Tempest, sobald Quinn im Sattel eine richtige Reithaltung eingenommen und die Zügel in die Hände genommen hatte. Es war eindeutig, dass die Stute ursprünglich gut trainiert worden war, auch wenn dann Misshandlung dazu geführt haben mochte, dass sie launisch geworden war. Vielleicht wie Quinn selbst? Sie grinste bei dem Gedanken.

„Du reitest wirklich gern, nicht wahr?", merkte Marcus mit einem wissenden Lächeln an, als er sein eigenes Pferd bestieg. „Noch etwas, was wir gemeinsam haben."

Nebeneinander ritten sie in einem leichten Trab Richtung Hyde Park. „Noch etwas?", wiederholte Quinn. „Was ist denn das Erste?"

Er warf ihr einen Blick zu, bei dem ihr Gesicht heiß wurde. „Uns beiden hat die Ägyptische Halle gefallen, oder nicht? Aber ich muss gestehen, dass ich eher an andere … körperliche Ertüchtigungen gedacht hatte."

Mit starr geradeaus gerichteten Augen versuchte sie, leichtherzig zu sprechen. „Vielleicht können wir noch andere, äh, Ertüchtigungen finden, die wir beide mögen. Oder vielleicht Beschäftigungen intellektueller Art. Ich glaube, du hattest erwähnt, dass du gern liest?"

„Natürlich. Bücher sind ein ausreichend sicheres Thema." Seine tiefe Stimme hatte einen amüsierten Unterton, was ihr Blut trotz des Abstandes zwischen ihnen in Wallung brachte. „Ich kann nicht behaupten, dass ich ein großer Leser bin, aber mir gefallen Shakespeare und Milton, ebenso wie diverse moderne Schriftsteller, die die meisten als frivol bezeichnen würden."

Das überraschte sie in der Tat. Sie hatte angenommen, dass er nur politische oder historische Abhandlungen las, was eher zu seiner nüchternen Art gepasst hätte.

„Auch ich lese gern Romane", gestand sie, „obwohl ich in den letzten Jahren viel zu wenig Zeit zum Lesen hatte."

Während sie weiterhin eine leichte Unterhaltung über Bücher führten, erreichten sie die Tore des Parks und ritten hindurch. Die Wege waren recht überfüllt, denn sie waren zur beliebtesten Tageszeit gekommen. Kurzzeitig musste sich Quinn auf Tempest konzentrieren, die Anstoß an den anderen Pferden nahm, seitlich ausscherte und versuchte, ihren Kopf hochzuwerfen. Sie nahm die Zügel fest in die Hand, ohne zu ziehen und sprach beruhigend, aber mit fester Stimme auf die Stute ein, die sich daraufhin wieder beruhigte und ihnen erlaubte, weiter zu reiten.

„Deine Reitkünste sind ausgezeichnet", sagte Marcus, als sie auf einen weniger belebten Pfad abbogen. „Du hast sie hervorragend im Griff."

„Sie braucht eine sanfte, aber bestimmte Hand." Wieder fragte sich Quinn, ob es Parallelen zu ihrer eigenen Situation gab. Diesmal amüsierte sie der Gedanke nicht sonderlich. „Schroffheit verdirbt ein Pferd ebenso wie Hätschelei, habe ich festgestellt."

„Da stimme ich dir zu."

Sie warf ihm einen kurzen Blick zu und fragte sich, ob auch er die Parallelen zog. Gereizt wechselte sie das Thema. „Schau, hier rechts ist ein relativ wenig berittener Weg. Sollen wir einen Galopp versuchen?" Ohne auf seine Antwort zu warten, trieb sie Tempest auf dem Pfad zu einem gestreckten Galopp an und freute sich über den flüssigen Gangartwechsel ihrer Stute, wodurch ihre kurzzeitige Verärgerung wieder verflog.

„Warte, warte!", rief er, als sie sich einer Kurve näherte.

Obwohl sie langsamer wurde, sah sie ihn fragend an. „Zu schnell für dich?", fragte sie neckisch.

„Nicht für mich, aber alles, was schneller ist als ein kontrollierter Galopp ist, wird besonders zu dieser Tageszeit im Park nicht gern gesehen. Leider sind nicht alle Reiter so geschickt wie du."

Also hatte sie unwissentlich schon wieder eine Regel gebrochen, dachte sie mit einem resignierten Seufzen. „Es scheint, als lerne Tempest die Gesellschaftsregeln schneller als ich. Es tut mir leid."

Er schüttelte den Kopf. „Es war meine Schuld – ich hätte dich warnen sollen. Ich vergesse immer wieder, dass du nicht mit diesen albernen Regeln vertraut bist."

„Diese hier ist aber nicht albern", gab sie zu. „Sie hat aus Sicherheitsgründen durchaus ihren Sinn. Vielleicht gibt es auch gute Gründe für die anderen Regeln, die die Gesellschaft einem auferlegt, und ich habe sie einfach noch nicht durchschaut." Das bezweifelte sie allerdings.

„Du … hm. Vielleicht."

Sie fragte sich, was er hatte sagen wollen. Wahrscheinlich hatte er sie kritisieren wollen, aber es sich dann anders überlegt, um keinen Streit zu riskieren … oder um ihre Gefühle nicht zu verletzen? So oder so war sie dankbar.

„Es ist spät", sagte sie. „Vielleicht sollten wir zurückreiten?"

„Ja, lass uns das tun. Ich bin völlig ausgehungert." Ihm schien es ebenso recht zu sein, das Thema fallen zu lassen, wie ihr.

Sie hatten fast die Parktore erreicht, als ein bekannter blauer Phaeton einfuhr, deren reizende Fahrerin sie auf der Stelle erblickte. Sie stieß die ebenso hübsche Frau an ihrer Seite an, bevor sie einen trillernden Gruß ausrief.

„Lord Marcus! Wie schön, dass Ihr noch in der Stadt seid, wo ich doch erst gestern von Eurer Hochzeit gelesen habe! Cecy und ich waren schon ganz traurig darüber, Euch zu verlieren, aber da seid Ihr ja. Wie erfreulich!"

Wie auch schon zuvor beachtete sie nur Marcus, wie Quinn ärgerlich feststellte, und die andere Dame sah ihn genauso vernarrt an. Beide benahmen sich, als sei sie gar nicht vorhanden.

„Guten Tag, Lady Regina, Lady Cecily." Marcus vollführte im Sattel eine kleine, elegante Verbeugung. „Erlaubt mir, Euch meine neue Braut Lady Marcus vorzustellen. Mylady, Ihr erinnert Euch an Lady Regina Prescott? Und das ist ihre Schwester Lady Cecily Prescott."

„Gute, gute Freundinnen Eures Ehemannes", fügte Lady Cecily hinzu. „Ich bin erfreut, Euch kennenzulernen, Lady Marcus. Welch ein reizendes, äh, Reitkostüm." Beide Schwestern kicherten, als sie Quinns abgeändertes Kleid betrachteten, bevor sie mit klimpernden Wimpern wieder zu Marcus aufschauten.

Sein Kiefer spannte sich an, wie Quinn bemerkte. „Wir sind lediglich Bekannte", sagte er dämpfend. Das offensichtliche Kokettieren der Damen ärgerte ihn anscheinend.

Quinn war eher belustigt als eifersüchtig, auch wenn sie die Anmerkung über ihr Reitkostüm ein wenig verletzt hatte. Ein richtiger Einkaufstag war definitiv angebracht – je eher desto besser.

Lady Reginas folgende Worte lenkten sie allerdings wieder von ihren Plänen ab. „Im letzten Frühling habt Ihr Cecily aber etwas ganz anderes erzählt, als Ihr ihr auf dem Ball der Heathertons einen Kuss abgeschwatzt habt. Wir hatten beide gehofft, herauszufinden, ob Ihr Eurem Ruf alle Ehre macht, aber siehe da! Dazu haben wir wohl keine Chance mehr." Sie warf Quinn einen Blick voller Abneigung zu. „Komm, Cecy."

Sie fuhren weiter, und Marcus blickte ihnen stirnrunzelnd nach, während ihn Quinn neugierig betrachtete. Als er es bemerkte, wandte er sich wieder zu ihr um und zuckte die Schultern. „Lord Knottsford sollte seine Töchter besser im Zaum halten. Bitte beachte sie nicht weiter, meine Liebe. Sie sorgen gern für Ärger."

Quinn gelang es, zu lächeln und zu nicken, als ihr erster Schrecken ein wenig verflogen war. „Das habe ich schon vermutet. Die beiden erscheinen mir genauso temperamentvoll wie Tempest zu sein." Natürlich mussten die Schwestern einen Scherz gemacht haben. Die Vorstellung, dass der biedere Marcus etwas so Skandalöses tun würde, wie eine Dame auf einem Ball zu küssen, war geradezu absurd – ganz zu schweigen von seinem angeblichen "Ruf".

Aber andererseits – wie gut kannte sie ihn eigentlich tatsächlich?

ALS SIE DAS Abendessen beendet hatten, wobei sie sich hauptsächlich über die Ballonfahrt am Morgen unterhalten hatten, war sich Marcus ziemlich sicher, dass sich Quinn die Bemerkung der Prescott-Schwestern nicht zu Herzen genommen hatte. Er hätte nie gedacht, dass Cecily ihrer Schwester von dem Stelldichein auf dem Ball erzählen würde – ganz zu schweigen davon, dass Regina dies in aller Öffentlichkeit ansprechen würde. Unverschämte Weibsbilder – beide.

Einst hatte er die beiden anziehend gefunden, auch wenn ihn keine von ihnen so sehr fasziniert hatte wie Quinn, obwohl sie klassischere Schönheiten waren. Sie hatten nicht ihren Verstand, ebenso wenig wie ihre ... er konnte es nur als 'Eigenheiten' bezeichnen. Quinn war auf ihre eigene Art erfrischend *echt*.

Obwohl er seine anständige Fassade für den Moment weiterhin aufrecht erhalten musste, hoffte er, dass sie sich seine heuchlerischen Anmerkungen über die Gesellschaftsregeln nicht allzu zu sehr Herzen nehmen würde. Es wäre eine Schande, wenn sie zu konventionell werden würde.

„Begleitest du mich wieder auf einen Brandy?", fragte er, als der letzte Gang abgeräumt wurde. „Diesmal sollte er dich nicht zum Husten bringen, denn du bist keine Anfängerin mehr."

Sie sah ihn misstrauisch an, als ob sie sich nicht sicher wäre, ob er sich nur auf den Brandy bezog. „Nun gut. Ich wage einen weiteren Versuch", sagte sie nach einem kurzen Moment des Zögerns.

Sie ging vor ihm her in die Bibliothek und nahm Platz, während er einschenkte. Sie nahm einen vorsichtigen Schluck und dann noch einen. Kein Husten.

„Es ist viel angenehmer, jetzt wo du ein wenig Erfahrung hast, nicht wahr?", fragte er grinsend und zog den gegenüberstehenden Stuhl näher zu ihr heran.

Ihr Blick verriet ihm, dass sie die Zweideutigkeit diesmal durchaus verstand. „Ja, es ist in der Tat recht angenehm. Ich könnte mich daran gewöhnen, glaube ich." Sie nahm einen weiteren winzigen Schluck und begegnete seinem Blick mit funkelnden Augen.

„Das freut mich zu hören." Er hielt ihrem Blick stand, sein Puls raste, sein Körper freute sich auf andere Vergnügungen als Brandy. Ihr Gesichtsausdruck, der eben noch spielerisch gewesen war, wirkte nun wach, ihre Lippen öffneten sich leicht, und ihre Augen wurden rauchig.

„Tut es das?" Die Frage klang wie ein Seufzen.

„Oh ja." Er konnte sich kaum noch daran erinnern, worüber sie geredet hatten. Mittlerweile sehr erregt, beugte er sich vor, bis sein Knie ihres berührte. „Genau genommen erfreut mich alles an dir, Quinn. Obwohl wir uns erst so kurz kennen, habe ich dich wirklich sehr lieb gewonnen."

Ein Anflug von Erstaunen glitzerte in ihren Augen, aber sie lächelte. „Das hört sich verdächtig nach einer Liebeserklärung an, Mylord."

Erschrocken stellte er fest, dass es stimmte. Und was noch überraschender war, war die Tatsache, dass er sie nicht zurücknehmen wollte. Aber die Vorsicht ermahnte ihn dazu, seine Aussage nicht gänzlich unwiderruflich zu machen. „Dann muss ich wohl noch an meiner Flirttechnik arbeiten, wie es scheint. Du hast versprochen, mir dabei zu helfen."

„Ich habe nie behauptet, eine Expertin zu sein. Aber da ich dich bereits an mich gebunden habe, musst du dir wohl kaum Gedanken machen, dass du unvernünftige Erwartungen in meiner Brust weckst?", sagte sie neckisch.

„Und was genau erwartest du in deiner entzückenden Brust?", fragte er und kam noch näher.

Sie errötete, aber hielt seinem Blick stand, ohne mit der Wimper zu zucken. „All die Erfahrungen, die Ihr mir versprochen habt, Mylord – und noch viel mehr. Das ist doch wohl das Mindeste?"

Er nahm ihre Hand und erhob sich. „Dann komm. Es wird Zeit, dass wir mit unseren Unterrichtsstunden fortfahren – oder handelt es sich eher um Vergnügungsstunden?"

„Beides, glaube ich." Sie erhob sich und ließ ebenso wie er das noch fast volle Brandyglas stehen. Ihre Augen wanderten zu seiner Kniebundhose, wo sie seine Erregung ganz klar erkennen musste. Dann lächelte sie und errötete noch mehr.

Er fand ihre Mischung aus Verwirrung und Kühnheit äußerst niedlich – und unwiderstehlich. Er nahm sie an die Hand und führte sie mit wachsender Vorfreude zu seiner Bettkammer. Er zog sie ins Zimmer und schloss die Tür. „Welche neue Erfahrung hattest du denn im Sinn?"

Mit einem tiefen, kehligen Lachen, das ihn nur noch mehr erregte, neigte sie den Kopf, um ihn zu küssen. „Woher soll ich das denn wissen, wenn es neu für mich ist? Ich bin darauf angewiesen, dass du es mir zeigst."

In der nächsten Stunde erkundeten sie die vielfältigen Möglichkeiten, die ihnen das Ehebett bot. So erfahren Marcus auch war, der Enthusiasmus seiner Partnerin war neu für ihn und bereitete ihm noch mehr Vergnügen.

Sich gegenseitig kostend und berührend bewegten sie sich vom Bett über den Stuhl bis hin zum Boden. Quinn folgte bereitwillig seinen Anweisungen und vertraute darauf, dass er ihr die Höhepunkte der Lust zeigen würde, und ebenso, wie sie ihn beglücken konnte. Dieses Vertrauen verstörte ihn nun, da sie ineinander verschlungen auf dem Bett lagen und sich von ihren Anstrengungen erholten.

Warum nur konnte er ihr nicht vollkommen vertrauen?

Weil er Geheimnisse zu wahren hatte, die nicht nur ihn betrafen, beantwortete er seine eigene Frage. Und so gern er ihr auch alles erzählt hätte, konnte er nicht riskieren, dass Luke oder die Straßenjungen verraten wurden, weil ihr, gegenüber den falschen Leuten, vielleicht ein falsches Wort herausrutschte. Sogar sie selbst könnte dadurch in Gefahr geraten.

Er beobachtete sie beim Schlafen; sie sah so unglaublich unschuldig aus, dass er lächeln musste. Nein, er konnte sich nicht vorstellen, dass sie ihm oder den anderen mit Absicht schaden würde, aber Diskrektion war bisher nicht gerade Quinns Stärke gewesen. Und das bedeutete, dass er sich heute Abend ohne ihr Wissen aus dem Haus schleichen musste.

Er beugte sich herunter, küsste sie sanft auf die Stirn und sah zu, wie sie flatternd ihre Augen öffnete.

„Mmm. Bist du nicht müde?", murmelte sie mit einem verschlafenen Lächeln.

„Wegen dir habe ich mich tatsächlich ganz schön verausgabt, du kleine Füchsin", antwortete er grinsend. „Aber dich hierzuhaben, ist so verlockend, dass ich befürchte, überhaupt keinen Schlaf zu bekommen, wenn du bleibst."

Sie setzte sich mit großer Mühe auf und sah bezaubernd verwirrt aus.

„Oh. Willst du, dass ich mich für die heutige Nacht in meine Kammer zurückziehe?"

„Vielleicht wäre es das Beste, wenn wir für die Ballonfahrt morgen gut ausgeruht sein wollen."

Er hielt den Atem an. Wenn sie bleiben wollte, müsste er Gobby einfach irgendwie benachrichtigen, denn er würde niemals im Leben die nötige Willenskraft aufbringen, sie nackt in seinem Bett zurückzulassen.

„Ja, da hast du wohl recht", sagte sie zögerlich, und dieses Zögern stellte eine weitere Versuchung dar. Er zwang sich dazu, nicht darauf zu reagieren, sie nicht wieder zu berühren, so gern er es auch getan hätte. Stattdessen half er ihr aus dem Bett und in ihr Unterkleid, bevor er sie zur Tür des Ankleidezimmers begleitete.

„Wir haben ja noch morgen Abend – und alle anderen Abenden danach", erinnerte er sie – und sich selbst – als sie ihre Hand auf den Türgriff legte. „Bis dann …"

Der Kuss ließ ihn fast seine mühselig aufgebrachte Kontrolle verlieren, aber er schaffte es, seine Hände nicht wandern zu lassen, so schwer es auch war. Schließlich entzog sie sich ihm mit einem leisen Seufzen.

„Wenn ich in meinem eigenen Bett schlafen soll, sollte ich jetzt wirklich gehen. Gute Nacht, Marcus."

„Gute Nacht, Quinn." Fast hätte er *Ich liebe dich* hinzugefügt, rief sich aber bestürzt zu Besinnung, bevor ihm die Worte entwischen konnten. Erschüttert sah er zu, wie sie durch die Tür verschwand und fragte sich, wie es dazu kommen konnte, dass er beinahe etwas Derartiges gesagt hätte.

Könnte es möglicherweise wahr sein?

Aber dann warf er einen Blick auf die Uhr auf dem Kaminsims. Dieser beunruhigenden Frage würde er sich später widmen müssen. Wenn er das versprochene Treffen um zehn Uhr einhalten wollte, musste er sich umgehend auf den Weg machen.

Als er ein paar Minuten später leise das Haus verließ, verstand er endlich, warum Luke seine Existenz als Heiliger aufgegeben hatte, nachdem er verheiratet war.

KAPITEL SECHZEHN

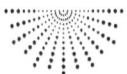

SO MÜDE SIE AUCH WAR, KONNTE QUINN NICHT EINSCHLAFEN. MONETTE war wie durch Zauberhand erschienen, um ihr Haar auszubürsten, ihr ins Nachthemd zu helfen und war dann wieder verschwunden. Nun war Quinn im großen Himmelbett allein mit ihren Gedanken.

Sie drehte sich auf die Seite und dachte wieder über die Widersprüchlichkeit nach, die sie in Marcus sah. Dass ihm Anstand wichtig war, hatte sich gezeigt, als er ihr mitgeteilt hatte, dass sie nicht zu lange auf der Bond Street bleiben sollte, und auch, als sie im Park unüberlegt losgaloppiert war. Aber im Schlafzimmer schien er derartige Bedenken nicht zu haben. Dort schien er die Vernunft in den Wind geschossen zu haben – bis jetzt.

Sie war verwirrt und verletzt gewesen, als er vorgeschlagen hatte, dass sie sich in ihre Kammer zurückziehen sollte, aber sie hatte darauf geachtet, es nicht zu zeigen. Nun versuchte sie, sich selbst davon zu überzeugen, dass sie sich geschmeichelt fühlen sollte, dass er sie als eine so große Ablenkung empfand, dass sie ihn vom dringend benötigten Schlaf abhalten würde. Aber …

Als ein Knarren vor ihrer Tür erklang, setzte sie sich auf und lauschte. War das etwa ein Schritt im Flur gewesen? Nach einem angespannten, stillen Moment legte sie sich wieder hin. Wenn, dann war es sicherlich Marcus' Diener, der aus seiner Kammer kam, oder eine der Mägde, die die Wandkerzen im Flur ausblies. Kein Grund zur Sorge.

Nach nur einer Nacht in seinem Bett konnte sie schon nicht mehr in ihrem eigenen schlafen? Sie schalt sich selbst und fragte sich, ob sie wirklich so vernarrt in ihn sein konnte. Falls ja, wäre das wirklich schade, denn er kam ganz eindeutig eine Nacht ohne sie aus.

Seufzend rief sie sich in Erinnerung, dass sie Unabhängigkeit immer geschätzt hatte und dass sie eigene Ziele verfolgte, die nichts mit Marcus zu tun hatten. Es wäre also eine weise Entscheidung, ihr Herz im Zaum zu halten. Aber als sie endlich einschlief, hatte sie immer noch nicht die Sehnsucht nach seiner Berührung verdrängt, auch wenn sie wusste, wie gefährlich das für ihren zukünftigen Seelenfrieden werden könnte.

WÄHREND ER SCHNELLEN Schrittes Richtung Duke Street ging, erwischte sich Marcus dabei, wie er in Gedanken sein Treffen mit Mr. Paxton am Nachmittag noch einmal durchging. Als er aus dem White's Club zurückgekommen war, hatte er umgehend einen warnenden Brief an Luke geschrieben und sofort versandt, damit sein Freund von den gegenwärtigen Ermittlungen in Kenntnis gesetzt wäre, wenn er in die Stadt zurückkehrte.

Aber wenn er das durchziehen wollte, was er geplant hatte, um die Machenschaften der Menschenhändler zu vereiteln, musste er schnell arbeiten, bevor Paxton Zeit hatte, mehr von den Straßenjungen aus Seven Dials zu verhören. Er musste auch seine eigene Gruppe über die Gefahr unterrichten. Wenn einer "seiner" Burschen wegen ihm verhaftet werden würde, würde er sich das niemals verzeihen.

Gobby, Stilt und Tig warteten alle an der besagten Ecke auf ihn und sahen äußerst zufrieden mit sich aus.

„Der Herr is' ausgegange', Mylord", flüsterte Stilt, sobald er auf ihrer Höhe war. „Und zwei der anderen von der Liste ware' auch dabei. Renny is' der beste Verfolger von uns, also is' er ihnen hinterhergegange', um zu sehe', was sie vorhabe'."

„Ich bin genauso gut", protestierte Tig und blies seine schmächtige Brust auf. „Aber ich hatte gehofft, ich kann Euch hier helfe', so wie zuvor in dem anderen Haus."

Marcus bemühte sich tapfer um eine ernste Miene. „Und das weiß ich sehr zu schätzen. Ich weiß es in der Tat zu schätzen, was ihr alle für mich getan habt." Schnell erzählte er ihnen das Wichtigste von seiner Unterhaltung mit Mr. Paxton am Nachmittag, auch den Plan des Mannes, den Heiligen und seine Verbündeten zu fassen.

Gobby schnaubte entrüstet. „Es gibt Dinge, die man mit Geld nicht kaufe' kann, Mylord." Die anderen nickten eifrig. „Es gibt Burschen auf der Straße, die ihre eigene Mutter für ein paar Schilling verkaufe' würde', aber der Heilige hat ihnen nie vertraut."

„Das stimmt, Mylord", stimmte Stilt zu. „Dennoch ist es gut, dass Ihr uns gewarnt habt. Es hilft niemandem, wenn wir damit prahle', dass wir dem Heiligen durch Euch geholfe' habe', wo uns die falschen Leute höre' könnte'." Er sah Tig demonstrativ an, der jedoch so tat, als würde er nichts bemerken.

„Das war meine Hauptsorge", sagte Marcus zu ihnen. „Ich weiß, wie schnell sich Dinge herumsprechen, und es bedarf nur eines Burschen, dem Profit wichtiger ist als Prinzip, um uns alle – und auch den Heiligen – ins Gefängnis zu bringen."

Alle nickten wieder mit entschlossenen und ernsten Mienen. Ja, er konnte ihnen vertrauen, dachte Marcus erleichtert.

„Und nun zur heutigen Arbeit", sagte er dann, und sofort hellten sich ihre Gesichter auf. „Wir beginnen hier in Captain McCartys Unterkunft, aber ich hoffe, dass wir heute Nacht noch mindestens einen weiteren beehren werden." Je schneller er diesen Machenschaften ein Ende bereiten konnte, desto besser. „Ihr sagt, er ist ausgegangen. Wie viele Bedienstete gibt es?"

„Er hat offenbar nur den einen Diener, und der ist auch ausgegange'. Seine Zimmer sind auf der zweiten Etage links", erklärte ihm Stilt.

„Ausgezeichnete Arbeit! Dann müssten diese Fenster dort seine sein?", fragte Marcus und zeigte darauf. Die Jungen nickten.

Er betrachtete das Haus kurz. Die Eingangstür könnte aufgrund der Untermieter durchaus unverschlossen sein, aber das musste nicht unbedingt der Fall sein. Es wäre überaus peinlich, wenn jemand vorbeikäme, während er gerade versuchte, das Schloss zu entriegeln, ganz zu schweigen von den Erklärungen, die er abgeben müsste, falls man ihn im Haus entdeckte und womöglich erkannte.

Eine von Lukes Hauptstärken war gewesen, durch Verkleidung in jegliche andere Rolle zu schlüpfen – vom Bettler bis hin zum Bischof – und dass er geschickt war. Marcus' eigene Spezialität war es, unbemerkt in Räume einzudringen und sich ebenso unbemerkt wieder herauszuschleichen. Daher entschied er sich für das Fenster.

Er trug den Jungen auf, Wache zu stehen und machte sich dann an die Arbeit. Dieses Fenster war niedriger als das, durch das er zwei Abende zuvor eingedrungen war, und die Hauswand ließ sich leichter erklettern. Innerhalb kürzester Zeit war unbemerkt im Inneren.

Eine schnelle Erkundung ergab, dass Captain McCartys Wohnung aus nur zwei Räumen bestand – einer Schlafkammer und einem kleinen Salon. Marcus richtete seine Aufmerksamkeit wie auch zuvor wieder auf den Schreibtisch und wurde diesmal besser dafür belohnt. In einem Haushaltsbuch schienen Beträge aufgelistet zu sein, die man McCarty zahlte und schuldete, obwohl er bei dem schwachen Licht, das durch die Fenster fiel, nicht gut lesen konnte. Er steckte es in die Tasche, um es später genauer unter die Lupe zu nehmen und setzte seine Suche fort.

Er nahm ein paar weitere Unterlagen mit, die aussahen, als könnten sie sich als nützlich erweisen und entdeckte schließlich einen doppelten Boden in einer Schublade. Als er sie öffnete, sah er, dass sie ein Bündel Geldscheine und einen kleinen Haufen Goldmünzen enthielt. Grinsend nahm er alles an sich und hinterließ stattdessen eine Visitenkarte. Geld musste man nicht verkaufen und würde seine Jungen daher nicht in Gefahr bringen.

Zufrieden verließ er das Haus über den gleichen Weg, den er gekommen war, und schloss das Fenster hinter sich mit einem ähnlichen Trick, den er auch im Haus von Lord Hightower angewandt hatte. Die ganze Aktion hatte nicht länger als eine Viertelstunde gedauert.

„Das wäre geschafft", sagte er zu dem wartenden Trio. „Lasst uns schauen, ob wir Renny in der Nähe von einem der Häuser der anderen Herren finden können. Es ist noch früh, daher hoffe ich, wir können noch mehr erledigen, bevor die Nacht zu Ende ist."

Quinn war am nächsten Morgen früh wach und badete und frühstückte noch vor acht Uhr. Marcus war noch nicht heruntergekommen, daher nutzte sie die Gelegenheit, um noch einmal mit Polly unter vier Augen zu sprechen, wobei sie als Vorwand angab, ihr zeigen zu müssen, welches Messinggeschirr sie polieren solle.

„Ich habe mit einer Dame gesprochen, die in London nicht weit von hier eine Schule für Mädchen eröffnen will. Wenn eine solche Schule existieren würde und du und die anderen Mädchen sie umsonst besuchen dürftet, würdest du hingehen?"

Polly sah sie stirnrunzelnd an, als würde sie nicht recht verstehen.

„Eine Schule? Um uns Rechne' und Geografie und so etwas beizubringe'? Was würde das schon Kindern wie uns bringe'? Und wovon würden wir lebe'?"

Quinn hatte mit solchen Fragen gerechnet und sich die Antworten bereits zurechtgelegt. „Ja, ihr würdet Arithmetik lernen und wie man besser liest und schreibt. Aber ihr würdet auch eine Ausbildung bekommen, mit der man Arbeit in einem Laden oder eine gehobene Position in einem Haushalt bekommt. Essen und Unterkunft würden euch solange zur Verfügung gestellt, wie ihr die Schule besucht, und du wärst vor deinem alten Meister sicher."

Nun nickte Polly langsam. „Das würde mir, glaub' ich, schon gefalle', ohne das abzuwerten, was Ihr bis jetzt für mich getan habt, Mylady. Und ich weiß, dass auch andere Mädchen diese Chance ergreifen würde'. Erst gestern habe ich mich kurz mit der arme' Annie unterhalte'. Ihr Gesicht war ganz grün und blau geschlage', und sie will als Freudenmädchen aufhöre', aber Twitchell lässt sie nicht."

„Heißt das etwa, dass Twitchell sie geschlagen hat, weil sie versucht hat, damit aufzuhören?", fragte Quinn wütend. „Ich muss wirklich ..."

Aber Polly schüttelte den Kopf. „Nein, Ma'am, es war nicht Twitchell. Es war der Edelmann, der sie bezahlt hat. Manche mögen's rau, sagt sie, und sie will das nicht mehr tun. Sie hat Angst, dass der Herr sie beim nächsten Mal umbringt."

Quinns Augen verengten sich. „Herr? Kennst du vielleicht seinen Namen?"

„Nein, Mylady, aber ich könnte ihn herausfinde'. Warum?"

„Jetzt musst du dir über das Warum noch keine Gedanken machen. Schau, ob du mir den Namen beschaffen kannst, ebenso wie die Namen von den anderen *Herren*, die deine Freundinnen besuchen. Es kann sein, dass ich die Mädchen in gewisser Weise, äh, beschützen kann. Ich sage ihnen nicht, dass ich es von dir weiß."

„Jawohl, Mylady, dann versuche ich es. Ich mache mir solche Sorgen um Annie, und um einige der anderen auch."

„Du hast ein gutes Herz", sagte Quinn zu ihr. „Und nun noch eine weitere Frage, bevor du dich wieder an die Arbeit machst. Was weißt du über den Heiligen von Seven Dials?"

Pollys Augen weiteten sich. „Ich hatte nie etwas mit ihm zu tun, Mylady, das schwör' ich Euch. Und Gobby, er will nichts Böses anrichte', das weiß ich. Er ..."

„Warte, Polly, ich beschuldige weder dich noch Gobby, irgendetwas getan zu haben. Aber ... heißt das, dass Gobby in Kontakt mit ihm stand?"

Obwohl sie aussah, als wünschte sie sich, nichts gesagt zu haben, antwortete Polly langsam; „Er *behauptet* es, aber Ihr wisst ja, dass Jungen gern prahle'. Es könnte genauso gut erfunde' sein."

Mit schnell klopfendem Herzen versuchte Quinn ihre Aufregung zu verbergen. „Meinst ... meinst du, Gobby wäre bereit, ihm eine Nachricht zukommen zu lassen? Ich hoffe, dass er bereit wäre, die Schule zu unterstützen, die ich erwähnt habe."

„Oh!" Pollys Augen weiteten sich überrascht. „Ich kann ihn fragen, Mylady."

„Danke. Ich gebe dir später eine Nachricht an ihn. Beachte aber, dass Gobby nicht verraten darf, woher sie kommt. Nicht einmal andeutungsweise."

Polly nickte eifrig und war zweifellos begeistert, dass sie an einen geheimen Plan beteiligt war. Quinn überließ sie wieder ihrer Polierarbeit und ging, den Kopf voller Pläne, davon.

Wenn sie den Heiligen überzeugen könnte, zu helfen, würde sie Marcus vielleicht überhaupt nicht bezüglich des Geldes ansprechen müssen. Natürlich vertraute sie ihrem Mann, aber er wäre vielleicht so schockiert, wenn er von den armen Straßenmädchen erfuhr – und noch mehr von der Tatsache, dass sie sich einmischte – dass er sie vielleicht alle verhaften lassen würde, obwohl sie nur die Opfer ihrer unglücklichen Umstände waren. Das wagte sie nicht zu riskieren.

Und selbst wenn der Heilige nicht helfen würde – oder Gobby nicht mit ihm in Verbindung treten könnte – hätte sie jetzt vielleicht noch eine andere Möglichkeit, ihren ursprünglichen Plan, das Geld aufzubringen, durchzuführen. Wer wäre besser dazu geeignet, die Ausbildung der Mädchen zu finanzieren, als die Herren, die sie so abscheulich behandelten? Wenn sie erst einmal ihre Namen kannte, würde sie sicherlich einen Weg finden, sie zum Zahlen zu bewegen.

Zufrieden mit der Arbeit, die sie an diesem Morgen schon erledigt hatte, ging sie hinauf, um die versprochene Nachricht für Polly zu verfassen – wie sie hoffte, ihr erster Kontakt mit dem legendären Heiligen von Seven Dials.

„Danke, Clarence", sagte Marcus gähnend, als der Diener seine Schalkrawatte gebunden hatte. Er war gestern Nacht länger unterwegs gewesen, als er geplant hatte, aber es hatte sich gelohnt. Er hatte nun Beweise für die Mitwirkung von vier der fünf Männer in dem Entführungsring.

Nun musste er nur noch überlegen, was er mit diesen Beweisen machte.

Würde Captain McCarty oder Mr. Hill den Diebstahl ihres illegal beschafften Geldes anzeigen, jetzt, da sie wussten, dass auch belastende Dokumente gestohlen wurden? Falls ja, wäre er gezwungen, die Dokumente der Polizei zu übergeben, ohne sich zu erkennen zu geben. Vielleicht hätte er die Visitenkarte des Heiligen doch nicht hinterlassen sollen.

Aber nein. Diese Art von Arbeit war seiner Meinung nach genau das Richtige für den Heiligen. Der Gedanke daran, dass grausame Männer wie diese vor Angst vor dem Heiligen zitterten, amüsierte ihn sehr. Irgendwie würde er einen Weg finden, von den Dokumenten Gebrauch zu machen, ohne seine Identität preisgeben zu müssen.

Er beendete seine Grübelei, als Clarence mit seinen Stiefeln fertig war. Dann stand er auf, verließ die Kammer und fragte sich, ob Quinn wohl schon gefrühstückt hatte.

Als er feststellte, dass das der Fall war, aß er schnell und schickte dann einen Diener, um sie zu bitten, zu ihm in die Bibliothek zu kommen. Ein paar Minuten später stand sie in der Tür.

„Du wolltest mich sehen?" Sie wirkte irgendwie distanziert, wenn auch reizend in ihrem taubengrauen runden Kleid. Eher wie die Quinn von letzter Woche als die leidenschaftliche Frau der letzten beiden Nächte.

„Wir sollten spätestens in einer Stunde losfahren, wenn wir die Ballonabfahrt von Beginn an sehen wollen", sagte er. „Ich denke, du wirst die Vorbereitungen interessant finden."

Sie nickte. „Da bin ich mir sicher. Ich muss kurz mit Mrs. Walsh sprechen, und dann bin ich bereit zu gehen – wenn das in Ordnung ist?"

Warum war sie so zurückhaltend? Er musste gestern Abend ihre Gefühle verletzt haben, obwohl sie es sich nicht hatte anmerken lassen. Er wollte sich wieder dafür entschuldigen, dass er sie aus seiner Kammer geschickt hatte, aber er befürchtete, dass er sich dann zu unklugen Erklärungen hinreißen lassen würde. Er musste sie im Lauf des Tages einfach ein wenig herauskitzeln – ohne unvorsichtig zu werden.

„Gewiss. Tu, was du zu erledigen hast, und ich bestelle die Kutsche in einer halben Stunde."

Mit einem weiteren leichten Nicken verschwand sie. Nun gut, sagte er zu sich selbst. Er musste seine Gefühle für Quinn eindeutig zügeln, sonst würde er noch etwas Unüberlegtes tun, zum Beispiel, ihr alles zu erzählen. Es war weitaus sicherer für beide, wenn sie derzeit emotionalen Abstand hielten, so sehr er sich auch das Gegenteil wünschte. *Verhalte dich so, wie Robert es tun würde*, sagte er zu sich selbst.

Es hatte sich bereits eine beachtliche Menge im Green Park versammelt, um zu beobachten, wie sich der bunte Seidenballon langsam mit heißer Luft füllte. Da diese Form der Unterhaltung nichts kostete, rangelte die Unterschicht mit der gehobenen Klasse um die besten Aussichtsplätze.

Marcus nutzte die Gelegenheit, um Quinns falschen Eindruck von ihm zu bekräftigen. „Vielleicht sollten wir vom Phaeton aus zusehen. Einige der Menschen sehen aus, als hätten sie seit Wochen nicht gebadet", sagte er aufgeblasen. Sie sollten in einem eigenen abgesperrten Bereich stehen."

Wie erwartet, sah sie ihn stirnrunzelnd an. „Haben sie denn nicht ebenso ein Recht darauf, das Spektakel zu beobachten wie wir, Mylord?" Aber dann hielt sie inne und biss sich auf die Lippe. „Aber … ich weiß, was du meinst. Ich will nicht, dass mir Taschendiebe meinen Pompadour stehlen. Davon gibt es auf solchen Veranstaltungen sicherlich einige."

„Ganz bestimmt", stimmte er zu, obwohl er sie neugierig ansah. „Unbeaufsichtigte Kinder sind oft Taschendiebe."

Sie wandte sich ab, um den sich langsam füllenden Ballon zu betrachten, sodass er ihren Gesichtsausdruck nicht sehen konnte. „Das habe ich auch gehört. Warum unternimmt die Polizei denn nichts dagegen? Die Menschen müssen vor solchen Machenschaften geschützt werden."

Dies war unerwartet, aber er wagte nicht, sie anzusprechen – oder offenzulegen, wie er wirklich über die Notlage der armen Kinder dachte. „London braucht mehr Polizisten, das steht fest. Die Strafverfolgung in der Stadt ist eine Schmach und gibt Kriminellen viel zu viel Spielraum. Mein Vater hat versucht, dies zu ändern."

Genau genommen war der Herzog ein Verfechter von viel härteren Strafen und einem erhöhten Polizeiaufgebot. Und obwohl Marcus bei Letzterem im Prinzip zustimmte, war er in Bezug auf den ersten Punkt ganz anderer Meinung. Besonders jetzt, da er wusste, was viele Jungen zum Diebstahl trieb.

„Gut … daran tut er gut", sagte Quinn mit noch immer abgewandtem Gesicht. Dann fügte sie in einem ganz anderen Tonfall hinzu: „Ach, da ist ja dein Bruder, Lord Peter!"

Peter kam tatsächlich durch die Menschenmenge auf sie zu und grinste breit. „Ich freue mich, Euch beide hier zu sehen", rief er, als er näherkam. „Ich habe mich nicht getraut, Euch so kurz nach Eurer Hochzeit aufzuwarten, aber ich bin vor Neugier fast umgekommen, weil ich unbedingt wissen möchte, wie Euch das Eheleben gefällt. Darf ich?"

Obwohl Marcus Peter innerlich dafür verfluchte, ausgerechnet jetzt aufzutauchen, wo er Quinn mit Absicht auf Abstand hielt, streckte er eine Hand aus, um seinem Bruder in den Phaeton zu helfen.

„Quinn, Ihr seht noch reizender als jemals zuvor aus. Ein gutes Omen, wie ich hoffe?", fragte Peter, als er in dem hohen Sitz hinter ihnen Platz nahm.

Sie lächelte zu ihm auf und sah lebendiger aus als bisher am heutigen Tag, wie Marcus verärgert feststellte. „Vielen Dank, Lord Peter. Ich habe bisher … nicht viel zu beklagen." Sie warf Marcus einen kurzen Blick zu und schaute dann wieder weg.

„Wir kommen recht gut miteinander aus", sagte Marcus als Antwort auf den fragenden Blick seines Bruders und versuchte, den Ärger, den er empfand zu unterdrücken. Schließlich ging es Peter nichts an. Und warum hatte Quinn so geklungen, als hätte sie Zweifel?

„Dann hat mein Bruder Euch bisher also noch nicht blamiert?" Obwohl Peters Tonfall scherzend klang, verspürte Marcus einen irrationalen Drang, ihn die ein Meter achtzig von der Kutsche hinunter auf den Boden zu stoßen.

Noch immer lächelnd schüttelte Quinn den Kopf. „Keineswegs. Obwohl ich befürchte, dass er das nicht von mir behaupten kann. Erst gestern musste er mich dafür schelten, dass ich im Park galoppiert bin. Aber ich versuche, meine unbesonnene Art unter Kontrolle zu bringen."

Schelten! Er hatte sie nicht gescholten. Marcus öffnete den Mund, um es richtig zu stellen, aber Peter sprach schon wieder, verdammt.

„Bitte ändert Euch kein bisschen, meine Liebe. Ihr seid absolut reizend, so wie Ihr seid. Ist dem nicht so, Marcus?" Sein Tonfall klang jetzt leicht tadelnd.

„Das sage ich ihr ständig", sagte Marcus so freundlich, wie er konnte.

Peter betrachtete ihn mit verengten Augen. „Ich hoffe, das stimmt. Gegenseitiger Respekt und Freundlichkeit sind für eine glückliche Ehe unabdinglich, während dauernde Kritik sie letztendlich schädigt."

„Du sprichst wohl aus jahrelanger Erfahrung, was?", fuhr Marcus ihn an, der nun endgültig die Geduld verlor.

Aber es war unmöglich, Peter zu provozieren. Er hob nur abwehrend eine Hand und sagte: „Ich teile dir nur mit, was ich in den Ehen von Freunden beobachtet habe."

„Wenn ich deinen Rat wünsche, lasse ich es dich wissen." Selbst verheiratet zu sein reichte offenbar nicht aus, als dass sein Bruder ihn als Erwachsenen betrachtete, so gluckenhaft wie er war.

Sein Ärger musste aber zumindest eine gewisse Wirkung gezeigt haben, denn Peter sagte schließlich: „Natürlich, mein lieber Junge. Ich wollte mich nicht einmischen. Ich lasse Euch zwei Turteltauben nun wieder allein."

Mit einer Gewandtheit, die nicht zu seiner herausgeputzten Erscheinung passte, sprang Peter geschickt vom Phaeton und verbeugte sich zum Abschied vor Quinn. „Mögen all Eure Tage glücklich sein, Mylady. Und deine natürlich ebenso, Marcus."

„Danke, Lord Peter", erwiderte Quinn mit einem fragenden Stirnrunzeln, das an Marcus gerichtet war. „Ich hoffe, ich sehe Euch bald wieder."

„Bitte besucht mich, wann immer Ihr wollt. Ich wohne derzeit bis September in Marland House. Ich würde anbieten, Euch aufzuwarten, aber ich glaube, ich warte besser, bis mein Bruder eine Einladung ausspricht." Mit einem kecken Zwinkern, das Marcus nur noch mehr verärgerte, schlenderte er davon.

Quinn fuhr Marcus sofort an. „Du warst abscheulich unhöflich zu Lord Peter, obwohl er nur nett sein wollte. Warum?"

„Nett?", wiederholte Marcus verärgert. „Er mischt sich in Dinge ein, die ihn nichts angehen, und das weiß er auch. Und ich wäre dir dankbar, wenn du unsere Privatangelegenheiten nicht vor meiner Familie ausposaunen würdest."

„Ausposaunen! – Ich habe nichts dergleichen getan. Ich war nur höflich – etwas, dass Ihr nicht von Euch behaupten könnt, Mylord."

„Vielleicht wäre es dann besser, wenn du in der Öffentlichkeit anderen Männern gegenüber weniger *höflich* wärst." Selbst in seinen eigenen Ohren klangen seine Worte unvernünftig, aber dass sie Peter angelächelt hatte, nachdem sie morgens so unterkühlt zu ihm gewesen war, hatte Gefühle in ihm ausgelöst, denen er lieber nicht auf den Grund gehen wollte.

Quinn funkelte ihn an, ihre grünen Augen brannten. „Unterstellst du mir etwa, dass ich mit deinem Bruder *geflirtet* habe? Es scheint, als könnte dich nichts, was ich tue, zufriedenstellen. Ich hätte doch nach Baltimore zurückkehren sollen."

Marcus wollte ihr sagen, dass er überaus zufrieden mit ihr war, mehr als mit jeder anderen Frau zuvor, aber stattdessen zeigte er auf das offene Feld. „Der Ballon beginnt zu steigen. Ich weiß, dass du es nicht verpassen willst."

Sie starrte ihn einen Moment lang ungläubig an und wandte sich dann mit geradem Rücken um, um den bunten Ballon anzuschauen. Er wollte sie berühren, ihre dunklen Locken um seine Finger wickeln, sie an sich ziehen, aber hier konnte er nichts dergleichen tun. Und er fand keine Worte, um seine widersprüchlichen Gefühle zu beschreiben, die in seiner Brust um die Oberhand kämpften. Er würde versuchen, es später zu erklären, wenn er ruhiger war.

Als der Ballon langsam in den Himmel stieg, erkannte Marcus schuldbewusst, dass seine alberne Eifersucht – ja, das musste es gewesen sein – Quinn die Freude an dem neuen Erlebnis verdorben hatte.

„Es tut mir leid", sagte er leise und beobachtete ihr angespanntes Profil.

Sie rührte sich ein wenig, aber sah ihn nicht an. „Ist das eine Entschuldigung, oder meinst du damit, dass es dir leid tut, mich geheiratet zu haben?" Ihre Stimme klang gedämpft, so als versuche sie, ihre Tränen zurückzuhalten.

„Ersteres natürlich. Wie kannst du so etwas nur fragen?" Nun berührte er sie doch, legte ihr zaghaft eine Hand auf die Schulter.

Sie schüttelte diese ruckartig ab. „Dann nehme ich deine Entschuldigung an. Und nun, Mylord, möchte ich mir die Ballonfahrt ansehen."

Seine Hand ruhte neben ihren Locken in der Luft, dann ließ er sie jedoch in den Schoß fallen. Verdammt nochmal, Peter! Sie hatten sich so gut verstanden, bis er mit seinen unverschämten Fragen dahergekommen war.

Aber nein. Quinn war den ganzen Morgen zurückhaltend gewesen, mit Sicherheit, weil er sie letzte Nacht aus seinem Bett geschickt hatte und keine bessere Erklärung gefunden hatte, als dass er schlafen wollte. Peter hatte lediglich das Problem zutage befördert, das bereits bestanden hatte – das Problem des Vertrauens.

Er traute sich nicht, Quinn die Wahrheit über den Heiligen von Seven Dials anzuvertrauen, und nun hatte er angedeutet, dass er ihr auch in Bezug auf andere Männer nicht vertraute – was absolut nicht stimmte, wie er zugeben musste. Und sie vertraute offenbar nicht darauf, dass er sie so akzeptierte wie sie war, sondern hatte das Gefühl, dass sie sich ändern musste, um ihn zufriedenzustellen.

Das war natürlich absurd. Das musste sie doch erkennen. Er hatte sich entschuldigt, oder etwa nicht? Und auf seine Entschuldigung hatte sie recht abweisend reagiert, ebenso wie sie seine Hand abgeschüttelt hatte, als bedeuteten ihr beide Gesten nicht das Geringste.

Widerwillig beschloss er, dass er diese kleine Entfremdung wohl besser vorerst aufrechterhielt, bis seine Arbeit mit den Menschenhändlern beendet war. Er würde keine Ausreden erfinden müssen, weswegen sie die Nacht nicht mit ihm verbringen könnte, wenn sie dies von sich aus meiden würde. Aber das war ganz und gar nicht das, was er wollte.

Gefangen in seinen widersprüchlichen Gedanken, war Marcus überrascht, als die Menge sich langsam zerstreute und die Aufregung vorbei war. Er hatte alles verpasst. Aber das machte ihm nichts aus.

„Wie hat es dir gefallen?", fragte er Quinn, als er die Zügel aufnahm und die beiden Pferde antrieb. „Hat es deine Erwartungen erfüllt?"

Sie schaute zu ihm auf, wobei ein trauriges Lächeln ihre Lippen umspielte. „Erwartungen. Ob sie wohl jemals erfüllt werden?"

Darauf hatte er keine Antwort, und so fuhren sie schweigend zurück in die Grosvenor Street.

„Ich glaube, ich ruhe mich bis zum Abendessen aus", sagte Quinn, als sie das Haus betraten.

„Natürlich", sagte er, noch immer unsicher, wie er die Mauer durchbrechen sollte, die sie zwischen ihnen aufgebaut hatte. Er war sich nicht einmal sicher, ob er es versuchen sollte.

Mit einem distanzierten Nicken ging sie die Treppe hinauf. Er begann ihr hinterherzulaufen, denn sein Herz schrie danach, sie in die Arme zu schließen und ihr mit seinem Körper zu beweisen, wie er fühlte, aber dann blieb er stehen. Als er unentschlossen im Flur stand und seine Vernunft wieder mit seiner Begierde kämpfte, fiel ihm ein krakelig adressierter Brief unter den eleganten Einladungen und Karten auf, die auf dem Tisch in der Halle lagen.

Da der Diener auf seinem Posten an der Eingangstür stand, nahm er den gesamten Stapel mit in die Bibliothek, kurzzeitig abgelenkt von seinem Dilemma mit Quinn. Ein Blatt Papier mit Gobbys ungeschulter Handschrift war um einen anderen Brief gewickelt, dessen Empfänger weitaus leserlicher geschrieben war: *Der Heilige von Seven Dials* stand dort.

Er würde ein ernstes Wörtchen mit Gobby reden müssen, dachte er mit einer bösen Vorahnung. Dies könnte eine Falle von Paxton sein oder einem anderen, der den Jungen irgendwie mit dem Heiligen in Verbindung gebracht hatte. Was, wenn einer der Bediensteten Verdacht geschöpft und das äußere Papier entfernt hätte?

Aber seine Neugier verdrängte schnell seine Bestürzung, und er brach das innere Siegel. Der Brief war mit der gleichen festen, aber eindeutig weiblichen Handschrift geschrieben wie der Empfänger.

Sehr verehrter Sir, wer immer Ihr sein mögt,

Da ich von Eurer Sorge um die benachteiligten Armen der Stadt weiß, möchte ich Euch im Namen der Ärmsten von allen ersuchen – der Mädchen der Straße. Ich versuche, eine Schule zu ihren Gunsten zu finanzieren und würde es sehr zu schätzen wissen, wenn Ihr mir dabei Eure Unterstützung anbieten könntet. Spenden können an Mrs. Hounslow in der Gracechurch Street gerichtet werden, denn sie ist diejenige, die die Schule gemeinsam mit der Verbesserungsgesellschaft und einem hilfsbereiten Herrn namens Throgmorton organisieren wird. Ich danke Euch im Voraus für Eure Wohltätigkeit.

– Eine mitfühlende Dame

Marcus las den Brief dreimal und prägte ihn sich ein; dann verbrannte er ihn sorgsam im Feuer und verstreute die Asche. Da er davon ausging, dass die Verfasserin des Briefes ihre Worte ernst meinte, sah er sich veranlasst, das zu tun, was von ihm erbeten wurde. Er hatte noch immer das Geld, das er von den beiden Menschenhändlern gestohlen hatte, und dies erschien ihm ein gebührender Zweck.

Überaus neugierig, wer die "mitfühlende Dame" sein könnte, ging er zu den Ställen, um mit Gobby zu sprechen und hoffte, mehr über sie herauszufinden.

KAPITEL SIEBZEHN

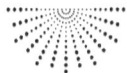

„EIN MÄDCHEN HAT IHN DIR GEGEBEN, SAGST DU?" MARCUS SPRACH leise, obwohl er und Gobby sich außer Hörweite für die anderen Stallburschen befanden. „Jemand, den du kennst?"

Er fand, dass Gobby ein wenig zögerte, bevor er nickte. „Ich kenn' sie über Twitchell. Sie hat mich gebete', ihre' Name' nicht zu verrate', aber ich vertraue ihr."

„Und sie hat gesagt, dass eine Frau ihr den Brief gegeben hat. Hat sie gesagt, was für eine Frau? Eine Dame oder eine Bürgerliche?"

„Das hat sie nicht gesagt, Mylord. Hätte ich den Brief nicht weiterleite' solle'?"

Obwohl er frustriert war, schüttelte Marcus den Kopf. „Nein, nein, schon gut. Ich wollte nur mehr über die Umstände erfahren – ob es nicht nur eine Falle ist, um die Identität des Heiligen aufzudecken. Aber es scheint mir alles seine Richtigkeit zu haben, daher sorge ich dafür, dass er den Brief bekommt."

„Ja, Mylord, das hab' ich mir schon gedacht." Gobbys Grinsen verriet ihm, was er bereits vermutet hatte – dass die Jungen ihm auf der Spur waren. Aber es schien, als würden sie dieses Wissen für sich behalten und nicht einmal ihm gegenüber erwähnen. Und das war in Ordnung.

„Halte die Augen aber nach jeglichem verdächtigen Verhalten offen. Wenn jemand das Haus beobachtet oder die Bediensteten verfolgt, musst du mich umgehend benachrichtigen."

Der Junge nickte. „Das werde ich, Mylord, und ich werde auch den anderen Bescheid gebe'." Dann sah er fragend zu Marcus auf. „Braucht Ihr einen von uns wieder heute Abend? Letzte Nacht ist gut gelaufe'."

Aber Marcus schüttelte den Kopf. Er hoffte darauf, dass er Quinn heute Abend wieder zurück in sein Bett locken könnte, und wenn sie erst einmal dort wäre, würde er sie bestimmt nicht wieder fortschicken.

„Wahrscheinlich nicht. Wenn ich es mir anders überlege, lasse ich es dich wissen." Quinn könnte schließlich genauso gut ablehnen, und in diesem Fall zog er es vor, loszuziehen und etwas Gutes zu tun, statt die Wunden seines verletzten Stolzes zu lecken.

Als er sich für das Abendessen ankleidete, drängte er Clarence, sich mit seiner Schalkrawatte zu beeilen und wurde belohnt, indem er Quinn gerade aus ihrem Zimmer in den Flur hinaustreten sah, als er auch aus seiner eigenen Kammer trat.

„Was für ein Zufall!", sagte er, als er an ihre Seite trat. „Ich hatte gehofft, dass mir die Ehre zuteil werden würde, dich zum Abendessen zu geleiten."

Sie zuckte leicht zusammen, aber schaute dann mit einem kühlen Lächeln zu ihm auf. „Eine Ehre würde ich Euch niemals verwehren, Mylord." Sie ergriff den Arm, den er ihr reichte, und schritt schicklich den Flur mit ihm hinunter.

Trotz ihres abweisenden Verhaltens reagierte sein Körper heftig auf ihre Berührung. „Ich möchte mich erneut für meine schlechte Laune heute nachmittag entschuldigen. Ich hoffe, ich habe dir nicht die Ballonfahrt verdorben."

„Du hast dich bereits entschuldigt, oder hast du das vergessen?" Sie sah ihn nicht an, sondern schaute nur auf die Stufen, die sie hinuntergingen.

„Nein, das habe ich nicht vergessen, aber … ich hatte nicht den Eindruck, dass du mir wirklich vergeben hast." Sie erreichten das Erdgeschoss, und er hielt inne, damit sie ihn anschauen musste. „Kannst du das? Bitte?"

Sie runzelte die Stirn, aber begegnete seinem Blick bereitwillig. „Ich kann Euch nicht für Eure Erziehung und Eure Welt verantwortlich machen, Mylord. In Wahrheit warst du wohl weitaus weniger kritisch in Bezug auf mein Verhalten, als ich es vielleicht verdient hätte. Aber ich verstehe noch immer nicht die Feindseligkeit deinem Bruder gegenüber."

Er führte sie weiter ins Esszimmer. „Das sollte ich wohl erklären, auch wenn ich nicht sicher bin, ob ich es selbst richtig verstehe." Als sie beide

Platz genommen hatten, fuhr er fort. „Du hast auch einen älteren Bruder, nicht wahr? Hast du dich nie über ihn geärgert, weil er dir gesagt hat, was du zu tun hast?"

„Charles hat nur selten versucht, das zu tun", sagte sie und nahm ihren Löffel in die Hand. „Wenn überhaupt, war es eher umgekehrt, besonders, nachdem er vom College zurückkam und vieles im Betrieb von Neuem erlernen musste."

Sie nahm einen Löffel Suppe, und Marcus sah dabei zu, wie der Löffel in ihren Mund eindrang und wieder zum Vorschein kam. Er war so fasziniert, dass er beinahe den Faden verlor. „Äh, ich verstehe. So war es bei mir und Peter nicht – und mit meinen anderen Brüdern auch nicht. Da ich der Jüngste bin, haben alle dazu geneigt, mir Ratschläge zu erteilen, mich zu schelten, mich sogar zu verhätscheln. Geschwister können in dieser Hinsicht manchmal schlimmer sein als Eltern." Seinen Vater konnte wirklich niemand des Verhätschelns bezichtigen.

„Dann hattest du heute also den Eindruck, dass Peter versucht hat, dich zu beraten, zu schelten und zu verhätscheln?" Sie schien Zweifel zu haben.

„Hat er das nicht getan? Indem er alle Einzelheiten zu unserer Ehe wissen wollte und mir Ratschläge erteilt hat, wie ich mich zu verhalten habe? Hat es auf dich nicht den Eindruck gemacht?"

Sie schüttelte den Kopf. „Ich fand, dass er einfach freundlich war und die Art von Interesse gezeigt hat, die man von einem engen Familienmitglied erwarten darf. Natürlich hat er davon gesprochen, dass *du mich* blamieren könntest statt umgekehrt. Aber nur, um mich zu amüsieren. Dennoch kann ich verstehen, dass du es vielleicht falsch aufgefasst hast."

Dann empfand sie ihn also noch immer als zu nüchtern, als dass er in der Lage wäre, auch nur irgendetwas Blamables zu tun, dachte Marcus nun selbst amüsiert. Wenn sie die Wahrheit wüsste… Aber es war besser so. „Nein, das fand ich nicht sonderlich beleidigend", sagte er aufrichtig. „Es war sein Gerede von gegenseitigem Respekt und so weiter, und die Andeutung, dass ich dich nicht richtig zu schätzen weiß. Denn das tue ich, das kann ich dir versichern."

In diesem Moment schätzte er sie genau genommen zu sehr, wie seine plötzlich zu eng gewordene Kniebundhose bewies.

„Wahrer Respekt und Wertschätzung gehen über die Schlafkammer hinaus", sagte sie, als ob sie seinen Schoß durch den Tisch hindurch sehen könnte. Er rutschte unbehaglich auf seinem Stuhl umher.

„Ja, natürlich", stimmte er schnell zu. „Findest du, dass ich dir zu wenig Respekt erwiesen habe? Wenn, dann war es nicht beabsichtigt."

Er fand, dass sie ihn fast traurig ansah. „Nein, das war es gewiss nicht. Sicherlich betrachtest du mich mit all dem Respekt, den die meisten Frauen von ihren Männern erwarten können, und vielleicht sogar mit mehr."

„Und du wünschst dir mehr als das?" Er wollte sie wirklich verstehen, aber wurde zunehmend verwirrter.

„Ich bin zu vielen Dingen imstande, weißt du?", sagte sie, als wäre das eine Antwort. „Aber es kommt mir so vor, als ob meine Fähigkeiten dahinwelken, weil ich sie nirgends anwenden kann. Ich … ich würde meinem Leben gern ein sinnvolles Ziel hinzufügen."

Marcus lächelte erleichtert. „Ist das alles? Das lässt sich leicht beheben. Du kannst gern die Führung des Haushalts übernehmen, das ganze Haus neu einrichten statt nur deine Kammer – was immer dir beliebt. Ich lege dir keine Steine in den Weg. Ich bin mir sicher du findest genug Tätigkeiten, damit du dich nicht langweilst."

Sie starrte ihn an. Er hatte gehofft dass seine Worte Freude bei ihr auslösen sollten. Aber davon zeigte sich keine Spur. „Langeweile? Ich habe nie behauptet …" Aber dann hielt sie inne und seufzte. „Danke, Mylord. Das kann ich sicherlich."

„Marcus, weißt du noch?", erinnerte er sie sanft und fragte sich, was er Falsches gesagt hatte. Wenn sie tat, was er vorgeschlagen hatte, würde sie sich nützlicher machen, als er es je getan hatte – nun ja, zumindest bis zu seinen aktuellen Streifzügen als Heiliger von Seven Dials.

„Natürlich. Marcus." Sie legte ihren Löffel ab, obwohl sie ihre Suppe nur zur Hälfte gegessen hatte. „Ich bin doch nicht so hungrig. Genau genommen habe ich sogar ein wenig Kopfschmerzen. Würdest du mich entschuldigen?"

Er nahm mit plötzlicher Sorge ihre Hand. „Fühlst du dich nicht wohl?" Das würde auch erklären, warum sie heute so launisch gewesen war. „Soll ich einen Arzt rufen lassen?"

„Nein, nein, ich bin nur ein wenig unpässlich. Ich bin mir sicher, ich fühle mich morgen früh schon wieder mehr wie ich selbst." Sie entzog ihm sanft ihre Hand und erhob sich. „Bitte beende dein Abendessen, Marcus. Ich bin durchaus in der Lage, allein hinaufzugehen."

Er hatte sich ebenfalls erhoben, setzte sich nun aber zögerlich wieder hin, da sie ihn so eindeutig dazu aufgefordert hatte. „Nun gut. Aber bitte läute, wenn du irgendetwas brauchst – egal was."

„Danke. Ich brauche nichts." Dann verschwand sie mit dem gleichen traurigen Lächeln.

Als er ihr mit gerunzelter Stirn hinterher sah, gestand sich Marcus endlich das ein, was er seit seiner fast ausgesprochenen Liebeserklärung am gestrigen Abend versucht hatte zu leugnen. Er hatte sich vollständig, hoffnungslos und Hals über Kopf in seine Frau verliebt. Selbst wenn er Gefahr lief, sein Geheimnis preiszugeben, würde er nicht mehr versuchen, sie auf Abstand zu halten.

Nein, wenn es Quinn am Morgen besser gehen sollte, würde er einen offenen Angriff auf ihr Herz unternehmen. Er würde nicht aufgeben, bis sie ihn genauso sehr liebte wie er sie. Und dann würde er Peter, ja, der ganzen Welt zeigen, wie eine glückliche Ehe aussah.

„Bist du dir sicher, dass du dich vollkommen erholt hast?" Die Zärtlichkeit, die in Marcus' Stimme lag, als er ihr bei ihrer Ankunft bei Lord und Lady Jellers venezianischem Frühstück aus der Kutsche half, drohte, Quinns Entschluss, ihr Herz zu verschließen, erneut umzustoßen.

„Ja, ich habe dir doch gesagt, dass es nur eine vorübergehende Unpässlichkeit war. Ich fühle mich heute ausgesprochen gut", erwiderte sie, als sie aus der Kutsche stieg und den weitläufigen Rasen betrat, der das Haus umgab. Sie würde *nicht* zulassen, dass er sie zu Intimitäten verleitete. Die Gefahr, noch mehr verletzt zu werden, war einfach zu groß.

Das Haus der Jellers befand sich in Chelsea, direkt über Mayfair am Rand von London, wodurch es sich perfekt für Veranstaltungen im Freien eignete. Quinn wünschte sich, sie hätte die Unschuld, es zu genießen. Marcus hatte ihr diese geraubt, ebenso wie einen Sinn im Leben. Aber während Ersteres für immer verloren war, würde Letzteres wieder hergestellt werden. Polly hatte versprochen, ihr die Namen bis zum Abendessen zu beschaffen.

„Es ist reizend", sagte sie trotz allem. Sie hatte nicht gewusst, dass es in der Nähe von London solch unberührt schöne Natur gab.

„Lord Marcus! Lady Marcus! Wie schön, dass Ihr kommen konntet!", rief Miss Melks und eilte mit ihrer Schwester Augusta auf sie zu. „Es gehen ja solch romantische Geschichten um, und wir hoffen, dass Ihr uns die Wahrheit darüber erzählen werdet."

„Mädchen, Mädchen!" Lady Jeller folgte ihren Töchtern in einem etwas schicklicheren Tempo. „Lasst sie doch erst richtig aus der Kutsche steigen, bevor ihr sie mit Fragen überhäuft. Willkommen, Lord Marcus. Ich bin froh, dass Ihr kommen konntet, ebenso wie Eure neue Braut."

Marcus verbeugte sich vor Lady Jeller und stellte die Frauen einander vor. „Ich weiß nicht, welche Geschichten Ihr gehört habt", sagte er dann, „aber ich will doch hoffen, dass unsere romantisch ist."

Er legte Quinn einen Arm um die Taille. Ihr widerspenstiger Körper, der sich an das vergangene Vergnügen erinnerte, reagierte sofort auf die Berührung. Sie spürte, dass sie errötete und stellte fest, dass dies seinen Worten nur noch mehr Überzeugungskraft verlieh.

„Ich bin überaus erfreut, Euch kennenzulernen, Lady Jeller", sagte sie. „Ich muss Eure Töchter zu meinen ersten Freundinnen in England zählen, da sie bei meiner ersten Gesellschaftsveranstaltung so nett zu mir waren."

Lucinda und Augusta lächelten und kicherten und kamen dann wieder auf sie zu. „Eine heimliche Verlobung war ja schon romantisch genug, aber dann diese überraschende Hochzeit nur ein paar Tage, nachdem es herausgekommen war!", rief Augusta. „Ihr müsst sehr verliebt sein." Beide Mädchen seufzten melodramatisch.

Quinn wagte es nicht, Marcus anzusehen, obwohl sie seinen Blick spürte. „Wir, äh …"

„Ja, das sind wir in der Tat", erwiderte er entschlossen und zog sie noch näher an seine Seite heran. „Und das Gute an einer so schnellen Heirat ist, dass ich meiner eigenen Frau den Hof machen darf, um die Zeit wettzumachen, die ich vor der Eheschließung nicht hatte. So ist es noch zufriedenstellender, wie Ihr Euch vorstellen könnt."

Die Augen der beiden Misses Melks wurden groß, und sie erröteten erst und kicherten dann. „Ihr habt Euch kein bisschen verändert, Lord Marcus", schalt Lucinda ihn scherzhaft. „Noch immer ein solcher Schelm! Ihr könnt Euch glücklich schätzen, Lady Marcus, ganz ehrlich." Dann stieß sie ihre Schwester an, und sie entfernten sich noch immer kichernd.

Quinn sah Marcus zweifelnd an. „Hast du mich nicht erst gestern ermahnt, weil ich unsere Privatangelegenheiten mit deinem Bruder besprochen habe?" Marcus, ein *Schelm?*

Er begegnete ihrem Blick und funkelte sie schelmisch an. „Ich habe bereits erklärt, dass ich gestern falsch lag. Hast du noch irgendetwas anderes daran auszusetzen, was ich den beiden Misses Melks erzählt habe?"

„Abgesehen von der Tatsache, dass es die komplette Unwahrheit war?" Was hatte er sich nur dabei gedacht, zu behaupten, sie wären verliebt? Sie traute sich nicht, direkt zu fragen, daher fügte sie hinzu: „Oder machst du mir den Hof, ohne dass ich es bemerke?"

„Nicht direkt", sagte er, wobei seine warmen blauen Augen in ihre blickten. „Aber ich beabsichtige, damit anzufangen – und ich hoffe, dass du es dann nur allzu deutlich bemerkst."

Sie spürte, wie sie errötete und konnte dafür nicht die Wärme der Sonne verantwortlich machen, denn sie war durch ihren neuen Sonnenschirm ausreichend geschützt. „Ach, wirklich?", fragte sie mit schwacher Stimme und versuchte, die absurde Freude zu verdrängen, die bei dem Gedanken in ihr aufstieg.

Statt zu antworten, führte er sie zu den Zelten, die über den Büffettischen aufgebaut worden waren. „Kommt, Mylady. Lasst uns schauen, mit welchen Delikatessen ich Euch in Versuchung führen kann. Wir füllen unsere Teller und suchen dann einen abgelegenen Ort für zarte Koketterien."

Quinn hatte ihn außerhalb der Schlafkammer noch nie in einer solchen Stimmung erlebt, aber sie konnte einfach nicht widerstehen. Während sie den Leuten, die sie bereits kennengelernt hatte, zulächelte und zunickte und Marcus sie denjenigen vorstellte, die sie noch nicht kannte, bahnten sie sich ihren Weg zu den Tischen, wo er ein Tablett mit einer großzügigen Menge Essen und Getränke füllte.

„Hmm. Die Laube beim Teich sieht vielversprechend aus", sagte er dann. „Lasst uns nachsehen, ob sie noch frei ist."

Das war sie. Fast reife Weintrauben hingen in Träubeln über ihren Köpfen, dicke grüne Blätter schirmten sie nach allen Seiten ab. Nur die Seite zum Teich hin, der sich in idyllischer Stille vor ihnen erstreckte und auf dem ein einzelner Schwan schwamm, war nicht bewachsen.

„Was für ein wunderschöner Ort!", sagte Quinn. *Und so romantisch,* fügte ihr rebellisches Herz hinzu. Gefährlich romantisch.

„In der Tat." Marcus stellte das Tablett an einem Ende der Holzbank zwischen dem Bogen mit den Rebstöcken ab. „Wenn wir eines Tages selbst ein Anwesen kaufen, dann können wir vielleicht so etwas wie dies hier bauen lassen." Er nahm ihre Hand, setzte sich neben das Tablett und zog sie auf die andere Seite neben sich auf die Bank.

„Vie… vielleicht können wir das." Ein eigenes Anwesen? Quinn hatte sich selbst noch nicht erlaubt, ernsthaft über eine gemeinsame Zukunft nachzudenken, aber auf einmal erschien ihr der Gedanke daran äußerst verlockend. Ein Haus auf dem Land, mit Pferden, Hunden … vielleicht Kindern …

Marcus nahm eine Erdbeere vom Tablett und hielt sie ihr lächelnd hin. „Darf ich Euch dazu verführen, Mylady?"

Sie wollte danach greifen, aber er schüttelte den Kopf. „Ohne Hände. Heute bin ich dein Sklave. Lass mich dir dienen, als wärst du eine ägyptische Königin."

Quinn dachte an die Fresken, die sie in der Ägyptischen Halle gesehen hatten, und kicherte, da sie sich ein wenig albern fühlte, öffnete aber den Mund für die Erdbeere. Er platzierte sie auf ihrer Zunge, fest und kühl, und sie biss hinein, setzte die saftige Süße frei. Indem er die Erdbeere am Stiel festhielt, brachte er sie zu seinem eigenen Mund und biss den Rest ab. Die Intimität, mit der sie sich die Erdbeere teilten, löste einen unerwarteten Anflug von Lust in ihr aus.

Und schon wieder nahm er etwas vom Teller – diesmal ein kleines Träubel Treibhausweintrauben. „Eine für dich, eine für mich", sagte er und ließ erst eine Weintraube in ihren und dann eine in seinen Mund gleiten. Die süße Kühle setzte sich in ihrem Mund frei, als sie kaute. Quinn hätte nie gedacht, dass Früchte so … erotisch sein könnten.

Als Nächstes hielt er eine dünne Scheibe Melone hoch. „Du fängst an dieser Seite an und ich an der anderen", schlug er vor. Er suchte ihren Blick, und sie gehorchte. Ihre Gesichter, ihre Lippen, kamen sich näher und näher, während die Melone langsam verschwand. Er nahm einen letzten Bissen und fing dann schnell mit seiner Zunge einen Tropfen ab, der an ihrem Mundwinkel herunterlief.

Ein Blitz durchfuhr sie, und sie bereitete sich innerlich auf die Sinnesempfindungen vor, die sein Kuss in ihr auslösen würde – aber er wandte sich schon wieder zum Tablett um. „Ah! Ein guter Kontrast." Er bot ihr ein Stück geschälte Grapefruit an, indem er es wieder so platzierte, dass sie an beiden Enden abbeißen konnten, obwohl sich ihre Nasen beinahe berührten.

Nach der Süße der Melone war die saure Grapefruit fast ein Schock – aber kein unangenehmer. Als sie sich diesmal in der Mitte trafen, leckte er den sauren Saft direkt von ihrer Lippe, wobei seine Zunge ihre Konturen umspielte. Quinns Augen schlossen sich bei dieser sinnlichen Empfindung.

Als er sich, noch immer ohne sie geküsst zu haben, wieder umdrehte, fand sie ihre Stimme wieder. „Ist das Werben, Mylord, oder Verführung?"

Er sah sie wieder an, diesmal mit einem rauchigen Funkeln in seinen blauen Augen. „Was würdet Ihr denn bevorzugen, Mylady?" Er hielt ihr eine weitere Erdbeere hin.

„Da ich beides noch nicht erlebt habe, hebe ich mir mein Urteil für später auf", erwiderte sie und öffnete ihren Mund für die Frucht. Diesmal ging er mit der Erdbeere genauso vor wie zuvor mit der Melone und der Grapefruit und platzierte sie so zwischen ihnen, dass sie von beiden Seiten abbeißen konnten.

Quinn kaute und schluckte, wobei ihre Lippen nur eine Haaresbreite von seinen entfernt waren. Sein maskuliner Duft schien sie zu umgeben und vermischte sich mit der Süße der Frucht. Ohne nachzudenken, öffnete sie ihre Lippen leicht, und er nahm ihre unausgesprochene Einladung an, indem er die winzige Spalte dazwischen schloss.

Quinn fühlte sich, als sei es Monate her, dass er sie zuletzt geküsst hatte statt nur kaum mehr als einen Tag. Sie trank die Empfindungen wie eine Sterbende, die ihren Durst stillte. Seine Arme schlangen sich um sie, und sie legte ihre um seinen Rücken. Die Früchte und der Ausblick waren durch die Leidenschaft ihrer Umarmung gleichermaßen vergessen.

Mit plötzlicher Sicherheit wusste sie, dass es richtig war, dass die Vollkommenheit, die sie vermisst hatte, sich nur hier in Marcus Armen finden lassen würde. Und mit dieser Sicherheit gab sie sich hin – ihm und ihren eigenen Gefühlen, die sie so sehr versucht hatte zu verdrängen.

Er musste es gespürt haben, denn er vertiefte seinen Kuss und ließ seine Hände an ihrem Rücken auf und ab gleiten. Aber als er begann, ihr Kleid zu öffnen, kam die Vernunft mit einem Mal wieder zurück.

„Wir ... wir dürfen das nicht", hauchte sie an seinen noch immer suchenden Lippen. „Nicht hier."

Er hob den Kopf und schaute sich um. „Niemand sieht uns", versicherte er ihr grinsend und löste einen weiteren Haken an ihrem Nacken.

„Marcus!", rief sie lachend und löste sich von ihm. „Ich glaube langsam, du bist wirklich ein Schelm!"

Er machte ein betroffenes Gesicht. „Nun denn, man ist mir also auf die Schliche gekommen. Aber es wird gesagt, dass ehemalige Schelme die besten Liebhaber sind."

Sie starrte ihn noch immer ungläubig an. Ihr anständiger, spießiger Marcus ein Schelm? Ehrlich? Sie rief sich die Bemerkungen von seinem Bruder, den gehässigen Damen im Park und den beiden Misses Melks heute in Erinnerung. Konnte es sein, dass er nur *ihr* gegenüber spießig war? Nicht dass er es jetzt in diesem Moment war ...

„Demnach zu urteilen, was ich bisher gesehen habe – wenn du wirklich ein Schelm warst, machst du dem Sprichwort alle Ehre", sagte sie, wobei ein Lächeln ihre Lippen umspielte.

„Ich danke dir für das Kompliment", erwiderte er und hob ihre Hand an seine Lippen. „Bist du dir sicher, dass ich dir nicht gleich jetzt einen weiteren Beweis dafür liefern soll?" Er wackelte mit den Augenbrauen.

Es war nur allzu verlockend, aber diesmal war es ihr eigener Sinn für Anstand, der sich durchsetzte und nicht seiner. „Ich möchte es bis heute Abend aufschieben, wenn wir wirklich allein sein können."

„Nun gut. Ich habe nun einen Ruf zu wahren, also sollte ich mich für später stärken. Käse?" Er reichte ihr eine Scheibe und nahm sich selbst eine.

Sein Grinsen weckte in ihr den Verdacht, dass sein Vorschlag, sich hier zu lieben, wo sie entdeckt werden konnten, nur ein Täuschungsmanöver gewesen war, und einen Augenblick lang wünschte sie sich, dass sie ihn auf die Probe gestellt hätte. Hatte sie sich *wirklich* die ganze Zeit über in ihm getäuscht, oder wollte er nur, dass sie das glaubte? Mittlerweile war sie sich nicht mehr sicher.

Es war nicht zu leugnen, dass zwischen ihnen die Chemie stimmte. Fast spürbar vibrierte sie leise in der Luft, während sie ihr Mahl beendeten und beim Essen sehnsüchtige Blicke austauschten. Viel zu schnell waren sie fertig. Quinn sah sich ein letztes Mal wehmütig in ihrem Versteck um, beschloss, dass sie wirklich versuchen würde, etwas Derartiges nachzubauen, wenn sie jemals die Chance hätte, und erhob sich dann.

„Sollen wir nicht wieder zu den anderen zurückkehren? Unsere Abwesenheit könnte langsam auffallen."

„Das spielt keine Rolle. Wir sind frisch verheiratet", erwiderte er, doch erhob sich mit ihr und ließ das leere Tablett zurück. „Aber ich kann nicht widerstehen, ein wenig mit dir zu prahlen. Komm."

Obwohl sie es als Beleidigung hätte empfinden müssen, wie ein Schmuckstück präsentiert zu werden, freute es sie, dass er so stolz war, dass er mit ihr prahlen wollte. Das machte die vorletzte Nacht, in der er sie fortgeschickt hatte, fast wieder gut. Vielleicht war er wirklich nur müde gewesen ...

„Lady Mountheath. Wie erfreulich, Euch schon so bald wiederzusehen!"

Quinn drehte sich bei Marcus' Worten um und sah die Frau, vor der sie am meisten Angst gehabt hatte, ihr wieder zu begegnen. Sie redete sich ein, dass sie von ihr nichts mehr zu befürchten hatte und zwang sich zu einem höflichen Lächeln.

„Ich war ja so erfreut, zu hören, dass Eure Verlobung doch echt war", sagte Lady Mountheath und zeigte viel zu viele Zähne, während sie ihre Augen an Quinn auf und ab wandern ließ, wobei sie besonders vielsagend an ihrer Körpermitte hängenblieb. „Aber ich muss gestehen, dass uns die Nachricht über Eure Heirat alle erneut überrascht hat."

Mit einem ebenso entschlossenen Lächeln wie dem von Lady Mountheath erwiderte Quinn: „Wir wollten heiraten, bevor mein Vater England verlässt. Die Geschäfte machten es erforderlich, dass er früher als geplant abreist, daher wollten wir nicht länger warten."

Es war eine ausgesprochen plausible Erklärung, und Lady Mountheaths Lächeln wich einem Anflug von Enttäuschung. „Natürlich. Sehr praktisch. Ich wünsche Euch beiden viel Glück."

Sie gingen weiter; sollte sie doch woanders nach Klatschthemen suchen. Ein paar weitere Bekannte begrüßten Marcus. Er stellte Quinn denjenigen vor, die sie noch nicht kannte und vertiefte sich dann in eine Diskussion über den Brand in einer berüchtigten Spielhölle. Während sie redeten, schaute sich Quinn um und begrüßte Miss Chalmers mit einem Nicken, bevor ihr Blick auf Mr. Paxton fiel, der entschlossen auf sie zusteuerte.

„Lady Marcus!", rief er, als er auf ihrer Höhe war. „Ich hoffe, Ihr fühlt Euch in England langsam mehr zu Hause? Lord Marcus." Mit einem Nicken begrüßte er auch ihren Mann. Marcus erwiderte das Nicken, bevor er sich wieder Mr. Thatchers lebhafter Beschreibung des Feuers widmete.

„Guten Tag, Mr. Paxton. Ja, ich denke, ich lebe mich gut ein", erwiderte Quinn lächelnd. „Wie läuft es mit Euren Ermittlungen?" Da sie nun tiefer mit dem Heiligen verbunden war, war sie noch interessierter als zuvor – und ein wenig nervös.

„Langsam, fürchte ich, aber ich habe keineswegs die Hoffnung aufgegeben. Früher oder später macht er einen Fehler, und dann habe ich ihn –

obwohl ich mir damit zweifellos zahllose Damen zum Feind machen werden."

Er sah recht gut aus, wie sie fand, mit seinen haselnussbraunen Locken und grünbraunen Augen, aber er hatte nicht einmal ein Zehntel der Attraktivität, die Marcus für sie besaß. Sie sah in ihm ausschließlich eine Gefahr für ihre Pläne für die Mädchenschule – aber natürlich durfte er nichts davon ahnen.

„Aber Ihr könnt uns doch nicht ernsthaft für so oberflächlich halten, Mr. Paxton", sagte sie neckisch. „So romantisch der Heilige in Erzählungen auch erscheinen mag, ich bin mir sicher, dass die meisten von uns sich Ordnung und Gesetz mit dem Verstand wünschen, wenn nicht sogar mit dem Herzen."

Obwohl er noch immer lächelte, fand sie, dass seine Augen sie scharfsinnig anblickten, als er seine Stimme senkte. „Das hoffe ich, Lady Marcus. Ich habe gehört, dass Ihr ein paar Straßenkinder eingestellt habt, seit Ihr verheiratet seid?"

Polly und Gobby. Er hatte irgendwie herausgefunden, dass sie dem Heiligen ihre Nachricht hatten zukommen lassen. Sie bemühte sich, ihre Panik nicht zu zeigen und zuckte mit den Schultern. „Unsere Haushälterin kümmert sich um die Einstellungen, aber es scheint eine wohltätige Sache zu sein; es gibt einfach so viele Arme."

„Natürlich. Aber wenn einer dieser neuen Bediensteten irgendwelche Informationen über die Aktivitäten des Heiligen hat, schickt Ihr mir eine Nachricht, nicht wahr?"

Die Intensität seines Blickes zwang sie zur Ehrlichkeit, und sie wählte ihre Worte sorgsam, denn sie spürte, dass er erkennen würde, wenn sie log. „Ihr könnt darauf vertrauen, dass ich das Richtige tue, Mr. Paxton", sagte sie entschlossen. „Das verspreche ich."

KAPITEL ACHTZEHN

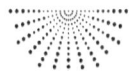

DIE KLEINE GRUPPE UM HARRY THATCHER BRACH BEI SEINER Beschreibung eines jungen Burschen mit einer brennenden Kniebundhose in Gelächter aus. Marcus zwang sich zu einem Lachen, aber seine Aufmerksamkeit galt fast ausschließlich Paxtons Unterhaltung mit seiner Frau. Quinn hatte soeben versprochen, dem Mann dabei zu helfen, den Heiligen von Seven Dials zu fassen.

Wusste sie von Gobby? Paxton offenbar schon. Er würde den Jungen warnen, wenn sie nach Hause kämen – vor Paxton und vielleicht sogar vor Quinn.

Nun wandte er sich selbst an Paxton und lächelte, als hätte er stattdessen zuvor Harry zugehört statt ihm. „Habe ich richtig gehört, dass Ihr Fortschritte in Euren Ermittlungen macht?"

Paxton schüttelte den Kopf. „Leider nein. Ich versuche lediglich allen Spuren nachzugehen, egal, wie vage sie sind, bis Euer Freund, Lord Hardwyck, zurückkehrt."

Marcus entspannte sich ein wenig. Dennoch musste ihn jemand darüber informiert haben, dass Gobby in seinen Ställen arbeitete. Vielleicht einer der anderen Jungen seiner Truppe?

Gut, dass er nur Gobby als Wachposten mitgenommen hatte, als er die Spende bei Mrs. Hounslow abgeliefert hatte. Er hatte unglaublich schnell sein müssen, um nicht die Aufmerksamkeit der Magd zu erregen, als er das Geld zusammen mit einer Nachricht direkt an der Küchentür hinterlassen hatte.

„Wie äußerst gründlich von Euch", erwiderte er nun mit einem vorge-täuschten Gähnen. „Ich bin aber trotzdem froh, dass Ihr zumindest noch ein *bisschen* Zeit für Vergnügungen habt."

„Ich schätze, meine Arbeitsmoral grenzt ans Spießbürgertum." Paxton grinste, nun offenbar vollkommen ungezwungen. „Die Ermittlungen sind kaum mehr aufwendiger als zum Beispiel die Hingabe zur Jagd oder zum Spieltisch. Vielleicht sogar noch weniger."

„Sie sind aber weitaus wichtiger", stimmte Marcus zu, wobei er sich noch weiter entspannte. „*Touché.*" Wieder stellte er fest, dass er den Kerl beinahe mochte, verdammt. Er wandte sich an Quinn. „Habt Ihr nicht gesagt, dass Ihr gern noch ein Glas Limonade hättet, meine Liebe?"

Obwohl sie etwas Derartiges nie behauptet hatte, nickte sie. „In der Tat, ich bin recht durstig, Mylord. Wenn Ihr uns entschuldigen würdet, Mr. Paxton?"

Als sie außer Hörweite waren, fragte sie: „Wie lange erwartet man von uns zu bleiben?"

„Darf ich hoffen, dass das bedeutet, dass du gern mit mir allein sein möchtest?" In Wahrheit war er mehr als bereit zu gehen und nicht nur, weil er seine Frau weiter verführen wollte.

„Bin ich so leicht durchschaubar?" Ihr Lächeln ließ seine Sorgen in den Hintergrund rücken, und sein Herz schlug schneller.

„Dann sollten wir uns von unseren Gastgebern verabschieden", schlug er vor. Sie suchten Lord und Lady Jeller auf, die sich mit einer Gruppe von Gästen in der Nähe eines reizenden kleinen Ziergebäudes bei den Zelten unterhielten, und verabschiedeten sich.

Ein paar der Umstehenden warfen ihm vielsagende Blicke zu, aber das war Marcus egal. Sie hatten schließlich recht in ihrer Annahme. Als er zu Quinn an seiner Seite hinunterblickte, staunte er erneut darüber, wie zier-lich sie war, wie unschuldig sie in ihrer Kleidung aus weißer Spitze und Musselin aussah. Nur er wusste, welch glühende Leidenschaft hinter dieser engelsgleichen Fassade lauerte, und er wollte ihr schnellstens unge-hindert freien Lauf lassen.

„Wir haben für den Rest des Tages keine weiteren Pläne, oder irre ich mich?", fragte er, als er ihr in die Kutsche half. Da er einen ganzen Abend mit Quinn allein hatte, könnte er doch sicherlich …

„Ich habe heute Morgen eine Nachricht von den Claridges erhalten", erwiderte sie. „Sie laden uns ein, sie heute Abend ins Theater zu begleiten. Wir müssen aber natürlich nicht gehen, wenn du nicht willst."

„Aber nein, ganz und gar nicht, ich würde dich gern ins Theater ausführen." Sie hätten zuvor ausreichend Zeit noch miteinander... genug Zeit, wie er hoffte, um seine Pläne auszuführen.

Seine Gedanken kehrten wieder zu seinem anderen Problem zurück. „Habe ich richtig gehört, dass du Paxton versprochen hast, ihm bei seinen Ermittlungen zu helfen?" Die Worte waren ausgesprochen, bevor er es verhindern konnte.

Sie sah ihn an, eindeutig erschrocken. „Nur indirekt natürlich." Eine recht ausweichende Antwort, wie er fand. „Da ich mir nicht vorstellen kann, wie ich ihm in irgendeiner Weise behilflich sein könnte, war es sicherlich nur ein leeres Versprechen."

„Ohne Zweifel." Er wollte sie nach Gobby fragen, entschied sich dann aber dagegen, da es wahrscheinlich erst ihren Verdacht wecken würde, falls sie noch gar nicht wusste, dass er den Straßenjungen eingestellt hatte. „Ich bin natürlich auch der Ansicht, dass es unsere Pflicht wäre, alles, was wir aus jeglicher Quelle erfahren, weiterzuleiten – so unwahrscheinlich es auch erscheinen mag."

„Ich bin froh, dass wir uns diesbezüglich einig sind."

Da sie offenbar ebenso wenig weiter über die Sache sprechen wollte wie er, wechselte er das Thema. „Welches Stück sehen wir uns denn heute Abend an? Ich nehme an, es ist in einem der kleineren Theater, da die größeren erst wieder im Oktober aufmachen."

„Ja, im Lyceum. Ich glaube, mein Onkel hat etwas von einer operetten-haften Komödie gesagt."

Sie unterhielten sich ungezwungen über das Theater im Allgemeinen – er war überrascht darüber, dass sie in Baltimore oft hingegangen war – bis sie zu Hause angekommen waren. „Ich stelle fest, dass ich schon wieder hungrig bin", sagte Marcus neckisch, als er Quinn ins Haus führte. „Viel-leicht sollten wir die Köchin bitten, uns eine Platte mit kleinen Häppchen zurechtzumachen?"

Der Blick, den sie ihm zuwarf, zeigte, dass sie seine Andeutung verstanden hatte. „Sollen wir es in der Bibliothek oder oben genießen?"

„Definitiv Oben. Die Sessel in der Bibliothek sind so ungünstig ange-ordnet, um sich dort... eine Mahlzeit zu teilen."

Das stimmte zwar nicht, aber falls es ihr auffiel, merkte sie es zumin-dest nicht an, sondern stimmte stattdessen zu, dass es ein ausgezeichneter Plan sei. Sie schickten einen Diener in die Küche, um eine gemischte Platte aus dünn aufgeschnittenem Fleisch, Brot, Käse und Obst nach oben zu bestellen und gingen gemeinsam die Treppe hinauf.

Als sie seine Schlafkammer erreichten, wandte sich Quinn mit einem verschlagenen Lächeln an ihn, das seinen Puls zum Rasen brachte. „Ich erinnere mich daran, dass Ihr vorhin etwas von Beweisen Eurer Liebhaberkünste erwähnt habt, Mylord?"

„Soll ich jetzt damit beginnen oder warten, bis das Essen kommt?", fragte er und streichelte mit dem Handrücken ihre Wange. Ja, er brannte darauf, mit seiner unterbrochenen Verführung fortzufahren.

„Oh. Ich glaube, wir sollten warten", sagte sie und machte einen niedlichen Schmollmund, so, dass er sie einfach küssen musste. Sie erwiderte seinen Kuss leidenschaftlich, und er konnte sich nur mit Mühe davon abhalten, sie auf der Stelle zu entkleiden.

Ihre eigenen Hände machten sich an seiner Schalkrawatte und seinem Hemd zu schaffen, bis sein Oberkörper entkleidet war. „Wie ungerecht", murmelte er und begann, die Haken an ihrem Rücken zu lösen, erfreute sich an ihrer weichen Haut, die zum Vorschein kam, Zentimeter für Zentimeter. Er war gerade dabei, ihr das Kleid von den Schultern zu streifen, wobei er sie immer noch intensiv küsste, als ein diskretes Klopfen an der Tür ertönte.

Sie lösten sich voneinander, und Quinn blickte zuerst an sich, dann an ihm hinunter. „Ups." Sie klang reuevoll, aber in ihren Augen tanzte der Schalk.

„Du Füchsin. Ab ins Ankleidezimmer mit dir, während die Platte hereingebracht wird."

Gehorsam verschwand sie. Marcus warf einen Morgenmantel über seinen nackten Oberkörper und öffnete dann die Tür. Der gut ausgebildete Diener bemerkte klugerweise nichts Ungewöhnliches, als er die Platte mit den Häppchen, wie angewiesen, auf einem niedrigen Tisch abstellte, sich verbeugte und den Raum verließ.

„Du kannst jetzt herauskommen", rief Marcus, und sofort tauchte Quinn wieder auf, wobei sie sich das Kleid wieder über die Schultern zog. „Das ist nicht nötig", sagte er und legte den Morgenmantel ab, während er auf sie zuging. „Wo waren wir stehengeblieben?" Er senkte seine Lippen auf ihre und schob das Kleid wieder bis zu ihrer Taille hinunter.

Bald waren beide entkleidet, aber als sie zum Bett herüberschaute, schüttelte Marcus den Kopf. „Noch nicht. Ich muss dich erst weiter verführen."

Er mochte vielleicht nicht bereit sein, ihr die Wahrheit über den Heiligen zu erzählen, aber er wollte sie immer noch davon überzeugen, dass ihm Anstand nicht so wichtig war. Er nahm sie an die Hand, führte sie zum Tisch mit dem Essen, setzte sich auf den dicken Teppich und zog sie zu sich hinunter.

Seine Hand schwebte über den Häppchen. „Nun, Mylady, was beliebt Euch denn?"

„Hmm. Etwas von dem Gebäck vielleicht. Ich arbeite mich dann langsam zu den fleischigen Leckerbissen durch."

„Nun gut, meine schamlose Gemahlin", sagte er mit einem tiefen Lachen. Er nahm ein dreieckiges Gebäckstück, hielt es an ihre Lippen, wobei er von seiner und sie von der anderen Seite abbiss. Flocken der blättrigen Kruste fielen hinunter und landeten auf ihren Brüsten. Als sich ihre Lippen in der Mitte trafen, leckte er einen Tropfen der süßen Füllung von ihrem Mundwinkel ab, bevor er sich den hinuntergefallenen Krümeln widmete.

Einer davon balancierte auf ihrer rechten Brustwarze, und er nahm diese ganz in den Mund, statt zu riskieren, dass er hinunterfiel. Sie stöhnte leise auf, und er lächelte sie an. „Es ist viel sauberer, wenn wir die Krumen noch während des Essens aufheben, findest du nicht?"

Er befeuchtete seine Lippen und leckte die restlichen Krümel von ihrer Brust. Dann setzte er sich wieder auf. Seine Erregung war mittlerweile nicht mehr zu übersehen. Dass sie es bemerkte, war eindeutig, denn sie starrte immer wieder hinunter und errötete.

„Nun wähle ich", sagte er und nahm einen besonders saftig aussehenden Pfirsich vom Teller. Er hielt ihn zwischen sie, und wieder bissen sie von beiden Seiten ab, wobei sich ihre feurigen Blicke trafen. Marcus hatte Essen schon ein paarmal benutzt, um Frauen zu verführen, aber noch nie war er selbst so mitgerissen worden.

Pfirsichsaft rann tropfend an seinem Kinn hinab, und er erschrak ein wenig, als ein kühler Tropfen direkt auf seiner Erektion landete.

„Nun bin ich dran mit dem Saubermachen, Mylord." Sie beugte sich hinunter, ihre Locken streiften seine Oberschenkel, und sie nahm seinen Schaft in den Mund, so wie er es mit ihrer Brust getan hatte.

Nun war es an ihm, zu stöhnen, als die erstaunlich angenehmen Empfindungen, die ihre Zunge auslösten, ihn durchfuhren. Als er seinen Schaft reflexartig weiter in sie hineinschob, stieß sie ein kehliges Lachen aus und setzte sich dann auf, bevor er die Kontrolle verlieren konnte. „Mehr Pfirsich, Mylord?", fragte sie unschuldig.

Er konnte nicht direkt sprechen, daher hob er die Frucht wieder hoch, sein Körper sehnte sich nach mehr von ihr. Diesmal hielt er den Pfirsich so, dass der Saft an ihrer Seite hinablief und sich zuerst in der Senkung ihres Nabels sammelte, bevor ein Bach in den Locken darunter verschwand.

Mit einem Augenzwinkern reichte er ihr den restlichen Pfirsich und bahnte sich mit Küssen seinen Weg zwischen ihren Brüsten zu ihrem Nabel hinunter, wo er den süßen Saft aufsaugte, bevor er dem Rinnsal weiter hinunter folgte. Ihr süßer, dumpfiger Geruch erregte ihn noch mehr, und es war die reinste Freude, als sie aufschrie, als er seine Zunge in ihre Spalte gleiten ließ.

„Bist du jetzt bereit für den fleischigen Leckerbissen?", fragte er und hob den Kopf.

Ihre Lippen waren leicht geöffnet, ihre Augen leuchtend vor Lust. „Ja", flüsterte sie. „Ich bin bereit."

Obwohl klar war, was er eigentlich gemeint hatte, nahm er eine Scheibe Roastbeef von der Servierplatte. „Bitteschön", sagte er und hielt sie ihr grinsend hin.

Sie nahm sie entgegen, wobei sie seinem Blick standhielt und rollte die Scheibe zu einem Zylinder. Sie lächelte verschlagen und leckte am Ende der Rolle, bevor sie sie in den Mund nahm, um daran zu saugen. Sein Körper reagierte heftig, so als ob ihr Mund ihn und nicht das Stück Roastbeef umspielte – was zweifellos ihre Absicht gewesen war.

„Du Luder", knurrte er, beugte sich dann vor und biss vom anderen Ende der Rolle ab. Er war bereit für den nächsten Schritt. „Wein?", fragte er und drehte sich um, um die Gläser aus der Karaffe auf dem Tablett zu füllen.

„Nur ein wenig, um es hinunterzuspülen", erwiderte sie, aß ihr Stück Fleisch zu Ende und leckte sich verführerisch über die Lippen.

Marcus reichte ihr ein Glas und nahm einen Schluck von seinem eigenen. „Wenn ich es nicht besser wüsste, würde ich fast annehmen, du hättest Unterricht in Verführungskunst genommen", sagte er zu ihr.

Ihre Augen weiteten sich unschuldig. „Das habe ich in der Tat, Mylord."

„Was?" Er spuckte beinahe seinen Wein aus.

„War das heute Morgen denn etwa keine Unterrichtsstunde in der Laube? Ich habe Eure Lehren nur ein wenig weiter interpretiert. Bedeutet das, dass ich eine begabte Schülerin bin?" Obwohl ihr Gesicht weiterhin unschuldig war, bebten ihre Lippen vor unterdrücktem Lachen.

„Umwerfend begabt." Er trank den Rest seines Weins in einem einzigen Zug aus, stellte das Glas ab und ergriff ihre Hand. „Zeit für den nächsten Gang. Und damit meine ich nicht das Essen", fügte er hinzu, als sie auf die Platte blickte.

Sie stellte ihr eigenes Glas ab, rückte näher an ihn heran und schmolz mühelos und natürlich in seine Arme. Er senkte seinen Mund auf ihren und kostete die Würze des Weins auf ihren Lippen, während er ihren Rücken streichelte. Ihre Hände glitten langsam von seinen Schultern zu seiner Taille hinunter, erkundeten seine Form, erregten ihn noch mehr.

Er intensivierte seinen Kuss, drückte sie sanft mit einem Arm auf den plüschigen Teppich und ließ seine andere Handfläche an ihrem Körper hinabgleiten – von der Schulter bis zum Knie – und erfreute sich an den weiblichen Kurven. Dann glitt er an der Innenseite ihres Oberschenkels hinauf, wo er innehielt, mit seiner Handfläche ihre Locken bedeckte und seine Finger nur ganz leicht das streiften, was darunterlag.

Sie bäumte sich ihm entgegen, ein leises Stöhnen vibrierte an seinen Lippen. Mit einem Finger erkundete er sie, stellte fest, dass sie feucht und bereit war, wartete aber noch länger, genoss ihre Erregung, obwohl auch seine eigene nach Befriedigung schrie. Langsam, ganz langsam, ließ er sich der Länge nach nieder, bis er, ihr seitlich zugewandt, neben ihr lag und seine Hand sie weiter liebkoste.

Sie löste sich von seinem Kuss und sah ihn an, ihre grünen Augen funkelten in einer Mischung aus Schalk und Lust. Dann, ohne Vorwarnung, drückte sie ihn auf den Rücken und setzte sich auf ihn. „Man spielt nicht mit einer verhungernden Frau", schalt sie ihn grinsend und ließ ihre Spalte an der Länge seines Schafts entlanggleiten. Er stöhnte bei dieser exquisiten Empfindung.

Sie senkte den Kopf so weit, dass ihre Locken in ihrer wilden dunklen Fülle in sein Gesicht fielen. Wieder küsste sie ihn, verstärkte und den Druck weiter unten und schob sich in einem immer schnelleren Rhythmus vor und zurück. Gerade, als er glaubte, explodieren zu müssen, hob sie ihren Körper ein wenig an und nahm ihn in sich auf, verengte sich um ihn herum wie ein Handschuh.

Sie kamen auf der Stelle gemeinsam zum Höhepunkt, stießen lange, zitternde Stöhnlaute aus, während er sich in ihren Tiefen ergoss und sie ihn in sich aufnahm. Sie sank auf ihm zusammen. Er hielt sie an sich gedrückt, atmete ihren Duft ein, während sich sein Herzschlag langsam wieder normalisierte.

Wieder empfand er den überwältigenden Drang, ihr zu sagen, dass er sie liebte. Diesmal war es nicht der Schrecken, der ihn davon abhielt, sondern Vorsicht.

Gemeinsam mit seinen Sinnen kehrte auch das Wissen zurück, dass er ihr nicht vollständig vertrauen konnte, so wichtig sie ihm auch war. Und bis er das konnte, wollte er ihr nicht so viel Macht über sich geben – oder zumindest wollte er sie nicht wissen lassen, wie viel Macht sie nach so kurzer Zeit schon über ihn hatte. Nicht, solange er sich noch unsicher war, ob seine Gefühle erwidert wurden.

„Mehr Wein?", fragte er, als sie sich schließlich wieder bewegte. „Der Rest unseres Abendessens wartet."

EINE HALBE STUNDE später beendeten sie ihr Mahl, das sie mit heiteren Neckereien über die Ereignisse des heutigen Tages verbracht hatten. Quinn seufzte innerlich. Obwohl ihr Körper befriedigt und entspannt war, war ihr Herz alles andere als zufrieden. Während sie und Marcus die körperliche Intimität zurückgewonnen hatten, schienen sie sich emotional nicht näher zu stehen als zuvor – vielleicht sogar distanzierter.

Es fühlte sich einfach so an, als ob Marcus ihr einen Teil von sich vorenthielt, und sie konnte nicht leugnen, dass sie dasselbe tat. Sich ihm vollständig hinzugeben, ihn wissen zu lassen, wie viel er ihr bedeutete, würde heißen, dass sie das letzte bisschen ihrer Freiheit aufgeben musste. So irrational es auch sein mochte, sie hatte Angst vor diesem letzten Schritt.

„Wir sollten uns besser ankleiden, wenn wir ins Theater wollen", schlug sie vor, als Marcus die leere Servierplatte und Gläser wieder auf das Tablett zurückstellte. Sie erinnerte sich, dass Polly versprochen hatte, ihr bis zum Abend die Namen zu beschaffen. Ob sie sie vielleicht schon hatte?

„Ja, da hast du wohl recht." Obwohl er so sprach, als würde er sie nur ungern gehen lassen, stand er sofort auf und half dann auch ihr beim Aufstehen. „Das brauchst du wahrscheinlich, falls deine Zofe in deiner Kammer lauert", sagte er und hob ihr Unterkleid und ihr Kleid auf. „Komm, ich helfe dir hinein."

Schnell und geschickt half er ihr in das Kleid, wobei sie sich fragte, wie viel Erfahrung er mit solchen Dingen hatte. Offenbar mehr, als sie ursprünglich angenommen hatte. Der Gedanke brachte einen Anflug von etwas mit sich, das über einfache Überraschung hinausging, aber sie weigerte sich, genauer darüber nachzudenken.

„Danke. Treffen wir uns dann später unten?"

Er nickte. „Wir müssen erst in knapp zwei Stunden los, du hast also Zeit für ein Bad, wenn du möchtest. Ich muss auch noch ein paar Dinge erledigen."

Mit einem leichten Kuss, der die Leidenschaft, die sie soeben noch miteinander geteilt hatten, fast ins Lächerliche zog, öffnete er die Tür zum Ankleidezimmer, damit sie in ihre Kammer gehen konnte.

Statt ein Bad zu nehmen, was sie viel lieber getan hätte, wusch sich Quinn nur schnell, bevor sie sich ankleidete. So hätte sie noch Zeit, mit Polly zu sprechen, bevor sie sich wieder mit Marcus traf. Als sie in die Küche kam, beendeten die Bediensteten gerade ihr eigenes Abendessen am langen Holztisch. Polly saß am Ende des Tisches, in der Nähe der Hintertür.

Quinn suchte den Blick des Mädchens, gab Mrs. McKay ein paar Anweisungen zu den Mahlzeiten für den nächsten Tag und sagte dann: „Ich möchte gern einen Blick auf die Gärten werfen, bevor es dunkel wird. Wenn wir hier Samen oder Sämlinge finden können, würde ich gern versuchen, ein paar amerikanische Gemüsesorten anzubauen."

Sie bedeutete Polly, ihr zu folgen, was sie, auf ein Nicken der Köchin hin, tat und gingen hinaus in den Garten.

„Es ist gut, dass Ihr jetzt vorbeigekommen seid, Mylady", sagte Polly leise, als sie zwischen den Gemüsereihen entlanggingen und so taten, als würden sie einen geeigneten Ort für weitere Gewächse suchen. „Annie müsste jeden Moment hier sein."

Noch während sie sprach, quietschte das Gartentor. Quinn blickte auf und sah Annie in blassblauer Seide, die bei ihrem Anblick wie erstarrt stehenblieb. Sie drehte sich um, als ob sie fliehen wollte, aber Quinn rief: „Bitte geh nicht, Annie. Ich möchte gern mit dir sprechen."

Zögerlich trat sie in den Garten und sah Polly hilfesuchend an.

„Schon in Ordnung, Annie. Die Dame will dir helfe', so wie sie auch mir geholfe' hat."

„Wirklich, Mylady?"

Annie, mit ihren großen blauen Augen und den hellen Locken, die nur ein oder zwei Jahre älter war als Polly, war äußerst hübsch – oder wäre es zumindest gewesen, wenn sich nicht ein unansehnlicher violetter Bluterguss über ihre Wange erstreckt hätte. Wut kochte in Quinns Innerem hoch, als sie es sah.

„Ja, das möchte ich wirklich, Annie. Kannst du einen Moment hierbleiben, damit ich mit dir reden kann, während Polly dir etwas zum Essen aus der Küche holt?"

Annie nickte. „Mr. Twitchell will mich nicht arbeite' lasse', bis der hier weg ist." Sie deutete auf den Bluterguss. „Zumindest nich' dort, wo ich normalerweise arbeite, und die niedere' Leut' beginne' ihre Zechgelage erst später am Abend."

Quinn wollte sich nicht vorstellen, wie Annies Leben aussehen musste, aber sie war nun noch entschlossener, ihr zu helfen. „Und wo arbeitest du normalerweise, Annie? Nein, du bekommst keinen Ärger", versprach sie, als sie sah, dass das Mädchen sie misstrauisch anblickte. „Aber um dir zu helfen, brauche ich Informationen. Polly sagt, du willst deine aktuelle Tätigkeit aufgeben?"

Nun lächelte sie endlich, wodurch sie noch reizender wirkte – und jünger. „Oh, ja, Mylady! Ich habe eine Cousine, die als Schauspielerin in einem der Theater arbeitet, und sie sagt, ich bin ein Naturtalent, aber Mr. Twitchell will nichts davon höre'. Ich habe sogar angebote', ihm einen Teil meines Lohns zu zahle', wenn sie mich einstelle', aber er sagt, es wäre nicht genug."

„Wie viel … verdienst du denn jetzt?"

„Ich weiß nicht recht, Mylady. Die Herren bezahle' Mr. Twitchell, nicht mich. Er vertraut uns Mädchen mit diese' Beträge' nicht. Glaubt wahrscheinlich, dass wir damit weglaufe'."

Dazu hätten sie auch ein gutes Recht, dachte Quinn. Dieser Mr. Twitchell war offenbar kein Narr, so böse er auch sein mochte. Sie fragte sich, ob Mr. Paxton bereit wäre, etwas gegen ihn zu unternehmen.

„Annie, kannst du mir verraten, wer dir diesen Bluterguss zugefügt hat?" Quinn berührte sanft die verfärbte Wange des Mädchens.

Annie biss sich auf die Lippe und nickte. „Es war Lord Pynchton", verriet sie letztendlich. „Er wird ab und zu etwas grob. Keins der Mädche' geht gern zu ihm, daher sorgt Twitchell dafür, dass wir uns abwechsle'."

Quinn glaubte, dass sie den besagten Mann noch nicht kennengelernt hatte, aber allein der Gedanke daran, dass jemand, der die Machtposition eines Adligen ausnutzte, einem hilflosen Mädchen so etwas antun konnte, ekelte sie an. „Gibt es noch mehr von der Sorte? Um richtig zu helfen, brauche ich so viele Namen wie möglich."

„Er ist der Schlimmste", sagte Annie, „aber Lord Ribbleton hat Maisie einmal ein blaues Auge verpasst, als sie zu lang' gebraucht hat, um sich auszuziehe'. Die meisten andere' sind nicht allzu schlimm – zumindest müsse' wir keine Angst vor dene' habe'."

Quinn merkte sich die beiden Namen, die sie bisher gehört hatte. „Und wer sind die anderen?"

„Es gibt viele, Mylady. Einige meiner Stammkunden sind Sir Hadley Leverton, der alte Lord Simcox und Mr. Hill."

Quinn befragte sie vorsichtig weiter und konnte noch ein weiteres Dutzend Namen von Herren herausfinden, die Annies Freundinnen unter der "Leitung" von Mr. Twitchells "Unternehmen" besuchten. Polly kam mit ein paar Fleischkuchen zurück, als sie fertig war.

„Danke, Annie, du warst mir eine große Hilfe. Ich habe vor, so vielen deiner Freundinnen wie möglich zu helfen. Aber bitte verrate keinem, was du mir erzählt hast. Das könnte dich in Gefahr bringen und es mir erschweren, dir zu helfen."

Beide Mädchen versprachen inbrünstig, das Geheimnis zu wahren. Quinn wartete, bis sie gegangen waren – Polly zurück in die Küche und Annie durch das Tor hinaus – bevor sie ein kleines Notizbuch hervorholte, das sie mitgebracht hatte. Schnell schrieb sie alle Namen auf, bevor sie sie vergessen konnte.

Dann konnte sie sich endlich dem Schock und der Bestürzung hingeben, die sie zuvor ganz bewusst verdrängt hatte, denn sie hatte nicht gewollt, dass Annie sich, aufgrund ihrer Reaktion, in irgendeiner Weise schuldig fühlte. Sie blickte kopfschüttelnd auf ihre Liste hinab und kämpfte gegen eine Welle der Übelkeit an.

Ein paar der Namen kannte sie. Zwei der Männer hatte sie sogar bei den Claridges kennengelernt – ebenso wie ihre Ehefrauen. Was würden nur ihre Tante und ihr Onkel sagen – und alle anderen – wenn sie die Wahrheit über diese sogenannten Herren herausfinden würden?

Und was wäre es den Herren wohl wert, ihr Geheimnis zu wahren? Genug, um ihre Mädchenschule zu finanzieren, wie sie hoffte. Sie musste nur einen geeigneten – und vor allem anonymen – Weg finden, ihnen diese Entscheidung zu präsentieren.

Widerwillig überflog sie die Liste. Lord Fernworth war doch ein Freund ihres Mannes, oder? Wenn Mitglieder aus Marcus' eigenem Kreis diese armen Mädchen besuchten, bedeutete das etwa, dass er davon wusste und es ihm egal war? Oder noch schlimmer ... Nein, diese Möglichkeit würde sie nicht einmal in Betracht ziehen.

Sie begann, auf das Haus zuzugehen, hielt dann aber inne. In einem spontanen Entschluss drehte sie sich um und ging durch das Tor hinaus und um das Haus herum zu den Ställen. Dort herrschte ein reges Treiben, da die Kutsche für ihre Fahrt ins Theater zurechtgemacht wurde. Weiter unten wurden die Kutschen anderer Bewohner der Grosvenor Street ebenfalls angeschirrt, da sich um diese Tageszeit alles was Rang und Namen hatte auf die abendlichen Veranstaltungen vorbereitete.

Dann sah Quinn das, wonach sie gesucht hatte – einen Schopf roter Haare wie die von Polly. „Gobby!", rief sie leise. „Ich muss mit dir reden."

Er stellte den Eimer ab, den er gerade trug, kam auf sie zu und verbeugte sich respektvoll vor ihr. „Jawohl, Mylady?"

„Gefällt ... gefällt dir deine Arbeit?"

„Aber ja, Mylady! Ich danke Euch recht herzlich dafür, dass Ihr mich eingestellt habt, und auch seiner Lordschaft."

Quinn biss sich auf die Lippe. „Hat seine Lordschaft mit dir gesprochen, seitdem du hier angefangen hast? Hat er ... dich wohl bemerkt?"

Sie fand, dass der Junge einen Moment lang verwirrt aussah, aber dann schüttelte er den Kopf. „Ein großer Lord wie er würde nicht mit jemande' wie mir spreche', Mylady."

„Nein, nein, wohl nicht. Dann wollen wir nur hoffen, dass er sich nicht mehr daran erinnert, dass er dich letzte Woche auf der Straße gesehen hat."

Gobbys Augen wurden groß, und Quinn konnte sehen, dass ihm jetzt erst klar wurde, dass sie das Mädchen war, das sich an dem besagten Tag als Junge verkleidet hatte. Er öffnete den Mund, als wollte er etwas fragen, schloss ihn dann aber wieder, da ihm offenbar wieder ihr unterschiedlicher Gesellschaftsrang einfiel.

Quinn lächelte. „Ja, das war ich. Die Wege des Schicksals sind merkwürdig, nicht wahr? Aber ich hoffe, in diesem Fall war es zu deinem Vorteil, und zu Pollys. Sie zögerte einen Moment, aber dann gewann ihre Neugier die Oberhand. „Gobby, was kannst du mir über den Heiligen von Seven Dials sagen? Was für eine Art Mann ist er?"

Mit einem Mal verschwand sein Lächeln. „Ich weiß nicht, was Ihr meint, Mylady, ganz ehrlich. Wenn Polly Euch erzählt hat, dass ich irgendwas weiß, dann liegt sie falsch. Ich hab' Geschichte' von ihm gehört, wie alle andere' auch, das ist alles."

„Gewiss, gewiss. Es tut mir leid." Sie hätte wissen müssen, dass er den Heiligen niemals an eine Person ihrer Schicht verraten würde. „Ich war nur neugierig. Aber ich muss dich um einen Gefallen bitten."

„Ja, Mylady?" Er sah noch immer misstrauisch aus.

„Ich möchte, dass du zum Grillon's Hotel gehst, wenn du die Gelegenheit dazu hast, und fragst, ob eine Nachricht für eine mitfühlende Dame eingegangen ist. Falls ja, bring sie mit und sorge dafür, dass Polly sie mir gibt. Sie ist für eine Freundin von mir."

Sie war darauf vorbereitet, eventuell eine Erklärung über ihre erfundene Freundin abgeben zu müssen, falls er Fragen stellen würde, aber er nickte nur. „Jawohl, Mylady, ich geh' noch heut' Abend hin. Gibt es sonst noch etwas?"

„Nein, Gobby, danke. Lass mich wissen – über Polly, wenn es dir lieber ist – falls du irgendetwas brauchst. Und wenn seine Lordschaft dich *doch* befragen sollte, erwähne bitte nichts von unserem Gespräch."

Sie ging zum Haus zurück und schlich sich in ihre Kammer zurück, wo sie wieder über die Namensliste nachdachte, bis ein Klopfen an der Tür sie aus ihren Gedanken riss. Da sie befürchtete, dass es Marcus war, ließ sie das Notizbuch schnell wieder in der Schublade des Schreibtisches verschwinden, bevor sie antwortete. „Ja?"

Eine der Mägde öffnete die Tür mit einem Knicks. „Ich bitte um Verzeihung, aber seine Lordschaft bittet Euch zu sich in die Bibliothek, wann immer Ihr wünscht."

„Danke." Sie begutachtete ihr Haar im Spiegel und folgte ihr hinunter. Noch immer kreisten ihre Gedanken um die Pläne für die kommenden Tage.

KAPITEL NEUNZEHN

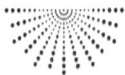

FALLS QUINN AUF DEM WEG INS THEATER GEDANKENVERLOREN WIRKTE, bemerkte Marcus es kaum. Er hatte einen Brief von Luke vorgefunden, als er zuvor hinuntergegangen war, der ihn darüber informiert hatte, dass sein Freund am ersten August nach London zurückkehren würde, was in knapp zwei Wochen wäre. Nach seiner Unterhaltung mit Paxton empfand er es wichtiger als jemals zuvor, zu beweisen, dass Luke auf keinen Fall der Heilige von Seven Dials sein konnte – was bedeutete, dass er heute Abend Arbeit zu erledigen hatte.

Das Lyceum war relativ voll, als sie eintrafen, denn zu dieser Jahreszeit hatten die größeren Theater Sommerpause. Lord Claridge entdeckte sie aber sofort und eilte herbei, um Quinn herzlich zu begrüßen.

„Wie reizend, Euch wiederzusehen, meine Liebe. Das Eheleben scheint Euch gut zu bekommen. Nicht wahr, meine Damen?" Er wandte sich an seine Frau und seine Tochter, die ihm langsamer gefolgt waren.

Lady Claridge lächelte – ein weniger aufgesetztes Lächeln als Marcus je an ihr gesehen hatte, obwohl er es nicht gerade als warmherzig bezeichnet hätte. „Ihr seht in der Tat gut aus, Lady Marcus."

„Ja, liebe Cousine, das stimmt. Und was für ein reizendes Kleid Ihr tragt!", rief Lady Constance mit offenbar ehrlicher Begeisterung. „Lord Marcus, auch Ihr seid nun mein Cousin." Sie hielt ihm, mit nur einem kleinen Anflug von Affektiertheit, ihre Hand hin.

Marcus begrüßte alle herzlich und fühlte sich den Menschen, die ihn in die Ehe gezwungen hatten, nun weitaus wohlgesonnener als beim letzten Mal, als er sie gesehen hatte.

„Ich fühle mich geehrt durch diese Verbindung, das versichere ich Euch, Lady Constance", sagte er und verbeugte sich erst über ihrer Hand und dann über der ihrer Mutter.

„Ich muss Euch warnen, Lord Marcus, dass ich meinem Schwager vor seiner Abreise versprochen habe, dass ich stellvertretend für ihn dafür sorgen würde, dass unsere Quinn glücklich ist."

Obwohl der Marquis mit seiner üblichen Milde sprach, klang sein Tonfall ernst. Zum ersten Mal fiel Marcus auf, dass seine Augen große Ähnlichkeit mit denen von Quinn hatten. „Seid ihr glücklich, meine Liebe?", fragte Lord Claridge nun seine Nichte.

Sie nickte lächelnd. „Es scheint, als hätte sich Papa in Lord Marcus nicht getäuscht. Er hat sich als recht passabler Ehemann erwiesen." Sie warf Marcus einen verschlagenen Blick zu, wodurch er sich wieder lebhaft an den Nachmittag in seiner Schlafkammer erinnerte.

„Ich hoffe, Ihr könnt das Gleiche von Eurer Braut behaupten?", fragte Lady Claridge nun mit einer skeptisch gehobenen Augenbraue.

„Mehr als passabel, Madam, das versichere ich Euch", erwiderte er.

„Lord Marcus ist zu gütig", sagte Quinn. „Ich fürchte, ich bin eine Belastung für ihn, da ich mit den englischen Gepflogenheiten so wenig vertraut bin."

„Kein bisschen", erwiderte er sofort, fest entschlossen, ihre diesbezüglichen Bedenken zu zerstreuen – wie er es schon viel eher hätte tun sollen. „Ich finde sie überaus erfrischend, und sie neigt nicht mehr zu Fehlern als jedes andere Mädchen, das vielleicht auf dem Land aufgewachsen ist."

Lord Claridge nickte freundlich. „Quinn hat sich mit Sicherheit an eine größere Unabhängigkeit gewöhnt, als hierzulande üblich ist – unter dem Einfluss meiner lieben Schwester und der amerikanischen Kultur. Aber ich habe es nie als etwas Schlechtes empfunden, und ich freue mich zu hören, dass dadurch keine Probleme zwischen Euch entstehen."

Lady Claridge schnaubte, aber widersprach ihrem Mann zu Marcus' Überraschung nicht. Es schien, als hätte sich die Macht ein wenig verlagert, und er nahm an, dass Quinn und ihr Vater dafür maßgeblich verantwortlich waren. Lady Claridge und Lady Constance wirkten allerhöchstens glücklicher als zuvor. Und neugierig.

Sie gingen in Richtung Galerie, während sie sich unterhielten, denn hier gab es keine Privatlogen, wie man sie in den größeren und modischeren Theatern vorfand.

„Meine Liebe, Ihr habt bereits Bekanntschaft mit Lord Fernworth und Sir Cyril Weathers gemacht", sagte Marcus, als sich zwei seiner ehemals engsten Freunde näherten. Er wunderte sich nun, dass er jemals Vergnügen an ihrer zügellosen und im Allgemeinen betrunkenen Gesellschaft gefunden hatte.

Ferny verbeugte sich über Quinns Hand. „Ich freue mich, Euch wiederzusehen, Lady Marcus", sagte er, ein bisschen weniger lallend als bei den Tinsdales. „Genauso reizend wie zuvor."

Quinn zog ihre Hand fast hastig weg, und Marcus kam es so vor, als müsste sie alle Willenskraft aufbringen, um weiterhin zu lächeln. „Zu gütig", murmelte sie und wandte sich dann ab, um Sir Cyril nur ein wenig herzlicher zu begrüßen.

Hatte Ferny sie beleidigt? Er musste es herausfinden – und dem Kerl eine freundschaftliche Tracht Prügel verpassen, falls er es verdiente. Ab und zu musste man Ferny daran erinnern, dass sich nicht jeder ausgelassenes Vergnügen zum Lebenszweck machte, so wie er.

Bei diesem Gedanken erinnerte sich Marcus wieder an die Veränderung, die in den letzten Wochen in ihm selbst vorgegangen war, gleichermaßen unbestreitbar und extrem. Er hoffte, dass er sich nicht in einen wahnsinnigen Langweiler verwandelte.

„Es ist ewig her seit unserem letzten Gelage", sagte Ferny nun zu ihm und knüpfte damit an seine Gedanken an. „Ich weiß, dass es einige Vergnügungen gibt, denen du vielleicht abgeschworen hast." Er zwinkerte Quinn zu, die erstarrte und demonstrativ wegschaute. „Aber wieder mal einen Abend mit Glücksspielen zu verbringen, könnte dir gut tun. Was hältst du davon, später bei Boodle vorbeizuschauen?"

Marcus konnte sich ein Grinsen nicht verkneifen. Der Kerl war einfach unverbesserlich. „Ich glaube, das werde ich nicht tun, aber danke für das Angebot. Meine Spieltage habe ich ebenfalls hinter mir gelassen. Doch vielleicht sehen wir uns ja morgen auf der Veranstaltung bei den Wittingtons?"

„Oh, ja, ich werde da sein. Aber wie lebst du denn ohne ..." Als Lord Fernworths Blick Quinns begegnete, brach er ab. „Bis dann", schloss er einfallslos ab, und ging mit Sir Cyril davon, um ihre Plätze zu suchen.

„Beachte Ferny nicht weiter", sagte er zu Quinn, deren Gesichtsausdruck noch immer angespannt wirkte. „Er ist natürlich ein Spinner, aber kein schlechter Kerl."

Sie sah ihn misstrauisch an. „. Ach. Glaubst du nicht?"

Er schüttelte den Kopf. „Wenn er nicht mit seiner Trinkerei aufhört, verliert er wahrscheinlich eines Tages dauerhaft den Verstand, aber die meisten seiner Laster sind von fröhlicher Natur. Wie dem auch sei, sollte er irgendetwas sagen oder tun, was Euch beleidigt, dann lasst es mich bitte wissen."

„Gewiss", erwiderte sie, womit sie seine Sorge von soeben ein wenig milderte. Sie wirkte jedoch noch immer etwas beunruhigt. Wahrscheinlich mochte sie einfach Fernys Anspielungen vor ihren Verwandten nicht. Er würde dafür sorgen, dass es nicht wieder vorkam.

Marcus, Quinn und die Claridges gingen weiter zu ihren Plätzen ganz vorne in der Galerie, wo sie einen hervorragenden Ausblick auf die Bühne und die sich dahinter befindlichen Stehplätze unter ihnen hatten. Während er sich noch immer den Kopf über seine neue Reaktion auf Fernys alte Angewohnheiten zerbrach, hätte er beinahe einen der Menschenhändler übersehen, dem er bereits einen seiner nächtlichen Besuche abgestattet hatte.

Mr. Hill, der Höchstgestellte der Bande, nahm in der unteren Galerie Platz, vertieft in eine angeregte Unterhaltung mit Lord Ribbleton. Könnte es eine Verbindung geben? Es war unwahrscheinlich. Soviel er wusste, hatte es Ribbleton, ein Marquis, nicht finanziell nötig und würde ganz sicher nicht seine Position in der Gesellschaft riskieren, indem er sich in kriminelle Machenschaften verstrickte.

Dennoch stand der Sachverhalt im Raum, dass er Einzelheiten über Lukes Duell an Mr. Paxton verraten hatte. Vielleicht wäre es an der Zeit, Lord Ribbletons Arbeitszimmer, sowie seinen Wertsachen, einen Besuch abzustatten.

Aber heute Abend, sofern er sich von Quinn davonstehlen konnte, wollte er einen heiligen Streifzug im Haus von Sir Gregory Dobson, Mr. Hills Cousin, durchführen. Obwohl er nichts über die Aktivitäten der Menschenhändler wusste, unterstützte er sie zumindest finanziell. Und abgesehen davon, hatte Marcus den Kerl nie sonderlich gemocht.

„Was ist denn los, liebe Cousine?", flüsterte Lady Constance, als sich der Vorhang hob. „Ihr seht aus, als hättet Ihr gerade eine Fliege verschluckt."

Als Quinn bemerkte, dass sie ihr gekünsteltes Lächeln verloren hatte, setzte sie es eilig wieder auf. „Ich war nur in Gedanken. Es kam mir ... so vor, als ob diese Herren getrunken hätten."

In Wahrheit war es Marcus' Freundlichkeit Lord Fernworth gegenüber, die ihr die Laune verdorben hatte. Bei der Vorstellung, dass Marcus möglicherweise einst in die Dinge verwickelt war, denen sich sein Freund schuldig gemacht hatte, wurde ihr beinahe übel.

Lord Claridge, der zwischen seiner Tochter und Quinn saß, hörte sie. „Bitte, meine Liebe, beurteilt Euren Mann nicht nach seinen Freunden", murmelte er, als könnte er ihre Gedanken lesen. „Alleinstehende Herren verhalten sich oft überhaupt nicht umsichtig, aber die Ehe tut ihnen meist gut." Er lächelte seine Frau zärtlich an, die überraschenderweise zurücklächelte.

„Ja, Mylord, ich bin mir sicher, ihr habt recht."

Die Operette begann; die Musik und der Gesang waren so laut, dass nur Quinn die nächste Bemerkung ihres Onkels hörte. „Schau dir nur deinen Vater an. Er war in seiner Jugend ein ziemlicher Draufgänger, wie ich mich recht erinnere, der die arme Glynna dazu veranlasst hat, all das zurückzulassen, wozu sie erzogen wurde, um mit ihm in die ehemaligen Kolonien zu ziehen."

Quinn starrte ihn an und vergaß die mittelmäßige Vorstellung mit einem Mal, als sie versuchte, sich ihren Vater als Rebell vorzustellen. „Hat ... Euer Vater sie deswegen verstoßen?"

Er nickte traurig. „Ich habe es ihr nie verdenken können, dass sie jeglichen Kontakt mit der Familie abgebrochen hat. Vater war wirklich sehr streng. Aber sie ist nun fort, und ich bin froh über die Gelegenheit, alte Risse zu kitten." Er tätschelte Quinns Hand.

Unwillkürlich schaute Quinn an ihm vorbei zu Lady Claridge.

„Ja, selbst Lenore hat zugegeben, dass der Skandal, den mein Vater so lange am Leben erhalten hat, endlich begraben ist und dass der Ruf der Familie durch Euch nicht gefährdet wird. Ich hoffe, dass wir Euch oft sehen, und dass Ihr und Constance Freundinnen werden könnt."

Lady Constance hörte die letzte Anmerkung offenbar, denn sie drehte sich um und begegnete einen unangenehmen Moment lang Quinns Blick. Aber dann lächelte sie zaghaft, und Quinn lächelte zurück. Es war ein Anfang.

Quinn richtete ihre Aufmerksamkeit nun wieder auf das Stück und stellte fest, dass die Wünsche ihres Vaters sich erfüllt hatten – sie hatte sich wirklich mit der Familie ihrer Mutter versöhnt. Aber hatte ihre Ehe den nötigen Beitrag dazu geleistet? Und selbst wenn nicht, bereute sie sie jetzt? Sie wusste es ehrlich nicht.

≈

QUINN WAR auf der Heimfahrt vom Theater ungewöhnlich still, aber wie auf der Hinfahrt war Marcus zu sehr in Gedanken über seine eigenen Pläne vertieft, als dass er darauf achtete. Erst als sie im Haus waren, nahm er seine Umgebung wieder wahr und fragte sie, ob sie in der Bibliothek einen Brandy mit ihm trinken wollte.

Er würde nicht wieder das Risiko eingehen, dass er sie verletzte, indem er Müdigkeit vortäuschte, das hatte er sich fest vorgenommen. Aber vielleicht, wenn er sie dazu verleiten könnte, mehr als ein Glas zu trinken …

„Nein, heute Abend wohl nicht", sagte sie dann und durchkreuzte damit seinen Plan. „Ich glaube, ich gehe direkt ins Bett, denn ich bin recht müde. Wenn du mich entschuldigen würdest?"

Obwohl dies sein Problem auf praktische Weise löste, war Marcus dennoch ein wenig enttäuscht. Er bemühte sich allerdings, es sich nicht anmerken zu lassen. „Gewiss, meine Liebe. Fühlst du dich wieder unpässlich, so wie gestern Abend?"

„Nein, nein, ich bin nur müde. Gute Nacht, Marcus."

Er beugte sich vor, um ihr einen Gute-Nacht-Kuss zu geben, aber sie hatte sich bereits abgewandt. Es steckte doch sicherlich mehr dahinter als nur Müdigkeit? Er erinnerte sich daran, wie sie sich kurz vor Beginn der Operette verhalten hatte, nachdem sich Ferny so albern aufgeführt hatte. „Quinn …", setzte er an.

Sie drehte sich fragend um, aber er rief sich rechtzeitig wieder ins Gedächtnis, was er heute Abend zu erledigen hatte. Er könnte dem Rätsel morgen auf den Grund gehen. „Schlaf gut", sagte er.

„Danke. Das werde ich versuchen." Ohne sich erneut umzudrehen, ging sie die Treppe hinauf, während er ihr mit gerunzelter Stirn hinterherblickte.

Wenn er seine Angelegenheiten mit den Menschenhändlern geregelt hätte und Luke wieder zurück wäre, hätte er keinen zwingenden Grund mehr, den Heiligen zu spielen. Dieser Nervenkitzel verblasste aber ohnehin bereits im Vergleich zu dem, den Quinn ihm bereitete. Er freute sich auf den Zeitpunkt, wenn er ihr endlich alles erzählen könnte.

Bei dem Gedanken erinnerte er sich daran, dass er Gobby bezüglich Paxtons Verdacht warnen musste. Außerdem brauchte er den Jungen heute Nacht als Wachposten. Er verzichtete auf den Brandy und ging Richtung Pferdestall.

Gobby kam sofort hinter den Ställen hervor, als er sich näherte. Offenbar hatte er auf ihn gewartet. „Ich bin ja so froh, Euch zu sehe', Mylord!", rief er, sobald sie sich im sicheren Abstand zu den anderen Stallburschen befanden. „Es geht etwas vor sich, das mir nicht ganz geheuer ist."

„Tatsächlich?" Offenbar waren seine Sorgen begründet gewesen. „Beobachtet man dich?"

Aber Gobby schüttelte den Kopf. „Nicht dass ich wüsste, und ich hab' die Augen offe' gehalte'. Aber es geht etwas vor sich, Dinge spreche' sich offenbar herum. Eure Frau war vorhin hier, um mich über den Heilige' zu befrage'."

„Meine Frau? Lady Marcus ist zu den Ställen herausgekommen, um speziell mit dir zu reden?"

Der Junge nickte mitfühlend. „Ja, das ist sie. Ich habe mir nichts dabei gedacht, bis sie den Heiligen erwähnt hat. Schließlich …" Aber er brach ab und sagte stattdessen: „Ich habe ihr natürlich nichts erzählt."

Marcus fragte sich kurz, warum Gobby ihre bloße Anwesenheit hier nicht schon merkwürdig fand. Ob sie regelmäßig gekommen war, um ihre neue Stute Tempest zu besuchen? Aber das spielte jetzt keine Rolle.

„Guter Junge. Es ist besonders wichtig, dass du – vor niemandem – zugibst, dass du jemals irgendetwas mit dem Heiligen zu tun hattest. Der Detektiv, von dem ich dir erzählt habe, scheint bereits Verdacht geschöpft zu haben, und er hat wahrscheinlich andere – vermutlich auch meine Frau – darauf angesetzt, Informationen für ihn zu beschaffen."

„Hat er etwa wege' *mir* Verdacht geschöpft, Mylord?" Statt verängstigt auszusehen, grinste Gobby mit stolz geschwollener Brust. „Ich bin noch nie direkt von der Polizei verfolgt worde'. Kann ich es Stilt und den anderen erzähle'? Tig wird …"

„Du kannst sie warnen, aber sei vorsichtig. Offenbar hat jemand Paxton den Tipp gegeben, dass du hier arbeitest, und es könnte ebenso gut einer der Burschen sein, denen du vertraust. Wir sollten niemandem zu sehr vertrauen." Und das betraf leider auch Quinn.

Gobbys Augen weiteten sich. „Einer meiner Kumpel? Das kann ich nicht glaube'. Wahrscheinlich war es eher einer der andere' Stallbursche' hier, oder einer von Ickles Leuten."

„Ickle?" Marcus hatte den Namen noch nie gehört.

„Er führt eine andere Bande von Taschendiebe' und so. Er und Twitchell versuche' sich immer wieder, gegenseitig die beste' Burschen zu stehle'. Sie sind sozusagen Konkurrenten."

Eine rivalisierende Bande also. Marcus wusste natürlich, dass es noch viele andere Bandenführer wie Mr. Twitchell gab, aber er konnte nur ein paar Jungen auf einmal retten.

„Ja, das ist wohl möglich", gab er zu. Und es war wahrscheinlicher, als dass Quinn Paxton etwas verraten hatte, oder? „Dennoch ist es für den Moment besser, anzunehmen, dass jeder unser Feind sein könnte. Es sollte sowieso nur noch eine Woche dauern."

Gobby starrte ihn an. „Warum denn, Mylord?"

„Weil sich der Heilige dann zur Ruhe setzt – für immer."

„Das wird ein herber Schlag für … für viele Menschen sein." Der Junge sah schmerzerfüllt aus.

Marcus legte ihm eine Hand auf die Schulter. „Aber ich weiß, dass es das Beste sein wird. Und in der Zwischenzeit brauche ich dich heute Abend noch als Wachposten, wenn du willst."

Obwohl er immer noch enttäuscht über die Neuigkeiten wirkte, dass der Heilige in Rente ging, nickte Gobby eifrig. „Ich will und kann, Mylord! Jetzt gleich?"

„Ich muss mich vorher noch umziehen. Und dann warten wir am besten noch ungefähr eine Stunde, denn so ist es wahrscheinlicher, dass alle im betreffenden Haushalt schlafen. Dann komme ich wieder zu dir."

Während er zurück zum Haus ging, dachte er darüber nach, was Gobby über Quinn gesagt hatte. Es war natürlich möglich, dass sie einfach nur neugierig auf den Heiligen war, wie es auch viele andere Damen zu sein schienen, und sie deswegen alle Bediensteten befragte. Oder falls sie erfahren hatte, dass Gobby vor Kurzem eingestellt worden war – vielleicht von Mrs. Walsh – könnte es sein, dass sie ihr Versprechen gegenüber Paxton gehalten hatte.

So oder so war es gefährlich. Seine Entscheidung war eindeutig richtig gewesen, die Wahrheit vor ihr zu verheimlichen, so sehr er es auch hasste.

Als sie in ihrem Zimmer war, ließ sie sich Wasser für ein Bad bringen. Dafür hatte sie zuvor keine Zeit gehabt, und nun fühlte sie sich so, als bräuchte sie noch dringender eins – auch wenn bloßes Wasser die widerlichen Bilder wahrscheinlich nicht wegwaschen konnte.

Während sie Marcus' Unterhaltung mit Lord Fernworth noch einmal durchging, tröstete sie sich damit, dass er abgelehnt hatte, sich heute Abend mit ihm zu treffen. Aber was sollte sie von Fernworths Bemerkung halten, dass Marcus gewissen Vergnügungen "abgeschworen" hatte, falls er damit angedeutet hatte, dass dabei auch Frauen im Spiel waren?

Hatte Marcus *tatsächlich* Umgang mit Freudenmädchen gepflegt, so wie Polly sie nannte? Quinn hatte kein sonderlich abgeschottetes Leben geführt. Sie wusste, dass unverheiratete Männer – und auch einige Verheiratete – Mätressen hatten. Erwachsene Mätressen. Dies über Marcus zu erfahren, würde sie nicht ärgern. Oder zumindest nicht allzu sehr. Vielleicht war das alles, was Lord Fernworth gemeint hatte.

Ein Klopfen an der Tür verriet ihr, dass das Badewasser angekommen war. Sie wartete, während die Mägde Kessel um Kessel dampfenden Wassers in die Wanne gossen und entließ dann alle, auch ihre Zofe. Sie musste allein sein.

Das heiße Wasser schien sie wieder klarere Gedanken fassen zu lassen, während es gleichzeitig ihren Körper reinigte. Vom warmen Wasser umhüllt, nahmen ihre strukturlosen Pläne langsam Gestalt an. Lord Fernworth hatte gesagt, dass er morgen zum Ball der Wittingtons kommen würde. Sie könnte also dafür sorgen, dass er der Erste wäre, der sich finanziell an ihrer Schule beteiligte.

Da sie enge Freunde waren, würde Fernworth Marcus wahrscheinlich von der potenziellen Erpressung erzählen. Dann würde sie anhand von Marcus' Verhalten erkennen, ob er ähnliche Forderungen zu befürchten hatte. Wenn er ruhig bleiben würde, würde sie an seine Unschuld glauben. Wenn er allerdings nervös werden würde …

„Ich bete, dass das nicht der Fall sein wird", murmelte sie vor sich hin und schrubbte ihre Arme mit einem Waschlappen. In Wahrheit war sie unsicher, ob das Wissen um frühere Gräueltaten ihrer Liebe zu ihm schaden konnte. Und was besagte das über sie?

Sie schrubbte härter.

Als sie sich abtrocknete, erklang ein weiteres zaghaftes Klopfen an der

Tür. Sie zog ihr bequemes Wickelkleid an und fand, als sie die Tür öffnete, Polly mit einem Briefumschlag in der Hand vor.

„Ah. Von Gobby, nehme ich an?"

Polly nickte. „Er hat ihn mir gebracht, als Ihr aus wart, aber ich konnt' mich erst jetzt aus der Küche davonstehlen, ohne dass jemand Fragen stellen würde. Gobby hatte schon selbst genug Fragen gestellt, der neugierige kleine Wurm." Ihr sommersprossiges Gesicht verzog sich abschätzig.

Stirnrunzelnd führte Quinn das Mädchen in ihre Kammer und schloss die Tür. „Fragen? Was für Fragen denn?"

Nun errötete Polly als ob ihr erst jetzt auffallen würde, was sie gesagt hatte. „Er wollt' keinen Ärger machen, Mylady, da bin ich mir ganz sicher. Aber Ihr wisst ja, wie neugierig kleine Jungen sein können."

„Das weiß ich in der Tat, und ich bin nicht böse auf Gobby. Aber bitte verrate mir, welche Art von Fragen er gestellt hat."

„Er hat mich zunächst beschuldigt, dass ich Euch erzählt hätt', dass er über den Heiligen Bescheid weiß. Er meinte, Ihr hättet Fragen gestellt …"

„Ja, ich fürchte, das habe ich wohl getan", unterbrach Quinn sie. „Das hätte ich nicht tun dürfen, denn natürlich denkt er so, dass du dahintersteckst. Es tut mir leid. War das alles?"

Polly schüttelte den Kopf. „Er wollte auch wissen, was es mit dem Brief auf sich hat – wer die mitfühlende Dame ist und was sie vorhat. Wahrscheinlich hat ihn der Heilige gebeten, es herauszufinden. Oder vielleicht seine Lordschaft. Ich habe gesehen, wie er vor nicht einmal zehn Minuten mit Gobby geredet hat, auch wenn sie mich nicht gesehen haben."

„Seine Lordschaft? Lord Marcus, meinst du?", fragte Quinn erstaunt. Er musste also wissen, dass Quinn Gobby und ebenso Polly eingestellt hatte. Er hatte gehört, wie sie heute Vormittag mit Mr. Paxton geredet hatte und musste ahnen, dass sie nicht aufrichtig gewesen war. Warum hatte er sie anschließend nicht darauf angesprochen?

„Jawohl, Mylady. Wird er böse darüber sein, dass ich und Gobby Nachrichten für Euch überbracht haben? Entlässt er uns vielleicht sogar?" Pollys Augen waren groß und besorgt.

„Auf keinen Fall." Quinn legte alle Überzeugungskraft, die sie aufbringen konnte, in ihre Stimme. „Ihr habt meine Befehle ausgeführt, und ich werde nicht zulassen, dass einer von euch darunter leidet. Außerdem kann ich mir nicht vorstellen, dass Lord Marcus einen von euch auf irgendeine Art bestrafen würde."

Was auch immer sie ihm unterstellen mochte, Rachsucht zählte nicht dazu. Natürlich kannte sie ihn nicht einmal zwei Wochen, so unglaublich das auch erscheinen mochte ...

„Danke, Mylady!" Polly sah erleichtert aus, die Sorge war vergessen. Sie drehte sich zum Gehen um.

„Einen Moment noch." Quinn ging zu ihrem Schreibtisch und holte zwei Silberschillinge hervor, die sie in Pollys Hand legte. „Einer ist für dich und einer für Gobby. Danke ihm von mir."

„Jawohl, Mylady. Das werde ich. Und wir danken *Euch*!" Mit einem dankbaren Knicks eilte Polly davon.

Quinn lächelte ihr einen Augenblick lang nach. Manchmal war es so einfach, anderen eine Freude zu machen. Wenn doch nur alles so leicht sein könnte. Als sie die Tür geschlossen hatte, richtete sie ihre Aufmerksamkeit auf den Brief.

Er war von Mrs. Hounslow, nicht dem mysteriösen Heiligen von Seven Dials, stellte sie mit einem kleinen Anflug von Enttäuschung fest. Der Inhalt verbesserte ihre Laune jedoch sofort. Ein kleiner Papierzettel flatterte hinaus, als sie das Siegel brach, den sie allerdings nicht weiter beachtete, während sie den Brief las.

Meine sehr verehrte mitfühlende Dame,

Ich kann Euch nicht genug für Euren Einsatz für die von uns besprochene Schule danken. Obwohl ich es für gewöhnlich vorziehe, mich im Rahmen des Rechts zu bewegen, muss ich, um der armen, benachteiligten Mädchen willen, die großzügige Spende in Höhe von eintausendzweihundert Pfund dankbar annehmen. Sie stammt von dem bemerkenswerten Herrn, den man nur als Heiligen von Seven Dials kennt. Ich habe die Nachricht, die er zusammen mit der Spende hinterlassen hat, für Euch zur Ansicht beigefügt. Die Summe ermöglicht uns den sofortigen Kauf eines geeigneten Gebäudes in der von uns besprochenen Gegend, ebenso wie das nötige Mobiliar. Ich würde sagen, dass ein zusätzlicher Betrag in gleicher Höhe dafür sorgen würde, dass wir die notwendigen Lehrer einstellen, sowie Verpflegung für Lehrer und Schüler für das erste Jahr beschaffen könnten. Mit anderen Worten: Die Hälfte ist bereits geschafft! Wenn Ihr auf den Heiligen einwirken könnt, dass er seine Großzügigkeit verdoppelt oder in der Lage sein solltet, das restliche Geld anderweitig zu aufzubringen, hättet Ihr das Leben dieser

benachteiligten Mädchen dauerhaft verbessert und in die Zukunft unseres Landes investiert. Bitte akzeptiert meinen Dank aus tiefstem Herzen.
  —E. Hounslow

QUINN LAS FREUDIG und erstaunt den Brief und beugte sich dann hinunter, um das Stück Papier aufzuheben, das beim Öffnen zu Boden gefallen war. Es war eine Karte, auf die mit Tinte die Ziffer sieben geschrieben war, über der ein goldener ovaler Kreis zu sehen war. Auf der anderen Seite standen in Druckbuchstaben statt Schreibschrift – wahrscheinlich um seine Handschrift zu verbergen – die folgenden Worte:

MRS. HOUNSLOW,

ANBEI FINDET *Ihr eine Spende für Eure Mädchenschule, eingesandt auf Bitte einer mitfühlenden Dame.*

HOCHACHTUNGSVOLL
  Der Heilige von Seven Dials

DIE HÄLFTE WAR GESCHAFFT. Quinn drückte sich Brief und Zettel an die Brust und wirbelte im Zimmer herum. Sie war noch zufriedener mit sich als damals, als sie aufgrund ihres Buchführungstalents und ihrer Vorschläge im Betrieb ihres Vaters fünfzehntausend Dollar eingespart hatte. Das hatte ihrer Familie erheblichen Reichtum eingebracht, obwohl sie schon mehr als genug hatten. Aber das hier – das würde Leben verändern, für eine sichere Zukunft der Mädchen sorgen, die zuvor keinerlei Hoffnung gehabt hatten.

Selbst ihre bleibenden Zweifel über Marcus konnten ihre Freude nicht trüben. Auf einmal war sie fest entschlossen, auch das fehlende Geld sofort aufzutreiben, ging zurück zu ihrem Schreibtisch und schnitt ein Blatt schweren Büttenpapiers in sechs Quadrate, wobei sie den Teil mit dem Familienwappen entfernte. Sie schrieb identische Mitteilungen, wobei sie ihre Handschrift ebenso durch Druckbuchstaben unkenntlich machte wie der Heilige:

EURE LÜSTERNEN AKTIVITÄTEN mit minderjährigen Mädchen sind belegt. Um eine öffentliche Enthüllung und den Tadel der Welt zu vermeiden, hinterlasst zweihundert Pfund in Scheinen in einem Umschlag, adressiert an eine mitfühlende Dame, im Grillon's Hotel.

ALS SIE FERTIG WAR, betrachtete sie ihr Werk zufrieden. Nun musste sie die Nachrichten nur noch den sechs Herren zukommen lassen, die Annie ihr genannt hatte. Wenn alle sich fügen würden, wäre die Schule vollständig finanziert.

Das einzige Problem war, ihre Notiz den Adressaten zu übergeben, ohne ihre Identität preiszugeben. Der erste Zettel würde seinen Weg auf dem Ball der Wittingtons morgen irgendwie in Lord Fernworths Tasche finden, aber was war mit den anderen? Sie würde sie einfach bei sich tragen und schauen müssen, ob sich eine Chance ergab – es sei denn, ihr fiel in der Zwischenzeit ein besserer Plan ein.

Also steckte sie die Zettel in das Futter ihres Pompadours, den sie mit zum Ball nehmen wollte, und versteckte dann die Briefe von Mrs. Hounslow und dem Heiligen ganz hinten in der Schublade, neben ihrer Liste weiterer Kindesschänder und dem ersten Brief von Mr. Throgmorton. Ihr Herz fühlte sich mit einem Mal so leicht an, dass sie keine Lust mehr hatte, zu schlafen.

Es blieb nur noch eine Sache, die ihre innere Ruhe störte. Mit einem plötzlichen Beschluss erhob sie sich und zog das Wickelkleid enger um ihren Körper. Sie würde Marcus jetzt zur Rede stellen, noch heute Abend. Sie würde ihn fragen, was Lord Fernworth gemeint hatte und ihm die Möglichkeit geben, sie von ihrem Verdacht zu befreien. Dann würde sie gestehen, dass sie Polly und Gobby aus wohltätigen Zwecken eingestellt hatte.

Je nach seiner Reaktion würde sie ihm vielleicht auch die Wahrheit über die mitfühlende Dame erzählen und ihn um Hilfe bei ihrem Plan bitten.

Sie wusste, dass ihr Herz die Oberhand über ihren Verstand gewann, aber in diesem Moment kümmerte sie das kein bisschen. Quinn ging

durch das Ankleidezimmer und öffnete vorsichtig die Tür zu Marcus'
Kammer. Sofort trat sein Kammerdiener vor.

„Ja, Mylady?"

Sie suchte mit ihrem Blick den Raum ab und stellte fest, dass Clarence
allein war. „Wo ist Lord Marcus?", fragte sie und versuchte einen autoritären Tonfall anzunehmen, der der Herrin des Hauses ebenbürtig war.

„Ausgegangen, Mylady."

Ihre Gleichgültigkeit schwand. „Ausgegangen? Er ist ausgegangen?
Hat er gesagt, wann er wiederkommen wollte?"

„Erst in zwei oder drei Stunden, nehme ich an, Mylady. Er hat mich
gebeten, nicht auf ihn zu warten."

Quinn schluckte. Hatte er beschlossen, sich doch Lord Fernworth anzu-
schließen und zu Boodle zu gehen? Was würde der Abend mit sich bringen, außer Glücksspiel? Sie konnte den Gedanken daran nicht ertragen.

„Danke", sagte sie nach einiger Verzögerung zu dem Diener und
kehrte in ihre Kammer zurück. Sie fühlte sich lächerlich und wütend
zugleich.

Warum hatte er ihr nicht gesagt, dass er ausgehen würde? Es musste
daran liegen, dass er Dinge tun wollte, mit denen sie nicht einverstanden
wäre. Und das alles vielleicht nur, weil sie Müdigkeit vorgetäuscht und
ihn allein gelassen hatte.

Nein! Sie würde die Schuld dafür nicht auf sich nehmen. Marcus war
ein erwachsener Mann, und seine Entscheidungen lagen in seiner Verantwortung. Sie konnte nur hoffen, dass sie sich in ihrer Vermutung darüber,
was diese Entscheidungen beinhalten könnten, geirrt hatte.

Das zuvor empfundene Hochgefühl machte einer plötzlichen Erschöp-
fung Platz. Mit zitternden Fingern legte sie ihr Wickelkleid ab und machte
sich zum Schlafengehen fertig.

Sie würde ihre Pläne durchführen und das restliche Geld beschaffen.
Und bis ihr dies gelingen würde, wäre es sicherlich das Beste, so wenig
Zeit wie möglich in Marcus' Gegenwart zu verbringen. Sie hoffte, dass sie
dazu fähig wäre.

Ihr Herz wäre so besser geschützt.

KAPITEL ZWANZIG

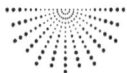

IN DAS HAUS VON SIR GREGORY EINZUDRINGEN, WAR EINE GRÖSSERE
Herausforderung gewesen, als Marcus angenommen hatte. Zwei Bedienstete waren noch immer wach gewesen, als er eingetroffen war – einer in
der Küche und einer, der im Haus umherlief. Er hatte durch den Kohlekeller eindringen und dann von Raum zu Raum schleichen müssen, um
nicht entdeckt zu werden.

Aber schließlich war alles ruhig gewesen, und er hatte sich endlich an
die Arbeit machen können. Sein erstes Ziel war Sir Gregorys Arbeitszimmer, ein kleiner Raum, der an den Salon in der ersten Etage angrenzte.
Eine erste schnelle, aber gründliche Suche brachte keinen Beweis dafür
zum Vorschein, dass der Mann mit den Menschenhändlern in Verbindung
stand – aber Marcus hatte auch nicht direkt den Verdacht gehabt, dass das
der Fall sein könnte. Daher steckte er die fünfzig oder sechzig Pfund ein,
die im Schreibtisch versteckt gewesen waren, und ging weiter.

Da er an die Mädchenschule dachte, die zweifellos noch mehr Geld
benötigte, nahm er eine Kerze aus einer der Wandhalterungen im Flur und
ging Richtung Tellerschrank im Erdgeschoss. Er war verschlossen, aber
unbewacht. Da er geübt darin war, Schlösser zu knacken, hatte er die Tür
innerhalb von zwei oder drei Minuten geöffnet. Er hob die Kerze und
begutachtete das Silber, das im Schrank aufbewahrt wurde.

Schnell traf er seine Auswahl – Besteck und ein paar Silberteller, die
man schwer jemandem zuordnen konnte, da sie kein Wappen oder sons-
tige persönliche Erkennungsmerkmale enthielten. Er wickelte die

einzelnen Teile in Tücher, um Klappergeräusche zu vermeiden und stopfte alles in den Sack, den er mitgebracht hatte. Dann legte er schwungvoll eine Karte auf die leere Fläche. Schließlich ließ er die Schranktür angelehnt, sodass der Diebstahl auf jeden Fall am Morgen bemerkt werden würde.

Vorsichtig ging er zum Fenster, das einen einfacheren Weg nach draußen bot als der Kohlekeller und öffnete es – und erstarrte, als er ein tiefes Knurren hörte. Als er sich umdrehte, sah er die im Mondlicht glänzenden, gebleckten Zähne eines großen Jagdhundes.

Panisch zerbrach er sich den Kopf über dessen Namen, denn er war sich sicher, dass er gehört hatte, wie Sir Gregory ihn in einer seiner endlosen Jagdgeschichten erwähnt hatte. Es hatte irgendetwas mit einer irischen Legende zu tun ... Sidhe? Tara? Ah!

„Banshee. Hallo Banshee", sagte er so ungezwungen wie möglich. „Ja, guter Hund."

Das Tier hörte auf zu knurren und bewegte den Schwanz unsicher hin und her, während es näherkam, um den Eindringling zu beschnüffeln. Marcus wünschte sich, er hätte etwas – irgendetwas – mitgebracht, das Hunde gern aßen, aber er hatte nichts dabei.

„Ja, was für ein hübsches Mädchen du bist. Zweifellos eine Ehre für deine Rasse." Er schaffte es, seiner Stimme ein wenig Begeisterung zu verleihen, und der Setter reagierte sofort, indem er seine großen rotbraunen Pfoten auf seinen Schultern platzierte und ihm das Gesicht leckte. Marcus lachte.

„Du bist wirklich ein lausiges Exemplar eines Wachhunds, Banshee. Aber ich erzähle deinem Herrchen nichts, wenn du es auch nicht tust." Er streichelte ihr kurz die seidigen Ohren, tätschelte dann ein letztes Mal ihren Kopf und sprang aus dem Fenster.

Er drehte sich gerade um, um es zu schließen, als der Hündin ihre Aufgabe als Wachposten plötzlich doch wieder einfiel und sie ohrenbetäubend laut in die nächtliche Stille heulte. Einen erschrockenen Moment lang versuchte Marcus, die Hündin zu beruhigen, kam dann aber zu dem Schluss, dass sie wahrscheinlich ohnehin schon den gesamten Haushalt aufgeweckt hatte – und alle umliegenden Nachbarn ebenso. Er klemmte sich den Sack mit dem entwendeten Silber unter den Arm und rannte davon.

Nun gut. Er hatte schließlich *gewollt*, dass dieser Streifzug bemerkt und dem Heiligen von Seven Dials zugeschrieben würde, überlegte er, als er um eine Ecke bog und eine schmale Gasse zwischen den größeren Straßen entlangsprintete. Dank Banshee hatte er dieses Ziel nun erreicht.

QUINN NAHM sich einen Frühstücksteller mit auf ihre Kammer, da sie Marcus nicht begegnen wollte. Sie wollte sich erst entscheiden, ob sie ihn zu seiner nächtlichen Abwesenheit befragen sollte oder nicht. Während sie aß, wurde ihr bewusst, dass ihr ursprünglicher Plan von gestern Abend wahrscheinlich der Erfolg versprechendste wäre. Sie würde Marcus' Reaktion beobachten, wenn Lord Fernworth die Nachricht erhalten hatte und ihr weiteres Handeln danach richten.

Als sie diesen Entschluss einmal gefasst hatte, überlegte sie, wie sie ihrem Mann bis zum Ball heute Abend aus dem Weg gehen könnte. Als sie sich suchend im Zimmer umsah, fiel ihr Blick auf das furchtbare Jagdgemälde. Natürlich. Sie würde voll und ganz darin aufgehen, ihre Schlafkammer neu zu dekorieren. Er hätte keinen Grund, das auch nur annähernd verdächtig zu finden.

Sobald sie angekleidet war, machte sie sich auf den Weg zum Textilkaufmann und hinterließ bei einem Diener eine Nachricht für Marcus, um ihn von ihren Plänen zu unterrichten. Den ganzen Morgen lang suchte sie Stoffe in Lila- und Cremetönen aus, und am Nachmittag beriet sie sich in ihrer Kammer mit Dekorateuren und Polsterern.

Am Abend war alles geregelt, und die Arbeit sollte am Montag beginnen. Das Gemälde war bereits entfernt worden, damit man es Lord Anthony zu seiner Jagdhütte schicken konnte.

Marcus hatte nur einmal am Nachmittag kurz zur Tür hereingespäht, hatte sich aber sofort wieder zurückgezogen, als sie ihn gefragt hatte, welche der beiden Streifenmuster er für die Wände bevorzuge. Quinn sagte sich, dass dies genau das war, was sie beabsichtigt hatte, aber nun, da sie allein in ihrer Kammer zu Abend aß, fühlte sie sich dennoch einsam.

Es war merkwürdig, wie abhängig sie nach nur einer Woche Ehe von Marcus' Anwesenheit geworden war. Sie hatte Frauen, die sich an ihre Männer klammerten und nicht in der Lage waren, sich ein eigenes Leben zu aufzubauen, immer verachtet. An ihrer Mutter hatte sie immer bewundert, dass sie Interessen und Aktivitäten nachgegangen war, die nichts mit Papa zu tun hatten und auch aktiv im Familienbetrieb mitgeholfen hatte.

Sie schüttelte ihre alberne Melancholie ab, erhob sich und läutete nach

Monette. Sie hatte eigene Interessen und ein Projekt, dem sie sich widmen musste. Auf dem heutigen Ball würde sie Dingen nachgehen, die viel wichtiger waren als die Dekoration eines Zimmers, auch wenn es niemand wusste außer ihr selbst.

Obwohl sie weiter fest entschlossen war, sich von Marcus zu distanzieren, bis sie mehr über seine Laster in der Vergangenheit sowie auch Gegenwart wusste, konnte Quinn einen Anflug von Freude nicht unterdrücken, als sie die offensichtliche Bewunderung in seinen Augen sah, während sie die Treppe hinunterstieg. Da dies ihr erster richtiger Ball in England wäre, hatte sie sich bemüht, möglichst gut auszusehen. Und seiner Reaktion nach zu urteilen war ihr das gelungen.

„Ihr seht bezaubernd aus, Mylady. Ich wollte mich schon beschweren, weil du dich so lange abgeschirmt hast, aber nun erkenne ich, dass du die Zeit gut genutzt hast." Er nahm ihre Hand, als sie auf der untersten Stufe angekommen war und hob sie für einen langen Kuss an seine Lippen.

„Ihr seht selbst ausgesprochen gut aus, Mylord", erwiderte sie lächelnd. Und es stimmte. Gekleidet in dunkelblaue Wolle mit Silber an seiner Weste und einer schneeweißen Schalkrawatte sah er besser aus als jemals zuvor.

Er erwiderte ihr Lächeln, und ihr Herz machte einen Sprung. „Und du hast behauptet, du wärst keine Expertin der Schmeichelei", neckte er sie.

„Ich meine mich zu erinnern, dass du mir das Gleiche gesagt hast", konterte sie und lächelte noch immer, obwohl sie es eigentlich nicht wollte. Wie konnte er ihre Schutzmauer nur mit ein paar Worten durchbrechen? „Ist die Kutsche bereit?", fragte sie, um sich von ihrer körperlichen Reaktion auf seine Nähe abzulenken.

„Sie sollte jeden Moment vor der Tür sein. Hast du dich zwischen den beiden Mustern entschieden? Violett passt übrigens sehr gut zu dir." Seine Augen funkelten anerkennend, während er sie von Kopf bis Fuß begutachtete, seinen Blick erst auf ihrem Busen und dann auf ihrem Gesicht ruhen ließ, das sofort heiß wurde.

„Danke. Es war immer eine meiner Lieblingsfarben. Und ja, ich habe mich für die dünneren Streifen an der Wand entschieden und zwei Violetttöne ohne jegliches Muster für die Bettbehänge."

Er nickte, obwohl sie das Gefühl hatte, dass die Bedeutung ihrer Worte nicht bei ihm ankam, obwohl er sie intensiv ansah. „Bettbehänge", wiederholte er. „Das hört sich reizend an."

BRENDA HIATT

„Wir werden sehen." Sie bemühte sich um einen festen Ton, aber fürchtete, dass es ihr nicht gelang. „Am Donnerstag sollte alles fertig sein."

„Ich freue mich darauf, die Ergebnisse deiner Bemühungen zu sehen. Natürlich solltest du nicht in dem Raum schlafen, während er wegen der Arbeiten unordentlich ist. Zum Glück teile ich mein Zimmer gern mit dir."

„Zu gütig", murmelte sie, und ihr Herz klopfte schneller. Nein, sie durfte *nicht* zulassen, dass er sie wieder in seinen Bann zog – noch nicht. „Aber das wird bis Montag kein Problem sein."

Er zuckte die Schultern. „Die Einladung steht dennoch jederzeit. Ah, da ist ja die Kutsche." Er reichte ihr seinen Arm und begleitete sie hinaus zum Gefährt. Sie versuchte mit aller Kraft zu verdrängen, wie bereits ein solch geringer Körperkontakt ihre Sinne benebelte.

Das Haus der Wittingtons auf der Curzon Street war größer als ihr eigenes, wenn auch nicht so geräumig wie das der Tinsdales, und verfügte über einen Ballsaal, der einen Großteil der ersten Etage einnahm und dadurch viel Platz bot. Quinn begutachtete die Anordnung des Raumes, als sie hineingingen, nachdem sie ihre Gastgeber begrüßt hatten und stellte fest, dass bewegliche Wände den Ballsaal für den täglichen Gebrauch zu zwei oder drei kleineren Räumen abzutrennen schienen. Sehr schlau, dachte sie und fragte sich, ob sich mit einer Renovierung etwas Ähnliches wohl auch bei ihrem Haus in der Grosvenor Street einrichten ließ.

„Marcus, alter Junge! Ich freue mich, dich schon so bald wiederzusehen." Lord Fernworths Stimme riss sie abrupt aus ihren Gedanken und erinnerte sie wieder an ihre heutigen Pläne.

„Du bist aber früh unterwegs, Ferny", sagte Marcus leichtherzig zu seinem Freund. „Hast du gestern Abend so viel gespielt, dass du heute Nachmittag nichts zu tun hattest?"

Bedeutete das, dass Marcus mit ihm bei Boodle gewesen war oder eher das Gegenteil?

Lord Fernworth grinste und zuckte die Schultern. „Wittington hat einen guten Weinkeller, daher dachte ich, es wäre klug, heute Abend pünktlich zu kommen." Er wandte sich nun an Quinn, die sich weiterhin um ein Lächeln bemühte, da sie in Gedanken über die Ausführung ihres Plans grübelte. „Darf ich hoffen, dass Lady Marcus noch ein oder zwei Tänze frei hat?"

„Da wir soeben erst eingetroffen sind, habe ich noch nichts reserviert, Mylord", antwortete sie. Seit sie diese abscheulichen Dinge über ihn herausgefunden hatte, widerte sie der Gedanke an, mit Lord Fernworth tanzen zu müssen, aber es wäre die perfekte Gelegenheit, einen ihrer Zettel in seine Tasche zu schmuggeln.

„Ich bestehe darauf, dass Ihr mir den Auftanz zum Abendessen reserviert, meine Liebe, ebenso wie alle Walzer", sagte Marcus, bevor Lord Fernworth etwas sagen konnte. „Vielleicht auch den ersten Tanz?"

Sie fragte sich, warum er sie so neugierig ansah. „Gewiss, Mylord." Er verdächtigte sie doch nicht etwa …

„Dann eben den zweiten Tanz, Mylady?", fragte Lord Fernworth mit einer galanten Verbeugung. Sein Versuch, charmant zu sein, wirkte im Vergleich zu Marcus eher unbeholfen auf Quinn, aber sie neigte den Kopf zustimmend.

„Nun gut, Mylord." Sie fragte sich, ob noch irgendwelche anderen Männer von ihrer Liste heute Abend anwesend wären.

Als Fernworth verschwunden war, drehte sich Marcus mit besorgter Miene zu ihr um. „Ich habe bisher noch gar nicht daran gedacht, dich zu fragen, ob du tanzen kannst. Meine unterwürfigste Entschuldigung dafür, dass ich so nachlässig war."

Deshalb hatte er so neugierig ausgesehen. Erleichtert lachte sie laut. „Ja, Mylord, selbst in der Wildnis von Baltimore tanzen die Menschen. Die Schiffsgeschäfte tragen sogar dazu bei, dass man früh von den neuen Modeerscheinungen in Europa erfährt. Ich wette, dass ich ebenso gut Walzer tanze wie Ihr."

„Tatsächlich?" Seine Augen funkelten erneut und kamen ihr beinahe unwirklich blau vor. „Vielleicht nehme ich die Wette an, wenn wir uns auf den Einsatz einigen können. Lasst mich nachdenken … Wenn ich verliere, teile ich mein Bett mit Euch, und wenn Ihr verliert, teilt Ihr Euer Bett mit mir."

Sie schlug ihm sanft mit ihrem zusammengefalteten Fächer auf den Arm. „Ihr seid unverbesserlich, Mylord. Ich habe nicht von einer richtigen Wette gesprochen, und das wisst Ihr ganz genau."

„Schade", sagte er mit einem übertriebenen Seufzen. Das kleine Orchester setzte zum ersten Tanzstück an, und er führte sie für das klassische Menuett auf die Tanzfläche.

Insgeheim war Quinn überaus erleichtert darüber, dass ihr tänzerisches Geschick aufgrund der langen Pause nicht gelitten hatte. Es war über ein Jahr her, seit sie einem Ball beigewohnt hatte, stellte sie fest, was am Tod ihrer Mutter, an ihrer Arbeit im Betrieb, ihren Vorbereitungen für ihre Abwesenheit und schließlich ihrer Reise nach England lag.

Am Ende des Menuetts verbeugte sich Marcus. „Bitte verzeiht, dass ich an Euch gezweifelt habe, Mylady. Ich sehe, dass Ihr auch im Tanzen ein Naturtalent seid, genauso wie in anderen Bereichen." Das Hochziehen einer Augenbraue verlieh seinen Worten eine Bedeutung, die ihr die Röte ins Gesicht steigen ließ.

„Ihr schmeichelt mir, Mylord."

„Ich arbeite an meinem Geschick auf diesem Gebiet – aber einfach die Wahrheit zu sagen, zählt wohl kaum, fürchte ich."

Bevor sie etwas erwidern konnte, erschien Lord Fernworth neben ihr, um seinen Tanz einzufordern. Sie schluckte ihre Abneigung gegen den Mann hinunter und begleitete ihn auf die Tanzfläche. Der Kontratanz bot nicht viele Gelegenheiten für eine Unterhaltung, wofür sie dankbar war – aber ebenso hatte sie dadurch nur einen eingeschränkten Zugang zu seinen Taschen.

Als sie zum zweiten Mal durch das Spalier tanzte, nutzte sie eine Tanzbewegung aus, bei der sie der Tanzfläche den Rücken zukehrte, um einen Zettel aus ihrem Pompadour in ihren linken Handschuh zu schieben. Sie ging von Hand zu Hand durch die Gasse von Tänzern weiter und traf am Ende wieder auf Lord Fernworth, wo er sie herumwirbeln musste, bevor sie sich wieder dem Anfang der Reihe nähern würden.

Sie verhakten jeweils den rechten Arm miteinander, so wie es der Tanz verlangte, und plötzlich war ihre rechte Hand nahe genug an seiner Manteltasche, so, dass sie sie berühren konnte. Dann wechselten sie die Richtung und hakten sich auf der linken Seite ein. Sie lächelte ihn strahlend an und konnte den Zettel in seine linke Tasche schieben, kurz bevor sie sich an beiden Händen für die Promenade zusammenschließen mussten.

Quinn war so zufrieden, dass sie sich während des restlichen Tanzes nicht einmal zum Lächeln zwingen musste. Wenn Lord Fernworth den Zettel entdecken würde, könnte er keine Verbindung zu ihr herstellen. Jede Frau – oder auch jeder Mann – hätte ihm während des Stückes etwas zustecken können, und er würde sicherlich noch mehrmals tanzen, bevor er ihn finden würde.

Sie bedankte sich bemüht aufrichtig bei Lord Fernworth und kehrte zu Marcus zurück, der am anderen Ende der Tanzfläche mit Miss Chalmers getanzt hatte.

„Ich freue mich, dass du nicht mehr böse auf Ferny bist", merkte er an, als sein Freund außer Hörweite war. „Ich weiß, dass er ein Narr ist, aber er ist nicht bösartig."

Quinn öffnete den Mund, um ihm zu widersprechen, aber sie sah ein, dass sie das nicht tun konnte, ohne ihr ganzes Unterfangen preiszugeben – und dazu war sie noch nicht bereit. Zum Glück sprach Miss Chalmers, bevor ihr Zögern auffiel.

„Lady Marcus, habt Ihr schon den Klatsch des Tages gehört? Der Heilige von Seven Dials wäre gestern Nacht beinahe gefasst worden."

„Tatsächlich?" Quinn versuchte, ihren Schreck zu verbergen. Wenn er gefasst würde, könnte er ihrer Schule nicht mehr helfen.

Marcus nickte. „Miss Chalmers hat mir die Geschichte während unseres Tanzes erzählt. Es scheint, als wäre ihm der Fehler unterlaufen, ein Haus mit Wachhund auszurauben."

Miss Augusta Melks, die in der Nähe stand, hörte sie und kam auf sie zu, um mitzureden. „Sir Gregory sagt, dass einer seiner Bediensteten tatsächlich einen Blick auf den Heiligen erhaschen konnte, als er geflohen ist. Er hat ihn als groß, jung und stark beschrieben." Sie kicherte und bedeckte ihren Mund mit ihrem Fächer.

„Daran besteht kein Zweifel", sagte Miss Chalmers seufzend. „Selbst meine Mutter findet, dass es schade wäre, wenn er gefasst würde." Sie deutete mit dem Kopf auf Lady Wittington, die sich angeregt mit ein paar Witwen unterhielt.

„Dann sollte er wohl derartige Risiken nicht eingehen, denke ich", sagte Marcus, obwohl Quinn fand, dass ihn dieses Thema eher langweilte. „Wenn Ihr uns entschuldigen würdet, meine Damen, dort drüben sind ein paar Gäste, die ich meiner Frau noch nicht vorgestellt habe."

Quinn war ebenso froh, die Unterhaltung verlassen zu können, denn sie hatte Angst, dass ihr etwas Unbedachtes herausrutschen könnte. Aber dass sie gern mehr über den geheimnisvollen Heiligen erfahren hätte, war nicht zu leugnen. Groß, jung und stark – und vielleicht sogar ein edler Herr? Sie wusste aber, dass es nichts bringen würde, Marcus darüber zu befragen, denn er hatte seine Abneigung diesem Thema gegenüber des Öfteren deutlich gezeigt.

Einen Moment später wurde sie jedoch durch ein paar Vorstellungen abgelenkt, und einige Männer baten sie um einen Tanz. Sie erklärte sich freundlich dazu bereit, mit ein paar Herren zu tanzen, von denen sie zwei auf Annies Namensliste wiedererkannte.

Als das nächste Stück begann, tanzte sie mit einem Mr. Hill, den Marcus nicht zu mögen schien, wie sie zufrieden feststellte. In der Tat wirkte er auf dieser Veranstaltung fast fehl am Platz, denn seine Kleidung war nicht gut geschneidert, und sein Gesichtsausdruck war verschlagen und unzufrieden. Sie hätte sich niemals bereit erklärt, mit ihm zu tanzen, wenn sie nicht eine Chance gewittert hätte, ihrem Ziel näherzukommen.

„Ich habe gehört, Ihr seid ein Cousin von Sir Gregory, dem Mann, der den Heiligen von Seven Dials gestern Abend beinahe gefasst hätte", sagte sie, als der Tanz begann.

Mr. Hill nickte und trat fast auf ihren Fuß, als er die ersten Schritte ausführte. „Mein Cousin übertreibt mit Sicherheit", sagte er mit einem unangenehmen Lachen. „Obwohl ich gestehen muss, dass ich höchst erfreut gewesen wäre, den Schurken endlich hinter Gittern zu sehen."

„Dann seid Ihr also nicht der Ansicht, dass seine Taten heldenhaft sind?", fragte sie, nicht sonderlich überrascht. Der Mann hatte wahrscheinlich nicht die leiseste Ahnung davon, was wahres Heldentum war.

„Heldenhaft! Pah!", rief er ungehobelt laut, was ihm böse Blicke von ein paar anderen tanzenden Damen einbrachte. „Auch mir wurden von dem sogenannten Heiligen Wertsachen entwendet. Die Polizei kann ihn für meinen Geschmack gar nicht schnell genug fassen."

„Das bedauere ich sehr, Mr. Hill", sagte Quinn und ließ geschickt einen ihrer Zettel in seine Tasche gleiten. „Ich hatte nicht gewusst, dass Ihr zu seinen Opfern zählt." Die Bewegungen des Tanzes trennten sie nun, worüber sie ausgesprochen froh war. Er war der unangenehmste Mann, der ihr je auf einem Ball begegnet war.

Zwei Tänze später konnte sie einen weiteren Zettel in die Tasche von Sir Hadley Leverton gleiten lassen, und dann setzte das Orchester zu einem Walzer an.

„Ich glaube, das ist mein Tanz, Mylady?" Marcus tauchte vor ihr auf, als sie mit Sir Hadley die Tanzfläche verließ.

Mit einem anerkennenden Lächeln für seine deutliche Überlegenheit gegenüber ihren vorherigen Partnern begleitete ihn Quinn bereitwillig zurück auf die Tanzfläche. Als er eine Hand auf ihre Taille legte, löschte das altbekannte Kribbeln die eben erlebten, unangenehmen Tanzerfahrungen sofort aus.

„Ich muss gestehen, dass Ihr mich heute Abend mit Eurer Partnerwahl überrascht habt", sagte er, als die Musik einsetzte. „Einige von ihnen lassen Ferny vornehm wirken."

Sie zwang sich zu einem Lachen, obwohl sie seine Wachsamkeit beunruhigte. „Ach, wir Amerikaner sind nicht so hochnäsig wie Ihr Engländer. Ich hatte angenommen, dass jeder, den Ihr für wichtig genug haltet, mir vorzustellen, einen Tanz wert sein muss."

Er runzelte ganz leicht seine schöne Stirn. „Aber warum ...? Ach, es spielt keine Rolle. Aber bitte bedenkt, dass Ihr jeden Tanzpartner ablehnen könnt, ganz gleich, ob ich ihn Euch vorstelle oder nicht."

„Danke, Mylord, das werde ich mir für die Zukunft merken." Und tatsächlich hatte sie nicht die Absicht, mit irgendwelchen anderen unangenehmen Männern zu tanzen – in der Tat nie wieder – wenn es nach ihr ginge. Es hatte sie sowieso niemand anderes von der Liste gefragt.

Sie tanzten kurz schweigend, und dann sagte Marcus: „Schade, dass Ihr vorhin nicht meine Wette angenommen habt. Ihr hättet eindeutig gewonnen."

Sie errötete vor Freude über das Kompliment, denn er war selbst kein schlechter Tänzer. Genau genommen war sein Geschick ein weiterer Beweis dafür, dass er niemals so spießig gewesen war, wie sie einst vermutet hatte. „Das sehe ich zwar anders, aber danke", sagte sie und lächelte ihn an.

Er hielt ihrem Blick lange stand, und sie spürte, dass sich Begierde in ihr regte. Hatte Lord Fernworth wohl schon seinen Zettel gefunden? Würde er es Marcus erzählen? Und wie würde Marcus reagieren?

Und warum, um alles in der Welt, hatte sie sich für diesen albernen Test entschieden, wenn sie ganz tief im Herzen wusste, dass Marcus niemals zu der gleichen Abscheulichkeit wie sein Freund in der Lage wäre?

Gerade, als sie darüber nachdachte, erblickte sie Lord Ribbleton am anderen Ende des Saals. Sie hatte ihn gestern beim Picknick der Jellers kurz kennengelernt, hatte aber zu diesem Zeitpunkt noch nicht gewusst, dass er einer der gewalttätigeren Freier war, die Annie und ihre Freundinnen erdulden mussten. Er – und Lord Pynchton, der Annie den Bluterguss zugefügt hatte – mussten beide Nachrichten erhalten. Wenn nicht hier, dann bei ihnen zu Hause.

„Findest du, dass diejenigen recht haben, die behaupten, dass der Heilige von Seven Dials nachlässig wird?", fragte sie Marcus, da ihr plötzlich eine Idee kam.

Er zuckte leicht mit den Schultern und wirbelte sie geschickt herum, bevor er antwortete. „Ich nehme an, das ist möglich. Er scheint immer unverschämter zu werden, und wenn er so weitermacht, wird er gefasst. Mr. Paxton scheint mir die Sorte Ermittler zu sein, die sich den ersten Fehler, den er begeht, zunutze macht."

„Mit Sicherheit", stimmte sie zu und dachte dann wieder schweigend nach. Was wäre, wenn es zwei Einbrecher gäbe, die Paxton und die Polizei verfolgen müssten? Das würde gezwungenermaßen ihr Personal verwirren, zerstreuen und es schwieriger machen, den Heiligen zu fassen.

Vielleicht könnte eine mitfühlende Dame seine Streifzüge nachahmen, während sie ihre Erpresserbriefe ablieferte. Da ihre Fantasie von der Idee beflügelt war, war sie während des restlichen Tanzes abgelenkt und lächelte abwesend, als Marcus sie an ihren nächsten Partner übergab.

Als der Irische Stepptanz mit Mr. Pottinger beendet war, hatte sie beschlossen, noch heute Abend einen Angriff auf Lord Pynchtons Haus zu wagen, wenn sie sich aus der Grosvenor Street davonstehlen konnte, ohne bemerkt zu werden. Sie würde Polly um Hilfe bitten, wenn das Mädchen bei ihrer Rückkehr noch wach wäre.

Marcus tanzte beim Abendessentanz wieder mit ihr und machte ihr ein kleines Kompliment, als der Tanz sie kurzzeitig zusammenführte. Sie reagierte mechanisch und fragte sich, ob sie tatsächlich in der Lage wäre, unbemerkt in ein Haus einzudringen und es ebenso unbemerkt wieder zu verlassen, wie es der Heilige so oft tat.

Es gab nur einen Weg, das herauszufinden.

KAPITEL EINUNDZWANZIG

MARCUS FÜHRTE QUINN ZUM ABENDESSEN HINEIN UND WUNDERTE SICH über ihre Zerstreutheit bei den letzten beiden Tänzen. Es lag ihr eindeutig etwas auf der Seele, aber was?

„Ich wünschte, ich könnte Gedanken lesen!", flüsterte er und beugte sich nah an ihr Ohr herunter, als er ihr den Stuhl zurechtrückte.

Sie erstarrte, während sie sich setzte, und ihr Kopf fuhr hoch. „Was? Ich … ich habe nur darüber nachgedacht, wie lange es schon her ist, seit ich das letzte Mal auf einem Ball war." Ihr Lächeln war ebenso wenig überzeugend wie ihre Worte.

Marcus setzte sich neben sie und nahm ihre Hand. „Kommt schon, meine Liebe, ich merke doch, dass Euch heute Abend etwas beschäftigt. Könnt Ihr mir nicht verraten, was es ist?" Wenn Paxton heute Abend hier wäre, würde er womöglich vermuten, dass es mit der Befragung von Gobby zu tun hatte, aber er hatte den Mann den ganzen Abend noch nicht gesehen.

Sie zögerte so lange, dass er glaubte, sie würde überhaupt nicht antworten. Schließlich sagte sie: „So ungern ich es zugebe, bin ich wohl ein wenig schockiert über einige Leute, die angeblich zu den oberen Zehntausend gehören. Demnach zu urteilen, was mir zu Ohren kommt, klingt es so, als ob einige von ihnen recht schockierende Laster haben. Vielleicht war ich in Baltimore doch wohlbehüteter, als mir bewusst war."

Marcus entspannte sich. „Ich bin überrascht, dass Euch nach Eurer

Erfahrung im Scarlet Hawk noch etwas schockieren kann, das sich in einem Ballsaal abspielt."

Obwohl sie charmant errötete, schüttelte sie den Kopf. „Das war anders. Die Leute dort … Na ja, von ihrem Schlag Leute hätte man sowieso nicht erwartet, dass sie sich an hohe moralische Prinzipien halten."

„Während die Angehörigen unseres Standes über den niederen Sünden des Fleisches stehen sollten?" Er lachte. „Ihr wart wohl wirklich behütet. Aber ich verstehe, was Ihr meint. Einige der Männer hier haben Sitze im Parlament. Ich nehme an, zumindest in der Theorie sollte man Besseres von *denjenigen* erwarten, die unsere Gesetze machen."

„Genau. Aber Ihr findet das albern, nicht wahr?" Ihre grünen Augen blickten ihn zweifelnd an, als ob sie eine Rüge von ihm erwartete.

Kurz wurden sie von einem anderen Paar unterbrochen, das seine Plätze gegenüber am Tisch einnahm. Nach einem nickenden Gruß und fast ohne seine Ungeduld zu verbergen, wandte sich Marcus mit leiser und ernster Stimme wieder an Quinn.

„Nein, das ist überhaupt nicht albern. Wenn mehr Menschen so denken würden, wäre dieses Land zweifellos besser. Bitte lasst nicht zu, dass Euch irgendetwas, das meine frivolen Freunde – oder ich – sagen, von Euren Idealen abbringt."

Sie sah ihn einen langen Moment an, als ob sie versuchen würde, genau zu verstehen, was er meinte, und nickte dann. „Danke. Das werde ich nicht."

„Gutes Mädchen. Was darf ich Euch denn vom Büffet bringen?"

Während er kurze Zeit später ihre Teller füllte, fragte er sich, warum es ihm so ungeheuer wichtig gewesen war, dass sie verstand, dass er seine letzte Aufforderung ernst gemeint hatte, und ob seine Worte auf eine weitere Veränderung seiner Person hinwiesen.

Der Rest des Abendessens verlief heiterer, denn sie tauschten Witzeleien und Klatsch mit Mr. und Mrs. Beckhaven aus, dem Paar, das ihnen gegenüber saß. Sie waren angenehme Leute, und sowohl Marcus als auch Quinn schlossen sie während ihrer Unterhaltung ins Herz.

Sie erhoben sich vom Tisch, als das Orchester wieder zu spielen begann, und Quinn verbarg hinter ihrer Hand ein Gähnen. „Wie lange geht der Ball wohl?", fragte sie.

Er lächelte mit einer beschützenden Zuneigung zu ihr hinab, die wohl von Liebe zeugen musste, die in ihm aufwallte. „Wir können jederzeit gehen, wenn Ihr müde seid. Das Orchester spielt wahrscheinlich noch bis zwei oder drei."

Ihr Lächeln zeigte in der Tat Spuren von Müdigkeit. „Ich fürchte, ich gewöhne mich wohl nie an den Stadtrhythmus", sagte sie entschuldigend.

„Kommt, dann verabschieden wir uns bei unseren Gastgebern. Ich hatte vergessen, was für einen anstrengenden Tag Ihr bereits mit den Dekorateuren hattet."

Als sie die Grosvenor Street erreichten, wurde Marcus klar, dass Quinns Müdigkeit nicht nur ein Täuschungsmanöver war, um mit ihm allein zu sein, so wie er gehofft hatte. Daher widersprach er nicht, als sie sich entschuldigte und sofort ins Bett ging.

Da er selbst noch keine Lust zum Schlafen hatte, ging er auf einen Brandy in die Bibliothek. Er konnte nicht leugnen, dass er das ganze Gerede über die Taten des Heiligen genossen hatte, auch wenn die Geschichten gegen Ende des Abends immer mehr an Übertreibung zugenommen hatten. Es war amüsant, zuzuhören und zu wissen, dass sie in Wirklichkeit über ihn redeten – dass er insgeheim eine Berühmtheit war.

Dennoch wollte er diese Aufgabe bald niederlegen. Nicht nur für Quinn, sondern auch um seiner selbst willen. Er war bereits jetzt dem Stehlen gegenüber abgestumpft, und er wollte sich gar nicht erst ausmalen, wo es enden könnte. Luke hatte aus purer Notwendigkeit und Rachsucht gehandelt, aber er selbst, auch wenn er die Beute für wohltätige Zwecke nutzte, tat es nur um des Nervenkitzels willen. Und das war kein sonderlich nobles Motiv.

Er blickte zur Uhr auf dem Kaminsims. Halb zwei. Vielleicht würde er seinen letzten Streifzug heute Nacht in Lord Ribbletons Haus wagen und die Sache ein für allemal beenden. Er leerte sein Glas und erhob sich, als er über ein Klopfen an der Eingangstür erschrak. Er ging in die Halle, als die Tür gerade von einem verschlafenen Diener geöffnet wurde und sah Lord Fernworth.

„Ich muss mit Lord Marcus sprechen", sagte er aufgewühlt. „Es ist ziemlich wichtig. Bitte sagt ihm … Ah! Gut, du bist also noch wach." Als er Marcus nahe der Tür zur Bibliothek sah, kam er eilig auf ihn zu.

„Ein bisschen spät für einen freundschaftlichen Besuch, Ferny", merkte Marcus an und fragte sich, ob sein Freund sogar noch betrunkener als gewöhnlich war.

Aber Fernworth schüttelte den Kopf. „Es ist kein freundschaftlicher Besuch, zumindest nicht direkt. Ich brauche dringend deinen Rat."

Marcus trat zur Seite, damit sein Freund vor ihm in die Bibliothek gehen konnte und schloss dann die Tür. „Und? Was gibt es denn?"

Fernworth lief nervös auf und ab, bevor er sich schwer in einen der weichen Ledersessel fallen ließ. „Vielleicht ist es nur ein Streich. Ich hoffe zumindest, dass es das ist. Aber wenn nicht, muss ich entscheiden, was ich tun soll."

„Was für ein Streich denn?", fragte Marcus geduldig. „Hat jemand all deine Weinkaraffen mit Wasser gefüllt?"

„Nein, nein, nichts so Harmloses. Hier, sieh selbst." Ferny zog ein Stück Papier hervor und reichte es Marcus, der es las und seinem Freund dann in die Augen sah.

„Und? Ist es wahr? Bist du …" Er blickte auf die Notiz „… 'lüsternen Aktivitäten mit minderjährigen Mädchen' nachgegangen?"

„Das ist es ja", sagte Ferny und fuhr sich mit einer Hand durch das helle Haar. „Ich frage nie nach dem Alter eines Mädchens, solange es willig ist. Aber es ist durchaus möglich."

Marcus spürte einen Anflug von Abscheu. Als volljährig galt man schon mit zwölf, auch wenn Gesetzesentwürfe vorlagen, die das Alter erhöhen sollten. „Wenn du es für möglich hältst, dann wäre es klug, die Dame zu bezahlen, denke ich, statt mit dem Gesetz in Konflikt zu geraten – ganz abgesehen vom gesellschaftlichen Ausschluss." Was für eine unternehmenslustige Frau diese mitfühlende Dame doch war!

„Ich soll mich erpressen lassen? Das ist dein Rat?" Ferny sah enttäuscht aus. „Ich dachte, du hättest einen besseren Plan. Und stell dir mal vor, dass diese Frau, wer auch immer sie sein mag – vorausgesetzt es *ist* überhaupt eine Frau – vielleicht auch anderen zusetzt?"

„Wenn sie unschuldig sind, werden sie vermutlich ihre Drohungen ignorieren, da sie keinen Vergeltungsakt befürchten müssen. Und wenn sie es nicht sind …" Er zuckte die Schultern. Er konnte kein Mitleid für Männer empfinden, die Kinder ausnutzten – nicht einmal für Ferny, falls es stimmte.

Aber dann kam ihm ein anderer Gedanke. „Wo hast du diese Nachricht bekommen?", fragte er.

„Ich habe sie in meiner Tasche gefunden. Jemand bei den Wittingtons muss sie mir zugesteckt haben, aber ich weiß nicht wer."

„Wirklich?" Nun war Marcus' Interesse vollends geweckt. Dann war diese mitfühlende Dame also heute Abend anwesend gewesen? Das schränkte die Möglichkeiten gehörig ein, es sei denn … „Meinst du, es könnte jemand von den Bediensteten getan haben?"

Lord Fernworth schüttelte den Kopf. „Ich kann mir nicht vorstellen, wie. Die einzigen die nahe genug waren, waren die Diener, die Getränke serviert haben. Und von ihnen hätte mir niemand etwas in die Tasche stecken können, ohne sein Tablett abzustellen. Nein, es muss beim Tanzen oder während des Abendessens passiert sein."

Eine angesehene Frau also. Er hatte dies bereits vermutet, als er ihre Nachricht an den Heiligen gelesen hatte. Wie genial, sich die Schule von denjenigen Männern finanzieren zu lassen, die sie überhaupt erst notwendig gemacht hatten! Er war froh, dass er einen Beitrag dazu geleistet hatte.

„Bezahl es", riet er Ferny nun. „Was sind schon zweihundert Pfund? Und halte dich von nun an bei deinen Zechen an die älteren Mädchen."

Sein Freund nickte innbrünstig. „Das werde ich tun. Zweihundert Pfund sind keine kleine Summe für mich, aber ich kann es wohl als Lehrgeld für eine Lektion betrachten. Was glaubst du, macht die mitfühlende Dame mit dem Erlös?"

Marcus zuckte die Schultern und unterdrückte ein Lächeln. „Vielleicht etwas Wohltätiges. Das zu glauben, sollte dein Gewissen beruhigen und dich den Verlust einfacher verkraften lassen." Diese Summe wäre vor seiner Ehe mit Quinn auch für Marcus schwer erschwinglich gewesen, stellte er fest.

Ferny schnaubte. „Erst der Heilige und jetzt die geheimnisvolle Dame. Als wären die Steuern nicht auch ohne diese philanthropische Bürgerwehr schon hoch genug." Er erhob sich und schenkte sich eine großzügige Menge Brandy ein, die er so schnell hinunterstürzte, dass Marcus zusammenzuckte. „Ich hoffe, dass Paxton beide erwischt. Aber für den Moment hast du wohl recht, ich sollte besser zahlen."

Mit diesen Worten verabschiedete er sich, und Marcus sah ihm nachdenklich hinterher. Ferny hatte recht. Diese mitfühlende Dame und der Heilige hatten viel gemeinsam, zumindest oberflächlich betrachtet. Er wurde immer neugieriger auf ihre wahre Identität.

Morgen, beschloss er, würde er etwas unternehmen, um es herauszufinden, und wenn es nur wäre, um sie vor Paxton zu warnen. So oder so wollte er aber das, was er von Sir Gregory gestohlen hatte, Mrs. Hounslow zukommen lassen, ebenso wie das, was er in Ribbletons Haus erbeuten würde. Er würde morgen Abend hingehen müssen, denn nun war es bereits zu spät, um Gobby zu bitten, Wache zu stehen.

Marcus freute sich mehr als jemals zuvor darauf, Quinn endlich die gesamte Geschichte erzählen zu können. Er löschte die Kerzen und ging hinauf ins Bett.

~

„ACH, BITTE SEID VORSICHTIG, MYLADY!", flüsterte Polly, als Quinn um das Stadthaus von Lord Pynchton herumging. Sie sah sich zu dem Mädchen um, legte einen Finger auf ihre Lippen und nickte.

Hierher zu gelangen, war schwer genug gewesen. Als sie zu Hause in ihrer Kammer angekommen war, hatte sie Monette beauftragt, Polly zu holen und hatte dann erneut Charles' Kleidung angezogen. Aber als sie auf Zehenspitzen die Hintertreppe hinuntergeschlichen waren, hatte jemand an die Haustür geklopft und sie fast zu Tode erschreckt. Sie hatte lange genug gelauscht, um zu hören, dass es Lord Fernworth war, bevor sie hinaus in den Garten gehuscht war.

Wie sie gehofft hatte, wusste Polly, wo Lord Pynchton wohnte und hatte sie bereitwillig zu seinem Haus in der Mount Street begleitet, als Quinn ihr ihren Plan erläutert hatte. Nun, da sie jedoch mit der Realität des Einbrechens konfrontiert war, war sie zugegebenermaßen ebenso nervös wie Polly zu sein schien. Sie war jedoch schon so weit gekommen und wollte nun nicht mehr aufgeben.

Die Rückseite des Hauses sah fast so aus wie ihr eigenes. Die Küche und die Hintertüren wären zweifellos verriegelt. Sie probierte sie dennoch aus und stellte mit großer Erleichterung fest, dass die Tür, die zum Erdgeschoss führte, nicht richtig verschlossen war. Leise öffnete sie sie und schlich in den Eingangsbereich der Hintertür.

Einen Moment später erkannte sie, warum die Tür nicht abgeschlossen gewesen war, denn sie hörte die unverkennbaren Laute eines Mannes, der sich sexuellen Vergnügungen hingab. Die Geräusche drangen hinter einer Tür hervor, die zum Salon führen musste. Lord Pynchton musste gerade in diesem Moment mit einem der armen Straßenmädchen beschäftigt sein.

Wütend trat Quinn ein paar spontane Schritte auf den Salon zu, hielt dann aber inne. Wie sollte sie ihre Anwesenheit hier in diesem Aufzug erklären, selbst wenn ihr Einschreiten das Mädchen vielleicht vor Bluter-güssen wie Annies bewahren würde? Nein, sie sollte sich besser an ihren ursprünglichen Plan halten, so sehr sie auch den Drang verspürte Lord Pynchton sofort zur Rechenschaft zu ziehen.

Sie unterdrückte ihre Wut, ging zur Kartenschale in der Eingangshalle und legte ihre Notiz ab. Selbst wenn er zahlen würde, war sie fest entschlossen, Pynchton anzuzeigen – auch wenn sie nicht wusste, wie sie das anstellen sollte. Vielleicht könnte ihr Mr. Paxton helfen.

Als sie ihre Aufgabe erledigt hatte, schlich sie zurück durch das Haus und versuchte, das gedämpfte Wimmern zu ignorieren, das nun aus dem Salon drang. Kurze Zeit später war sie im Garten und eilte zu der Stelle zurück, wo Polly Wache hielt.

„Lass uns gehen", sagte sie und stellte erst jetzt fest, dass sie zitterte. Es war viel schlimmer gewesen, als sie erwartet hatte. Müdigkeit überwältigte sie, als die Furcht und die Wut schwächer wurden, und sie stolperte, als sie wieder in der Grosvenor Street ankamen.

Wie schaffte es der Heilige nur, so etwas Nacht für Nacht zu tun? Ihre Bewunderung für den geheimnisvollen Helden wuchs noch mehr. Sie war froh, dass sie selbst nur noch einen derartigen Streifzug vor sich hatte. Nach ihrem Besuch in Lord Ribbletons Haus morgen Abend hoffte sie, genug Geld für die Schule zu haben. Dann könnte sich die mitfühlende Dame beruhigt in dem Wissen zur Ruhe setzen, dass sie etwas Gutes bewirkt hatte.

Als sie und Polly sich dem Haus näherten, fiel ihr wieder Lord Fernworths Besuch ein. Konnte es sein, dass er die Nachricht entdeckt hatte und gekommen war, um Marcus noch in dieser Nacht davon zu berichten? Falls ja, was bedeutete es? Und war er noch immer da?

Sie zögerte, aber dann sah sie, dass das Fenster der Bibliothek dunkel war, ebenso wie das Fenster von Marcus' Schlafkammer darüber. Sie schlich so leise, wie sie gegangen war, ins Haus zurück und verriegelte hinter sich die Tür.

Sie bedankte sich flüsternd bei Polly und setzte ihren müden Weg nach oben fort. Selbst die Bestürzung über die möglichen Verwicklungen von Lord Fernworths Besuch konnten sie nicht wach halten. Ihr letzter Gedanke war, ob der Heilige wohl nach jedem Streifzug genauso müde war.

～

Zu Marcus' Überraschung war er am nächsten Morgen noch vor Quinn wach, obwohl es schon fast Mittag war. Als er sein Frühstück beendet hatte, ohne dass sie aufgetaucht war, und ihm bestätigt wurde, dass sie sich kein Tablett in die Kammer bestellt hatte, machte er sich Sorgen, dass sie vielleicht doch krank wäre, obwohl sie es zuvor mehrmals abgestritten hatte.

Da er sie nicht wecken wollte, beschloss er, für ein oder zwei Stunden in den White's Club zu gehen, in der Hoffnung, etwas über den Fortschritt in Paxtons Ermittlungen zu hören. Vielleicht könnte er mit ein paar diskreten Fragen auch etwas über die Identität der geheimnisvollen mitfühlenden Dame herausfinden.

Der White's Club war zu dieser frühen Stunde noch nicht voll, aber Marcus entdeckte Sir Cyril Weathers mit ein paar anderen ihm bekannten Männern an einem Tisch, die alle gleichermaßen zügellos und hirnlos waren. Er ging aber auf sie zu, da sie alle Freunde von Ferny waren.

„… gehört, wie Leverton gesagt hat, dass er auch eine in seiner Tasche gefunden hat", sagte Sir Cyril gerade, als er den Tisch erreichte. „Ein Langweiler wie er, könnt ihr euch das vorstellen? Ach, hallo Marcus. Willst du dich zu uns setzen?"

„Für eine Weile, gern", erwiderte er, zog sich einen Stuhl heran und bestellte mit einer Handbewegung ein Glas, damit er auch von der Flasche Bordeaux auf dem Tisch trinken konnte. „Was gibt es Neues?"

„Ein bisschen Erpressung wie es scheint", antwortete Lord Pynchton verärgert. Marcus hatte den Mann noch nie gemocht, denn er hatte einmal gesehen, wie er im Park böswillig sein Pferd verdroschen hatte, weil es in der Nähe einer besonders lauten Kutsche gescheut hatte.

„In der Tat? Habt ihr die Polizei informiert?", fragte er, füllte sein Glas und nahm einen besonnenen Schluck.

Sir Cyril beugte sich vor. „Das ist ja das Problem", sagte er ernst. Eindeutig war das nicht die erste Flasche, die sich die Gruppe heute geteilt hatte. „Dieses Weibsstück droht damit, selbst zur Polizei zu gehen, wenn man ihre Bedingungen nicht erfüllt."

Marcus spielte überrascht. „Weibsstück? *Eine Frau?* Bitte sagt nicht, dass einer von euch in illegale Machenschaften verstrickt ist! Das glaube ich nicht."

Lord Pynchton winkte ab. „Illegal. Pah! Als ob es jemanden kümmert, was man mit den Straßenhuren macht. Ich werde keinen Penny zahlen, das kann ich euch versichern."

Marcus' wurde aufmerksam. Soweit er wusste, war Pynchton gestern

Abend nicht auf dem Ball der Wittingtons gewesen. „Dann hast du also auch eine Drohung erhalten?"

Er nickte, obwohl er eher wütend als besorgt aussah. „In meinem eigenen Haus! Wenn ich herausfinde, wer diese mitfühlende Dame ist, zeige ich sie wegen Einbruchs an. *Das* ist nämlich eindeutig ein Verbrechen."

Dieser Erklärung stimmten alle zu, und Marcus hörte zu, während sie diese Unverschämtheit weiter besprachen. Offenbar hatte unter anderem Sir Hadley Leverton gestern Abend die gleiche Nachricht wie Ferny in seiner Tasche gefunden. Sie wussten aber von keinem anderen außer Lord Pynchton, der eine im eigenen Haus erhalten hatte.

Dieses neue Thema verdrängte alle anderen, auch alle Neuigkeiten zum Heiligen oder den Ermittlungen der Polizei.

Marcus leerte sein Glas Bordeaux und erhob sich. „Einen schönen guten Tag, meine Herren. Ich wünsche euch viel Glück beim Lösen des Rätsels. Wenn ich etwas darüber hören sollte, lasse ich es euch wissen."

Als er nach Hause zurückkehrte, fand er eine Nachricht von Quinn, die besagte, dass sie mit Lady Constance einkaufen sei und vielleicht auch den Nachmittag mit ihr verbringen würde. Dann war sie offenbar doch nicht krank, dachte er, wobei er eine Mischung aus Erleichterung und Enttäuschung, weil er sie vermisste, empfand.

Bei einem einsamen Mittagessen dachte er über die Frauen nach, die bei den Wittingtons gewesen waren und versuchte, zu erraten, wer die mitfühlende Dame sein könnte. Sicherlich nicht Miss Chalmers, oder? Sie war äußerst lebhaft, aber schien nicht die nötige Intelligenz für einen solchen Plan zu haben. Ebenso wenig wie die beiden Misses Melks ...

Als Quinn zum Abendessen zurückkehrte, hatte er seine Liste der in Frage kommenden Verdächtigen auf drei oder vier Damen reduziert, die alle bekannt dafür waren, ihre politische Meinung öffentlich zu vertreten. Er konnte sich allerdings immer noch nicht richtig vorstellen, dass eine von ihnen in Pynchtons Haus eingebrochen war.

„Da bist du ja endlich, meine Liebe." Er begrüßte sie an der Tür mit einem Kuss, ohne auf den Diener zu achten. „Ich nehme an, du fühlst dich nach einer erholsamen Nacht und einem Tag Einkaufen schon viel besser?"

„Viel ...? Ja, danke", erwiderte sie mit einem strahlenden Lächeln, das fast ein bisschen schuldig wirkte. „Ich glaube, der gestrige Abend hat wohl die letzten Spinnweben an meinen Tanzschuhen weggefegt. Ich war offenbar nicht mehr so sehr an das Tanzen gewöhnt, wie ich angenommen hatte."

Marcus konnte nicht bestreiten, dass einige der Landtänze recht anstrengend waren – und Quinn hatte beinahe jeden davon mitgetanzt. Seine Sorge um ihre Gesundheit wurde durch eine andere, viel vagere, ersetzt. „Dass du nicht in Übung warst, konnte man dir nicht ansehen, das versichere ich dir." Genau genommen hatte sie die Hälfte der englischen Damen in den Schatten gestellt.

„Du bist zu gütig. Aber nun entschuldige mich bitte. Ich muss mit Mrs. McKay reden, bevor ich mich oben für das Abendessen ankleide." Mit einem weiteren falschen fröhlichen Lächeln entzog sie sich ihm und ging in Richtung Küche.

Er starrte ihr stirnrunzelnd hinterher. Was zur Hölle war nur los mit ihr? Hatte er sie irgendwie beleidigt? Ihr Verhalten erinnerte ihn an die ersten paar Tage ihrer Ehe, als sie ihm gegenüber noch misstrauisch gewesen war. Aber warum sollte sie das jetzt sein?

Mit einem Mal fröstelte er. Sie hatte den Tag mit ihrer Cousine verbracht und sich wahrscheinlich über Zuhause und die Familie unterhalten. Zog sie es vielleicht immer noch in Erwägung, nach Baltimore zurückzukehren?

Beim Abendessen war er kurz davor, sie zu fragen, aber erkannte dann, wie sich eine solche Frage anhören musste, falls sie nicht einmal über etwas Derartiges nachdachte. Und falls doch, hatte er dann das Recht, sie aufzuhalten? Natürlich hatte er gesetzlich das Recht dazu – als ihr Ehemann – aber er konnte sich nicht mit der Idee anfreunden, einer anderen Person zu befehlen, sich seinem Leben anzupassen.

„Dann hattest du also eine nette, lange Unterhaltung mit Lady Constance?", fragte er stattdessen und beobachtete sie eingehend, zählte darauf, dass sie ihre Emotionen nicht verbergen könnte und ihm einen Hinweis auf ihre wirklichen Gedanken geben würde.

In der Tat zuckte sie leicht zusammen, und sie vermied Blickkontakt, als sie antwortete. „Ja, es war schön, sie besser kennenzulernen. Willst du ein wenig mehr von der Keule? Sie ist wirklich lecker."

Sie wollte eindeutig das Thema wechseln, daher gab er nach und widmete sich allgemeineren Themen, obwohl seine Sorge keineswegs beseitigt war. Dass sie ablehnte, nach dem Abendessen mit ihm in die Bibliothek zu kommen, verstärkte seine Angst nur noch mehr – aber er konnte sich noch immer nicht dazu durchringen, sie direkt zu fragen.

„Dann sehen wir uns morgen früh." Er bemühte sich, seine Worte nicht wie eine Frage klingen zu lassen, aber sie hörten sich dennoch so an.

„Aber gewiss." Mit keiner weiteren Zusicherung außer diesen beiden trockenen Worten ließ sie ihn stehen und ging hinauf.

Marcus versuchte, sich in der Bibliothek mit einem Brandy zu beruhigen, aber seine Gedanken kreisten nur um Quinn. Was sie wohl wirklich tat, dachte und vorhatte? Wie feige von ihm, sie nicht direkt zu fragen.

Abrupt erhob er sich, obwohl er den Brandy kaum angerührt hatte. Er würde doch nicht bis Mitternacht warten, um Lord Ribbletons Haus zu besuchen. Der Marquis war bekannt dafür, anständig zu sein, daher würde er am heutigen Samstagabend zu dieser späten Stunde ohnehin nicht mehr viel länger unterwegs sein. Nein, das wäre eindeutig der beste Zeitpunkt, wenn er ohne seine Anwesenheit in das Haus eindringen wollte.

Außerdem hatte Marcus das Gefühl, dass er verrückt würde, wenn er noch länger hier saß und nachdachte.

~

„KANN man wirklich keine Haare mehr sehen?", fragte Quinn und wandte sich vom Spiegel ab, damit Polly ihren Hinterkopf begutachten konnte. „Bist du dir sicher, dass es nicht gefährlich ist, so früh zu gehen?"

Polly zuckte die Schultern. „Ich weiß nur, dass es der Zeitpunkt is', zu dem die Bediensteten sich meistens davonstehlen, da sie wisse', dass ihre Herren und Herrinnen ausgehen. Sie sorgen dafür, dass sie um Mitternacht wieder zurück sind, damit sie niemand vermisst."

„Also gut." Quinn musste zugeben, dass sie die Sache hinter sich bringen wollte, solange sie noch wach genug war. Es war nur unglaublichem Glück zuzuschreiben, dass sie, aufgrund ihrer Müdigkeit in Lord Pynchtons Haus, gestern nicht etwas Unvorsichtiges getan hatte. „Lass uns gehen."

Wie schon am Vorabend, benutzten sie auch jetzt wieder die Bedienstetentreppe. Polly ging vor, um sicherzustellen, dass Quinn in ihrem merkwürdigen Aufzug nicht entdeckt würde. Die Bediensteten aus der Küche waren noch da, daher verließen sie das Haus durch die Tür im Erdgeschoss, die in den Garten führte. Dies bedeutete aber gleichzeitig eine größere Gefahr, von Marcus entdeckt zu werden. Quinn war ziemlich sicher, dass sie gehört hatte, wie er vorhin in seine Kammer gegangen war.

Sie hoffte, dass er sich nicht in den Kopf gesetzt hatte, nach ihr zu sehen. Nicht heute Abend.

Als sie das Haus sicher verlassen hatten, gingen sie schnell die kurze Strecke zu Lord Ribbletons imposantem Haus auf dem Grosvenor Square, das direkt dem Anwesen des Herzogs von Marland gegenüberlag. Quinn betrachtete es zweifelnd und fragte sich, ob sie den notwendigen Mut aufbringen könnte. Es war ein viel größeres Haus als das von Lord Pynchton und hätte zweifellos mehr Bedienstete, selbst wenn Lord Ribbleton ausgegangen war – was sie nicht sicher wissen konnte.

„Lass uns hinten herumgehen", schlug sie Polly vor. „Vielleicht kann ich durch ein paar Fenster spähen, um auszumachen, ob es sicher ist."

Sie mussten bis ganz zum Ende des Platzes und dann durch die Gasse dahinter gehen, wo sich die Ställe befanden. Obwohl ein paar Stallburschen zugegen waren, beachtete sie niemand. Lord Ribbletons Gärten waren größer als ihre eigenen, mit dekorativen Pflanzen, geharkten Pfaden und Sträuchern – hinter denen sich Polly ausgezeichnet verstecken konnte, während sie Wache hielt.

Vorsichtig näherte sich Quinn dem Haus, jeder ihrer Sinne war wachsam, damit sie sich verstecken konnte, wenn jemand an die Tür oder ans Fenster kam. Ein Licht brannte wie erwartet in den tieferliegenden Küchenfenstern, daher ging sie zu der Tür, die vom Erdgeschoss in die Gärten führte, so wie sie es gestern Abend bei Lord Pynchton getan hatte. Hier war die Tür jedoch fest verriegelt.

Sie beugte sich hinunter und untersuchte das Schloss, wobei sie sich fragte, ob sie es irgendwie öffnen könnte, so wie es der Heilige offenbar immer tat. Fünf Minuten probierte sie es mit einer Haarnadel, aber das führte zu nichts außer ein paar kleineren Kratzern an der Tür und einem größeren an ihrer Hand, der ziemlich schmerzte. Mit einem empörten Seufzen gab sie auf und ging weiter, um die unteren Fenster zu begutachten.

Sie würde *nicht* aufgeben. Der Nachmittag mit ihrer Cousine hatte ihr bewiesen, dass sie sehr wohl in die englische Gesellschaft passte, wenn sie sich ein wenig bemühte. Sie hatte so lange für den Familienbetrieb gelebt, dass sie selbst, nachdem sie sich gut mit Marcus verstanden hatte, tief in ihrem Inneren geglaubt hatte, dass sie eines Tages dorthin zurückkehren musste.

Heute hatte sie erkannt, dass dieses Kapitel ihres Lebens wirklich abgeschlossen war. Und deswegen brauchte sie einen neuen Sinn, einen dauerhaften Sinn – und das musste er sein. Gestern Abend hatte sie sich eingeredet, dass sie die Sache beenden würde, wenn sie Ribbleton die Nachricht hinterlassen hatte, aber jetzt wusste sie, dass sie nicht aufhören und alles andere Mrs. Hounslow überlassen könnte.

Nein, die mitfühlende Dame würde ihren Kreuzzug weiterführen – koste es, was es wolle.

Ah! Das hohe Fenster in der Ecke, das am weitesten von der Küche entfernt war, schien nicht verriegelt zu sein. Sie blickte hinein und erkannte, dass es sich um ein Musikzimmer handeln musste, das verlassen war. Es war lediglich von dem Licht beleuchtet war, das durch das Fenster sowie den Kerzenschein, der durch den unteren Türspalt fiel.

Sie drehte sich kurz um, um sicherzugehen, dass sie nicht beobachtet wurde und zog am Fenster. Es war schwer, und es bedurfte all ihrer Kraft, um es zu bewegen, aber als es ihr endlich gelang, öffnete es sich geräuschlos. Offenbar waren die Scharniere der Fenster aufs Beste geölt. Ihr Herz hämmerte. Sie atmete tief durch, kletterte über die niedrige Fensterbank und lehnte das Fenster hinter sich an.

Vom Rand des Gartens aus beobachtete Marcus die Rückseite des prunkvollen Anwesens von Ribbleton. Rechtschaffen oder nicht, der Mann hatte offenbar kein Problem damit, seinen beachtlichen Reichtum zur Schau zu stellen. „Warte hier", wies er Gobby an und bahnte sich seinen Weg durch den verlassenen Ziergarten zum Haus.

Er war fast da, als er plötzlich in der Nähe der Sträucher ein Rascheln hörte und ein Geräusch, das so klang, als würde jemand die Luft einziehen. Stirnrunzelnd trat er einen Schritt darauf zu, schreckte aber nur ein paar Lachtauben auf, die flatternd in die Luft flogen, was wiederum ihn erschrak.

Er schüttelte den Kopf, und drehte sich mit einem reumütigen Lächeln wieder zum Haus um. Gut, dass er sich zur Ruhe setzen wollte. Diese nächtlichen Aktivitäten machten ihn langsam nervös. Erst Hunde und jetzt Tauben. Was kam als Nächstes? Mäuse?

Er widmete sich wieder seiner Aufgabe und ging zu dem Fenster, das halb offen stand. Es ließ sich mühelos öffnen und führte in einen verlassenen Musikraum. Als er durch das Zimmer ging, bemerkte er ein goldenes Ornament auf dem Klavier und steckte es ein. Dann ging er weiter und spähte in die Halle. Ob Ribbletons Arbeitszimmer auf dieser Etage war oder in der darüber?

Als er weiterging, sah er breite, offene Doppeltüren, die in einen größeren Salon führten, der ebenfalls dunkel war und nur von den Kerzenleuchtern im Flur erhellt wurde. Marcus bewegte sich langsam in diese Richtung, um nur kurz hineinzusehen, um festzustellen, ob darin ein Schreibtisch stand, bevor er weiter nach dem Arbeitszimmer oder der Bibliothek suchte.

Als er die Doppeltüren erreicht hatte, brachte aber eine Bewegung in der Nähe des Kamins seinen Puls zum Rasen. Verdammt! War etwa eine Magd hier und entstaubte im Dunkeln Möbel? Aber nein. Als er genauer hinsah, erkannte er, dass die schlanke Gestalt eine Kniebundhose trug und sich bemüht unauffällig bewegte. Ob es ein Spülküchengehilfe oder ein Stallbursche war, der etwas stehlen wollte?

Die Gestalt drehte den Kopf, und etwas an ihr kam Marcus bekannt vor. Die Kappe, der Mantel, der Körperbau – er hatte den Burschen schon einmal gesehen. Gehörte er zu seiner Gruppe? Er war zu groß, als dass es Tig hätte sein können und viel kleiner als Stilt, aber …

Mit einem Schrecken, bei dem er beinahe ins Taumeln kam, erinnerte er sich plötzlich, wo er den "Jungen" schon einmal gesehen hatte. Mit erneut klopfendem Herzen, aber mit einer ganz anderen Art von Angst, bewegte er sich leise in den Raum.

KAPITEL ZWEIUNDZWANZIG

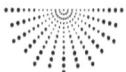

SO! LORD RIBBLETON KÖNNTE IHRE NACHRICHT NICHT ÜBERSEHEN, DIE SIE geradewegs an die Uhr auf dem Kaminsims gelehnt hatte, dachte Quinn zufrieden. Sie wünschte sich nur, sie hätte mehr Geld verlangt, denn der Mann konnte es sich eindeutig leisten. Es war zu spät, die Notiz zu ändern, aber vielleicht könnte sie etwas stehlen?

Nach kleinen Wertgegenständen suchend drehte sie sich um – nur um die großen Umrisse eines Mannes zwischen ihr und dem Flur zu entdecken.

Fast hätte sie geschrien, aber sie schlug die Hand vor den Mund, so dass sie nur quietschend nach Luft schnappte. Der Mann stand ganz still da, sein Rücken dem schwachen Licht zugewandt, und beobachtete sie, während sein Gesicht im Schatten verborgen war. „Was … was wollt Ihr?", schaffte sie schließlich zu flüstern und stellte fest, wie dumm die Frage war, kaum als sie ihrem Mund entwichen war.

Er musste annehmen, dass sie ein Dieb war, ein Einbrecher – und ganz falsch lag er damit ja auch nicht. Was würde Marcus sagen, wenn sie verhaftet würde? Inwiefern würde es seinem Ruf schaden, seinem Stand in der Gesellschaft? Und warum hatte sie diese Gefahr zuvor noch nicht bedacht?

Als der Mann weder antwortete noch irgendwelche Anstalten machte, sie festzuhalten, mäßigte ein Anflug von Hoffnung ihre Angst und ihre Verzweiflung. Vielleicht war es nur ein einfältiger Diener, auf den sie einreden könnte, einer, der genauso wenig etwas in diesem Raum zu suchen hatte wie sie.

„Ich habe nur … ein wenig Kohle für den Kamin gebracht", erklärte sie einfallslos und zeigte auf die Kohlenschütte. Vielleicht würde ihm in der Dunkelheit nicht auffallen, dass sie leer war. „Seine Lordschaft will, dass das Feuer jederzeit bereit ist, auch im Sommer."

Schließlich bewegte sich die imposante Gestalt und sprach dann. „Wirklich? Dann müsst Ihr ja überaus nützlich für ihn sein."

Quinn öffnete erstaunt den Mund. „M… Marcus?" Es klang wie ein ersticktes Flüstern. „Was machst du hier?" Bevor er ihre Frage beantworten konnte, tat sie es selbst. „Du bist mir gefolgt." Sie war sich nicht sicher, ob seine Sorge sie ärgerte oder rührte.

Er schüttelte den Kopf, aber sie packte ihn am Arm. „Komm, wir müssen sofort weg. Wir dürfen hier auf keinen Fall entdeckt werden."

„Da stimme ich zu." Seine Stimme war kühl und tonlos, dass sie nicht einschätzen konnte, ob er verärgert war oder nicht. „Folge mir."

„Aber …" Er schüttelte wieder den Kopf und brachte sie zum Schweigen. Dann nahm er sie an die Hand und führte sie in den Raum, durch den sie hereingekommen war. Er musste gesehen haben, wie sie durch das Fenster geklettert war. Warum hatte Polly sie nicht gewarnt?

Er hielt einen Moment inne, wobei er die Hand in seiner Tasche vergrub und auf das Klavier starrte. Aber dann zuckte er die Schultern und ging weiter Richtung Fenster. „Du zuerst", flüsterte er. „Ich folge dir und schließe es hinter uns."

Sie fand, dass er erstaunlich ruhig wirkte – weitaus ruhiger als sie sich fühlte. Und er war derjenige, der am verwirrtesten darüber sein musste, seine Frau in einer Kniebundhose im Haus eines anderen Mannes entdeckt zu haben. Panisch überlegte sie, wie sie sich ihm erklären sollte, während sie durch das Fenster und hinaus auf die Terrasse kletterte.

Marcus folgte ihr und zog das Fenster fast ganz zu. Dann sah sie mit wachsendem Erstaunen zu, wie er eine Art Draht aus seiner Tasche nahm, ihn um den inneren Fenstergriff wickelte, das Fenster geschickt zuzog, den Griff ordentlich damit hinunterschob und zuletzt den Draht herauszog.

„Wo um alles in der Welt …?", setzte sie an, aber ihre Frage wurde von einer anderen Stimme unterbrochen, die aus ein paar Metern Entfernung erklang.

„Das ist aber eine Überraschung! Ich hatte immer geglaubt, dass der Heilige allein arbeitet."

Quinn wirbelte mit hämmerndem Herzen herum und entdeckte Noel Paxton, der die Stufen der Terrasse zu ihnen hinaufkam.

„Ich muss gestehen, dass ich Euren guten Zweck langsam bewundert hatte, wenn nicht sogar Eure Methoden", fuhr er freundlich fort, als würde er einen netten Plausch bei einer Tasse Tee im Salon halten. „Aber nun, da ich sehe, dass Ihr Euren jungen Praktikanten in die Kunst des Einbrechens unterweist, ist meine Pflicht klar."

Mit einem Schrecken, der genauso groß war wie der, den sie im Haus erlitten hatte, wurde Quinn bewusst, dass Mr. Paxton glaubte, dass Marcus der Heilige von Seven Dials wäre. Obwohl die Idee lachhaft war, konnte sie nicht zulassen, dass er dies weiter glaubte – nicht, wenn es in ihrer Macht stand, es richtigzustellen. Ganz gleich, was es für ihre eigene Zukunft bedeuten würde.

„Ich fürchte, Ihr schätzt den Sachverhalt falsch ein, Mr. Paxton", sagte sie und empfand einen Anflug von Belustigung darüber, als er sichtlich über den Klang ihrer weiblichen Stimme erschrak. „Lord Marcus ist wegen mir hier, nicht umgekehrt. Er ist mir gefolgt, um mich davor zu bewahren, zu Schaden zu kommen."

Paxton starrte erst sie, dann Marcus und dann wieder sie an. „Aber … aber *Ihr* könnt doch nicht der Heilige sein, Lady Marcus. Ihr seid schließlich erst seit ein paar Wochen in England, und der Heilige treibt seit Jahren sein Unwesen."

Quinn zwang sich zu einem Lächeln. Sie fragte sich, wo Polly die ganze Zeit gewesen war. Sie hoffte, dass sie vernünftig genug wäre, in ihrem Versteck zu bleiben. „Das habe ich auch nie behauptet, Mr. Paxton. Ich bin einfach nur eine mitfühlende Dame."

Ihren Worten folgte langes Schweigen. Marcus starrte sie an, offenbar genauso erstaunt wie Mr. Paxton. Endlich fand Letzterer seine Stimme wieder. „Vielleicht sollten wir uns etwas vom Haus entfernen, bevor wir weitersprechen, wenn wir die Bewohner nicht aufwecken wollen."

„Wir können in mein Haus zurückkehren, wenn Ihr möchtet", schlug Marcus vor. „Auch ich würde gern erfahren, was hier vor sich geht." Als Quinn seinen Tonfall hörte, erschauderte sie.

Aber nein. Es tat ihr *nicht* leid, was sie getan hatte. Erhobenen Hauptes begleitete sie die beiden Männer durch den Garten, durch die Gasse und die Straße hinunter. Aus dem Augenwinkel sah sie, dass zwei kleinere Gestalten ihnen folgten. Als sie sich umblickte, entdeckte sie Polly und Gobby, die Köpfe eng zusammengesteckt, als würden sie streiten. Es schien, als hätte auch Polly einiges zu erklären.

Zehn Minuten später saßen sie alle in der Bibliothek in Marcus' Haus, wobei sich Quinn in ihrer Kniebundhose äußerst unsicher fühlte. Nicht um alles in der Welt war sie jedoch bereit nach oben zu gehen, um sich umziehen und den Männern die Chance zu geben, in ihrer Abwesenheit über ihr Schicksal zu entscheiden.

„Vielleicht könnt Ihr mir nun erklären, inwiefern es von Mitgefühl zeugt, in Lord Ribbletons Haus einzubrechen, Lady Marcus?", setzte Mr. Paxton an und nahm einen Schluck von dem Brandy, den Marcus ihm eingeschenkt hatte. „Mitgefühl wem gegenüber?"

Quinn hob ihr Kinn und sah ihn an, ohne mit der Wimper zu zucken. „Gegenüber den benachteiligten, armen Mädchen, die Lord Ribbleton missbraucht hat. Er und andere von dieser Sorte verdienen es, als die verdorbenen Monster bloßgestellt zu werden, die sie tatsächlich sind."

Paxton nickte, herablassend, wie sie fand. „Ich finde ebenfalls, dass Prostitution in London unglaublich weitverbreitet ist und in einem zu großen Maße toleriert wird. Aber wenn ich versuchen würde, alle Freier zur Rechenschaft zu ziehen, müsste ich die Hälfte der männlichen Bevölkerung verhaften."

„Ich bin nicht dumm, Mr. Paxton. Ich bin mir natürlich durchaus darüber bewusst, dass das generelle Problem zu groß für mich ist, um es zu beheben, ebenso wie für Euch oder irgendwen sonst. Meine Sorge gilt den minderjährigen Mädchen, die dazu gezwungen werden, bevor sie überhaupt jemals die Gelegenheit hatten, anderen Möglichkeiten nachzugehen. Und den sogenannten Herren, die sie nicht nur sexuell missbrauchen, sondern sie währenddessen auch noch brutal schlagen. Lord Ribbleton ist einer von ihnen, ebenso wie Lord Pynchton. Beide haben vor Kurzem junge Mädchen derb misshandelt, während sie ... Vergnügungen bei ihnen gesucht haben." Sie spürte, dass ihr Mund sich angewidert verzog.

„Ich verstehe." Zu ihrer Erleichterung klang er nun nicht mehr herablassend. „Das ist in der *Tat* ein wenig ernster und etwas, das ich wohl genauer untersuchen muss. Danke, dass Ihr es mir erzählt habt, Lady Marcus."

Quinn neigte anmutig den Kopf, auch wenn ihr bewusst war, wie absurd das in ihrer Verkleidung aussehen musste. Sie war aber erleichtert darüber, dass er sie nun verstand. Bei seiner nächsten Frage wurde sie allerdings stutzig.

„Aber inwiefern hat denn der Heilige etwas damit zu tun?" Er drehte sich ein wenig, um Marcus anzusehen. „Helft Ihr Eurer Frau bei diesem Vorhaben?"

„Der Heilige hat mir geholfen, ja", erwiderte Quinn, obwohl die Frage an Marcus gerichtet war. „Er hat Geld für eine Schule beigesteuert, die ich für die benachteiligten Mädchen aufbauen will – mit der Hilfe von Mrs. Hounslow von der Verbesserungsgesellschaft. Wir hoffen, ihnen Alternativen zu dem Leben bieten zu können, das sie derzeit führen. Aber Lord Marcus wusste bis heute Abend nichts davon."

Mr. Paxton wandte den Blick aber nicht von Marcus ab. „Tatsächlich?", fragte er. „Das wage ich zu bezweifeln, da sich seine Spuren in der letzten Woche erstaunlich mit denen des Heiligen deckten. Er wurde sogar dabei beobachtet, wie er vor ein paar Nächten ein Paket vor Mrs. Hounslows Haus in der Gracechurch Street hinterlassen hat. Vielleicht die Spende, von denen Ihr gesprochen habt?"

Quinn wandte sich um und starrte ihren Mann an. Mr. Paxton konnte doch nicht ernsthaft glauben, dass …

„Ich muss wohl ein Wörtchen mit Gobby reden", sagte Marcus nun. „Ich dachte, er wäre ein besserer Wachmann."

Paxton lächelte. „Das ist er auch. Er ist sogar recht schlau. Ich sah mich gezwungen, mich auf ein paar gleichaltrige Jungen aus einem rivalisierenden Bordell zu verlassen, damit er keinen Verdacht schöpfen würde – was ihre Aussage leider vor Gericht unzulässig macht. Und einige Eurer Opfer waren recht ungewöhnlich, muss ich gestehen, wenn man ihnen Glauben schenken darf. Oder vielleicht steckt mehr dahinter als nur das Sammeln von wohltätigen Beiträgen?"

Quinn spürte, dass ihr alle Farbe aus dem Gesicht wich, während sie die beiden Männer abwechselnd erschrocken ansah. Konnte es *doch* stimmen? Sie konnte zu keinem anderen Schluss kommen. Marcus – *Marcus* – war der Heilige von Seven Dials!

„So ist es. Ich bin überrascht, dass Euer Spion nicht die Entführung eines seiner Freunde durch einen Menschenhändlerring erwähnt hat, der mitten in Mayfair operiert."

Mr. Paxton runzelte die Stirn. „Das hat er sehr wohl. Er hatte befürchtet, dass ich einer von ihnen wäre, als ich ihn zum ersten Mal angesprochen habe. Ich hatte aber keine Spur, der ich nachgehen konnte, da er mir keine Namen oder Beschreibung geben konnte."

„Dann dürfte es Euch interessieren, dass ich alle Beweise habe, die Ihr braucht, um die Männer zur Rechenschaft zu ziehen – schwarz auf weiß. Ihr bekommt sie unter der Bedingung, dass Ihr meine Frau vollständig aus der Sache heraushaltet."

Quinn sah Marcus dankbar an, obwohl sie über das Ausmaß ihrer Entdeckung immer noch zutiefst verwirrt war. Und sie hatte nie einen Verdacht gehabt! Wie hatte sie so blind sein können? Und die Tatsache, dass er sich selbst jetzt mehr um sie als um sich selbst sorgte, machte sie nur noch demütiger.

Paxton zuckte die Schultern. „Einbruch wäre das Höchste, für das ich Eure Frau zur Rechenschaft ziehen könnte, und es besteht kein Grund zur Annahme, dass irgendetwas gestohlen wurde. Außerdem kann ich ihre Gründe nicht verurteilen." Er hielt inne. „Ebenso wenig wie die des Heiligen."

„Dann ...?"

„Ich würde dennoch gern mit Eurem Freund Lord Hardwyck sprechen, wenn er wieder in die Stadt zurückkehrt", sagte Paxton, während er sich erhob. „Aber ich glaube langsam, dass der Heilige von Seven Dials eine Legende sein könnte, denn die Fakten, die ich bisher sammeln konnte, passen zu keinem *einzelnen* Mann."

Grinsend erhob sich Marcus und schüttelte dem Mann die Hand. „Eine Legende", wiederholte er. „So oder so glaube ich, dass London ihn nun los ist."

Paxton zuckte mit rätselhafter Miene die Schultern. „Vielleicht ... für den Moment. Aber wenn man ihn in Zukunft wieder brauchen sollte, wer weiß?"

Mit dieser kryptischen Bemerkung verbeugte er sich und ging. Marcus begleitete ihn zur Tür und kam dann wieder in die Bibliothek zurück. „Offenbar sind wir uns beide eine Erklärung schuldig", sagte er.

Quinn erhob sich und legte ihre Hände in seine. Sie fragte sich, wie sie diesen Mann jemals als spießig hatte betrachten können. „In der Tat. Aber als Erstes will ich diese Kleidung loswerden. Vielleicht ... vielleicht bis du bereit, mir dabei zu helfen?"

„Dazu bin ich mehr als bereit." Die Sorge, die seit ihrem Treffen bei Ribbleton – nein, seit vor dem Abendessen – in seinen Augen gelegen hatte, schmolz dahin. Er lächelte und hielt ihr seinen Arm hin, um sie hinauf zu geleiten.

Als er in seiner Kammer war, schloss er sie zu einem langen, leidenschaftlichen Kuss in seine Arme. Schließlich, als sie atemlos vor Begierde war, hob er den Kopf und sah ihr tief in die Augen. „Ich liebe dich, Quinn. Und nach dem heutigen Abend hoffe ich, dass wir nie wieder Geheimnisse voreinander haben müssen."

Quinn fühlte sich, als würde sich tief in ihrem Inneren etwas entfalten, erblühen und ihre gesamte Existenz mit neuer Hoffnung und Leben erfüllen. „Ich liebe dich auch, Marcus. Das habe ich von Anfang an getan, obwohl ich versucht habe, mich zuerst vom Gegenteil zu überzeugen." Sie seufzte und lehnte ihren Kopf an seine breite Brust. „Und jetzt kann ich es nicht länger erwarten, alles über den Heiligen zu hören. Wie geschickt es doch von dir war, so zu tun, als würdest du ihn verabscheuen."

„Bist du dir sicher, dass du nicht warten kannst?", fragte er und beugte sich wieder vor, um sie erneut zu küssen.

„Wenn du mich so fragst, kann ich darauf sehr wohl noch warten."

„Ja, Paxton und ich haben uns lange unterhalten." Luke nahm entspannt in der Bibliothek von Hardwyck Hall Platz, einem Raum, der fast dreimal so groß war wie Marcus' Bibliothek.

Es war nun zwei Wochen her, seitdem sich Marcus und Quinn ausgesprochen hatten. Marcus sah zu ihr hinüber, wo sie sich gerade mit Lukes Frau Lady Pearl unterhielt. Dabei überkam ihn ein neuer Anflug von Begierde. Das Leben war wirklich schön.

„Glaubst du, er vermutet etwas?", fragte Marcus und wandte sich wieder Luke zu. „Was ist mit Flute?"

Luke zuckte die Schultern. „Er vermutet ganz offensichtlich etwas, aber er hat keinen Beweis, besonders, weil sich Flute noch immer im zwei Stunden entfernten Knoll Grange aufhält. Merkwürdigerweise hatte ich nicht das Gefühl, als wollte er mich zu einem Geständnis drängen. Er schien mehr interessiert daran, was ich ihm über die Geschichte und die Methoden des Heiligen erzählen konnte."

„Vielleicht will er ein Buch über ihn schreiben", sagte Marcus lachend.

„Vielleicht. Ich hoffe, dass er zumindest Twitchells Geschäften den Garaus macht. Aber sag mal, hast du dir weitere Gedanken darüber gemacht, ob du das Anwesen kaufen willst, über das wir gestern gesprochen haben? Das neben Knoll Grange? Pearl und ich würden mehr Zeit dort verbringen, wenn wir nette Nachbarn hätten."

„Bei den Dutzenden von Anwesen, die dir gehören? Ich fühle mich geehrt." Marcus grinste. „Und ja, Quinn und ich habe gestern Abend darüber gesprochen. Sie ist der Ansicht, dass wir eine Art Internat für Straßenkinder auf Bloomfield Manor eröffnen könnten, obwohl wir uns das Haus, den Bauernhof und die Gebäude natürlich erst ansehen müssen, bevor wir uns entscheiden."

Luke blickte zu ihren Frauen hinüber, die in eine lebhafte Unterhaltung vertieft waren. „Dann kann ich garantieren, dass Pearl – und ich – uns auch daran beteiligen wollen. Und ich habe keinerlei Zweifel, dass Flute helfen will, das Internat mit Schülern zu füllen. Sein Wissen über Seven Dials und seine Bewohner ist ausgezeichnet."

Quinn und Pearl klinkten sich nun in ihre Unterhaltung ein, und die vier besprachen ausführlich, wie sie eine solche Einrichtung aufbauen könnten. Quinn berichtete dann von ihren Fortschritten bei ihrer Mädchenschule in London.

„Mrs. Hounslow hat bereits diverse Lehrer engagiert, ebenso wie eine Hausmutter. Wenn alles nach Plan verläuft, können wir die Schule im September mit fünfzig oder sechzig Mädchen eröffnen und sie mit der Zeit um das Dreifache oder Vierfache erweitern."

Während sie von ihren Plänen erzählte, strahlte Quinn vor Freude, belebt von ihrer Absicht und Begeisterung. Marcus stellte erneut fest, wie eingeengt sie sich bei dem Gedanken daran gefühlt haben musste, lediglich als Matrone in der Gesellschaft zu agieren. Ihr Talent wäre verschwendet gewesen, wenn sie nur einen einzigen kleinen Haushalt geführt hätte und nichts Herausfornderes als Bälle und Teenachmittage hätte planen sollen.

Als sie eine Stunde später auf dem Heimweg in die Grosvenor Street waren, sagte er ungezwungen: „Luke hat mir erzählt, dass es auf Bloomfield eine Eisenhütte und einen Bauernhof gibt, die einst produktiver waren. Er ist der Ansicht, dass man sich dort mit ein wenig Organisation wieder selbst verpflegen könnte."

Quinn sah zu ihm auf; er hatte offensichtlich ihr Interesse geweckt. „Könnte man damit auch die Schule finanzieren, über die wir gesprochen haben – und würde vielleicht genug übrig bleiben, um Mrs. Hounslow hier in London regelmäßig etwas zukommen zu lassen?"

Marcus zuckte die Schultern. „Ich habe keine Ahnung, wie man Profit aus Eisen, Wolle oder Anbau schlägt. Ein Verwalter könnte vielleicht ..."

„Lass es mich versuchen!", rief sie mit funkelnden Augen. „Ich stelle natürlich einen Verwalter ein, aber ich kann mehr über die Märkte, den Transport und die Preisspanne herausfinden ..." Sie schweifte mit den Gedanken ab und runzelte die Stirn. „Aber ich schätze, Damen – besonders konventionelle englische Damen – werden bei solchen Angelegenheiten normalerweise nicht mit einbezogen."

Er zog sie zu sich heran und vergrub sein Gesicht in ihrem Haar. „Eines der Dinge, die ich am meisten an dir liebe, ist, dass du alles andere als eine konventionelle englische Dame bist. Ich würde mich freuen, wenn du versuchen würdest, unseren neuen 'Familienbetrieb' zu führen."

Ihr Lächeln kehrte zurück und erhellte ihr Gesicht – und sein Herz. „Ich liebe dich wirklich, Marcus." Die Emotionen, die in ihren grünen Augen lagen, ließen ihn vor Begierde hart werden, obwohl er gleichzeitig auch einen Anflug von Zärtlichkeit empfand.

„Und ich liebe dich, meine unternehmungslustige Frau. Bei den vielen gemeinnützigen Zwecken, die dich bald beschäftigen, hoffe ich, dass du nie wieder den Drang verspürst, dich auf geheime Abenteuer zu begeben."

Quinn kuschelte sich an ihn. „Deine Frau zu sein, ist abenteuerlich genug", versicherte sie ihm. „Und erinnerst du dich? Wir haben uns doch bereits versprochen: Nie wieder Täuschungen, ganz egal, wie nobel die Absichten sind."

„Einverstanden." Er senkte seine Lippen auf ihre und besiegelte so ihren Schwur – und ihre Liebe.

~

Lesen Sie im Folgenden einen Auszug aus *Unschuldige Leidenschaften*, Buch 3 der Serie **Der Heilige von Seven Dials**!

UNSCHULDIGE LEIDENSCHAFTEN
(LESEPROBE)

„WIR WERDEN NOCH IN UNSEREN BETTEN ERMORDET WERDEN, Miss, wartet nur ab."

Rowena Riverstone lächelte ihre Magd nachsichtig an, obwohl sie in Wahrheit selbst von den wimmelnden Straßen Londons bei diesem – ihrem ersten – Besuch in der Metropole überwältigt war.

„Unsinn, Matthilda. Das Haus meines Bruders befindet sich in einer vornehmeren Gegend der Stadt und ist überaus sicher. Solange wir davon absehen, nachts allein durch die Straßen zu wandern, dürfte uns nichts passieren."

Aber Matthilda schüttelte den Kopf und murmelte weiterhin ihre unheilvollen Prophezeiungen für ihren Besuch vor sich hin. „Je eher wir nach River Chase zurückkehren können, desto glücklicher bin ich."

„Besonders, weil das auch bedeutet, dass du zu deinem Jeb zurückkehren kannst", sagte Rowena und lachte, als ihre Magd errötete. „Nun gut, ich werde dich nicht weiter damit ärgern."

Genau genommen hatte sie es teilweise sogar wegen Jebs Zukunft für nötig befunden, in die Stadt zu kommen, ebenso wie die Zukunft anderer Pächter wie ihm. Was allerdings ihre eigene Zukunft betraf …

Rowena unterdrückte ein Seufzen. Nachdem sie einundzwanzig Jahre abgeschottet auf dem Land verbracht hatte, war ihre Zukunft nur allzu leicht vorherzusehen: jahrein jahraus ein Leben als alte Jungfer, vielleicht eines Tages ein wenig in Schwung gebracht durch die Rolle der unverheirateten Tante, falls Nelson je heiraten und Kinder haben sollte.

Sie wollte sich aber keine reumütigen Gedanken darüber machen. Sie hatte ein erfülltes Leben mit ihren Studien, der Führung von Nelsons Landhaushalt und dem Schreiben von politischen Abhandlungen – Abhandlungen, die nun rechtzeitiger zu aktuellen Themen erscheinen würden, wenn sie sich erst einmal in London etabliert hatte.

Sie lächelte heimlich, denn nicht einmal Matthilda ahnte, dass Rowena der mysteriöse *MRR war*, der regelmäßig – und kontrovers – für William Cobbetts *Political Register* schrieb. Wenn sie lange genug in London bliebe, würde sie Mr. Cobbett vielleicht persönlich kennenlernen, ebenso wie einige der anderen Männer, deren Ansichten sie sehr schätzte, unter anderem der Essayist Leigh Hunt und ihr Idol, der hitzköpfige Spence'-sche Reformer Lester Richards.

Sie hatte mit Letzterem dieses Jahr tatsächlich schon korrespondiert – natürlich würde er sich daran wahrscheinlich nicht mehr erinnern. Dennoch hielt sie seine zwei Briefe in Ehren und kannte sie fast auswendig. Ihm von Angesicht zu Angesicht gegenüberzustehen, wäre …

„Das ist die Hay Street, Miss", rief der Kutscher zu ihnen hinunter. „Welche Nummer habt Ihr gesagt?"

„Nummer zwölf", erwiderte Rowena, rückte ihre Brille zurecht und lehnte sich nach vorne, um aus dem Fenster zu spähen.

Ihr Vater hatte dieses Stadthaus fünfzehn und ihr Bruder zwei Jahre lang unterhalten, aber heute würde sie es zum ersten Mal sehen, denn keiner von beiden hatte ihr je erlaubt, London zu besuchen. Nun, da sie die Herrin ihres eigenen Vermögens war, konnte ihr Bruder sie nicht mehr davon abhalten, das zu tun, was sie wollte.

„Ich hoffe, Nelson ist zu Hause", sagte sie zu Matthilda. „Und dass er Platz für uns hat."

Das Dienstmädchen sah sie entsetzt an. „Erwartet er Euch etwa nicht, Miss? Aber Ihr habt doch gesagt …"

„Ich sagte, dass ich in London gebraucht werde – aber nicht von meinem Bruder."

Matthilda plapperte wieder bestürzt vor sich hin, als die Kutsche zum Stehen gekommen war, aber Rowena ignorierte sie und begutachtete interessiert das hohe, schmale Haus, das praktisch all den anderen hohen, schmalen Häusern auf Hay Street ähnelte.

„Sieht nicht gerade vielversprechend aus", sagte sie, als der Kutscher die Stufen ausklappte und ihr aus dem Gefährt half.

„Soll ich klopfen, Miss?", fragte er.

„Bitte." Erhobenen Hauptes, gefolgt von ihrem Dienstmädchen, ging Rowena die Stufen zur Tür hinauf und bemühte sich, den Eindruck zu erwecken, als hätte sie ihr Leben lang nichts anderes getan.

Ein beleibter Diener öffnete die Tür. Er betrachtete die junge Dame auf der Türschwelle, ohne dass er sie erkannte, und hob hochnäsig eine Augenbraue. Rowena wollte sich jedoch von einem einfachen Gefolgsmann nicht einschüchtern lassen, zumal sie vorhatte, es mit weitaus feindseligeren Drachen aufzunehmen.

„Bitte informiert Sir Nelson, dass seine Schwester Miss Riverstone zu Besuch gekommen ist." Sie genoss das verdutzte Erstaunen, das nun den anfänglichen Hochmut des Dieners ersetzte.

„Aber ... natürlich, Miss." Er trat zur Seite, so dass sie und ihr Dienstmädchen eintreten konnten. „Wenn Ihr im Salon warten möchtet, während ich Sir Nelson benachrichtige, kann ich Tee bringen lassen."

„Das wäre reizend", sagte Rowena kultiviert. Sie wies den Kutscher an, ihren Koffer hereinbringen zu lassen, schickte Matthilda in die Bedienstetenhalle und folgte dem Diener über den Parkettfußboden der Eingangshalle in den besagten Raum.

Der kleine, schöne Salon war in Rubinrot und Cremetönen eingerichtet – die Lieblingsfarben, wie sie sich erinnerte, ihrer Mutter, die sieben Jahre zuvor verstorben war. Zweifellos hatte sie mitgeholfen, das Haus einzurichten, als ihr Vater es für seine längeren Aufenthalte in London gekauft hatte, wo er eine wichtige Stellung im Innenministerium hatte.

„Unsinn!", erklang eine bekannte Stimme aus der Halle. „Meine Schwester kommt nie in die Stadt. Es muss eine Bittstellerin sein, die sich für sie ausgibt ..." Als er den Salon betrat, brach er ab, wobei sich seine rotblonden Augenbrauen zu dem sorgfältig zerwühlten rotblonden Haar hinaufzogen, als er sie sah. „Ro? Was zum Teufel tust du hier?"

„Guten Tag, Nelson", antwortete sie dem stämmigen jungen Mann, der drei Jahre älter war als sie. „Ich freue mich auch, dich zu sehen."

Nun zogen sich seine Augenbrauen nach unten. „Du hast meine Frage nicht beantwortet. Und du hast mich auch nicht darüber in Kenntnis gesetzt, dass du kommen würdest."

„Wenn ich das getan hätte, hättest du es mir verboten." Sie sah zu dem zuhörenden Diener hinüber, dem, als er ihrem Blick begegnete, plötzlich einzufallen schien, dass er woanders gebraucht wurde und davoneilte.

„Aus gutem Grund." Sir Nelsons Stirnrunzeln vertiefte sich zu einer verdrießlichen Miene. „Du und deine radikalen Ideen." Erst jetzt schaute er sich um.

Als er keine zuhörenden Bediensteten sah, schloss er die Salontür. „Ich werde nicht zulassen, dass du deine aufrührerischen Theorien hier in London deklamierst, Ro. Es könnte meiner Kariere unwiderruflichen Schaden zufügen. Die Politik in Whitehall ist derzeit riskant. Und außerdem ..."

„Das sagst du schon seit zwei Jahren, genauso wie Vater jahrelang zuvor", erinnerte sie ihn. „Und meine Theorien sind *nicht* aufrührerisch. Sie sind einfach nur vernünftig, wenn du bloß ..."

Er hob eine Hand. „Kein weiteres Wort. Wenn du nicht versprechen kannst, dein liberalistisches Mundwerk bezüglich derartiger Themen zu halten, schicke ich dich morgen früh direkt wieder zurück nach River Chase."

Das war schon immer der Streitpunkt gewesen. Ihr Vater hatte von Rowena ein solches Versprechen als Bedingung gefordert, dass sie London besuchen durfte, und sie war nie bereit gewesen, es ihm zu geben. Was würde es schon bringen, zum Zentrum von Englands Macht zu reisen, wenn sie ihre Prinzipien aufgeben musste, um dorthin zu gelangen?

Nun lächelte sie jedoch. „Vielleicht ist dir entfallen, dass ich vor fünf Tagen meinen Geburtstag gefeiert habe. Wenn du nicht bereit bist, mich hier wohnen zu lassen, bin ich durchaus in der Lage, mir eine eigene Unterkunft zu suchen – und davon kannst du mich nicht abhalten."

Nelson starrte sie an. „Zum Teufel noch mal, das hatte ich *tatsächlich* vergessen." Er fuhr sich aufgebracht mit einer Hand durch das Haar.

„Keine Sorge, Nelson. Ich bin nicht mit dem Ziel hergekommen, dich zu blamieren. Ich möchte mir einfach nur London ansehen."

Ihr Bruder runzelte erneut die Stirn, glaubte ihr offenbar nicht. „Ich kenne dich zu gut, Ro. Das eine Mal, als Lord Sidmouth nach Chase gekommen ist, um Vater zu besuchen, als er krank war – du warst noch keine zehn Minuten mit ihm im Zimmer und schon hast du begonnen, von der Notlage der Soldaten zu reden, die nach dem Frieden von Paris aus dem Dienst entlassen worden waren."

„Ich erinnere mich. Aber es war wichtig, dass ..." Als ihr Bruder sie erschrocken ansah, hielt sie inne. „Ich bin nun älter und weiser, Nelson, und ich kann nicht auf ewig abgeschottet auf dem Land bleiben."

Obwohl er immer noch skeptisch aussah, zuckte ihr Bruder die Schultern. „Ich schätze, es ist nur gerecht, dass du deine Chance bekommst, bevor du aufs Abstellgleis musst", sagte er widerwillig.

Rowena ignorierte den Schmerz und den Groll, den seine Worte in ihr auslösten und konzentrierte sich stattdessen auf ihr wahres Ziel. „Ich bin froh, dass du Verständnis hast." Sie war zufrieden darüber, wie ruhig ihre Stimme klang.

Ein Klopfen an der Tür kündigte das Eintreffen des Tees an.

„Wenn du hier bleiben möchtest, brauchst du einen Begleiter", sagte Sir Nelson, wobei sein Gesichtsausdruck ein wenig sanftmütiger wurde. „Ich lasse ein Zimmer für dich herrichten, während du einen Bissen zu dir nimmst."

„Danke", sagte sie. „Und ich lasse Lady Pearl eine Nachricht zukommen, um ihr mitzuteilen, dass ich hier bin. Ich bin mir sicher, sie kann mir Ratschläge geben, wie man sich in der Stadt benimmt."

Ihr Bruder öffnete den Mund, so als wollte er etwas erwidern, aber schloss ihn dann wieder und zuckte mit den Schultern. „Ich werde in Whitehall erwartet", sagte er stattdessen. „Wir sehen uns heute Abend."

Als er fort war, trug Rowena ihre Tasse und einen Teller mit Plätzchen zum Schreibtisch am Fenster und begann, eine Nachricht an ihre beste Freundin auf der ganzen Welt, Lady Pearl – jetzt Lady Hardwyck – zu verfassen.

Sie und Pearl waren sozusagen zusammen aufgewachsen, denn River Chase grenzte an das Hauptanwesen des imposanten Herzogs von Oakshire, Pearls Vater. Die beiden Mädchen teilten viele Interessen, ebenso wie eine tiefverbundene Freundschaft. Der Standesunterschied hatte für niemanden je eine Rolle gespielt, außer für Pearls Stiefmutter.

Nun allerdings, schien ihre Feder zu zögern. Das war auf dem Land gewesen. Hier in London, war Pearl nicht nur die Tochter des Herzogs, sondern auch Gräfin und Ehefrau eines der reichsten Männer von England ... Wäre es zu aufdringlich, ihr zu schreiben?

„Unsinn", sagte sie entschlossen zu sich selbst. „Es geht schließlich um Pearl. Und außerdem, seit wann hat dich die Meinung anderer je interessiert?" Sie schrieb schnell und läutete dann nach einem Diener, der die Nachricht überbringen sollte, bevor sie es sich anders überlegen konnte.

NOEL PAXTON UNTERSCHRIEB SEINEN BERICHT, legte die Feder auf dem abgenutzten Eichenschreibtisch ab und seufzte. Dies hatte sich zur frustrierendsten Ermittlung seiner ganzen Karriere entpuppt, und das nicht etwa, weil er es nicht geschafft hätte, den berüchtigten Heiligen von Seven Dials festzunehmen. Genau genommen wäre der legendäre Dieb jetzt im Gefängnis, wenn Noel es so gewollt hätte, aber das hätte ihn kein Stück näher an sein wahres Ziel gebracht. Ein Ziel, von dem seine "Vorgesetzten" auf der Bow Street nichts wussten.

„Wünscht Ihr sonst noch etwas, Sir?" Kemp, Noels Assistent, Diener und Vertrauter, füllte die leere Teetasse in der Ecke des Schreibtisches wieder auf.

„Einen Hinweis, Kemp. Einen Hinweis. Ich werde das Gefühl nicht los, dass wir etwas Offensichtliches übersehen."

Der junge drahtige Mann gab seine dienerhafte Haltung auf und lehnte sich an den Kaminsims, wobei er die abgesplitterte Teekanne zwischen den Händen balancierte, den Griff in einer, den Ausguss in der anderen. „Ich kann mir nicht vorstellen, wie, Sir. Ihr habt Dinge entdeckt, die Polizisten mit jahrelanger Erfahrung übersehen haben. Ihr hattet den Heiligen fest in der Hand."

Noel wünschte sich, er hätte das gleiche unumstößliche Vertrauen in seine Fähigkeiten wie sein Verbündeter. „Zumindest habe ich festgestellt, dass der Heilige – oder besser gesagt die Heiligen – und der Bischof nicht ein und derselbe Mann sind. Was bedeutet, dass die anonymen Abhandlungen wieder einmal meine einzige Spur sind."

Es war verdammt frustrierend. Er war so sicher gewesen, dass der Autor der Abhandlungen der Heilige gewesen war und gleichzeitig der seelenlose schwarze Bischof, ein abscheulicher Verräter, der so vielen Engländern im letzten Krieg das Leben gekostet hatte.

Der mindestens zwei Männern zum Verhängnis geworden war, die Noel zu seinen Freunden gezählt hatte.

Indem er sich in Frankreich als britischer Agent ausgegeben hatte, hatte der schwarze Bischof nachweislich Informationen an Napoleon verkauft. Sein Verrat hatte mehr als einen loyalen Agenten in Gefahr gebracht, darunter auch Noel selbst. Zweimal hatten andere Agenten es beinahe geschafft, den Mann zu identifizieren, aber beide waren gewaltsam getötet worden, bevor sie preisgeben konnten, was sie herausgefunden hatten.

Aufgrund verschiedener Beweise, die man auf dem Schlachtfeld gefunden hatte, hatte das Außenministerium geglaubt, dass der Bischof bei Waterloo umgekommen war. Noel war widerwillig auf sein Anwesen in Derbyshire zurückgekehrt. Die Dienste des gestiefelten Katers, dem besten Spion des Außenministeriums, wurden nicht mehr länger gebraucht. Er hatte sich schließlich damit abgefunden, dass er den Bischof nicht zur Rechenschaft hatte ziehen können – bis ihm Auszüge einer bestimmten Abhandlung im *Political Register* auf eine unheimliche Art bekannt vorgekommen waren.

Noel hatte dem Außenministerium schriftlich seinen Verdacht mitgeteilt, dass der Bischof am Leben und in England war, nur um herauszufinden, dass seine Vorgesetzten bereits zu dem gleichen Schluss gelangt waren. Ein weiterer Agent, der den Verlust von ein paar Dokumenten des Außenministeriums untersucht hatte, war vor Kurzem bei einem nur allzu günstigen Unfall ums Leben gekommen, wodurch die Untersuchungen wieder auf Eis gelegt waren. Noel war zurück in den Dienst beordert worden, um den Verräter zu finden, eine Aufgabe, die er nur allzu gern wieder aufnahm.

Ein Besuch im Büro des *Political Register* hatte ergeben, dass die fragliche Abhandlung aus Oakshire abgesendet worden war – und dass die Handschrift des Originals erstaunliche Ähnlichkeiten zu den Briefen des Bischofs an das Auswärtige Amt während des Krieges aufwies.

„Mr. R", der anonyme Verfasser des Artikels, verteidigte den Heiligen von Seven Dials so leidenschaftlich, dass Noel eine Verbindung vermutete. Noel hatte seine Dienste daher der Polizeiwache auf der Bow Street angeboten, um den Dieb zu fassen – ein Angebot, das der oberste Polizeidiener dankbar angenommen hatte.

Zunächst hatte es so gewirkt, als sei er auf dem richtigen Weg. Auf den Hauptverdächtigen der Polizei schien alles zu passen, was Noel über den schwarzen Bischof wusste. Bekannt unter den Namen Luke St. Clair, Lucio di Santo und nun Graf von Hardwyck, besaß der Mann ein Talent für Tarnungen, hatte sich auf dem Kontinent aufgehalten und aufgrund seiner Heirat sogar eine Verbindung zu Oakshire.

Aber weitere Ermittlungen hatten ergeben, dass Hardwyck niemals in Frankreich gewesen war, ja, dass er tatsächlich England nie verlassen hatte. Seine angeblichen Verbindungen zum Kontinent waren frei erfunden, um in Oxford und später in die Gesellschaft aufgenommen zu werden – um seine diebischen Aktivitäten weiter auszudehnen. Und die Abhandlungen hatte er auch nicht geschrieben.

So frustriert Noel auch war, er konnte Lord Hardwyck nicht verurteilen, ebenso wenig wie denjenigen, der nach ihm als Heiliger agiert hatte, Lord Marcus Northrup. Beide hatten den Großteil ihrer Beute an die Armen von London verteilt und nur von den Abscheulichsten der Oberschicht gestohlen. Nein, er wollte lieber nicht als der Mann bekannt werden, der Robin Hood zur Rechenschaft gezogen hatte.

„Ich betrachte mich nur ungern als moderner Sherriff von Nottingham, Kemp", sagte er laut. „Wenn es nach mir geht, kann der Heilige seine Arbeit in aller Ruhe auch weiterhin ausführen – auch wenn es sich nicht so anhört, als ob er das tun wollte."

Lord Hardwyck hatte seine Rolle bei seiner Heirat vor zwei Monaten aufgegeben, und es schien, als ob Lord Marcus, der ebenfalls vor Kurzem geheiratet hatte, das Gleiche vorhatte. Was Noel vor ein eindeutiges Problem stellte.

„London wird ohne den Heiligen von Seven Dials nicht dasselbe sein", sagte Kemp und sprach damit das aus, was er dachte. „Viele Menschen zählen auf ihn, so wie ich höre. Und hat der Bursche nicht auch Beweise gegen andere Kriminelle vorgebracht? Das war doch recht nützlich."

Noel nickte. „Überaus nützlich sogar." Lord Marcus hatte ihm genug Beweise geliefert, um einen Menschenhändlerring zu zerschlagen – Männer, die davon profitiert hatten, Jungen zu entführen und an Schiffe zu verkaufen. Drei Männer hatte er dafür ins Gefängnis gebracht. Noels wertvollster Informant, ebenso wie sein vorgeschobener Grund, weiterhin in London herumzuschnüffeln, waren ihm entzogen worden.

Wie sollte er ohne den Vorwand, den Heiligen zu jagen, den schwarzen Bischof, seinen raffiniertesten Widersacher, jemals aufspüren, ohne sich dabei selbst preiszugeben? Wenn ihm dieser auf die Schliche kam, würde ihn wahrscheinlich das gleiche Schicksal wie den letzten Agenten ereilen – aber die Angst vor dem Tod konnte ihn nicht aufhalten. Seine Jagd nach dem Bischof hatte schon lange keine patriotischen Gründe mehr – dies war zu einer persönlichen Vendetta geworden.

„Ihr habt recht, Kemp", sagte er langsam und dachte angestrengt nach. „London braucht den Heiligen von Seven Dials – und ich auch."

Wenn Lord Marcus nicht bereit wäre, die Aufgabe wieder zu übernehmen, musste er es vielleicht selbst tun. Als Heiliger könnte er mit Sicherheit zumindest die wahre Identität des Essayisten Mr. R aufdecken, der nun seine einzige Verbindung zum schwarzen Bischof darstellte. Nur, wenn der Heilige noch immer aktiv war, konnte er im Vordergrund die Ermittlung weiterhin vorantreiben, was ihm ermöglichen würde, im Hintergrund unbemerkt seine eigene Agenda zu verfolgen.

Als Noel seine Entscheidung getroffen hatte, erhob er sich. „Ich bin in ein paar Stunden wieder zurück", sagte er zu seinem Diener.

Der nächste Heilige von Seven Dials würde mehr Informationen von seinen Vorgängern brauchen, bevor er voll und ganz in ihre Fußstapfen treten könnte.

Zum weiterlesen, klicken Sie hier!

ANMERKUNG DER AUTORIN

Ich weiß, dass es im Handel viele Bücher gibt, aus denen man wählen kann; daher möchte ich hier die Gelegenheit nutzen, Ihnen persönlich zu danken, dass Sie sich für *Noble Täuschung* entschieden haben. Das Buch ist der zweite Band aus meiner Serie „Der Heilige von Seven Dials", einer Reihe von historischen Liebesromanen. Es spielt in der gleichen „Welt" wie meine traditionellen historischen Romane, sowie *Skandalöse Tugend* und enthält am Rande ein paar der gleichen (fiktiven) Charaktere. Obwohl jeder dieser Romane eine abgeschlossene Handlung bildet, bevorzugt es der eine oder andere Leser vielleicht, sie in der richtigen Reihenfolge zu lesen. Meine historischen Romane sind im Anschluss (sowohl chronologisch in Bezug auf die Handlung als auch in Bezug auf das Erscheinungsjahr) aufgeführt. Bei all meinen historischen Romanen hat es mir großes Vergnügen bereitet, meine Flügel über die recht engen Grenzen von traditionellen historischen Romanen hinweg auszubreiten, jedoch dabei gleichzeitig die Atmosphäre und die Fakten der damaligen Zeit zu berücksichtigen. Für diese Neuauflagen habe ich die Chance genutzt, um ein paar kleine Fehler in Bezug auf Fakten und Druckfehler zu beheben und freue mich, meine Geschichten mit Ihnen teilen zu dürfen.

Wenn Ihnen *Noble Täuschung* gefallen hat, hoffe ich, dass Sie vielleicht eine Buchkritik hinterlassen, wo auch immer Sie das Buch gekauft haben oder es in Literaturdiskussionen erwähnen, um andere gleichgesinnte Leser wissen zu lassen, dass es ihnen vielleicht auch gefallen könnte.

ANMERKUNG DER AUTORIN

EBENFALLS VON BENDA HIATT

AUF DEUTSCH VERFÜGBAR:

Historische Romanzen

<u>Der Heilige von Seven Dials</u>

Skandalöse Tugend
Eine behütete Witwe, die aus ihrem tristen Alltag ausbrechen will, lernt einen berüchtigten Lebemann kennen, der versucht, seinem verruchten Lebenswandel abzuschwören. Beide sehen im anderen die Chance auf eine Veränderung … bis die Funken sprühen. Die spannende Vorgeschichte zur Romanreihe „Der Heilige von Seven Dials".

Die Ehre des Schurken
Die entflohene Tochter eines Herzogs trifft auf den legendären Robin Hood der Neuzeit, den Heiligen von Seven Dials. Liebe ist das Letzte, was die beiden gebrauchen können, aber wann folgt Liebe schon jemals der Vernunft?

Noble Täuschung
Eine amerikanische Erbin und der Sohn eines Herzogs werden in eine Ehe gedrängt, die sich keiner von beiden gewünscht hat. Kann sich unerwartete Leidenschaft in Liebe verwandeln, obwohl beide ihre geheime Iden-

tität schützen? Einander zu vertrauen, könnte zu lebenslangem Glück führen – oder zu einer Katastrophe.

Unschuldige Leidenschaften
Ein ehemaliger Spion wird zum nächsten Heiligen von Seven Dials, um einen mordenden Landesverräter zu fassen, wird jedoch von einer gebildeten und eigensinnigen jungen Dame abgelenkt. Ist sie wirklich der unschuldige Bücherwurm, der sie zu sein scheint oder etwa der Verräter, den er sucht? Und was ist in größerer Gefahr – sein Herz oder sein Leben?

Heilige Sünden
Eine mittellose Schönheit nimmt die Rolle des Heiligen von Seven Dials ein, um ihren kleinen Bruder vor einem Leben auf der Straße zu retten. Ein Edelmann, der bezaubert und fasziniert von der reizenden Frau ist, die frisch in London eingetroffen ist, stellt Nachforschungen an und kommt einem Geheimnis auf die Spur, das beide in den Ruin treiben könnte. Aber vielleicht ist die Liebe das Risiko wert …

Galanter Schurke
Welches Geheimnis aus Harrys Vergangenheit hat einen Kriegshelden in einen trinkenden Nichtsnutz verwandelt? Ist er bereits ein hoffnungsloser Fall, oder kann ihn die Rolle des nächsten Heiligen von Seven Dials – und die Liebe der richtigen Frau – in den Mann verwandeln, der er ursprünglich werden wollte?

Der Jagdclub der Sieben Heiligen

Tessas Berührung
Mit einem Wort und einer Berührung kann Tessa selbst die wildesten Pferde zähmen. Aber als der gut aussehende Lord Anthony in ihr Leben galoppiert, steht sie vor einer größeren Herausforderung als Pferde jemals für sie dargestellt haben.

Die entflohene Erbin
Dinas Erbe geht an ihren nichtsnutzigen Bruder über, wenn sie nicht heiratet – und zwar schnell. Bei ihrem Versuch durchzubrennen rettet sie eine naive junge Dame vor einem Mitgiftjäger. Als deren dankbarer, unverheirateter Bruder fragt, welche Belohnung sie sich wünscht, verlangt sie

von ihm, dass er sie heiratet. Kann die Weihnachtsstimmung diese ungelegene Ehe mit Liebe erfüllen?

Historische Romanzen

Das Schiff der Träume — Ein halbes Jahrhundert vor der Titanic ... Inmitten der wahren Geschichte der letzten schicksalhaften Fahrt der *SS Central America* treffen zufällig ein steifer Geschäftsmann und eine Frau, die verzweifelt das Abenteuer sucht, aufeinander. Gerade, als sie die wahre Liebe gefunden haben, wird diese von erschütternden Ereignissen bedroht.

Traditionelle historische Romanzen

Gabriella – Aufgrund einer verlorenen Wette muss ein Herzog eine hübsche titellose Frau in die Londoner Gesellschaft einführen. Die unbequeme Pflicht verwandelt sich jedoch in etwas ganz anderes, als er dem unschuldigen Charme seines Schützlings verfällt. Gabriella würde lieber in der Tierarztpraxis ihres Vaters arbeiten, als sich in die hochnäsige Gesellschaft einzugliedern. Doch je mehr Zeit sie mit dem gut aussehenden Herzog verbringt, desto mehr gerät sie in einen inneren Konflikt. Könnte es Liebe sein?

Das hässliche Entlein – Eine junge Dame würde lieber Gedichte schreiben als in die Londoner Gesellschaft eingeführt zu werden, bis sie einen gut aussehenden Marquis kennenlernt und Amors Pfeil sie trifft. Sie verändert sich, um ihm zu gefallen und stellt dann fest, dass er eine Abneigung gegen ihre erste große Liebe, der Poesie, hat. Ist alles verloren? (Im Original erschienen als *The Ugly Duckling*)

Lord Dearborns Schicksal – Nachdem eine Wahrsagerin ihm eine stattliche blonde Frau als perfekte Partnerin prophezeit, begegnet der skeptische Lord Dearborn genau dieser Dame. Geblendet von ihrer Schönheit fällt ihm ihre lebhafte, scharfsinnige und brünette Cousine kaum auf. Obwohl er mehr mit der zierlichen und mittellosen Ellie gemeinsam hat, als mit der göttlichen Miss Rosalind, entspricht sie ganz und gar nicht seinem Geschmack. Erkennt er noch rechtzeitig, für welches Schicksal er wirklich bestimmt ist?

Gewagte Täuschung – Der neue Graf von Seabrooke braucht Geld – und zwar schnell. Als ein junger Mann seine Spielschulden nicht bezahlen kann und stattdessen die Hand seiner Schwester anbietet, erklärt sich Seabrooke bereit, sie unbesehen zu heiraten. Verärgert über den Handel ihres Bruders schleicht sich Miss Chesterton als Bedienstete in Lord Seabrookes Haushalt ein, um zu beweisen, dass er ein Mitgiftjäger ist. Doch während sie Beweise sammelt, verliert sie ihr Herz an den gut aussehenden Grafen.

Weihnachtsversprechen (Kurzroman) – Lord Vandover bereut sein Versprechen, noch vor Weihnachten zu heiraten, bis er die reizende Miss Holly Paxton kennenlernt. Holly findet den gut aussehenden Marquis so ernst, dass auch sie ein Versprechen abgibt: Freude und Lachen in sein Leben zu bringen. Die herzerwärmende romantische Vorgeschichte zu *Die Weihnachtsbraut*.

Die Weihnachtbraut – Holly hatte sich so auf Weihnachten gefreut. Es ist nicht nur ihr Geburtstag, sondern auch ihr erster Hochzeitstag. Aber ihr Mann Hunt, der Marquis von Vandover, sitzt durch Hollys Verschulden im Gefängnis. Ihr Versuch, ihm zu helfen, seine Diplomatenkarriere voranzutreiben, ist fürchterlich gescheitert, und nun wird ihr Mann des Verrats beschuldigt. Irgendwie muss sie Hunt, ihre Ehe und Weihnachten retten.

Azalea – Nach einer arrangierten Heirat reist ihr neuer Ehemann mit dem Schiff sofort nach England zurück, aber sie ist bereits verliebt. Als er auf See vermisst wird, ist sie am Boden zerstört. Sechs Jahre später nimmt Azalea selbst ein Schiff nach England und findet heraus, dass ihr Mann zwar noch lebt, sich aber nicht an ihre Heirat erinnern kann. Und was noch schlimmer ist: Er ist verlobt. Kann Azalea Christian dazu bringen, sich an die Wahrheit zu erinnern, bevor er ihr erneut das Herz bricht?

ROMANE FÜR JUNGE ERWACHSENE

Starstruck – Eine verwaiste Streberin, die sich für Astronomie interessiert, träumt davon, der Kleinstadt zu entfliehen und etwas aus sich zu machen. Doch dann freundet sich der attraktive neue Quarterback aus dem Football-Team mit ihr an. Und nun geschehen merkwürdige Dinge: Ihre Akne verschwindet, sie kann ohne Brille sehen, und wenn sich die beiden berühren, fliegen die Funken – im wahrsten Sinne des Wortes. Bald kommt sie Geheimnissen auf die Spur, die ihr eintöniges Leben für immer verändern und sie tödlichen Gefahren aussetzen. Mit einem Mal ist das Kleinstadtleben viel spannender geworden.

Starcrossed – Das Starstruck-Abenteuer geht weiter. Die ehemals unscheinbare Streberin Marsha ist die verloren geglaubte Prinzessin einer geheimen Zivilisation. Und was noch besser ist: Sie ist mit ihrem von den Sternen bestimmten Traumpartner zusammen. Doch als ein neuer Schüler an der Jewel High auftaucht, wird alles, was M über sich selbst und ihre Zukunft zu wissen glaubte, auf den Kopf gestellt. Reißt das Schicksal, das sie einst aus der Finsternis gerettet hat, sie nun von Rigel und ihrer märchenhaft glücklichen Zukunft fort?

DEMNÄCHST AUF DEUTSCH VERFÜGBAR WERDEN FOLGENDE TITEL:

Starbound – Prinzessin zu sein, ist nicht immer ein Zuckerschlecken. Als neu entdeckte Prinzessin einer geheimen Kolonie auf dem Mars wusste M, dass sie eines Tages zurückkehren muss – aber gerade während der Frühlingsferien? Ein Notfall auf dem Mars verlangt nach ihrer Anwesenheit, aber nicht alle sind hocherfreut, dass die lange verlorene Prinzessin wieder zurück ist. Kann sie ihr Volk mit der Zeit für sich gewinnen, um ihre Kolonie vor der Vernichtung zu bewahren? Und was muss sie dafür aufgeben?

Starfall – Der spannungsgeladene letzte Teil der *Starstruck*-Serie. M ist endlich die anerkannte Herrscherin Emileia, Oberhaupt der Mars-Kolonie Nuath. Aber zu welchem Preis? Ohne Rigel kommt ihr das Leben sinnlos vor, aber M tut widerwillig das, was sie tun muss, bis eine unerwartete Entdeckung ihr einen Hoffnungsschimmer gibt. Nun ist sie fest entschlossen, alles dafür zu tun, um ihr lange ersehntes Happy End doch noch zu bekommen – wenn es nicht schon zu spät ist.

Zerschlagenes Juwel: Eine Starstruck-Erzählung – Veränderungen sind nie einfach. Manchmal sind sie sogar richtig gefährlich. Die Zukunft für M und Rigel sieht vielversprechend aus, aber wie sich herausstellt, ist nicht jeder zu Veränderungen bereit. Die Erzählung beginnt dort, wo *Starfall* endet; es werden Fragen beantwortet, wodurch neue Herausforderungen und eine neue Starstruck-Serie entstehen.

Das Mädchen vom Mars – Kiras Leben auf dem Mars läuft hervorragend. Sie ist ein aufsteigender Sportstar, und der Junge, in den sie verknallt ist, nimmt endlich von ihr Notiz. Als ihre Eltern beschließen, zum Wohl ihrer geheimen Kolonie auf die technisch altmodische Erde zu ziehen, ist Kira bestürzt – und wütend. Wird das Leben auf der Erde zum befürchteten Alptraum, oder eine Chance, glücklicher zu werden, als sie es sich in ihren kühnsten Träumen hätte ausmalen können?

ROMANTISCHE ZEITREISEN

Brücke der Zeit – Ein Wechsel der Zeiten! Eine unabhängige, moderne Frau tauscht auf mysteriöse Weise den Platz mit einer Vorfahrin, die ihr erstaunlich ähnlich sieht, und gerät dabei ins Jahr 1825. Beide Frauen wollen unbedingt wieder in ihre eigenen Zeiten zurückkehren, bis sie sich jeweils in den Mann verlieben, den die andere mit aller Macht meiden wollte. Ist es Fügung oder nur ein grausamer Streich des Schicksals?

MYSTERY

Aus der Tiefe – Nachdem ihr Mann sie für eine jüngere Frau verlassen hat, fliegt eine frisch geschiedene Frau allein nach Aruba – eine Reise, die eigentlich ihren 25. Hochzeitstag hätte feiern sollen. Um aus ihrer Komfortzone auszubrechen, meldet sie sich für Tauchstunden an. Aber als sie während ihres ersten Tauchgangs einen Ring findet, der sich als Beweisstück in einem berühmten Mordfall herausstellt, wird ihre Reise abenteuerlicher, als sie es sich vorgestellt hatte.

MIT ANDEREN AUTOREN

Aufregende Auftakte – Elf Romane in voller Länge von elf international erfolgreichen *New York Times-* und *USA Today*-Bestsellerautoren. Jedes Buch ist der erste Band einer vielgeliebten Serie. Von der Stattlichkeit mittelalterlicher Schlösser bis hin zu den glitzernden Ballsälen der Zeit des Prinzregenten – lesen Sie bezaubernde, romantische, historische Romane dieser Mitglieder der Juwelen der historischen Romantik.

Skandalöse Bräute – Dieser *New York Times-* (Nr. 4 in Belletristik) und *USA Today-* (Nr. 1 in Romantik) Bestseller umfasst die besten Werke von Annette Blair, Cheryl Bolen, Lucinda Brant und Brenda Hiatt. Verlieben Sie sich mit dieser Sammlung von vier historischen Romanen in die bezaubernden skandalösen Bräute und deren gut aussehenden Ehemänner.

Juwelen der historischen Romantik – Zwölf international erfolgreiche und preisgekrönte Jewel-Bestsellerautoren haben für diese KOSTENLOSE Sonderausgabe ihre Lieblingsszenen für Sie ausgewählt.

Es war einmal an Weihnachten – Machen Sie es sich mit diesen herzerwärmenden Erzählungen der erfolgreichen historischen Jewel-Autoren am Kamin bequem. Eine falsche Braut im mittelalterlichen Schottland, eine wilde Romanze in einem Londoner Ballsaal zur Prinzregentenzeit, ein Weihnachtswunder in der wilden Natur Irlands, Liebe und Freude im New York des 19. Jahrhunderts, eine überraschende Liebe im Viktorianischen England und vieles mehr. Wenn die Magie der Weihnachtszeit auf Romantik aus vergangenen Zeiten trifft, kann niemand der Liebe widerstehen.

Spark: Sieben fantastische erste Bände von Romanreihen – Tauchen Sie ein in abenteuerliche, fantastische, romantische Romane mit brillanten Heldinnen und jede Menge Spannung. Die sieben Spark-Bücher sind fesselnde Geschichten ohne anstößige Details und Kraftausdrücke, wodurch sie sich perfekt für Jugendliche und alle diejenigen eignen, die Lust auf fantastische Abenteuer haben. Mehr als 2200 Seiten Lesespaß!

Wenn Sie die über die genauen Erscheinungstermine der deutschen Ausgaben informiert sein möchten, können Sie gern meinen Newsletter abonnieren.

ÜBER DIE AUTORIN

Brenda Hiatt ist eine New York Times-Bestseller-Autorin, die (bisher) einundzwanzig Romane geschrieben hat, darunter traditionelle historische Romane, Liebesromane zum Thema Zeitreisen, historische Liebesromane, humorvolle Mystery-Romane und romantische Science-Fiction-Romane für junge Erwachsene. Neben ihrer Schriftstellertätigkeit genießt Brenda Hiatt das Leben in vollen Zügen mit Sporttauchen (sie hat bereits 60 Tauchgänge hinter sich), Taekwondo (vor Kurzem hat sie den dritten Grad ihres schwarzen Gürtels erreicht), Wandern, Reisen sowie neuen Erfahrungen und dem Erlernen neuer Dinge.

brendahiatt.com